Zum Buch:

Manchmal muss etwas enden, damit etwas Neues beginnen kann. Das sagt
Grace sich immer wieder, während sie die Stadt der Liebe erkundet. Eigentlich wollte sie hier mit ihrem Mann den 25. Hochzeitstag feiern. Dass er
stattdessen die Scheidung will, kann Grace immer noch nicht recht fassen.
Liebeskummer kennt auch Audrey allzu gut. Um ihm zu entfliehen, hat sie
kurzerhand den Job als Buchhändlerin in Paris angenommen. Doch ohne
Französischkenntnisse ist das Arbeiten dort schwierig … Audrey ist schon
der Verzweiflung nah – bis sie ihre Nachbarin Grace kennenlernt.
Beide Frauen sind nach Paris gekommen, um sich selbst zu finden. Doch
bald erkennen sie, dass sie noch viel mehr bekommen haben: eine unver-
gleichliche Freundschaft.

»Ein fröhlicher und herzerwärmender Blick auf Freundschaft, Familie,
Liebe und Neuanfänge.« *Kirkus Reviews*

Zur Autorin:

Sarah Morgan ist eine gefeierte Bestsellerautorin mit mehr als 18 Millionen
verkauften Büchern weltweit. Ihre humorvollen, warmherzigen Liebes- und
Frauenromane haben Fans auf der ganzen Welt. Sie lebt mit ihrer Familie
in der Nähe von London, wo der Regen sie regelmäßig davon abhält, ihren
Schreibplatz zu verlassen.

Sarah Morgan

Sommerzauber in Paris

Roman

Aus dem Englischen von
Judith Heisig

Genehmigte Sonderausgabe 2024

© 2020 für die deutschsprachige Ausgabe
by HarperCollins in der
Verlagsgruppe HarperCollins Deutschland GmbH, Hamburg

© 2019 by Sarah Morgan
Originaltitel: »One Summer in Paris«
Erschienen bei: HQ, an imprint of HarperCollins *Publishers*, UK

Published by arrangement with
HarperCollins *Publishers* Ltd., London

Umschlaggestaltung: Deborah Kuschel
Umschlagabbildung: Getty Images / neirfy, Kykyshka, Dewin'Indew,
kynny, timonko, Boonyachoat, Arthit_Longwilai
Satz: GGP Media GmbH, Pößneck
Druck und Bindung: ScandBook
Printed in Lithuania

ISBN 978-3-365-00911-6

Für Susan Swinwood,
in Liebe und Dankbarkeit

GRACE

Grace Porter erwachte am Valentinstag, glücklich verheiratet und in seliger Ungewissheit, dass sich das bald ändern würde.

Unten in der Küche belegte sie das Brot, das sie am Tag zuvor gebacken hatte, mit Käsescheiben, packte Obst und Gemüse in die Lunchboxen und überprüfte dann ihre Liste.

Punkt vier ihrer heutigen Aufgaben:

Sophie an das Abendessen erinnern.

Sie blickte auf. »Vergiss nicht, dass Dad und ich heute Abend ausgehen. Dein Abendessen ist im Kühlschrank.«

Ihre Tochter Sophie schrieb eine Nachricht an eine Freundin. »Hmm ...«

»Sophie!«

»Ich weiß! Kein Handy am Tisch – aber das hier ist dringend. Amy und ich schreiben einen Brief an die Zeitung wegen dieses Bauprojekts am Stadtrand. Dad hat versprochen, dass er ihn veröffentlichen wird. Kannst du dir vorstellen, dass sie die Hundeauffangstation schließen? Diese Hunde werden sterben, wenn niemand etwas unternimmt, und deswegen werde ich etwas unternehmen. So. Fertig.« Sophie sah endlich auf. »Mom, ich kann mir selbst meinen Lunch machen.«

»Würdest du frisches Obst und Gemüse dazu verwenden?«

»Nein. Das ist der Grund, weshalb ich es lieber selbst machen würde.« Sophie lächelte auf eine Art, die auch Grace zum Schmunzeln brachte. »Und du klingst allmählich wie Monica, was ein bisschen gruselig ist.«

Ihre Tochter war ein Sonnenschein. Sie machte die Welt zu einem fröhlicheren Ort. Jahrelang hatte Grace sich dafür gewappnet, dass sie rebellieren und Drogen nehmen würde oder nach einer verbotenen Party mit Freunden betrunken nach Hause käme, doch das war nicht geschehen. Sophie schien in Bezug auf ihr Sozialverhalten mehr nach Davids Familie zu kommen, was eine Erleichterung war. Wenn ihre Tochter überhaupt nach etwas süchtig war, dann war es Gerechtigkeit. Sie verabscheute Ungerechtigkeit, Ungleichheit und alles, was ihr als unfair erschien – vor allem wenn es dabei um Tiere ging. Sie war die Hüterin aller Hunde, vor allem der Streuner.

Grace beeilte sich, ihre Freundin zu verteidigen. »Monica ist eine wunderbare Mutter.«

»Mag sein, aber ich sage dir: Wenn wir diesen Sommer nach Europa fliegen, wird sich Chrissie als Allererstes über eine Tonne Pommes hermachen, um sich für all die Jahre zu entschädigen, in denen ihre Mutter sie sie nicht einmal anfassen ließ.« Sophie aß ihren letzten Löffel Haferbrei. »Hast du gerade irgendwas über das Abendessen gesagt?«

»Hast du vergessen, welcher Tag heute ist?« Grace verschloss die Lunchboxen und stellte eine neben Sophie. Die andere packte sie in ihre eigene Tasche.

»Valentinstag.« Sophie ließ sich vom Stuhl gleiten und griff nach ihrer leeren Schüssel. »Der Tag, an dem die Öffentlichkeit erfährt, dass niemand mich liebt.«

»Dad und ich lieben dich.«

»Nichts für ungut, aber ihr seid nicht jung, cool und gut gebaut.«

Grace nahm einen Schluck Kaffee. Wie weit konnte sie sich vorwagen? »Ist es immer noch Sam?«

Sophies Lächeln erlosch, als hätte jemand den Schalter ausgeknipst. »Er geht mit Callie. Sie laufen Händchen haltend umher. Sie wirft mir immer so ein arrogantes Lächeln zu. Ich kenne sie, seit ich drei bin. Deshalb kapiere ich nicht, warum sie das tut. Ich meine, dass sie sich mit ihm trifft, na gut, das nervt, aber so ist das Leben. Aber mir kommt es vor, als würde sie versuchen, mich zu verletzen.«

Grace spürte ein Brennen in ihrer Brust. Keinen Herzschmerz, sondern Elternschmerz. Als Mutter bestand ihre Rolle darin, von der Seitenlinie aus Unterstützung zu geben. Es war, als müsste man ein richtig schlechtes Spiel sehen ohne den Trost, dass man in der Halbzeit gehen konnte.

»Es tut mir leid, Liebes.«

»Muss es nicht.« Sophie stellte ihre Schüssel in die Geschirrspülmaschine und dann auch die, die ihr Vater auf dem Tisch stehen gelassen hatte. »Das mit uns hätte niemals funktioniert. Sophie und Sam klingt ziemlich lahm, meinst du nicht?«

Grace konnte den Schmerz ihrer Tochter tief in sich fühlen.

»Du gehst bald aufs College. Nach einem Monat in Kalifornien wirst du dich nicht einmal daran erinnern, dass Sam überhaupt existiert. Du hast dein ganzes Leben vor dir und alle Zeit der Welt, um jemand Besonderen kennenzulernen.«

»Ich werde studieren, als Beste meines Jahrgangs abschließen und an die juristische Fakultät gehen, wo ich lernen werde, wie ich Leute verklagen kann, die Arsch…«

»Sophie!«

»Ähm … die nicht sehr nett sind.« Sophie grinste, schwang sich ihren Rucksack über eine Schulter und legte sich ihren langen Pferdeschwanz über die andere. »Keine Angst, Mom. Jungs machen mich wahnsinnig. Ich möchte keine Beziehung.«

Das wird sich ändern, dachte Grace.

»Hab einen schönen Tag, Mom, und einen tollen Valentinstag. Fünfundzwanzig Jahre, in denen du Dad nicht angeschrien hast, wenn er die Socken auf dem Boden vergisst und sein schmutziges Geschirr oben auf dem Geschirrspüler. Ein großer Erfolg. Siehst du heute Mimi?«

»Heute Nachmittag.« Grace schob den Laptop in ihre Tasche. »Ich habe Macarons gebacken, so wie die, die sie immer in Paris gekauft hat. Du weißt ja, dass deine Urgroßmutter eine Vorliebe für Süßes hat.«

»Weil sie während des Kriegs in Paris gelebt hat und nichts zu essen hatte. Manchmal war sie sogar zu schwach zum Tanzen. Kann man sich das überhaupt vorstellen?«

»Vermutlich erzählt sie es dir genau deshalb. Sie möchte nicht, dass du die Dinge für selbstverständlich nimmst.« Grace öffnete die Schachtel, die sie heute Morgen sorgfältig gefüllt hatte, und enthüllte pastellfarbene Macarons in perfekter Regenbogen-Reihenfolge.

Sophie seufzte genüsslich. »Wow. Vielleicht könnte ich …?«

»Nein.« Bestimmt schloss sie den Deckel wieder. »Aber ich habe dir vielleicht zwei in deine Lunchbox getan.« Sie versuchte nicht an den Zucker zu denken oder daran, wie Monica auf die Zugabe von leeren Kalorien in der Lunchbox reagieren würde.

»Du bist die Beste, Mom.« Sophie küsste sie auf die Wange, und in Grace stieg ein warmes Gefühl der Liebe für ihre Tochter auf.

»Spekulierst du auf einen Gefallen oder so etwas?«

»Sei nicht zynisch.« Sophie griff nach ihrem Mantel. »Nicht viele Menschen würden in einem Heim für betreutes Wohnen Französischunterricht geben, das ist alles. Ich finde dich bewundernswert.«

Grace fühlte sich wie eine Betrügerin. Sie tat es nicht aus Wohltätigkeit, sondern weil sie die Zeit mit den Menschen dort genoss. Sie freuten sich immer so, sie zu sehen. Sie gaben ihr das Gefühl, geschätzt zu werden.

Der Gedanke, sie könnte in ihrem Alter noch bedürftig sein, war beschämend.

»Die Französischgruppe ist der beste Teil meiner Woche. Zum heutigen Valentinstag habe ich mir erlaubt, kreativ zu sein.« Sie nahm den Stapel Speisekarten, die sie gestaltet hatte. »Das Personal deckt die Tische mit rot-weißen Tischdecken. Es gibt französisches Essen, ich lege Musik auf … Da deine Urgroßmutter dabei ist, wird sicher auch getanzt. Wie findest du das?«

»*Oh, là, là*, ich finde, das klingt großartig.« Sophie grinste. »Aber denk daran, dass das Durchschnittsalter von Mimis Freundinnen bei neunzig liegt. Nicht dass sie alle einen Herzinfarkt bekommen.«

»Ich bin ziemlich sicher, dass Robert ein Auge auf Mimi geworfen hat.«

»Mimi ist eine Charmeurin. Wenn ich neunzig bin, möchte ich wie sie sein. Sie hat dieses Funkeln im Blick ... Es muss Spaß gemacht haben, dass sie bei euch gewohnt hat, als du Kind warst.«

Es hatte ihr damals das Leben gerettet. Und das war der Grund, warum Mimi überhaupt eingezogen war.

Über diese Zeit sprach sie nie mit ihrer Tochter. »Sie ist einzigartig. Kommst du heute Abend zurecht?« Sie überprüfte, ob die Küche sauber war. »Im Kühlschrank ist ein Auflauf. Du musst ihn nur warm machen.«

»Ich bin achtzehn, Mom. Du musst dir um mich keine Sorgen machen.« Sophie blickte aus dem Fenster, als ein Wagen vorfuhr. »Karen ist da. Ich muss los. Bye.«

Grace zu sagen, dass sie sich keine Sorgen machen solle, war genauso, als würde man einen Fisch bitten, nicht zu schwimmen.

Zwei Minuten nachdem Sophie gegangen war, zog sie sich ebenfalls den Mantel an, nahm ihre Schlüssel und ging zum Wagen.

Sie stellte die Heizung höher ein und konzentrierte sich aufs Fahren.

An vier Vormittagen in der Woche arbeitete Grace als Französisch- und Spanischlehrerin in der lokalen Realschule. Außerdem betreute sie Kinder mit Lernschwierigkeiten und gab gelegentlich Stunden für Erwachsene, die ihre Sprachkenntnisse auffrischen wollten.

Sie fuhr dieselbe Strecke, die sie immer nahm, sah dieselben Häuser, dieselben Bäume, dieselben Geschäfte. Ihr Ausblick veränderte sich nur mit dem Wandel der Jahreszeiten. Grace machte das nichts aus, denn sie schätzte Routine und Berechenbarkeit. Sie fand Trost und Sicherheit darin, zu wissen, was als Nächstes geschah.

Heute lag viel Schnee, der die Dächer und Gärten in einen weißen Mantel hüllte. In diesem Teil Connecticuts würde der

Schnee wahrscheinlich noch viele Woche liegen bleibe. Manche Menschen begrüßten das. Grace gehörte jedoch nicht dazu. Es war März, und der Winter kam ihr vor wie ein Gast, der die Gastfreundschaft maßlos überstrapazierte. Sie sehnte sich nach Sonnenschein und Sommerkleidern, nach nackten Beinen und gekühlten Getränken.

Während sie noch in sommerlichen Fantasien schwelgte, klingelte ihr Handy.

Es war David.

»Hi, Gracie.« Der Klang seiner Stimme bewirkte noch immer, dass sie dahinschmolz. Tief und rau, aber sanft genug, um sie über alle alltäglichen Schwierigkeiten hinwegzutrösten.

»Hi, mein Hübscher. Du warst heute früh weg.« *Und du hast dein Frühstücksgeschirr auf der Geschirrspülmaschine stehen gelassen.*

»In der Redaktion ist viel los.«

David arbeitete als Redakteur bei der regionalen Tageszeitung, der *Woodbrook Post*, und seine letzten Artikel berichteten über den erstaunlichen Erfolg des Mädchentennisteams, die Gründung eines kommunalen Kinderchors und einen Überfall auf die lokale Tankstelle, bei dem nur eine Schachtel Donuts und eine Flasche Rum gestohlen wurden. Als die Polizei den Verantwortlichen ausfindig machte, hatte der die Beweisstücke schon konsumiert.

Wenn Grace die Zeitung las, erinnerte sie das an all die Gründe, warum sie in diesem malerischen Dorf mit seinen gerade mal zweitausendvierhundertachtundneunzig Einwohnern lebte.

Anders als andere Journalisten, die vielleicht größere Ziele im Visier hatten, hatte David nie den Wunsch geäußert, irgendwo anders zu arbeiten als in dieser Kleinstadt, in die sie sich beide verliebt hatten.

Er sah sich als die Stimme der Dorfgemeinschaft. Obwohl er die überregionalen Nachrichten eifrig verfolgte, war er doch davon überzeugt, dass vor allem die Geschehnisse vor Ort wichtig für die Leute waren. Er witzelte oft, dass er nur einen Nachmittag bei einem Gartenbarbecue verbringen und dem Tratsch zuhören müsse, um damit die ganze Zeitung füllen zu können. Da er mit dem Polizeichef und dem Leiter der Feuerwehr befreundet war, konnte er sicher sein, alles Aufregende als Erster zu erfahren.

In Woodbrook, einem Ort, von dem die meisten Menschen noch nie gehört hatten, geschah natürlich selten etwas Aufregendes, und das kam Grace entgegen.

»Glückwunsch zum Valentinstag und zum Jahrestag.« Sie bremste, als sie sich einer Kreuzung näherte. »Ich freue mich schon auf unser Abendessen heute.«

»Soll ich irgendwo einen Tisch buchen?«

Nur ein Mann konnte glauben, dass man am Valentinstag ohne Vorplanung noch einen Tisch bekam. »Habe ich schon gemacht, Schatz.«

»Gut. Ich sollte früh zu Hause sein. Ich mache Sophie etwas zu essen, damit du dich nicht darum kümmern musst.«

»Das habe ich schon. Der Kühlschrank ist gut gefüllt. Du kannst dich entspannen.«

Einen Moment lang war es still. »Du bist Superwoman, Grace.«

Sie strahlte. »Ich liebe dich.«

Ihre Familie war für sie das Wichtigste auf der Welt.

»Ich halte auf dem Heimweg kurz beim Laden und suche etwas für Stephens Geburtstag aus. Er sagt, er will kein Aufhebens, aber ich finde, wir sollten ihm etwas schenken, meinst du nicht?«

»Doch – weshalb ich ihm schon ein Geschenk gekauft habe, als ich letzte Woche shoppen war.« Grace wartete auf eine Lücke im Verkehr und bog bei der Schule ein. »Du findest es unter dem Bett im Gästezimmer.«

»Du hast schon etwas gekauft?«

»Ich wollte nicht, dass du dir deshalb den Kopf zerbrechen musst. Erinnerst du dich an das tolle Foto von Stephen mit Beth und den Kindern?«

»Das ich beim Sommerjahrmarkt aufgenommen habe?«

Sie kam auf dem Parkplatz zu stehen und löste den Sicherheitsgurt. »Ich habe es ausdrucken und rahmen lassen. Es sieht großartig aus.«

»Das ist ... sehr aufmerksam ...«

»Ich habe es auch verpackt. Du musst nur noch deinen Namen auf die Karte schreiben.« Sie griff nach ihrem Mantel und ihrer Tasche. »Ich bin jetzt an der Schule. Ich ruf dich später an. Du klingst müde. Bist du müde?«

»Ein bisschen.«

Mit einem Bein schon aus dem Wagen, hielt sie inne. »Du hast in letzter Zeit lange gearbeitet. Du solltest kürzertreten. Zu Hause gibt es nichts für dich zu erledigen, vielleicht solltest du dich also hinlegen und ausruhen, bevor wir gehen.«

»Ich bin nicht altersschwach, Grace.«

In seinem Ton lag eine ungewohnte Schärfe.

»Ich wollte dich nur ein bisschen verwöhnen, das ist alles.«

»Entschuldige.« Die Schärfe verschwand. »Ich wollte dich nicht anblaffen. Es ist viel los in letzter Zeit. Ich bestelle ein Taxi für heute Abend, damit wir etwas trinken können, ohne uns ums Fahren zu sorgen.«

»Das Taxi ist schon für sieben gebucht.«

»Vergisst du je etwas?«

»Es liegt an den Listen, das weißt du. Wenn ich meine Listen verliere, ist mein Leben vorbei.«

Ihr kam der Gedanke, dass jemand nach ihrem Tod ihre To-do-Listen nehmen und mit ihrem Leben weitermachen könnte, als wäre es niemals ihres gewesen.

Was sagte das über sie aus? Ein Leben sollte doch sicher einzigartig sein, oder? Würde jemand, der die Listen sah, etwas über sie erfahren können? Würde er wissen, dass sie den Duft von Rosen liebte und ihrer Vorliebe für französische Filme nachgab, wenn niemand zu Hause war? Würde er wissen, dass sie beim Kochen Mozarts Klavierkonzerte hörte?

»Gibt es irgendwas, wofür du mich brauchst?«

Grace lächelte auf eine Art, von der ihre Tochter sagen würde, dass sie Mimis Verführungslächeln ähnelte. »Ich kann mir da ein paar Dinge vorstellen … Ich habe vor, sie dir später zu zeigen.«

David beendete das Gespräch, und sie betrat das Schulgelände, wobei sie einigen Eltern zuwinkte, die gerade ihre kostbare Fracht ablieferten.

Fünfundzwanzig Jahre. Sie war seit fünfundzwanzig Jahren verheiratet.

Bei dem Gedanken verspürte sie glühenden Stolz.

Nimm das, Universum.

David und sie waren ein perfektes Team. Sie hatten wie jedes Paar ihre guten und schlechten Zeiten, doch sie gingen alles gemeinsam an. Grace war der Mensch geworden, der sie sein wollte, und wenn eine winzige Stimme sie gelegentlich erinnerte, dass sie in ihrem Inneren jemand ganz anderes war, ignorierte sie sie. Sie hatte die Ehe, die sie wollte. Das Leben, das sie wollte.

Der Tag sollte auf ganz besondere Weise gefeiert werden, deshalb hatte sie einen Tisch im Bistro Claude reserviert, dem gehobenen französischen Restaurant in der nächstgelegenen Stadt. Claude selbst kam aus Texas, doch er hatte eine Marktlücke entdeckt, sich einen Akzent zugelegt und sein Restaurant nach einem Vorbild gestaltet, das er mal in einem französischen Film gesehen hatte.

Sogar Grace musste als Puristin und Frankophile zugeben, dass sein Lokal bezaubernd war. Zu gern hätte sie Mimi dorthin ausgeführt, doch ihre Großmutter ging nicht mehr gern außerhalb essen.

Das Bistro Claude war der ideale Rahmen für heute Abend, denn Grace hatte eine große Überraschung geplant. Die Organisation war ein größeres Unterfangen gewesen, doch sie hatte darauf geachtet, keine Hinweise oder Spuren zu hinterlassen.

Zum Glück hatte David in den letzten zwei Monaten immer bis spät abends gearbeitet, sonst wäre es unmöglich gewesen, ihre Recherchen geheim zu halten.

Sie stieß die Tür auf und betrat die Schule.

Die Kinder ihrer Klasse waren in dem Alter, in dem alles, was mit Sex oder Romantik zu tun hatte, als brüllend komisch oder abgrundtief peinlich galt. Insofern war sie ziemlich sicher, dass der Valentinstag für jede Menge Gekicher sorgen würde.

Sie hatte sich nicht geirrt.

»Wir haben ein Gedicht für Sie geschrieben, um Ihren Hochzeitstag zu feiern.«

»Ein Gedicht? Ich Glückliche.« Grace hoffte, dass sie ihr die entschärfte Version präsentieren würden. »Wer wird es vorlesen?«

Darren kletterte auf seinen Stuhl und räusperte sich.

»Fünfundzwanzig Jahre sind eine sehr lange Zeit, selbst ein Verbrecher ist schneller wieder in Freiheit.«

Grace wusste nicht, ob sie lachen oder das Gesicht in den Händen vergraben sollte.

Als sie zur Mittagszeit zurück zum Parkplatz ging, war sie erschöpft und erleichtert, dass sie nur vormittags arbeitete. Zum Glück würde ihr die Fahrt zum Seniorenheim, in dem ihre Großmutter lebte, die Gelegenheit geben, sich zu entspannen.

Die Strecke führte über eine Panoramastraße, die sich durch Wälder und verschlafene Dörfer schlängelte. Im Herbst war sie überfüllt mit Touristen, die die Farben des Laubs bewunderten, doch jetzt waren die Bäume und Berge in Schnee gehüllt. Die Straße folgte der Windung des Flusses, der während der Schneeschmelze meist über die Ufer trat.

Grace fuhr am Naturschutzgebiet vorbei und bog rechts in die Straße ein, die zur Seniorenresidenz Rushing River führte, vor der sie parkte.

Sie war entsetzt gewesen, als Mimi ihr eröffnet hatte, dass sie hierherziehen wolle.

Ihre Großmutter hegte nicht nur eine Vorliebe fürs Tanzen und alles Hedonistische, sondern war auch eine gefeierte Fotografin gewesen. Sie war zu einer Zeit mit ihrer Kamera durch die Welt gereist, als das für eine Frau noch sehr ungewöhnlich war. Ihre Bilder aus dem Paris der Nachkriegszeit waren berühmt, und Grace hatte immer bewundert, wie ihre Großmutter die persönlichen Nöte von Menschen in einem einzigen Bild einfing. Mimis lebhafte und überschwängliche Persönlichkeit stand im Widerspruch zu ihren düsteren atmosphärischen Bildern von verregneten Straßen oder Paaren, die sich in einer verzweifelten Umarmung aneinanderklammerten. Die Fotos erzählten eine Geschichte, die ihre Großmutter nur selten in Worten wiedergab. Sie erzählten von Hunger und Entbehrung. Von Angst und Verlust.

Dass ihre weit gereiste und weltgewandte Großmutter sich für einen Ort wie Rushing River entscheiden würde, hatte Grace als Allerletztes erwartet. Sie hatte versucht, sie umzustimmen. Wenn Mimi so alt war, dass sie nicht mehr allein zurechtkam, sollte sie bei Grace und David einziehen.

Mimi hatte entgegnet, dass sie ihre Unabhängigkeit viel zu sehr genoss, um mit anderen Menschen zusammenzuwohnen – und sei es ihre geliebte Enkelin. Sie hatte das Geld investiert, ohne Grace miteinzubeziehen.

Das war fünf Jahre her, doch Grace hatte schon nach wenigen Besuchen verstanden, warum ihre Großmutter sich diesen Ort ausgesucht hatte.

Er war eine Oase. An anstrengenden Tagen stellte sie sich vor, ebenfalls hier zu leben. Es gab ein Fitnessstudio mit Pool, Wellnessbereich und Kosmetikbehandlungen, das Mimi liebte. Doch das Beste waren die Menschen. Sie waren interessant, freundlich, und dank des hervorragenden Managements wirkte der ganze Ort wie eine Gemeinschaft.

Ihre Großmutter lebte in einem Dreizimmergartencottage, von dem aus man über die Wiesen hinunter zum Fluss blickte. Wenn die Türen und Fenster im Sommer offen standen, konnte man das Wasser hören. Mimi hatte eines der Zimmer in eine Dunkelkammer verwandelt, wo sie noch immer ihre Fotos entwickelte. Das andere Zimmer, ihr Schlafzimmer, wirkte mit der

verspiegelten Wand und der Ballettstange, an der ihre Großmutter sich dehnte, wie die Garderobe einer Tänzerin.

Die Haustür öffnete sich, noch bevor Grace die Hand zur
Klingel geführt hatte.

»Wie findest du das? *Je suis magnifique, non?*« Ihre Großmutter vollführte eine Drehung und streckte dann rasch die
Hand aus, um sich abzustützen. »Ups!«

»Vorsichtig!« Grace ergriff ihre Hand. »Vielleicht ist es an
der Zeit, mit dem Tanzen aufzuhören. Du könntest das Gleichgewicht verlieren.«

»Wenn ich schon falle, dann lieber beim Tanzen. Außer ich
falle beim Sex aus dem Bett. Das wäre auch akzeptabel – allerdings unwahrscheinlich, solange die Männer hier nicht in die
Puschen kommen.«

Grace lachte und stellte ihre Taschen ab. Sie liebte den schel-
mischen Ausdruck in den Augen ihrer Großmutter. »Bleib, wie
du bist.«

»Ich bin zu alt, um mich zu ändern – und warum sollte ich?
Das Wichtigste, was man beherrschen sollte, ist immer man
selbst zu sein.« Mimi strich über ihr Kleid. »Also, wie findest
du es?«

»Ist das das Kleid, das du als Balletttänzerin in Paris getragen
hast?«

Sie hatte Bilder aus der Zeit gesehen. Wie ihre Großmutter,
unfassbar zart und das Haar zu einem Dutt zusammengefasst,
en pointe stand. Laut Mimis Erzählungen hatte ihr halb Paris
zu Füßen gelegen, was Grace ohne Weiteres glaubte.

»Ich wusste nicht, dass du es noch hast.«

»Habe ich auch nicht. Das hier ist eine Kopie. Mirabelle hat
es genäht. Sie ist wirklich begabt. Natürlich war ich damals jünger, und meine Beine waren nicht so dürr wie jetzt, deswegen
hat sie es länger gemacht.«

»Du siehst unglaublich aus.« Grace beugte sich vor und
küsste ihre Großmutter auf die Wange. »Ich habe schon alles
für unsere Französischgruppe vorbereitet. Ich muss los und

dem Personal beim Aufbau helfen, doch erst wollte ich dir das hier geben.« Sie überreichte ihr die Macaronschachtel, die sie mit einer hübschen Schleife verziert hatte. »Ich habe sie selbst gebacken.«

»Selbst gemachte Geschenke sind immer die besten.« Mimi fuhr mit dem Finger über das Seidenband. »Ich hatte ein Paar Ballettschuhe mit Bändern in genau dieser Farbe.« Sie öffnete die Schachtel mit einer Begeisterung, die ihre neunzig Lebensjahre nicht hatten schmälern können. »Sie sehen genauso aus wie die, die ich immer in Paris gekauft habe. Sie lagen wie Juwelen im Schaufenster. Ich erinnere mich an einen Mann, der sich morgens aus meinem Apartment hinausschlich, um mir eine Schachtel zum Frühstück zu kaufen – wir haben sie im Bett gegessen.«

Grace liebte die Geschichten aus der schillernden Vergangenheit ihrer Großmutter. »Wie hieß er?«

Sprach Mimi vielleicht über den Mann, der sie geschwängert hatte?

Grace hatte bei verschiedenen Gelegenheiten versucht, ihre Großmutter dazu zu bringen, über jenen geheimnisvollen Verehrer zu sprechen, der ihr Großvater war, doch sie tat es nie. »Er war eine Affäre«, sagte sie dann nur.

Wie immer blieb ihre Großmutter auch diesmal vage. »Ich weiß seinen Namen nicht mehr. Ich erinnere mich nur an die Macarons.«

»Du bist eine durchtriebene Frau, Mimi.« Grace nahm ihr die Schachtel ab und schloss sie. Es fühlte sich merkwürdig an, nichts über ihren Großvater zu wissen. Lebte er überhaupt noch?

»Seit wann ist es durchtrieben, Spaß zu haben? Und warum machst du die Schachtel zu? Ich wollte eines essen.«

»In unserer Französischstunde bekommst du jede Menge zu essen. Es wird ausreichend Nachschlag vorhanden sein.«

»Aber ich genieße gern den Moment.« Mimi öffnete die Schachtel und bediente sich. Sie biss in ein Macaron und schloss die Augen. »Wenn du den Moment auskostest, wirst du das Gestern niemals bedauern.«

Grace fragte sich, ob sie an Paris dachte oder an den Mann, der ihr Macarons ans Bett gebracht hatte. Sie wusste, dass ihre Großmutter manche Geschichten nicht erzählte. Sie betrafen die Zeiten, an die sie nicht gern dachte. Grace verstand das. Auch in ihrem Leben hatte es Zeiten gegeben, an die sie nicht gern dachte.

»Gut?«

»Hervorragend.« Mimi öffnete die Augen und griff nach ihrem Mantel und einem Seidenschal. Heute wählte sie den pfauenblauen. »Wie geht es Sophie?«

»Sie ist entsetzt darüber, dass man das Tierheim schließen will. Sie schreibt Briefe und ruft deswegen jeden an, der ans Telefon geht.«

»Ich bewundere Menschen, die bereit sind, aufzustehen und sich für das, woran sie glauben, einzusetzen. Und erst recht, wenn meine Urenkelin so ein Mensch ist. Du solltest stolz sein, Grace.«

»Ich bin stolz – auch wenn ich nicht sicher bin, ob ihr Wesen viel mit mir zu tun hat. Sie kommt eher nach David.«

Mimi konnte ihre Gedanken lesen. »Entspann dich. Sophie hat nichts von deiner Mutter in sich.« Sie hakte sich bei Grace ein, als sie das Cottage verließen und den gepflasterten Weg zum Haupthaus betraten. »Wann kommt Sophie mich besuchen?«

»Am Wochenende.«

»Und David?« Mimis Züge wurden weicher. »Er kam gestern vorbei und hat den Türgriff repariert. Der Mann ist perfekt. Er hat Zeit für jeden. Und habe ich schon erwähnt, dass er jeden Tag attraktiver wird? Dieses Lächeln …«

»Ich weiß.« Sie hatte sich damals sofort in Davids Lächeln verliebt. »Ich habe Glück.«

Mimi blieb stehen. »Nein, Liebes. Er ist derjenige, der Glück hat. Du hast so viel durchgemacht, und trotzdem hast du solch eine Familie – nun, ich bin stolz auf dich. Du hältst deine Familie zusammen, Grace. Und du bist eine wunderbare Mutter.«

Ihre Großmutter war ihre größte Unterstützerin. Grace umarmte sie vor allen, die zufällig gerade zusahen. Als sie sie im Arm hielt, bemerkte sie erst, wie zerbrechlich Mimi geworden war. Es machte ihr Angst. Sie konnte sich kein Leben ohne sie vorstellen.

»Ich liebe dich.«

»Natürlich tust du das. Ich bin die Buttercreme auf dem trockenen Kuchen des Lebens.«

Grace ließ sie los. »Heute sind es fünfundzwanzig Jahre. Hast du vergessen, was heute für ein Tag ist?«

»Meine Knochen knacken, und ich habe Krampfadern, aber mein Gedächtnis ist bestens. Natürlich weiß ich, welcher Tag heute ist. Dein Hochzeitstag! Ich freue mich für dich. Jede Frau sollte zumindest einmal in ihrem Leben aufrichtig lieben.«

»Du hast das nicht getan. Warst du nie versucht zu heiraten? Nicht einmal, als du schwanger warst?«

Mimi schlang sich den Schal um den Hals und hakte sich bei Grace unter. »Ich war nie der Typ, der heiratet. Du dagegen bist das immer schon gewesen. Ich hoffe, du trägst deine aufregendste Unterwäsche zur Feier des Tages.«

»Ich weigere mich, meine Unterwäsche mit dir zu erörtern, aber ich kann dir verraten, dass ich für das Abendessen einen Tisch reserviert habe. Und dann gebe ich ihm sein Geschenk.«

»Ich bin neidisch. Ein ganzer Monat in Paris. Kleine Straßen mit Kopfsteinpflaster im Sonnenlicht und die Gärten … Paris hat eine ganz besondere Atmosphäre – erinnerst du dich? Sie kriecht dir unter die Haut und erfüllt die Luft, die du atmest …«

Mimi schien mit sich selbst zu reden, und Grace lächelte.

»Ich erinnere mich – aber ich war erst einmal dort, und das nur kurz. Du bist dort geboren. Du hast dort gelebt.«

»Das habe ich. Und ich habe wirklich gelebt.« Wenn sie über Paris sprach, war Mimi immer besonders lebendig. »Ich erinnere mich, dass wir uns eines Abends auszogen und …«

»Mimi!« Grace hielt an der Tür zum Speisesaal inne. »Du bist gleich in der Öffentlichkeit. Schockier sie nicht alle. Wir wollen doch nicht, dass du mit deinen sündhaften Geschichten Anstoß erregst.«

»Langeweile ist eine Sünde. Man ist nie zu alt für ein bisschen Aufregung. Ich tue ihnen einen Gefallen.« Mimi schnippte mit den Fingern. »Pierre! Das ist es.« Triumphierend sah sie Grace an.

»Pierre?«

»Der Mann, der mir die Macarons brachte. Wir hatten uns die ganze Nacht geliebt.«

Grace war fasziniert. »Wo hast du ihn kennengelernt? Was hat er beruflich gemacht?«

»Ich traf ihn bei einer Vorführung, zu der er gekommen war, um mich tanzen zu sehen. Ich habe keine Ahnung, was er beruflich tat. Wir haben nicht geredet. Mich interessierte nicht seine Karriere, sondern nur seine Ausdauer.«

Grace schüttelte den Kopf und zog den Schal ihrer Großmutter zurecht. »Du solltest zurückgehen.«

»Nach Paris? Ich bin zu alt. Heute ist sicher alles anders. Und die Menschen, die ich geliebt habe – sie sind tot.«

Ihre Großmutter sah in die Ferne und schüttelte dann kurz den Kopf.

»Zeit zu tanzen.« Sie öffnete die Tür und betrat den Raum wie eine Primaballerina die Bühne.

Sie wurden von einem Chor fröhlicher Stimmen empfangen, und Grace packte ihre Tasche auf dem Tisch aus. Sie hatte an der Bäckerei in der Main Street angehalten, um Baguettes zu kaufen. Sie waren nicht so kross und perfekt wie die, die sie in Frankreich gegessen hatte, doch verglichen mit allem, was das ländliche Connecticut diesbezüglich zu bieten hatte, kamen sie deren Vorbild am nächsten.

Während das Personal half, die Tische vorzubereiten, wählte Grace die Musik aus.

»Edith Piaf!« Mimi glitt graziös in die Mitte des Raums und forderte Albert auf.

Einige andere taten es ihnen nach, und rasch war der Raum voller tanzender Menschen.

Als sie sich zum Essen setzten, wurde Grace mit Fragen bombardiert.

Hatte sie alles für Davids Überraschung vorbereitet? Wie genau würde sie ihm von der Reise erzählen, die sie geplant hatte?

Sie hatte Mimi in ihre Pläne eingeweiht, weil sie wusste, wie sehr sie es genoss, Teil einer Verschwörung zu sein.

Es war ursprünglich Davids Idee gewesen, sich zum Hochzeitstag nichts zu schenken, sondern sich stattdessen Erfahrungen zu gönnen. Er hatte es ihr Glückliche-Erinnerungen-Projekt genannt. Er wollte ihr viele schöne Erinnerungen verschaffen, um die schlechten Erinnerungen ihrer Kindheit wettzumachen.

Das war das Romantischste, was ihr jemals jemand gesagt hatte.

Letztes Jahr hatte sie ein Wochenende an den Niagarafällen gebucht. Sie hatten eine gute Zeit gehabt, doch Grace wollte für dieses Jahr etwas Größeres und Besseres.

Der Nachmittag verstrich rasch, und sie räumte gerade auf, als ihre Freundin Monica eintraf, um eine Yogastunde zu geben.

Grace und Monica hatten sich kennengelernt, als sie schwanger waren. Niemand verstand Elternängste besser als eine andere Mutter, und es tat gut, mit Monica zu sprechen, auch wenn sie sich im Vergleich zu ihrer Freundin oft unzureichend fühlte.

Monica war besessen von einem gesunden Lebensstil. Für sie war rotes Fleisch für mindestens die Hälfte allen Unrechts dieser Welt verantwortlich. Sie presste frischen Saft, baute ihr eigenes Gemüse an und unterrichtete Yoga. Sie bestand darauf, dass die ganze Familie vegetarisch lebte, auch wenn David schwor, dass er Monicas Mann dabei gesehen hatte, wie er in einem Steakhaus in der Nachbarstadt ein Vierhundert-Gramm-Steak verschlungen hatte. Sie hatten sich nur einmal zu einem gemeinsamen Pärchenabend getroffen – zu einem Abendessen, das nahezu ausschließlich aus Linsen bestand und nach dem David das Badezimmer vierundzwanzig Stunden lang nicht verlassen konnte.

»Nie wieder!«, hatte er durch die Badezimmertür gebrüllt. »Sie ist deine Freundin.«

Grace, in deren Magen und Darm es ebenfalls rumort hatte, hatte zugestimmt.

Von diesem Tag an war die Freundschaft auf die beiden Frauen begrenzt gewesen.

Sie trafen sich zum Kaffee oder zum Mittagessen oder gelegentlich zu einem Wellnesstag.

Grace liebte Monica trotz Davids Vorbehalte. Sie hatte ein gutes Herz, und dass sie hier in Rushing River Yogastunden gab, zeigte das deutlich.

Grace half Monica, ihr Equipment im Übungsraum auszubreiten. »Wie geht es Chrissie?«, fragte sie ihre Freundin.

»Sie ist furchtbar aufgeregt. Sie weiß nicht, was sie tun soll, wenn sie nicht die Zulassung für das College ihrer Wahl bekommt. Die Wartezeit treibt uns in den Wahnsinn. Ich habe schon Meditationstechniken probiert, aber sie scheinen nicht zu funktionieren.«

»Sophie ist auch gestresst. Vor nächstem Monat werden sie keine Antwort erhalten.«

Beide Mädchen hofften auf einen Platz an einem Elite-College, und Grace und Monica wussten, dass sie sehr enttäuscht sein würden, wenn man sie ablehnte.

»Chrissie möchte auf die Brown University, weil ihr das Angebot gefällt ... ich hoffe ebenfalls auf die Brown – aber vor allem, weil sie in der Nähe ist.« Monica zog ihr Sweatshirt aus und entblößte dabei ihre muskulösen Arme. »Ich möchte sie ab und zu besuchen können.« Sie warf Grace einen schuldbewussten Blick zu. »Entschuldige, das war taktlos.«

Grace hätte ihre Tochter gern in einem College an der Ostküste gesehen, doch Sophie wollte unbedingt nach Stanford und war ganz aufgeregt, dann nach Kalifornien zu ziehen. Grace wollte sie nicht davon abhalten oder sie drängen, ein College zu wählen, das näher an ihrem Zuhause lag. Sie freute sich, dass Sophie das Selbstvertrauen hatte, so weit fortzugehen.

»Denkst du viel daran? Wie das Leben sein wird, wenn sie fort ist?« Monica holte das Mikrofon hervor, das sie im Unterricht verwendete. »Chrissie wirkt noch so jung. Todd hat Angst vor ihrem Auszug, auch wenn wir uns zumindest keine Sorgen machen müssen, dass sie plötzlich auf die falsche Spur gerät. Sie ist so ein zuverlässiges, vernünftiges Mädchen. Wie geht es David damit?«

»Er scheint das entspannt zu sehen. Wir sprechen nicht wirklich darüber.« Grace wollte die letzten Monate, die sie Sophie zu Hause hatte, nicht damit verderben, dass sie sich ständig mit ihrem Auszug beschäftigte. Sie hielt ihre Ängste verborgen, damit sie sie nicht irgendwie an ihre Tochter weitergab. Wie David und sie damit zurechtkamen, lag nicht in Sophies Verantwortung.

Grace hielt sich an diesen Vorsatz, sogar bei Freundinnen. »Es wird natürlich sehr anders, aber wir freuen uns beide, Zeit füreinander zu haben.«

Lange Sommertage lagen vor ihnen, nur David und sie … Keine Sophie, die in die Küche gehüpft kam und den Kühlschrank plünderte. Keine im Haus verstreute Kleidung und offene Bücher auf den Möbeln. Keine versandfertigen Protestbriefe auf dem Küchentresen.

Wenn Sophie fort war, würde sich in ihrem Leben ein klaffendes Loch auftun. Es gab Momente, in denen ihr das Angst machte, doch sie wusste, dass es an David und ihr lag, dieses Loch zu füllen.

»Ihr seid beide so ausgeglichen.« Monica befestigte das Mikrofon an ihrem Top. »Ich dachte, Todd würde explodieren, als Chrissie zum ersten Mal von der Möglichkeit sprach, mit Sophie diesen Sommer nach Europa zu reisen. Ich sage ihm immer, dass sie kein Kind mehr ist und dass sie mit ihren Freunden zusammen sein will. Aber ich mache mir auch ein bisschen Sorgen. Meinst du, wir hätten sie ermuntern sollen, etwas weniger Abenteuerliches zu machen?«

»Ich war in dem gleichen Alter, als ich zum ersten Mal nach Paris ging. Es war ein unvergessliches Erlebnis.«

Erinnerungen tauchten vor ihrem inneren Auge auf. Die regennassen Straßen von Paris, die Sonnenstrahlen zwischen den Blättern der Bäume im Jardin des Tuileries, ihr erster richtiger Kuss im Mondschein an der funkelnden Seine. Der flüchtige Blick in ein Leben, das so weit von dem ihrem entfernt war, dass ihr schwindlig wurde. Das aufregende Wissen, dass eine ganze Welt vor ihr lag und auf sie wartete.

Philippe.

Ihre erste Liebe.

Und dann der Anruf, der alles verändert hatte.

Es schien alles so lange her zu sein.

»Aber sie fahren auch nach Rom und Florenz.« Monica war nicht beruhigt. »Ich habe üble Dinge über Florenz gehört. Donnas Tochter wurde dort ihr Portemonnaie gestohlen, und sie sagte, sie hätten sich nur zu zweit nach draußen gewagt – selbst tagsüber. Sie wurden die ganze Zeit angegrapscht. Und was, wenn ihnen jemand etwas in ihre Drinks tut? Überhaupt möchte ich nicht, dass Chrissie ihrem Körper Gift zuführt. Sie hat noch nicht mal Antibiotika genommen.«

Grace löste sich aus der Vergangenheit. Sie war ziemlich sicher, dass Chrissie ihrem Körper jede Menge Gift zuführen würde, wenn sie erst mal auf dem College war. »Sie sind vernünftig. Falls sie in Schwierigkeiten geraten – was nicht geschehen wird –, können sie uns anrufen. David und ich werden einen Monat lang in Paris sein.«

Es klang exotisch, und plötzlich fühlte es sich an, als hätte sich eine Tür einen Spalt weit geöffnet. Ein Teil von ihr würde sich immer nach jenen Tagen sehnen, als ihre Tochter im schützenden Kokon der Familie sicher aufgehoben gewesen war, doch es gab viele andere Dinge in der Zukunft, auf die sie sich freuen konnte.

Vor ihr lagen endlose Möglichkeiten.

Davids Eltern waren zu einem frühen Zeitpunkt in ihrer Ehe gestorben, und er hatte keine weitere Familie. Er hatte oft gesagt, dass Grace und Sophie seine ganze Welt seien, und Grace war glücklich darüber, denn ihr ging es genauso. Und sie hatte Mimi. Sie lächelte. Ihre Buttercreme.

Der Gedanke an einen ganzen Monat in Europa, in dem jeder Tag nur ihnen gehörte, machte sie fast schwindlig. Sie würden im Bett herumlungern, ausgiebige Frühstücke auf dem Balkon ihres Hotels genießen, ein bisschen Sightseeing machen. Sie würden die Zeit und die Energie für Sex haben und müssten sich nicht sorgen, dass Sophie sie stören könnte.

Sie würde Sophie vermissen, doch je mehr sie daran dachte, desto mehr freute sie sich darauf, mehr Zeit mit ihrem Ehemann zu verbringen.

Als sie später mit David beim Abendessen saß, sprach sie das Thema an.

»Ich habe an all die Dinge gedacht, die wir tun können, wenn Sophie auf dem College und nicht mehr zu Hause ist.«

Das Restaurant war voll. Eine Geräuschkulisse von Gesprächen, dem Klirren von Gläsern und gelegentlichem Auflachen umgab sie. Auf den Tischen flackerten Kerzen, silbernes Besteck blitzte im Licht.

»Wir wissen noch nicht, wohin sie geht.« Er aß sein Bœuf bourguignon. Der Duft von Kräutern und Rotwein verbreitete sich. »Vielleicht wird sie nicht angenommen.«

»Das wird sie. Sie ist klug. Und sie arbeitet hart. Unser Baby ist erwachsen.«

Hinter ihnen erklang Applaus. Grace wandte sich um. Ein paar Tische weiter kniete ein Mann und überreichte einer weinenden Frau einen Ring. Grace klatschte ebenfalls und blickte dann wieder zu David. Sie hatte erwartet, dass er ihr zuzwinkern oder vielleicht die Augen verdrehen würde angesichts dieser kitschigen Szene, doch David lächelte nicht. Er betrachtete das Paar mit einem Ausdruck, den Grace nicht recht deuten konnte.

»Es werden nur noch wir beide sein«, sagte er. Er sah zu, wie der Mann der Frau den Ring ansteckte. »Denkst du manchmal darüber nach?«

Grace kehrte dem Paar den Rücken zu und widmete sich wieder ihrem Teller. Sie hatte das Enten-Confit bestellt, und es war köstlich. »Selbstverständlich. Ich denke auch an all die Dinge, die wir tun können. Ich freue mich darauf. Du dich nicht auch?«

Sie war so sehr in ihrer eigenen Heiterkeit gefangen, dass sie einen Moment brauchte, um zu bemerken, dass er nicht antwortete. Er betrachtete noch immer das Paar hinter ihr.

»David?«

Er legte die Gabel zur Seite. »Ich fühle mich alt, Grace. Es kommt mir vor, als ob die besten Jahre meines Lebens hinter mir liegen.«

»Was? David, das ist verrückt. Du bist auf dem Höhepunkt! Falls es dir hilft: Mimi findet dich attraktiver als je zuvor.«

Sie fand das ebenfalls. Wenn man mit jemandem zusammenlebte, sah man ihn nicht immer so, wie Fremde ihn sahen. Doch in letzter Zeit hatte sie sich ertappt, wie sie Davids breite Schultern oder seinen Dreitagebart ansah und dachte: Sexy! Das Alter verlieh ihm eine Distinguiertheit, die sie unwiderstehlich fand.

Als sie Mimi erwähnte, entspannten sich seine Gesichtszüge. Seine Augenfältchen vertieften sich – ein Vorbote jenes Lächelns, das sie so sehr liebte. »Du erörterst meinen Sex-Appeal mit deiner Großmutter?«

»Du weißt, wie sie ist. Ich schwöre, wenn wir nicht schon

verheiratet wären, würde sie dich heiraten. Nein, eigentlich ...«
Sie runzelte die Stirn. »Heiraten ist Mimi zu bürgerlich. Sie
würde nicht gebunden sein wollen. Sie würde mit dir schlafen
und dich dann ausmustern und sich nicht einmal mehr an deinen Namen erinnern. Paris ist gepflastert mit all den Herzen,
die Mimi dort gebrochen hat.«

Und bald würde sie ebenfalls dort sein. Vielleicht war dies
der richtige Zeitpunkt, es ihm zu sagen.

Er spielte mit seinem Messer. »Ich kann mich noch an den
Tag von Sophies Geburt erinnern. Kaum zu glauben, dass sie
bald auszieht.«

»Es ist nur natürlich, dass wir so empfinden, aber wir sollten
stolz sein. Wir haben eine kluge, freundliche und unabhängige
Erwachsene herangezogen. Das war unsere Aufgabe als Eltern.
Sie denkt selbstständig, und nun wird sie auch ihr Leben selbstständig gestalten. So sollen die Dinge laufen.«

Der Umstand, dass es bei ihr nicht so gelaufen war, hatte ihre
Entschlossenheit, ihrer Tochter alles zu ermöglichen, noch ver-
stärkt.

David legte das Messer weg. »Ein Meilenstein wie dieser
bringt einen wirklich dazu, das eigene Leben genau zu betrachten. Ich habe über uns nachgedacht, Grace.«

Sie nickte erfreut. »Ich habe auch über uns nachgedacht. Wir
sollten unseren Neustart feiern. Und unser Sommer wird nicht
leer sein, weil ich weiß, wie wir ihn auf perfekte Weise füllen.
Herzlichen Glückwunsch zum Hochzeitstag, David.«

Sie reichte ihm das Päckchen, das sie unter dem Stuhl versteckt hatte. Das Geschenkpapier zierten kleine Bilder von Pariser Sehenswürdigkeiten. Der Eiffelturm. Der Arc de Tri-
omphe. Der Louvre. Sie hatte zwei Stunden im Internet gesucht,
um es zu finden.

»Was ist das?«

»Das ist meine Überraschung zum Hochzeitstag. Jedes Jahr
unternehmen wir eine Reise, um uns neue Erinnerungen zu
schaffen. Dies ist eine ganz besondere. Und vielleicht inspiriert

sie dich, an deinem Roman zu arbeiten.« Er schrieb an dem Buch, seit sie ihn kannte, hatte es aber nie beendet.

»Eine Reise?« Er wickelte das Geschenk langsam aus, als wäre er nicht sicher, ob er wissen wollte, was sich unter dem Papier verbarg.

Das Paar am Tisch neben ihnen sah fasziniert herüber. Grace kannte sie vage – so wie man sich in einer Kleinstadt wie dieser eben kannte. Die Gesichter waren einem immer vertraut. Der Cousin von jemandem. Die Tante von jemandem. Der Mann von jemandem.

David holte den Stadtplan von Paris hervor, den sie ebenfalls im Internet bestellt hatte. »Wir fliegen nach Paris?«

»Ja!« Sie war geradezu lächerlich zufrieden mit sich. »Es ist alles gebucht. Wir fliegen für einen Monat hin, direkt im Juli. Du wirst es lieben, David.«

»Einen ganzen Monat?«

»Wenn du dir Sorgen machst, ob du dir so lange freinehmen kannst, musst du das nicht. Ich habe schon mit Stephen gesprochen, und er hält es für eine großartige Idee. Du hast so viel gearbeitet, und Juli ist ein ruhiger Monat und …«

»Warte. Du hast mit meinem Chef gesprochen?« Er rieb sich das Kinn, als hätte er dort einen Schlag abbekommen. Seine Wangenknochen färbten sich rot, und sie wusste nicht, ob es aus Verärgerung oder Beschämung war.

»Ich musste wissen, ob du dir die Zeit freinehmen kannst.« Vielleicht hätte sie es nicht tun sollen, auch wenn Stephen es bezaubernd gefunden hatte.

»Grace, du musst nicht jedes Detail meines Lebens für mich erledigen.«

»Ich dachte, du freust dich.« Wollte er sich nicht die anderen Gegenstände in der Schachtel ansehen? Das waren ein Ticket für die Metro, die Pariser U-Bahn, eine Postkarte des Eiffelturms und eine Hochglanzbroschüre des Hotels, das sie gebucht hatte. »Diese Reise ist für uns. Wir haben einen Monat im Sommer, in dem wir gemeinsam die Stadt erkunden. Wir können in Straßenbistros draußen zu Abend essen, zusehen, wie die Leute vorbeigehen, und entscheiden, wie unser zukünftiges Leben aussehen soll. Nur wir beide.«

Sie war entschlossen, diese neue Lebensphase als ein Abenteuer zu betrachten – und nicht als eine Zeit des Bedauerns und der Nostalgie.

Würde es sich merkwürdig anfühlen, mit David in Paris zu sein? Nein, sicher nicht. Ihr letzter Besuch lag Jahrzehnte zurück. Er war ein Teil der Vergangenheit, an die zu denken sie sich nicht erlaubte.

»Du hättest mit mir darüber sprechen sollen, Grace.«

»Ich wollte, dass es eine Überraschung ist.«

Er sah elend aus. Auch sie begann sich elend zu fühlen. Der Abend verlief nicht so, wie sie es sich vorgestellt hatte.

Er schloss die Schachtel. »Du hast schon alles gebucht? Ja, natürlich hast du das. Du bist du.«

»Was soll das heißen?« Sollte sie sich für eine ihrer besten Eigenschaften entschuldigen? Organisiert zu sein war eine gute Sache. Sie war mit dem Gegenteil aufgewachsen und wusste, wie schlimm das war.

»Du tust alles – obwohl ich durchaus in der Lage bin, Dinge selbst zu tun. Du musst nicht das Geschenk für meinen Chef kaufen, Grace. Ich kann das selbst erledigen.«

»Ich weiß, dass du das erledigen kannst, aber ich tue es gern, damit du es nicht tun musst.«

»Du organisierst jedes winzige Detail in unserem Leben.«

»Damit nichts vergessen wird.«

»Ich verstehe, warum das wichtig für dich ist. Das tue ich wirklich.«

Seine Stimme wurde sanft, und das Mitgefühl in seinen Augen sorgte dafür, dass sie sich innerlich krümmte. Es war, als ginge man in einen Raum voller Menschen und entdeckte, dass man sein Hemd nicht zugeknöpft hatte.

»An einem Abend wie diesem sollten wir nicht über schlechte Dinge sprechen.«

»Vielleicht sollten wir das. Vielleicht hätten wir viel häufiger darüber sprechen sollen.«

»Es ist unser Hochzeitstag. Eine Feier. Du machst dir Sorgen, dass ich zu viel erledige? Es ist in Ordnung, David. Ich tue das gern. Es ist kein Problem.«

Sie griff über den Tisch nach seiner Hand, doch er zog sie fort.

»Für mich ist es ein Problem, Grace.«

»Warum? Du hast viel zu tun, und ich verwöhne dich gern.«

»Du gibst mir das Gefühl …« Er rieb sich übers Kinn. »… unfähig zu sein. Manchmal frage ich mich, ob du mich überhaupt brauchst.«

Ihr Magen schien sich umzudrehen. Sie hatte das Gefühl, von einer Klippe zu fallen. »Wie kannst du das sagen? Du weißt, dass ich das tue.«

»Weiß ich das? Du planst jedes Detail unseres Lebens. Du bist die unabhängigste Frau, die ich kenne. Was genau trage ich zu dieser Ehe bei?«

Zu jeder anderen Zeit hätte sie gesagt: »Großartigen Sex!«, und sie hätten sich beide vor Lachen ausgeschüttet, doch heute Abend lachte David nicht, und ihr war auch nicht danach zumute.

Die Menschen am Tisch neben ihnen starrten sie an.

Grace kümmerte es nicht.

»Du trägst vieles bei! David …«

»Wir müssen reden, Grace.« Er schob seinen halb vollen Teller zur Seite. »Ich wollte dir das nicht heute Abend sagen, aber …«

»Aber was? Worüber möchtest du reden?« Unbehagen erfasste sie. Er klang nicht wie er selbst. David war immer sicher, zuversichtlich und verlässlich. Sie wusste fast immer, was er dachte. »Warum reibst du dir immer über den Kiefer?«

»Weil er schmerzt.«

»Du solltest zum Zahnarzt gehen. Vielleicht hast du einen Abszess oder so etwas. Ich mache dir morgen früh einen – « Sie hielt mitten im Satz inne. »Oder du machst den Termin selbst, wenn dir das lieber ist.«

»Ich möchte die Scheidung, Grace.«

Ein merkwürdiges Klingeln ertönte in ihren Ohren. Die Hintergrundgeräusche und das Geschirrklappern hatten seine Worte verschluckt. Er konnte unmöglich gesagt haben, was sie verstanden hatte.

»Wie bitte?«

»Die Scheidung.« Er zog am Kragen seines Hemdes, als würde es ihn ersticken. »Ich fühle mich schrecklich, das zu sagen. Ich wollte dir niemals wehtun, Gracie.«

Sie hatte ihn nicht falsch verstanden.

»Ist es, weil ich Stephen ein Geschenk gekauft habe?«

»Nein.« Er murmelte etwas und lockerte dann wieder den Kragen. »Ich sollte das nicht jetzt tun. Ich hatte es nicht geplant. Ich sollte …«

»Ist es, weil Sophie auszieht? Ich weiß, das ist beunruhigend …«

Panik ergriff sie. Drückte ihr Herz zusammen. Und dann ihre Lungen. Sie bekam keine Luft. Sie würde ohnmächtig werden und in ihr Enten-Confit fallen. Sie stellte sich den Artikel in der morgigen Ausgabe der *Woodbrook Post* vor.

Einheimische erstickt, nachdem sie kopfüber in ihr Essen fiel.

»Es ist nicht wegen Sophie. Es ist wegen uns. Die Dinge sind schon seit einiger Zeit nicht mehr richtig.«

In Davids Augen lag ein Ausdruck, den sie nie zuvor gesehen hatte.

Mitleid. Ja, da war Trauer und auch Schuld, doch es war das Mitleid, das sie in Stücke riss.

Das hier war David. Ihr David – derselbe Mann, der an ihrem Hochzeitstag geweint hatte, weil er sie so sehr liebte. Der sie gehalten hatte, während ihre Tochter sich auf die Welt gekämpft hatte, und der mit Grace durch dick und dünn gegangen war. David, ihr bester Freund und der einzige Mensch, der sie wirklich kannte.

Er würde sie niemals verletzt sehen wollen, geschweige denn sie selbst verletzen. Dieses Wissen verwandelte ihre Verwirrung in pure Angst. Er wollte sie nicht verletzen, aber er tat es dennoch – was bedeutete, dass das hier ernst war. Er hatte entschieden, ihr lieber wehzutun, als bei ihr zu bleiben.

»Ich verstehe das nicht.« Wenn irgendwas nicht in Ordnung wäre, hätte sie es doch gemerkt, nicht wahr? Seit sie denken konnte, waren sie und David ein Team. Ohne ihn wäre sie vor vielen Jahren vor die Hunde gegangen. »Was ist nicht richtig, David?«

»Unser Leben ist irgendwie … ich weiß nicht … langweilig geworden.« Seine Stirn glänzte vor Schweiß. »Vorhersehbar. Ich gehe jeden Tag an denselben Ort zur Arbeit, sehe dieselben Leute und komme jeden Tag heim zu …«

»… zu mir.« Es war allzu einfach, den Satz zu beenden. »Was du also wirklich sagen willst, ist, dass ich vorhersehbar bin. Dass ich langweilig bin.« Ihre Hände zitterten, und sie verschränkte sie im Schoß.

»Es liegt nicht an dir, Grace. Es liegt an mir.«

Dass er die Schuld auf sich nahm, machte die Sache nicht besser. »Wie kann es alles an dir liegen? Ich bin diejenige, mit der du verheiratet bist, und du bist unglücklich – was bedeutet, dass ich irgendetwas falsch mache.« Und das Problem war, dass es ihr gefiel, dass ihr Leben vorhersehbar war. »Ich bin mit Unvorhersehbarkeit aufgewachsen, David. Glaub mir, sie wird überschätzt.«

»Ich weiß, wie du aufgewachsen bist.«

Natürlich tat er das.

War sie wirklich langweilig? Herrje, stimmte das?

Es stimmte, dass sie ein bisschen besessen davon war, gute Eltern für Sophie zu sein, doch das war David ebenfalls wichtig.

Er öffnete einen weiteren Knopf an seinem Hemd und bedeutete dem Kellner, mehr Wasser zu bringen. »Warum ist es so heiß hier drin? Mir ist nicht gut … Ich weiß nicht, was ich gerade sagte …«

Ihr war ebenfalls nicht allzu gut. »Du sagtest, du möchtest die Scheidung.«

Sie hätte nie gedacht, dass dieses Wort in einem Gespräch zwischen ihr und David fallen würde, und sie wünschte, es wäre nicht hier gefallen, an einem öffentlichen Ort. Mindestens zwei der Gäste im Bistro hatten Kinder in ihrer Klasse – was angesichts des Inhalts ihres Gesprächs äußerst unangenehm war.

»*Mommy sagt, Sie lassen sich scheiden, Mrs. Porter, stimmt das?*«

»Grace …«

David nippte an seinem Wasser, und sie bemerkte ein Zittern an seiner Hand. Er sah blass und krank aus.

Sie war ziemlich sicher, dass sie das Gleiche von sich denken würde, wenn sie in den Spiegel sah.

Was war mit Sophie? Sie würde am Boden zerstört sein. Was, wenn sie zu verstört wäre, um im Sommer wegzufahren? Das Timing war furchtbar.

Monica würde vermutlich dem roten Fleisch die Schuld geben. *Zu viel Testosteron.*

»Wir können zu einer Eheberatung gehen, wenn du meinst, dass das hilft. Woran auch immer wir arbeiten müssen, wir werden daran arbeiten.«

»Unsere Ehe zu retten ist nichts, was du auf deine To-do-Liste setzen kannst, Grace.«

Sie spürte, wie ihr Röte in die Wangen stieg, weil sie gedanklich genau das getan hatte. »Wir sind seit fünfundzwanzig Jahren verheiratet. Es gibt nichts, rein gar nichts, was wir nicht wieder in Ordnung bringen könnten.«

»Ich habe eine Affäre.«

Die Worte trafen sie wie ein Schlag in den Magen.

»Nein!« Ihre Stimme brach. Und genau so fühlte sie sich. Gebrochen. Zerschmettert. Als ob sie ein Stück Chinaporzellan wäre, das er gegen den Schrank geworfen hätte. »Sag mir, dass das nicht wahr ist.«

Ihr wurde übel. Direkt hier in dem netten, kleinen französischen Bistro, vor einem Publikum von ungefähr fünfzig Menschen wurde ihr übel.

Sie konnte sich vorstellen, wie die Kinder in ihrer Klasse darauf reagieren würden.

»*Haben Sie sich übergeben, Mrs. Porter?*«

»*Ja, Connor. Ich habe mich übergeben, aber es hatte nichts mit der Ente zu tun.*«

David sah noch elender aus, als sie sich fühlte. »Ich habe es nicht geplant, Grace.«

»Soll ich mich deshalb besser fühlen?«

Sie hatte tausend Fragen.

Wer ist diese Frau? Kenne ich sie? Wie lange geht das schon?

Am Ende stellte sie nur eine: »Liebst du sie?«

David fuhr sich mit den Fingern über die Stirn. »Ich … ja. Ich glaube, ja.«

Sie krümmte sich fast. Also nicht nur Sex, sondern Gefühle. Starke Gefühle.

Das war der ultimative Verrat.

Sie stand auf, auch wenn ihre Beine nicht einverstanden zu sein schienen mit dieser Entscheidung. Sie fühlten sich an wie Gummi. Sie wollte nicht, dass die Leute noch mehr von diesem Gespräch mitbekamen – nicht um seinetwillen, sondern zu ihrem und zu Sophies Schutz. Wie viel hatten die anderen Bistrobesucher gehört? Würde sie im Supermarkt angesprochen werden?

»*Ich habe gehört, David liebt dich nicht mehr. Das muss hart sein.*«

»Lass uns gehen.«

»Grace, warte!« David fummelte nach ein paar Geldscheinen und warf sie auf den Tisch, ohne sie zu zählen.

Grace war schon auf halbem Weg zur Tür, die Schachtel mit den Paris-Plänen fest unter den Arm geklemmt. Sie wusste nicht, warum es ihr so wichtig schien, sie mitzunehmen. Vielleicht wollte sie ihre Träume nicht herumliegen lassen. Der glückliche Sommer, den sie monatelang geplant hatte, würde nicht kommen. Stattdessen würden sie die Zeit damit verbringen, Eigentum und Habseligkeiten aufzuteilen und Anwälte zu konsultieren.

Die Realität des Ganzen überwältigte sie.

David war die Liebe ihres Lebens. Er war das solide Fundament, auf dem sie ihre wunderbar sichere und vorhersehbare Welt aufgebaut hatte. Ohne ihn würde alles zusammenbrechen.

Sie hatte das Gefühl, neben sich zu stehen. Ihre Gedanken waren sonst wo, während ihr Körper sich noch im Bistro befand und alle Bewegungen ausführte. Lächeln, sich verabschieden – »Danke, ja, das Essen war köstlich!« –, als sei nicht gerade ihr Leben in die Luft gesprengt worden.

David presste erneut die Hand gegen die Brust und schüttelte den Kopf, als der Kellner ihm in den Mantel helfen wollte. »Grace, mir geht es nicht gut …«

Ach wirklich?

»So seltsam es klingen mag, mir geht es auch nicht gut.«

Erwartete er etwas Mitgefühl?

»Ich habe das Gefühl, als ob … ich kann nicht …«

David taumelte und brach dann zusammen, wobei er einen Serviertisch und einen Garderobenständer mitriss. Mit einem dumpfen Klatschen schlug sein Körper auf dem Boden auf.

Grace konnte sich nicht bewegen.

War das eine Reaktion auf den Schock? Erstarrte man dadurch zu einem unnützen Objekt?

Im Restaurant war es still geworden. Vage nahm sie wahr, dass ein paar Gäste aufstanden, um besser sehen zu können, was vor sich ging. Kellner hatten sich zu ihr umgedreht, Angst und Erwartung standen in ihren Augen.

David lag auf dem Boden, seine Stirn war schweißbedeckt, und seine Augen traten hervor.

Er hatte eine Hand auf die Brust gepresst, während die andere seinen Hemdkragen umklammerte.

Sein Blick traf ihren, und sie sah die Todesangst darin.

»Hilf mir … hilf mir.«

»Rufen Sie einen Krankenwagen.« Sie war fasziniert, wie normal ihre Stimme klang.

Sie hatte einen Erste-Hilfe-Kurs absolviert, doch ihr Körper und Geist waren paralysiert von dem Wissen, dass ihr Ehemann, mit dem sie fünfundzwanzig Jahre verheiratet war, sie nicht mehr liebte.

Er war ihr untreu gewesen. Er hatte Sex mit einer anderen Frau gehabt. Vermutlich nicht nur einmal. Wie lange ging das schon? Wo? In ihrem gemeinsamen Schlafzimmer oder woanders?

Ein rasselndes Geräusch kam aus Davids Mund, und Grace analysierte ihre Reaktion darauf mit einer Mischung aus Schauer und Neugier. Erwog sie ernsthaft, ihn nicht wiederzubeleben?

Ich heiße Grace Porter, und ich habe meinen Ehemann ermordet.

Nein, kein Mord. Mord erforderte Vorsatz. Das hier war eher … eine Gelegenheit.

Wenn er starb, wüsste sie nicht einmal, wen sie anrufen sollte, um die Nachricht zu überbringen. Sie würde sich bei der Beerdigung umsehen müssen, um die eine Frau zu identifizieren, die ebenso sehr weinte wie sie.

Während sie wie durch einen Nebel die allgemeine Panik und das Geklappere um sie herum registrierte, starrte Grace auf ihn hinunter. Was sich wie Minuten anfühlte, waren tatsächlich nur wenige Sekunden.

Dies war der Mann, den sie liebte. Sie hatten ein Kind zusammen. Sie war davon ausgegangen, dass sie zusammen alt werden würden.

Wenn er mit seinem Leben unzufrieden war, warum hatte er nichts gesagt?

Diese Ungerechtigkeit erstickte beinahe ihr Verantwortungsgefühl. Er hatte ihr nicht einmal die Chance gegeben, die

Dinge anders zu machen. Er hatte die Entscheidung für sie beide getroffen. Wie hatte er das tun können?

Als in der Ferne eine Sirene zu hören war, gab David einen erstickten Laut von sich und schloss dann die Augen.

Grace erwachte aus ihrer Erstarrung.

Sie konnte einen anderen Menschen nicht sterben lassen, auch wenn sie das Gefühl hatte, diese Person hätte ihr gerade ein Messer ins Herz gerammt.

Sie kniete neben ihm nieder, fühlte seinen Puls, überprüfte seine Atmung und legte dann ihre Hände auf seine Brust, um mit der Wiederbelebung anzufangen.

Eins, zwei, drei – verdammter David ... verdammter David ...

Sie zählte, während sie pumpte, und hielt ihm dann die Nase zu für die Mund-zu-Mund-Beatmung. Sie versuchte, nicht daran zu denken, wie diese Lippen eine andere Frau geküsst hatten.

Wenn sie zu Hause war, würde sie als Erstes die Laken wechseln.

Die Sirenen kamen näher. Sie betete, dass sie sich beeilten. Sie wollte nicht, dass er starb. Das wäre ein zu bequemer Ausweg für ihn, und Grace wollte ihm keinen bequemen Ausweg liefern.

Sie wollte Antworten.

AUDREY

Tausende Kilometer entfernt in London saß Audrey gerade auf ihrem Bett, um für eine Chemie-Klausur zu lernen, als die Tür aufgerissen wurde.

»Welches Kleid? Das grüne oder das pinkfarbene?« Panik schwang in der Stimme ihrer Mutter mit. »Das grüne hat einen größeren Ausschnitt.«

Audrey hob den Kopf nicht von ihrem Laptop. Warum klopfte ihre Mutter nie an? »Ich arbeite.« Und jedes Wort kam mühsam. Wer auch immer ihr Gehirn zusammengebaut hatte, hatte einen miesen Job gemacht.

Es gab Tage, an denen sie ihr Leben einfach hasste, und dieser war einer davon.

»Es ist Valentinstag. Du solltest bei einem Date sein. In deinem Alter war ich schon ein Partygirl.«

Audrey wusste nur allzu gut, was für ein Partygirl ihre Mutter gewesen war. »Mein Examen beginnt im Mai.«

»Du meinst Juli.«

»Ich bin Mitte Juni fertig.« Warum machte es ihr etwas aus, dass ihre Mutter das nicht wusste? Sie sollte eigentlich daran gewöhnt sein. »Die Klausuren sind wichtig.«

Audrey machte sich Sorgen deswegen. Sie war entsetzlich schlecht in Prüfungen. Dass die Lehrer ständig betonten, die Ergebnisse würden ihre ganze Zukunft beeinflussen, machte die Sache nicht besser. Wenn das tatsächlich stimmte, war ihre Zukunft bereits vorbei.

Alle in ihrer Klasse hatten Eltern, die sie nervten.

Lernst du auch genug?

Solltest du ausgehen, wenn am nächsten Tag Schule ist?

Nein, du brauchst keine Softdrinks und Pizza.

Audrey sehnte sich nach jemandem, der ihr so viel Aufmerksamkeit und Sorge schenkte. Überhaupt irgendeine Aufmerksamkeit und Sorge. Sie sehnte sich danach, dass ihre Mutter ihr übers Haar strich, ihr einen Becher Tee brachte und ein paar ermutigende Worte sagte. Doch ihre Mutter tat nichts dergleichen, und sie hatte es aufgegeben, darauf zu hoffen.

Sie war sechs Jahre alt gewesen, als sie begriffen hatte, dass ihre Mutter anders war als andere Mütter.

Während die Eltern ihrer Freundinnen schon vor dem Schultor warteten, stand Audrey allein da und wartete auf eine Mutter, die regelmäßig gar nicht auftauchte.

Sie hasste es, anders zu sein, sodass sie sich angewöhnte, allein nach Haus zu gehen. Die Schule hatte strenge Regeln, nach denen ein Kind nur in die Obhut eines Erwachsenen übergeben werden durfte, doch Audrey fand einen Weg, das zu umgehen. Wenn sie in die Richtung einer Müttergruppe lächelte und winkte, gingen die Lehrer davon aus, dass eine der Frauen ihre Mutter war. Sie verschwand dann in der Menge, und wenn sie außer Sichtweite war, trat sie den Heimweg an. Es war nicht weit, und sie kannte die Strecke. Beim roten Briefkasten abbiegen. Beim großen Baum wieder abbiegen.

Tag für Tag betrat Audrey das leere Haus, öffnete ihren Schulranzen und kämpfte mit den Hausarbeiten. Immer wenn sie ein Buch aus dem Ranzen zog, hatte sie ein schlechtes Gefühl. Ihre Handschrift sah aus, als wäre eine Spinne übers Papier gekrabbelt, und sie konnte ihre Gedanken nie so ordnen, dass sie aufgeschrieben einen Sinn ergaben. Die Lehrer verzweifelten. Sie verzweifelte. Sie bemühte sich, erreichte nichts und hörte auf, sich zu bemühen. Was machte es für einen Sinn?

Als sie versuchte ihrer Mutter zu sagen, dass sie Lesen schwierig fand, hatte diese vorgeschlagen, stattdessen fernzusehen.

Nach vielen Jahren fehlerhafter Hausaufgaben und verstrichener Abgabetermine hatte ein neuer Lehrer an der Schule darauf bestanden, dass Audrey getestet wurde.

Diese Tests zeigten, dass sie eine ausgeprägte Lese-Recht-schreib-Schwäche hatte. Auf eine gewisse Weise war die Diagnose eine Erleichterung. Sie bedeutete, dass sie nicht dumm war. Auf der anderen Seite fühlte sie sich noch immer dumm, und nun hatte sie auch noch einen Stempel.

Sie gaben ihr bei Klausuren mehr Zeit, doch alles war immer noch ein Kampf. Sie brauchte Hilfe, doch wenn ihre Mutter von der Arbeit nach Haus kam, schlief sie normalerweise auf dem Sofa ein.

Jahrelang hatte Audrey geglaubt, dass ihre Mutter einfach müder war als andere Mütter. Als sie jedoch älter und aufmerksamer wurde, bemerkte sie, dass die anderen Eltern nicht jeden Abend eine oder zwei Flaschen Wein tranken. Manchmal kam ihre Mutter später nach Hause, und dann wusste Audrey, dass sie schon früher mit dem Trinken begonnen hatte. Sie hatte keine Ahnung, wie ihre Mutter es schaffte, ihren Job als Sekretärin zu behalten, doch sie war dankbar, dass ihr das gelang.

Eine funktionale Alkoholikerin. Sie hatte einmal im Internet recherchiert und empfand diesen Begriff als die perfekte Beschreibung für ihre Mutter.

Audrey erzählte niemandem davon. Es war zu peinlich.

Die schönsten Tage waren die, wenn eine Schulfreundin Audrey zum Tee oder zum Übernachten einlud. Audrey sah anderen Müttern und gelegentlich auch Vätern zu, wie sie ein Aufhebens um selbst gekochtes Essen und Hausaufgaben machten, und fragte sich, warum ihre Mutter nicht wusste, dass es genau so sein sollte. Sie versuchte, nicht an den leeren Kühlschrank zu Hause zu denken oder an die leeren Flaschen vor der Hintertür. Noch peinlicher waren die Männer, die ihre Mutter von ihren Trinkrunden nach der Arbeit mitbrachte. Glücklicherweise hatte das aufgehört, seit sie Ron kennengelernt hatte. Audrey setzte all ihre Hoffnungen auf ihn.

»Deine Prüfungen sind im Juni vorbei?« Ihre Mutter lehnte sich gegen die Schreibtischkante, wobei sie ein paar Papiere zerknickte. »Ich hatte keine Ahnung. Das hättest du mir doch sagen sollen!«

Das hättest du wissen müssen. Audrey zog an den Papieren und legte sie weg. »Ich dachte, es würde dich nicht interessieren.«

»Was soll das heißen? Natürlich interessiert es mich. Ich bin deine Mutter.«

Audrey achtete darauf, sich nichts anmerken zu lassen. »Richtig. Nun …«

»Du weißt, dass ich damit beschäftigt bin, die Hochzeit zu planen. Wenn du Mitte Juni fertig bist, bedeutet das, dass du den ganzen Sommer da bist.«

Nicht, wenn es nach ihr ging. »Ich werde im Sommer nicht hier sein. Ich gehe auf Reisen.«

Es war eine aus dem Moment geborene Entscheidung, angetrieben von der tief sitzenden Angst, zu Hause zu bleiben.

Von ihrem Samstagsjob im Haarsalon hatte sie etwas Geld gespart und es in dem Kuscheltier versteckt, das sie seit ihrer Kindheit hatte. Sie traute ihrer Mutter nicht, dass sie mit dem Geld nicht doch etwas zu trinken kaufte, und dieses Geld war ihre Zukunftshoffnung. Immer wenn sie spürte, wie sie in der Dunkelheit versank, sah sie zu dem Bären, den sie jeden Tag in die Mitte des Bettes setzte. Ein Auge fehlte, und das Fell war ausgeblichen, doch für sie war er wie ein Freund. Ein Mitverschwörer in ihrem Fluchtplan. Es sollte für sie reichen, um ein Ticket zu besorgen. Vor Ort würde sie einen Job finden. Alles war besser, als hier in diesem ewigen erschöpfenden Kreislauf gefangen zu sein, den das Leben mit ihrer Mutter bedeutete.

»Das ist gut. Denn wenn Ron und ich frisch verheiratet sind, nun ja, du weißt …« Sie zwinkerte Audrey von Frau zu Frau zu.

Ja, Audrey wusste es. Die Wände im Haus waren dünn. Sie wusste vermutlich viel zu viel für ihr Alter.

Sie bemerkte, dass ihre Mutter nicht fragte, wohin sie reiste oder mit wem. Ihr war nur wichtig, dass Audrey nicht da war, damit sie nicht beim romantischen Intermezzo störte.

Das schmerzte, auch wenn es das nicht sollte. Doch Audrey war daran gewöhnt, mit widersprüchlichen Gefühlen umzugehen. Und ehrlich gesagt, war sie erleichtert, dass ihre Mutter und Ron heirateten. Ron behandelte ihre Mutter gut, und wenn sie heirateten, würde Audrey sich nicht länger für sie verantwortlich fühlen.

Ein ganz neues Leben lag zum Greifen nah.

»Ich verbringe den Sommer in Paris.« Die Idee war ihr vergangene Woche gekommen. Paris im Sommer musste schön sein. Die Männer waren heiß, der Akzent war sexy, und wenn sie Mist redeten, wie es die meisten Jungs ihrer Erfahrung nach taten, spielte es keine Rolle, weil sie sie sowieso nicht verstand. Und vor allem war sie von zu Hause fort, das war das Beste von allem.

Wenn sie erst einmal ihr eigenes Zimmer hatte, würde sie als Allererstes ein Schloss an der Tür anbringen.

Ihre Mutter ließ sich auf Audreys Bett sinken und ignorierte die Kleiderstapel, die sortiert werden mussten. »Sprichst du Französisch?«

»Nein, deshalb will ich in Frankreich leben.« Tatsächlich war das nicht der Grund, aber er war so gut wie jeder andere. Und ihre Mutter war kein Mensch, der irgendetwas hinterfragte. »Ich brauche eine Fremdsprache.«

»Das wird gut für dich sein. Du musst ein bisschen leben! In deinem Alter ...«

»Ja, ich weiß, da hattest du die beste Zeit deines Lebens.«

»Kein Grund, diesen Ton anzuschlagen. Man ist nur einmal jung, Audie.«

An den meisten Tagen fühlte sie sich, als wäre sie hundert. »Ich muss jetzt arbeiten. Ich schreibe morgen eine Klausur.«

Ihre Mutter erhob sich und schlang die Arme um Audrey. »Ich liebe dich. Ich bin stolz auf dich. Vermutlich sage ich dir das nicht oft genug.«

Audrey blieb so steif, dass sie sich fragte, ob ihr Rückgrat brechen konnte. Die Duftwolke von dem Parfum ihrer Mutter erstickte sie fast.

Ein Teil von ihr wollte in die Arme ihrer Mutter sinken und ausnahmsweise ihr die Verantwortung überlassen, doch sie wusste, dass sie ihre Schutzmauern nicht sinken lassen durfte. Innerhalb weniger Minuten konnte ihre Mutter sie anschreien, Sachen nach ihr werfen und gemeine Dinge sagen.

Audrey hatte nie verstanden, warum gemeine Worte lauter klangen als freundliche.

»Du bist sehr angespannt.« Ihre Mutter ließ sie los. »Würde dir ein Drink helfen, dich zu entspannen?«

»Nein danke.« Sie wusste, dass ihre Mutter ihr keine Tasse Tee bringen würde.

»Ich habe einen Wein aufgemacht. Ich könnte dir ein Glas abgeben.«

Wein erklärte das Glitzern in ihren Augen und die Stimmungsschwankungen. Er erklärte auch das Parfum. »Hast du gegessen?«

»Was? Nein.« Linda strich das Kleid über ihren Hüften glatt. »Ich möchte nicht dick werden. Was lernst du?«

Audrey blinzelte.

Ihre Mutter hatte nie das leiseste Interesse an dem gezeigt, was Audrey in ihrem Leben tat. Am Eröffnungsabend der Schule, als über die Wahl der Hauptfächer und über Universitäten gesprochen wurde, war Audrey als Einzige allein aufgetaucht. Wie gewöhnlich hatte sie gelogen und gesagt, dass ihre Mutter arbeitete. Es klang viel besser, als zuzugeben, dass ihre Mutter sich nicht die Mühe machte und ihr Vater nur bei ihrer Empfängnis anwesend gewesen war. Sie log so oft über ihr Leben, dass sie manchmal selbst die Wahrheit vergaß.

Sie räusperte sich. »Biochemie.« Und sie würde durchfallen. Sie hatte Naturwissenschaften gewählt, damit sie Essays und dem Lesen ausweichen konnte, doch es gab dennoch viel zu lesen und zu schreiben. Nach alldem hier würde sie nie wieder irgendwas lernen.

»Ich glaube, dieser Bio-Trend ist Unsinn.« Ihre Mutter betrachtete sich in dem Spiegel, der auf Audreys Schreibtisch stand. »Er ist nur ein Vorwand, damit die Supermärkte die Preise erhöhen können.«

Audrey starrte mit herabhängenden Schultern und innerlich elend auf ihren Laptop. *Geh weg! Geh einfach weg!* Manchmal konnte sie kaum glauben, dass ihre Mutter und sie verwandt waren. An den meisten Tagen hatte sie das Gefühl, sie wäre von einem Storch im falschen Haus abgeliefert worden.

»Mum ...«

»Du hast schon immer langsam gelernt, Audrey. Das musst du einfach akzeptieren. Aber sieh auch die gute Seite: Du bist hübsch, und du hast große ...« Ihre Mutter legte die Hände unter ihre Brüste, um zu verdeutlichen, was sie meinte. »Sieh zu, dass du einen Mann als Chef hast, und sie werden nie merken, dass du nicht gut lesen kannst.«

Audrey stellte sich das Vorstellungsgespräch vor.

»Was halten Sie für Ihre besten Eigenschaften?«

»Das ist doch offensichtlich, oder?«

Nie im Leben.

Wenn ein Kollege oder Vorgesetzter jemals ihre Brüste berührte, würde Audrey ihm den Arm brechen.

»Mum ...«

»Ich sage nicht, dass das College keinen Spaß macht, aber jeder macht heute einen Abschluss. Es ist nichts Besonderes. Du zahlst ein Vermögen für etwas, was am Ende wenig bedeutet. Lebenserfahrung, darauf kommt es an.«

Audrey atmete tief ein. »Nimm das grüne Kleid.«

Sie war erschöpft. Sie konnte nachts nicht schlafen. Ihre Hausaufgaben litten darunter.

Ihre Freundin Meena hatte ihr geholfen, eine Tabelle mit allen anstehenden Klausuren zu erstellen. Dann hatten sie auf Audreys Handy jeweils einen Erinnerungsalarm eingerichtet, weil sie schreckliche Angst hatte, die Tabelle falsch zu lesen und einen Termin zu verpassen. Sie hatten eine vergrößerte Version ausgedruckt und an die Wand gehängt, denn seit ihre Mutter eine Flasche Whisky getrunken und dann ihren Computer in den Mülleimer geworfen hatte, wagte Audrey es nicht mehr, Dinge nur auf ihrem Laptop zu speichern.

Ihr Teenager verbringt sowieso zu viel Zeit vor dem Bildschirm.

Auf dem Kalender über ihrem Schreibtisch kreuzte Audrey abends den Tag durch. Mit jedem Kreuz näherte sie sich dem Tag, an dem sie die Schule und ihr Zuhause verlassen konnte.

Ihre Mutter war immer noch da. »Meinst du nicht, Ron würde das pinkfarbene bevorzugen? Es zeigt ein wenig von der Unterwäsche, und das ist immer gut.«

»Das ist nicht gut! Das sieht aus, als hättest du vergessen, dich anzuziehen! Es gibt einen Grund, warum es Unterwäsche heißt. Man soll sie unter der Kleidung tragen.« Voller Verzweiflung löste Audrey schließlich ihren Blick vom Bildschirm. Das Haar ihrer Mutter war zerzaust vom vielen An- und Ausziehen. »Nimm das Kleid, das dir am besten gefällt. Du kannst nicht dein ganzes Leben lang versuchen, jemand anderem zu gefallen.« Sie konnte sich nicht einen Moment lang vorstellen, dass sie einen Mann fragen würde, was sie anziehen solle. Sie trug, was ihr gefiel. Ihre Freundinnen trugen, was ihnen gefiel. Es ging immer um den Versuch, sich anzupassen, und den Versuch, anders zu sein.

Lindas Lippen bebten. »Ich möchte, dass er mich hübsch findet.«

Audrey wollte ebenfalls, dass Ron ihre Mutter für hübsch hielt. Denn sie wollte, dass Ron sich um ihre Mutter kümmerte, damit sie das nicht tun musste.

»Grün«, sagte sie. »Eindeutig grün.«

Keiner der Männer, die ihre Mutter gedatet hatte, war so lange geblieben wie Ron.

Audrey mochte ihn. Seine Lieblingsantwort auf alles war: »Solange es niemanden umbringt, ist es in Ordnung.«

Audrey wünschte, sie könnte das glauben. »Hör auf zu trinken. Nüchtern ist sexy. Betrunken nicht.«

»Wovon redest du? Ja, ich hatte einen Drink, aber ich bin nicht betrunken.«

Audrey atmete mit klopfendem Herzen tief durch. »Du trinkst viel, Mum. Zu viel.« Und ihre größte Angst war, dass Ron das satthaben könnte. »Vielleicht solltest du mit dem Arzt sprechen oder …«

»Warum sollte ich mit einem Arzt sprechen?«

»Weil du ein Problem hast.«

»Du bist diejenige, die ein Problem hat, aber wenn du in dieser Stimmung bist, kann ich nicht vernünftig mit dir reden.« Ihre Mutter stolzierte aus dem Zimmer und schlug die Tür hinter sich zu.

Audrey starrte ihr hinterher und fühlte sich schlecht. Aus diesem Grund sprach sie das Thema selten an. Wie konnte ihre Mutter glauben, dass sie kein Problem hatte? Jemand in diesem Haus war verrückt, und Audrey begann zu glauben, dass sie es selbst sein musste.

Und jetzt war ihre Mutter wütend. Was, wenn sie ausrastete und alles trank, was im Haus war? Von Zeit zu Zeit durchsuchte Audrey Raum für Raum nach versteckten Flaschen. Das hatte sie eine Zeit lang nicht mehr gemacht.

Voller Anspannung griff sie nach einem Schokoladenriegel aus dem Vorrat, den sie hinter ihren Büchern versteckte.

Sie versuchte, wieder zu arbeiten, konnte sich aber nicht konzentrieren. Resigniert verließ sie das Zimmer und lauschte.

Sie hörte ihre Mutter im Badezimmer weinen.

Mist. Sie klopfte an die Tür. »Mum?«

Das Weinen wurde lauter. Angst presste Audreys Magen zusammen. Es fühlte sich an, als hätte sie einen Stein verschluckt. »Mum?«

Sie drückte die Klinke hinunter, und die Tür öffnete sich. Ihre Mutter saß mit einer Flasche Wein auf dem Boden und lehnte sich an die Badewanne.

»Ich bin eine schlechte Mutter. Eine schreckliche Mutter.«

»Ach, Mum.« Audrey war aufgewühlt. Sie fühlte sich erschöpft, ängstlich und ein bisschen verzweifelt. Vor allem fühlte sie sich hilflos und verängstigt. Sie wusste nicht, wie sie damit umgehen sollte. In einem Akt der Verzweiflung hatte sie einmal die Telefon-Hotline für Kinder von Alkoholiker-Eltern angerufen. Aber sie hatte dann nicht genügend Mut gehabt und aufgehängt, ohne mit jemandem zu sprechen. Sie wollte nicht darüber sprechen. Sie konnte nicht darüber sprechen. Es wäre illoyal. Trotz allem liebte sie ihre Mum.

Sie war nicht allein, aber sie fühlte sich so.

Ihre Mutter sah sie aus mascaraverschmierten Augen an. »Ich liebe dich, Audrey. Liebst du mich auch?«

»Natürlich.« Trotz ihres trockenen Mundes brachte sie die Worte heraus. Es war eine Szene, die sich öfter abspielte. Ihre Mutter trank, sagte Audrey, dass sie sie liebte, wurde nüchtern und vergaß alles.

Audrey hatte die Hoffnung aufgegeben, dass ihre Mutter diese Worte eines Tages in nüchternem Zustand sagen würde.

»Gib mir die Flasche, Mum.« Sie entwand sie ihr.

»Was machst du damit?«

Audrey schüttete den Inhalt ins Waschbecken, bevor ihre Mutter ihre Meinung ändern konnte. Sie straffte die Schultern, um sich gegen das verzweifelte Jaulen ihrer Mutter zu wappnen.

»Ich kann nicht glauben, dass du das getan hast! Ich hatte einen Drink, das ist alles, damit ich heute Abend mehr Selbstvertrauen habe. Was habe ich getan, um eine Tochter wie dich zu verdienen?« Sie fing wieder an zu schluchzen und hatte offenbar vergessen, dass sie Audrey noch vor einem Moment geliebt hatte. »Du verstehst das nicht. Ich möchte Ron nicht verlieren. Ich komme allein nicht gut zurecht.«

»Natürlich tust du das.« Audrey stellte die leere Flasche auf den Boden. »Du hast einen guten Job.« Von dem sie befürchtete, ihre Mutter könnte ihn verlieren, wenn sie nicht aufhörte zu trinken.

Was würde dann passieren? Wusste Ron, dass ihre Mutter

eine Alkoholikerin war? Würde er sie verlassen, wenn er es herausfand?

Sie klammerte sich an den Gedanken, dass er das nicht tun würde. Hoffnung war das Licht, das einen durch dunkle Täler leitete. Man musste glauben, dass etwas Besseres vor einem lag.

Audrey griff nach einer Packung Abschminktücher und wischte ihrer Mutter sanft die verschmierte Mascara fort. »Du hast hübsche Augen.«

Ihre Mutter lächelte zitternd, von ihrer vorherigen Boshaftigkeit war nichts mehr zu sehen. »Findest du?«

Ihre Verletzlichkeit gab Audrey ein unbehagliches Gefühl. Die meiste Zeit war sie die Erwachsene, und die Verantwortung schreckte sie. Sie fühlte sich nicht bereit für die Rolle. »Klar. Manche Menschen tragen Kontaktlinsen, damit sie diesen Grünton bekommen.«

Linda strich Audrey über das Haar. »Als ich in deinem Alter war, habe ich meine roten Haare gehasst. Ich wurde die ganze Zeit aufgezogen. Ich wollte blond sein. Wirst du nicht aufgezogen?«

»Manchmal.« Audrey schminkte ihre Mutter neu, dezenter, als Linda es getan hatte.

»Wie kommst du damit klar?«

»Ich kann selbst auf mich aufpassen.« Audrey frisierte ihre Mutter, stand auf und bewunderte ihr Werk. »So. Du siehst gut aus.«

»Du bist so viel stärker, als ich es war.«

»Du bist auch stark. Du hast es nur vergessen.« *Und es würde helfen, wenn du mit dem Trinken aufhören würdest.*

Sie sprach es nicht noch einmal aus. Ihre Mutter war jetzt ruhig, und Audrey wollte nichts tun oder sagen, was das ändern konnte. Sie befanden sich auf Messers Schneide. Ein Ausrutscher, und sie fielen direkt in die Klinge.

Ihre Mutter betrachtete sich im Spiegel und fuhr sich über die Wangenknochen. »Du solltest besser weiterlernen. Danke für deine Hilfe.«

Als hätte ihr emotionaler Ausbruch nie stattgefunden.

Audrey ging zurück in ihr Zimmer und schloss die Tür.

Sie wollte weinen, doch sie wusste, dass sie davon Kopfschmerzen bekommen und dann ihre Klausur nicht bestehen würde. Wenn sie die Klausur nicht bestand, fiel sie vielleicht durchs ganze Examen, und sie hatte sich nicht so weit vorgekämpft, um an der letzten Hürde zu scheitern. Noch ein paar Monate und sie würde nie wieder lernen müssen.

Eine halbe Stunde später kündete tiefes, polterndes Gelächter davon, dass Ron eingetroffen war.

Audrey setzte sich die Kopfhörer auf, drehte die Lautstärke hoch und blendete auf diese Weise alles aus, was in dem Zimmer über ihr vor sich ging.

Erst als sie aus dem Fenster schaute und sah, wie ihre Mutter und Ron Hand in Hand aus dem Haus gingen, entspannte sie sich endlich.

Vermassel es nicht, Mum.

Als sie sicher war, dass die Bahn frei war und ihre Mutter nicht wegen einer Tasche oder eines Mantels oder irgendeiner anderen Kleinigkeit zurückkommen würde, ging sie nach unten.

Draußen auf der Straße hörte sie einen Hund bellen und wie einer der Nachbarn einen anderen anschrie. Sie kannte sie nicht. Sie wohnten nicht in so einer Art von Straße. In diesem Vorort Londons kamen und gingen die Leute, ohne mit ihren Nachbarn zu sprechen. Man konnte sterben, und niemand würde es mitbekommen. Es war eine der günstigeren Gegenden der Stadt, was im Prinzip bedeutete, dass man doppelt so viel bezahlte wie irgendwo anders im Land und die Hälfte dafür bekam.

Regen strömte herab und ließ die Aussicht hinter der Fensterscheibe verschwimmen.

Hardy, ihr Rettungshund, lag zusammengerollt in der warmen Küche, doch als er Audrey sah, begrüßte er sie wie einen verloren geglaubten Freund.

Audrey ging auf die Knie und umarmte ihn. »Du bist der Einzige hier, den ich vermissen werde. Du bist mein bester Freund, und ich wünschte, ich könnte dich mitnehmen, wenn ich gehe.« Sie kicherte, als er ihr übers Gesicht leckte. »Ich hoffe, sie kommt aus dem Bett, um dich zu füttern, wenn ich fort bin. Wenn nicht, kratz an der Tür. Oder beiß Ron in den Knöchel.« Sie stand auf. »Fressen?«

Hardy wedelte mit dem Schwanz.

Sie füllte Futter in seinen Napf, wechselte das Wasser und fragte sich, was sie selbst essen sollte, als ihr Handy piepte. Es war Meena, die sie fragte, ob sie rüberkommen konnte, damit sie gemeinsam lernten.

Audrey und Meena waren vor zwei Jahren an dieselbe Schule gekommen, beide in einem Alter, in dem alle anderen schon ihre Gruppen und Cliquen gebildet hatten.

Für Audrey war ihre Freundschaft eines der besten Dinge an diesem Ort.

Da sie das Haus vermutlich etliche Stunden für sich haben würde, schickte Audrey ein Ja zurück. Wenn ihre Mutter zu Hause war, würde sie niemals auf die Idee kommen, eine Freundin da zu haben, doch wenn das Haus leer war, lud sie gelegentlich Meena ein. Ihre Eltern waren beide Ärzte, und Meena hatte jene Art von stabilem Zuhause, von dem Audrey nur träumen konnte. Sie hatte Onkel, Tanten, Cousins und Cousinen, und Audrey hätte sich am liebsten in die Familie eingeschleust.

Sie öffnete den Kühlschrank.

Abgesehen von zwei Flaschen Wein war er leer.

Sie hatte ihre Mutter gebeten, Milch und Käse zu kaufen, doch stattdessen hatte sie die wenigen Sachen, die Audrey gestern eingekauft hatte, aufgegessen.

Resigniert griff Audrey nach der angefangenen Flasche Wein und kippte den Inhalt in den Ausguss. Es war, als würde sie das Wasser in einem sinkenden Schiff mit einem Eierbecher ausschöpfen, doch sie musste zumindest versuchen, die Situation in den Griff zu kriegen.

Da sie keine Zeit zum Einkaufen hatte, stürzte sie sich aufs Eisfach. Zum Glück waren die Tiefkühlpizzen, die sie gekauft hatte, noch da. Sie packte sie in den Ofen und holte ein Packung Schokokekse, die sie für Notfälle versteckt hatte.

Als sie ihrer Freundin die Tür öffnete, wusste sie sofort, dass etwas nicht stimmte. »Was ist los?«

»Nichts.« Meena stürzte an ihr vorbei ins Haus. »Mach schnell die Tür zu.«

»Warum?« Audrey sah hinaus auf die Straße und bemerkte zwei Mädchen, die an einer Mauer lehnten. Sie erkannte sie sofort. Sie waren in ihrem Jahrgang auf der Schule. »Was wollen diese Hyänen?«

»Meine Leiche. Zum Mittag. Schließ die Tür, Aud!«

»Sind sie dir wieder gefolgt?« Audrey spürte heiße Wut in sich aufsteigen. »Was haben sie gesagt?«

»Das Übliche.« Trotz der Kälte hatte Meena ein verschwitztes Gesicht. Ihre Augen hinter der Brille waren weit aufgerissen. »Es spielt keine Rolle. Es sind nur Worte. Bitte sag nichts.«

»Es spielt eine Rolle.« Bevor Meena sie aufhalten konnte, war Audrey zur Tür hinausgestürmt und über die Straße gelaufen. In sich trug sie all die Emotionen von der Auseinandersetzung mit ihrer Mutter. »Was ist dein Problem?« Sie richtete die Frage an die Größere der beiden, weil sie wusste, dass sie die Anführerin war. Sie hieß Rhonda, und sie und Audrey hatten regelmäßig Zoff.

Rhonda verschränkte die Arme vor der Brust. »Ich habe kein Problem. Aber du solltest aufhören, dich mit dieser dummen Schlampe zu treffen. Du musst die Wahl deiner Freundinnen überdenken.«

»Ja.« Das kleinere Mädchen an ihrer Seite klang wie ein Papagei. »Du musst die Wahl deiner Freundinnen überdenken.«

Audrey sah sie drohend an. Sie konnte sich nicht einmal an den Namen des Mädchens erinnern. Sie war eine graue Maus, die sich in Rhondas Schatten versteckte. »Wenn du eine eigene Meinung hast, kannst du sie äußern, aber bis dahin halt die

Klappe.« Sie richtete den Blick wieder auf Rhonda. »Ich muss gar nichts überdenken. Aber da Meena in allem Top-Noten bekommt, sehe ich hier nur eine dumme Schlampe, und die steht vor mir.«

Rhonda hob das Kinn. »Sie soll dorthin zurückgehen, wo sie herkommt.«

»Sie kommt von hier, du hirnloser Pavian. Sie wurde einen Kilometer von dir entfernt geboren, aber auch dafür bist du zu dämlich, und wen zur Hölle interessiert das überhaupt?«

»Warum verteidigst du sie? Das hier geht dich nichts an, Audrey.«

»Meine Freunde gehen mich nichts an? Soll das ein Witz sein?« Audrey spürte, wie ihre Selbstbeherrschung schwand. Sie trat einen Schritt vor und registrierte mit Befriedigung, dass das andere Mädchen zurückwich.

»Du solltest nicht hier sein.«

»Du bist es, die nicht hier sein sollte. Das hier ist meine Straße. Meine Wand. Und ich will nicht, dass sich ein Haufen fieser Zicken dagegen lehnt.« Audrey drückte Rhonda ihren Finger in die Brust. »Verschwinde hier. Und wenn du Meena noch einmal zu nahekommst, tue ich dir weh, das schwöre ich dir.«

»Ach, und mit welcher Armee?«

»Ich brauche keine Armee. Ich bin meine eigene Armee. Und jetzt verpiss dich dorthin, wo du hergekommen bist, was vermutlich die Kanalisation ist.« Mit einem drohenden Blick, den sie stundenlang vor dem Spiegel geübt hatte, stolzierte sie davon. Sie riefen ihr etwas nach, doch sie zeigte ihnen nur den Finger und ging weiter.

Im Haus fand sie eine zitternde Meena, die ihr Handy umklammerte.

»Ich dachte, sie würden dich umbringen.«

»Du hast so wenig Vertrauen in mich.« Audrey sah zu dem Handy. »Warum willst du den Notruf wählen?«

»Ich dachte, du brauchst Verstärkung.«

»Wir sind hier nicht in einem Actionfilm, Meena. Leg das Telefon beiseite. Und hör auf zu zittern. Du siehst aus wie ein Kätzchen, das man in eine Pfütze geworfen hat.«

Meena rieb sich die Arme. »Ich wünschte, ich wäre so wie du. Du bist lustig, und jeder mag dich.«

»Ach ja? Nun, ich wünschte, ich wäre wie du. Du bist schlau und hast einen Platz in Oxford.«

»Ich wäre lieber beliebt und würde dazugehören. Erbärmlich, ich weiß. Diese Mädchen sagen, ich habe den Platz nur wegen der Diversitätsquote bekommen.«

»Na ja, diese Mädchen sind fiese Schlangen und dumm wie Brot. Sie müssen irgendwas sagen, um sich besser zu fühlen, weil ihr Leben ein großer Misthaufen ist. Aber du …« Audrey schnappte sich Meena und wirbelte sie herum. »Du wirst die Welt regieren. Und weil du mich hast, um dir die Haare zu machen, wirst du gut dabei aussehen. Sei stolz! Du bist unglaublich klug. Ich kann Ingenieurswesen nicht einmal buchstabieren, geschweige denn studieren. Ich gebe vor allen mit dir an. Meine Freundin Meena geht nach Oxford.«

»Du hasst mich nicht deswegen?«

»Was? Bist du verrückt? Ich bin stolz auf dich. Warum sollte ich dich hassen?«

Meena sah auf niedliche Weise besorgt aus. »Weil das Lernen für dich so schwer ist.«

»Für dich ist das Leben auch schwer. Ich muss nicht mit all dem Mist fertigwerden, der dir täglich an den Kopf geworfen wird.« Audrey zuckte mit den Schultern und versuchte nicht an ihr eigenes Leben zu denken. »Jeder hat etwas auszustehen, oder? Ich halte dir den Rücken frei – und du mir.«

»In Oxford wird mir niemand den Rücken freihalten.« Meena rieb ihre Brillengläser sauber. »Ich wünschte, du würdest mitkommen.«

»Nein, das wünschst du dir nicht. Du wirst mit schlauen Leuten unterwegs sein, schlaue Sachen sagen und schlaue Dinge tun. Und jetzt hör auf, dir das zu Herzen zu nehmen. Sei wütend, nicht verängstigt. Und wenn du nicht wütend sein kannst, dann tu so. Du musst gemeiner sein als sie. Du musst die gemeine Meena werden.« Sie brach vor Lachen fast zusammen, und auch Meena kicherte.

»Die gemeine Meena. Das gefällt mir.«

»Gut. Denn im Moment bist du die viel zu nette Meena. Lass uns essen.«

Meena folgte ihr in die Küche und schnüffelte. »Ist das Pizza?«

»Champignons und Oliven.«

»Herrlich. Abgesehen von den Oliven, aber die kann ich runternehmen.« Meena ließ ihre Tasche auf dem Küchenboden liegen und zog ihren Mantel aus. Ihr dunkles Haar war feucht. Sie trug Jeans und ein schwarzes Sweatshirt, das ihrer Schwester gehörte. Audrey hätte gern eine Schwester gehabt, um Klamotten zu teilen, doch vor allem würde sie die Last wegen ihrer Mutter teilen wollen.

Sie sah zu, wie Meena jemandem etwas textete.

»Wem schreibst du?«

Meena wurde rot. »Meiner Mum. Ich musste ihr versprechen, Bescheid zu geben, wenn ich sicher angekommen bin.«

»Du lebst gerade mal zwei Straßen weiter weg.«

»Ich weiß. Es ist peinlich, doch entweder das – oder sie fährt mich hierher, und das wäre noch peinlicher.«

Wieder fühlte Audrey Neid in sich aufsteigen. »Es ist toll, dass sie sich so sehr um dich sorgt. Du hast die beste Familie.«

»Aud…«

»Was?«

»Es riecht verbrannt.«

»Mist.« Audrey rannte durch die Küche und öffnete den Ofen. »Es geht. Vielleicht ein bisschen dunkel, aber nicht völlig verkohlt. Kannst du Teller holen?«

Meena öffnete einen Schrank. »Bist du nervös, dass du von zu Hause fortgehst und allein lebst?«

»Nein.« Audrey schob die Pizza auf ein Brett. Im Prinzip lebte sie schon jetzt allein. Niemanden kümmerte es, was sie tat. Es gab keine Regeln oder Ausgehzeiten. Sie war an dem Punkt angelangt, an dem sie entschied, dass das tatsächliche Alleinewohnen eine Verbesserung sein würde. »Bist du es?«

»Ein bisschen, aber es wird schön sein, ein bisschen mehr Freiheit zu haben. Mum will unbedingt sicherstellen, dass ich mich beim Lernen gesund ernähre. Deshalb bringt sie mir alle Stunde einen gesunden Snack.«

Allein der Gedanke, jemand könnte ihr einen Snack bringen, geschweige denn einen gesunden, ließ Audrey vor Neid erblassen.

»Und sie sitzt mir die ganze Zeit im Nacken.« Meena holte ihre Bücher aus der Tasche und stapelte sie auf dem Tisch neben den Tellern. »Wir sollten anfangen. Mein Onkel kommt um halb zehn, um mich abzuholen.«

»Ich kann dich nach Hause begleiten, wenn du möchtest.«

»Dann müsstest du allein nach Hause gehen.«

»Und?« Sie ging überall allein hin. »Was möchtest du trinken?«

»Irgendwas.« Bevor Audrey sie aufhalten konnte, lief Meena zum Kühlschrank und öffnete ihn. »Was ist hier passiert? Warum ist euer Kühlschrank leer?«

»Meine Mutter hat ihn abgetaut. Er war so voll, dass er ausgeräumt werden musste.« Die Lüge kam ihr so leicht wie immer von den Lippen.

Ja, Miss Foster, zu Hause ist alles in Ordnung.

Meine Mutter musste arbeiten und konnte deshalb nicht zum Elternabend kommen.

Die Geschichten, die sie erzählte, unterlagen ihrer Kontrolle. Die Scham, die sie fühlte, hingegen nicht. Sie klebte an ihr wie Schweiß. Aus Angst, sie könnte sichtbar sein, drehte sie sich um. »Die Pizza wird kalt. Wir sollten essen.«

»Du hast Glück. Deine Mutter lässt dir so viel Freiheit.«

Audrey setzte ihr gewohntes Lächeln auf. »Ja, das ist toll.«

Sie erzählte Meena und ihren anderen Freundinnen nicht die Wahrheit, weil es zum einen schwer war, die einmal begonnene Geschichte richtigzustellen. Vor allem aber war es beschämend zuzugeben, dass der eigenen Mutter eine Flasche Wein wichtiger war als die eigene Tochter. Was sagte das über Audrey aus? Zumindest, dass sie nicht liebenswert war.

»Hast du entschieden, was du diesen Sommer tun wirst?«

»Ich gehe nach Paris.« Audrey öffnete eine Dose Limonade. Sie hatten nichts zu essen im Haus, doch Getränke zum Mischen hatten sie immer. »Ich werde mir einen Job und einen Ort zum Wohnen suchen.«

»Hayley wird gelb vor Neid werden. Du musst unbedingt Fotos posten, die cooler sind als ihre. Hast du sie auf Instagram gesehen? ›Diesen Sommer einen Monat am Pool von Saint-Tropez. #liebemeinleben.‹« Meena biss in die halb verbrannte Pizza und leckte sich die Finger.

»Oh ja. Ich habe meine eigenen Hashtags. #arroganteZiege oder vielleicht #hoffentlichfärbtderPooldeinHaargrün oder #ichkanndichnichtausstehen. Das Problem ist, ich kann nichts davon richtig buchstabieren.«

»Das mache ich für dich, wenn du versprichst, dass du mindestens ein Angeber-Foto von dir in Paris postest. Wie wirst du dich verständigen? Du sprichst kein Französisch.«

Audrey knabberte an ihrer Pizza. »Ich kann sagen, dass ich Hunger habe, und ich kenne die Vokabeln für ›heißer Typ‹. Der Rest muss über Körpersprache laufen. Die ist universell.«

»Glaubst du, dass du Sex haben wirst?« Meena nahm ein weiteres Stück Pizza und fing dabei den Käse auf, der hinabzurutschen drohte. »Du hast es schon gemacht, nicht wahr?«

Audrey zuckte mit den Schultern und wollte nicht zugeben, was für eine Enttäuschung Sex war. Sie hatte keine Ahnung, warum es so viele Bücher über Liebe und Leidenschaft gab. Offenbar stimmte etwas nicht mit ihr. »Es ist, als ginge man ins Fitnessstudio. Man kommt in Bewegung, ohne dass man sein

Hirn einsetzen muss. Nicht dass ich ein Hirn habe, um es einzusetzen.«

»Hör auf! Du weißt, dass das nicht stimmt. Also du meinst, Sex ist wie auf dem Laufband zu sein? Was ist mit der Romantik? Was ist mit Romeo und Julia?«

»Sie sind gestorben. Das ist nicht romantisch.« Audrey knabberte weiter an ihrer Pizza. »Und Julia war völlig naiv.«

»Sie war erst dreizehn.«

»Nun, auch wenn sie das Gift nicht getrunken hätte, wäre sie nicht sehr alt geworden, da bin ich sicher.«

Meena kicherte. »Das solltest du in deiner Klausur schreiben. Willst du lernen?«

»Wenn es dir nichts ausmacht? Du brauchst es ja nicht gerade.«

»Ich muss es tun. Und ich bin gern hier bei dir. Du bringst mich immer zum Lachen. Womit willst du anfangen? Physik? Ich weiß, dass das schwer für dich ist wegen all der Zeichen. Ich finde es auch schwer, und ich habe keine Legasthenie. Immer wenn ich das Buch aufmache, stehe ich kurz vor der Gehirnexplosion.«

Audrey wusste, dass das nicht stimmte, doch der Versuch ihrer Freundin, sie aufzumuntern, rührte sie. »Ich glaube, ich schaffe das, aber stell mir ein paar Fragen, und wir werden sehen. Sollen wir ein bisschen Musik hören?« Sie aß ihr letztes Stück Pizza und griff nach ihrem Handy. »Ich kann zu Musik besser lernen.«

»Ich komme gern zu euch. Hier ist alles so entspannt. Wo ist deine Mum heute Abend?«

»Ausgegangen.«

»Mit Ron?« Meena sah zu, wie Audrey einen Song aussuchte und dann auf Play drückte. »Also das ist romantisch. All diese Jahre als Witwe, in denen sie deinen Dad vermisste, und jetzt ist sie wieder verliebt. Das ist wie im Film.«

»Verwitwet« klang so viel besser als »dreimal geschieden«. Einen Ehemann unter tragischen Umständen zu verlieren weckte Mitgefühl und Verständnis. Drei Scheidungen hingegen Argwohn und Skepsis.

Andrey fand, dass ihr unter den Umständen, in denen sie lebte, ein wenig dichterische Freiheit gestattet war. Und da sie und ihre Mutter erst vor zwei Jahren in diesen Teil von London gezogen waren, würde vermutlich niemand die Wahrheit herausfinden.

»Ich liebe diesen Song. Das Lernen kann warten.« Sie stand vom Stuhl auf. »Lass uns tanzen. Los, gemeine Meena, zeig mir, was du draufhast.«

Sie stellte die Lautstärke höher und tanzte durch die Küche. Sie wiegte und schüttelte sich im Takt der Musik, mit wehendem Haar. Meena fiel mit ein, und bald schon lachten und jauchzten sie.

Zehn herrliche Minuten lang war Audrey ein Teenager ohne irgendwelche Sorgen. Es spielte keine Rolle, dass sie ihre Klausuren nicht bestehen würde und der Rest ihres Lebens ruiniert wäre. Es spielte keine Rolle, dass ihre Mutter lieber trank, als Zeit mit ihrer Tochter zu verbringen. Alles, was zählte, war der Rhythmus der Musik.

Wenn der Rest ihres Lebens doch nur genauso sein könnte!

GRACE

»Möchtest du, dass ich mit hineinkomme?« Monica hielt vor dem Krankenhaus. »Du zitterst.«

Tat sie das? Grace fühlte sich von allem abgeschnitten, sogar von ihrem eigenen Körper. Kaum zu glauben, dass seit jenem Abend im Restaurant drei Tage vergangen waren. »Ich muss das allein machen, aber danke. Du bist eine großartige Freundin.« Sie starrte auf ihre Füße und bemerkte, dass ihre Schuhe nicht zueinanderpassten. Der eine war blau. Der andere schwarz. Ein sichtbarer Beweis, dass sie sich nicht mehr im Griff hatte. Neben der Spur war, wie Sophie sagen würde.

»Ich kann es immer noch nicht glauben. Ich meine, wir reden hier von David. Ihr zwei seid das perfekte Paar. Und er ist ein solcher Familienmensch. Er geht jeden Samstag mit Sophie zum Schwimmen und lädt zu Barbecues im Garten ein.«

»Das ist nicht hilfreich, Monica.« Sollte sie nach Hause gehen und ihre Schuhe wechseln? Sie verstießen gegen ihren Ordnungssinn.

»Ich bin nur so wütend. Ich könnte ihn mit meinen bloßen Händen erwürgen.« Monica schlug mit der Faust aufs Lenkrad. »Wie konnte er dir das antun?«

Wie? Warum? Wann? Ihre Gedanken gingen immer nur im Kreis.

Was hatte sie getan? Was hatte sie nicht getan?

Sie hatte gedacht, sie wäre für David die Liebe des Lebens. Die *Eine*. Zu erfahren, dass sie das nicht war, stellte ihre gesamten Erinnerungen infrage. Was war echt und was nicht?

»Offensichtlich ist er gelangweilt von seinem Leben.« Ihr Mund fühlte sich trocken an. »Und da ich ein wichtiger Teil seines Lebens war, bedeutet das vermutlich …«

»Erzähl mir nicht, du seist langweilig«, sagte Monica mit zusammengebissenen Zähnen. »Wir wissen beide, dass dem nicht so ist.«

»Er sagte, ich organisiere jedes Detail unseres Lebens, und das stimmt. Ich mag Vorhersehbarkeit und Ordnung. Ich habe das immer als etwas Gutes gesehen.«

»Es ist etwas Gutes! Wer möchte ein Leben voller Chaos? Tu dir das nicht an, Grace. Gib nicht dir die Schuld. Tatsächlich bist du einfach so kompetent, dass es sein Ego verletzt hat.«

»Das glaube ich nicht. David ruht in sich und ist selbstsicher. Ich glaube, ich habe ihm das Gefühl gegeben, überflüssig zu sein. Aber das ist kein Männlichkeitsding. So ist er nicht.«

»Sei dir da nicht so sicher. Er hat eine ausgewachsene Midlife-Crisis. Sein kleines Mädchen geht von zu Hause fort, und plötzlich fühlt er sich alt. Er hat die eigene Sterblichkeit erkannt – und ihr in den letzten Tagen tatsächlich ins Auge gesehen. Das ist ein Klassiker.«

Grace starrte aus dem Fenster und erinnerte sich an Davids Gesicht an jenem Abend. »Er hat keinen Sportwagen gekauft oder sich das Haar gefärbt. Er hat seinen Job nicht gekündigt. Das Einzige, was er offenbar gewechselt hat, ist die Frau in seinem Leben.«

Bilder spulten vor ihrem inneren Auge ab, als hätte sie aus Versehen im Internet auf eine Pornoseite geklickt. Sie wollte sie nicht sehen. Ihr Gehirn neu starten. Fröstelnd zog sie ihren Mantel enger um sich.

Monica stellte die Heizung höher. »Du hast keine Ahnung, wer es ist?«

»Nein.« Grace sah ihre Freundin an. »Wie konnte ich nicht mitbekommen, was da vor sich ging?«

»Weil David der letzte Mann auf dem Planeten ist, den man verdächtigen würde, eine Affäre zu haben. Deshalb hast du es nicht gesehen. Du musst ihn fragen, wer es ist.«

»Das Krankenhauspersonal sagt, er darf keinen Stress haben.« Tief in sich wusste sie, dass sie den Moment, in dem sie die Details erfahren musste, vor sich herschob. Ein Name würde es real machen.

Monica schnaubte. »Er darf keinen Stress haben? Und was ist mit dir? Er hat ein Abendessen zum fünfundzwanzigjährigen Hochzeitstag als Gelegenheit gewählt, seiner Frau zu sagen, dass er die Scheidung möchte. Jede andere Frau hätte ihn vermutlich nicht gerettet, als er zusammengebrochen ist.«

»Der Gedanke, es nicht zu tun, kam mir durchaus.« Vielleicht hätte sie das nicht zugeben sollen. »Was sagt das über mich aus?«

Monica nahm ihre Hand. »Es sagt aus, dass du ein Mensch bist, Gott sei Dank.«

»Ich stand da und konnte mich nicht bewegen. Ich weiß nicht, wie lange das dauerte …« Während sein Herzschlag aussetzte, hatte ihr Herz immer schneller geschlagen. »Ich dachte, ich könne es einfach nicht.«

»Aber du hast es getan«, sagte Monica sanft.

»Was, wenn ich ins Zimmer gehe und sie ist da?«

Monica schluckte. »Sicher wäre David nicht so taktlos, oder?«

»Er liebt eine andere Frau. Ich glaube, Takt spielt da keine Rolle mehr.« Sie nestelte an ihrem Mantelkragen. »Beim Essen hat er sich ständig den Kiefer gerieben. Ich dachte, er müsse mal zum Zahnarzt, doch es stellte sich heraus, dass das ein Symptom eines Herzinfarkts sein kann. Das ist mir entgangen.«

»Bitte sag mir, dass du dir dafür keine Schuld gibst!«

»David hat es so gestresst, mir wehzutun, dass es seinen Herzinfarkt ausgelöst hat. Selbst bei der Trennung von mir war er grundsätzlich anständig.«

»Grace, bitte. Er war ein herzloser Mistkerl …« Monica hielt inne und hob entschuldigend die Hände. »Tut mir leid, aber ich kann es nicht ertragen, wie du ihn entschuldigst. Wie nimmt Sophie es auf?«

Sie spürte ein Brennen in ihren Eingeweiden. Vielleicht sollte sie zum Arzt gehen. »Ich habe es ihr noch nicht gesagt.«

»Was? Grace, sie –«

»Sie muss es erfahren. Dessen bin ich mir bewusst. Aber ihr zu sagen, dass ihr Vater einen Herzinfarkt hatte und im Krankenhaus ist, schien mir fürs Erste genug zu sein. Sie ist aufgewühlt und sorgt sich zu Tode. Ich konnte es nicht über mich bringen, es noch schlimmer zu machen. Sie betet ihn an. Sie haben sich immer so nahegestanden.«

»Du musst es ihr sagen, Grace.«

»Ich habe gehofft, dass sich vielleicht alles wieder einrenkt und ich das nicht tun muss.«

»Er hatte eine Affäre mit einer anderen Frau. Wärst du da bereit, es wieder einzurenken?«

»Ich weiß es nicht.« Sie hatte nie geglaubt, sich diese Frage je stellen zu müssen.

»Das darfst du nicht, Grace. Du wirst ihm nie wieder trauen können. Du musst ihn rausschmeißen. Das würde ich jedenfalls mit Todd tun, wenn er jemals eine Affäre haben sollte.«

In Grace' Kopf drehte sich alles. Diesen Aspekt hatte sie nicht bedacht – dass jeder um sie herum eine Meinung haben würde. Was auch immer sie tat, man würde über sie reden und sie verurteilen, und sie wusste aus Erfahrung, dass Menschen meist davon ausgingen, dass der eigene Weg der einzig richtige war.

»Ich muss gehen.«

»Sag ihm, wie sehr er dich verletzt hat. Sag ihm, wie du dich fühlst.«

Sie wollte nicht, dass ihr jemand sagte, was sie tun sollte.

Dass sie das Bedürfnis hatte, Monica zu entkommen, gab ihr ein Gefühl so großer Einsamkeit wie nie zuvor in ihrem Leben. »Wenn er sich meinetwegen aufregt und dann stirbt, bin ich schuld.«

Schuld. Vorwurf. Verantwortung.

Eine hässliche Mischung aus Emotionen brodelte in ihr. Die gleichen Gefühle hatte sie beim Tod ihrer Eltern empfunden. Sie wusste, dass man nicht direkt beteiligt sein musste, um sich verantwortlich zu fühlen. Sie hatte mit diesen Gefühlen leben müssen, und David war der Einzige, der davon wusste.

David, der nicht länger für sie da war.

David, der nun mit jemand anderem Geheimnisse teilte.

Diese besondere Vertrautheit zwischen ihnen zu verlieren war das Schmerzhafteste von allem.

Ein steter Strom von Menschen bewegte sich durch die Drehtür am Krankenhauseingang. Grace betrachtete sie und fragte sich, welche Geschichten hinter ihrem Besuch standen. Waren sie Besucher? Patienten?

Nachdem er im Restaurant zusammengebrochen war, hatte man David zum nächstgelegenen Krankenhaus und rasch in den OP gebracht für einen Eingriff an seiner Herzkranzarterie. Oder waren es mehrere Arterien? Sie erinnerte sich nicht. Grace hatte in einem zugigen Flur auf einem kalten, harten Stuhl gesessen und sich gefühlt, als habe sie jemand aus ihrem bequemen Leben herausgehoben und in einer Gefängniszelle wieder fallen gelassen.

Irgendwann in jener Nacht war der Arzt zu ihr gekommen, doch seine Worte waren an ihr vorbeigerauscht wie ein Wasserfall. Sie hatte das Wort »Blockade« gehört und ein paar technische Ausdrücke, die ihr nichts sagten. Sie hatte versucht, aufmerksam zu sein, doch sie hatte ihre Gedanken nur für wenige Minuten fokussieren können, bevor sie wieder zu der Tatsache gewandert waren, dass David die Scheidung wollte.

»David sollte es Sophie erzählen«, sagte Monica. »Er hat schließlich die Affäre.«

Grace zwang sich dazu, sich zu bewegen. »Darum werde ich mich später kümmern. Er könnte morgen entlassen werden.«

»So bald? Bitte sag mir, dass du nicht daran denkst, ihn zu Hause aufzunehmen.«

Grace hielt mit der Hand am Türgriff inne. »Ich weiß nicht. Ich entscheide das eins nach dem anderen.«

»Meinst du nicht, dass er bei –«

»Bei ihr bleiben will? Das weiß ich auch nicht. Aber wenn er nach Hause kommen will, habe ich wohl keine große Wahl.«

»Natürlich hast du eine Wahl!« Monica explodierte vor Wut und sank dann in sich zusammen. »Was kann ich tun? Ich fühle mich hilflos.«

»Du hilfst mir.« Tatsächlich half sie ihr nicht, doch das lag nicht an Monica. Niemand konnte irgendetwas tun. »Danke fürs Mitnehmen.«

Grace stieg aus dem Wagen und ging langsam zum Krankenhaus. Es war der einsamste Gang ihres Lebens.

Monica hatte recht. Sie mussten es Sophie sagen. Sie konnten es nicht länger aufschieben.

»Hallo, Mrs. Porter.« Die diensthabende Krankenschwester der Kardiologie begrüßte sie am Tresen. Grace hatte in den letzten Tagen praktisch im Krankenhaus gewohnt. Da überraschte es kaum, dass alle sie kannten.

»Hallo, Sally. Wie geht es ihm heute?«

»Besser. Dr. Morton hat ihn heute Morgen untersucht und versprochen, vorbeizukommen und mit Ihnen beiden zu sprechen, sobald Sie kommen. Ich informiere sie, dass Sie hier sind.« Sie griff zum Telefon, während Grace in Davids Zimmer ging.

Er hatte die Augen geschlossen und war blass, doch selbst ein Herzinfarkt konnte seinem guten Aussehen nichts anhaben.

Sie erinnerte sich an seine Worte, dass er das Gefühl habe, die besten Tage seines Lebens lägen hinter ihm. Die Erinnerung schmerzte wie ein Messerstich. Es gab nichts mehr, worauf er sich freuen konnte – das hatte er damit wirklich gesagt. Das Leben mit ihr war ihm nicht genug.

Sie zwang sich weiterzugehen und stellte sich hinter den Stuhl neben seinem Bett.

David öffnete die Augen. »Grace.«

Sie stellte ihre Tasche auf den Boden. »Wie geht es dir?«

»Furchtbar. Vermutlich denkst du, dass es meine gerechte Strafe ist. Sie haben mir einen Stent eingesetzt, haben sie dir das gesagt?«

Hatten sie das? Vielleicht. Sie hoffte, dass er ihr keine weiteren Fragen stellte, doch in dem Moment kam glücklicherweise Dr. Elizabeth Morton herein. Ihre Tochter ging in Grace' Klasse, sodass sie sich von Schulveranstaltungen kannten.

»Hallo, Grace. Wie geht es Ihnen?«

»Danke, gut.« So gut es einem eben ging als Frau, die von ihrem Mann gerade nach fünfundzwanzig Jahren Ehe verlassen worden war. Wusste Dr. Morton davon? Wie weit hatte es sich schon herumgesprochen? Grace versuchte sich zu erinnern, wer an jenem Abend im Restaurant gewesen war.

»Ich bin der Patient.« David machte den lahmen Versuch eines Scherzes. »Sie sollten eigentlich mich fragen, wie es mir geht.«

War es Einbildung, oder kühlte Dr. Mortons Lächeln etwas ab, als sie ihn ansah?

Oh Gott, dachte Grace. *Sie weiß es.*

Der Gedanke an weibliche Solidarität sollte sie aufmuntern, doch das tat er nicht. Sie verabscheute die Vorstellung, dass Leute über sie tratschten. Es war so persönlich. So beschämend.

Jeder würde sich fragen, warum David Porter seine Frau verließ. Sie würden sie ansehen und spekulieren. *Nörgelt sie? Ist sie schlecht im Bett?*

Vielleicht hielten alle anderen sie ebenfalls für langweilig.

Sie konnte förmlich spüren, wie ihr Selbstvertrauen verdunstete wie Wasser in der Sonne.

»Sie können morgen nach Hause.« Dr. Morton blätterte durch die Akte. Sie verhielt sich professionell. Effizient. »Wir schicken Ihnen einen Kontrolltermin.« Sie gab noch ein paar allgemeine Ratschläge und fügte dann hinzu: »Den meisten Patienten ist die Frage peinlich, weshalb ich die Antwort auf jeden Fall mitgebe. Was Sex betrifft.« Ihre Miene blieb ausdruckslos, doch Grace wusste, dass sie sie nie wieder am Schultor treffen konnte, ohne an dieses Gespräch zu denken.

Sie wollte nicht, dass Dr. Morton über Sex sprach, aber offenbar zählten ihre Wünsche nicht mehr.

Grace umklammerte die Lehne des Stuhls, bis sich das Plastik in ihre Hände bohrte.

»Sie sollten es einen Monat lang ruhig angehen lassen.« Dr. Morton fuhr mit ihren Erklärungen fort, und Grace versuchte, nicht zuzuhören.

Sie erwachte aus ihrer Trance, als Dr. Morton sagte: »Danach können Sie wieder loslegen.«

Grace spürte Wut in sich aufwallen. Er konnte loslegen, doch was war mit ihr?

David wand sich. »Danke.«

»Sehen Sie nicht so bedrückt drein. Man erholt sich in der Regel gut von so etwas und kann weiter ein schönes Leben führen.« Die Ärztin erläuterte kurz die geplante Entlassung und verließ dann mit einem letzten Kopfnicken, das sie an Grace richtete, den Raum.

»Einen Monat keinen Sex«, sagte Grace. »Ich schätze, das wird hart für die Frau, mit der du schläfst – wer auch immer das ist.«

Sie registrierte die Überraschung in Davids Augen und wie ihm die Röte in die Wangen stieg.

»Du bist sauer. Das verstehe ich.«

»Du verstehst das? Du kannst so was nicht tun und trotzdem noch der nette Kerl sein, David. Das war kein Unfall oder eine zufällige Sache, die uns zugestoßen ist und die du bereust. Du hast dich für diesen Weg entschieden. Du wusstest, was das für uns bedeutet. Für mich. Aber du hast es trotzdem getan.«

Weil er es gewollt hatte.

Es war nicht das erste Mal, dass jemand sie nicht genug liebte, um der Versuchung zu widerstehen.

Gefühle, von denen sie gelernt hatte, sie zu verdrängen, erwachten in ihr zu neuem Leben.

»Ich habe es nicht geplant, Grace. Ich war unglücklich, und sie war da und – nun, es ist einfach passiert.«

Das war das Schlimmste, was er sagen konnte.

»Was war mit deiner Selbstbeherrschung, David?«

Er bewegte sich leicht im Bett. »Du musst mir nicht sagen, wie wichtig Selbstbeherrschung für dich ist. Das weiß ich bereits.«

»Aber ich wusste nicht, wie unwichtig sie für dich ist.«

»Grace –«

»Du hast mir nicht gesagt, dass du unglücklich bist. Du hast uns keine Chance gegeben.« Je mehr sie darüber nachdachte, desto mehr begriff sie, dass sie nicht nur wütend, sondern rasend vor Zorn war. Es kam ihr fast wie eine Erleichterung vor. Wut war Treibstoff und leichter zu verarbeiten als Trauer und Verwirrung.

»Alles, was du sagst, ist wahr, und ich fühle mich schrecklich.«

»Ich fühle mich auch schrecklich. Der Unterschied ist, dass du es verdienst, dich schrecklich zu fühlen, und ich nicht.« Sie hielt inne. Er sah so blass aus, dass sie Angst vor einem weiteren Herzinfarkt hatte.

Wie konnte ihr sein Wohlergehen so am Herzen liegen, wenn er keinen Gedanken an ihres verschwendet hatte?

Offenbar setzte Liebe jegliche Logik außer Kraft.

»Grace –«

»Weißt du, wie es sich anfühlt, wenn man jemanden liebt und davon ausgeht, dass der andere das Gefühl erwidert, und dann feststellt, dass alles eine Lüge war? Dann stellt man alles infrage.« Sie hörte, wie schrill ihre Stimme klang. »All diese Erinnerungen mit uns zweien. Ich frage mich, wie viele davon echt waren.«

»Sie waren echt. Sie sind echt.«

»Echt ist, dass deine Gefühle sich irgendwann geändert haben und du mir das nicht gesagt hast. Ich habe einen Hühnchensalat mit kalorienarmem Dressing gemacht.« Sie packte die Tasche aus und stellte die Plastikdosen auf den Tisch neben dem Bett. »Du hattest ein paar Nachrichten. Rick vom Golfklub hat angerufen. Er wünscht dir gute Besserung.«

»Danke.«

Bisher hatte David nicht ein Wort darüber verloren, dass sie ihn wiederbelebt hatte. Nicht dass sie wirklich Dank dafür wollte, doch eine gewisse Anerkennung dafür, dass sie in der Situation einen kühlen Kopf bewahrt und sein Leben gerettet hatte, wäre nett gewesen.

»Danke, Grace. Es war nett von dir, mich wiederzubeleben, nachdem ich sagte, du seist langweilig. Ich bin froh, dass du dich nicht dafür entschieden hast, mich sterben zu lassen.«

Er sah sie vorsichtig an. »Hat Stephen angerufen?«

»Ja. Er wünscht dir gute Besserung und sagte, du sollst nicht so schnell wieder zur Arbeit kommen. Lissa meinte, dass sie ein paar Sachen aus deinem Büro vorbeibringen wird. Du hast deine Tasche und deinen Laptop dort stehen lassen.«

»Das ist nett von ihr.«

»Ja.« Sie mochte Lissa. Sie war vor einigen Jahren Grace' Schülerin gewesen und hatte Französisch und Spanisch bei ihr gelernt. Lissa hatte Schwierigkeiten in der Schule, nachdem ihr Vater die Familie verlassen hatte, und Grace freute sich sehr, als sie die Highschool abschloss. David hatte ihr einen Job als Junior-Reporterin bei der Zeitung verschafft. Es war schön zu sehen, dass sie sich gut machte.

Sie fragte sich, ob Stephen und Lissa von der Affäre wussten.

»Wir müssen mit Sophie reden.«

Seine Miene zeigte Angst und Besorgnis. »Vor dem Teil graut mir. Meinst du nicht, es wäre besser, wenn du es ihr sagst?«

»Du sagtest, du hättest es satt, dass ich alles erledige, also nein. Diese Sache kannst du selbst erledigen. Und du bist derjenige, der unsere Ehe aufgegeben hat, also bist du in einer besseren Position als ich, das unserer Tochter zu erklären. Tu es heute Abend, wenn sie zu Besuch kommt. Sie muss wissen, dass wir sie lieben und dass unsere Entscheidung nichts mit ihr zu tun hat.«

»Heute Abend?« Er wurde noch blasser. »Ich fühle mich nicht gut, Grace.«

»Ist mir egal. Ich möchte nicht, dass sie es von jemand anderem erfährt.«

»Niemand weiß es.«

»Du bist Journalist, David. Von allen Menschen solltest du am besten wissen, wie schwer es ist, Informationen geheim zu halten.«

Er sah sie lange und vielsagend an, und schließlich musste sie wegschauen.

Sollte er doch verdammt sein.

Grace öffnete und schloss die Fäuste. Verdammt sollte er sein, dass er sie ausgerechnet in diesem Moment an die Information erinnerte, die er geheim hielt. Sie daran erinnerte, was sie ihm schuldete.

»Niemand weiß davon«, sagte er. »Wir waren vorsichtig.«

»Vorsichtig?« Sie stellte sich vor, wie er herumschlich. »Habt ihr euch in Motelzimmern herumgedrückt und bar bezahlt? Hast du Kondome benutzt?«

Seine Wangen wurden tiefrot. »Das ist eine intime Frage.«

»Ich bin deine Frau!«

»Ja, ich habe Kondome benutzt. Ich bin nicht blöd.«

Vielleicht nicht blöd, aber eindeutig gedanken- und rücksichtslos, was ihre Ehe und Grace' Gefühle anging. Sie wollte unter die Dusche und alles von sich abwaschen.

»Hast du an irgendeinem Punkt an mich gedacht?«

Er sah erschöpft aus. »Ich habe die ganze Zeit an dich gedacht, Grace.«

»Sogar, als du Sex mit der anderen Frau hattest? Das ist kein Kompliment.« Sie atmete tief durch. »Wie heißt sie?«

Er schloss kurz die Augen. »Grace …«

»Sag es mir! So viel schuldest du mir.«

Er wich ihrem Blick aus. Fuhr sich über die Lippen. »Es ist Lissa.«

»Lissa?« Sie starrte ihn an und war dann erleichtert. Sie kannte keine Lissa. Es war niemand, den sie persönlich kannte oder zufällig treffen konnte. »Wo wohnt sie?«

David wandte den Kopf, seine Augen blickten müde und traurig. »Du weißt, wo Lissa wohnt.«

»Weiß ich nicht. Die einzige Lissa, die ich kenne ...« Sie brach ab. »Warte. Du meinst ... Lissa? Unsere Lissa?«

»Wen sonst?«

»Oh Gott.« Grace' Beine versagten ihr plötzlich den Dienst, und sie ließ sich auf den Stuhl sinken. »Sie ist wie eine Tochter für uns. Für mich«, korrigierte sie sich. »Offensichtlich ist sie für dich etwas anderes.«

Grace erinnerte sich an den Tag von Lissas Highschool-Abschluss. Nach all der Unterstützung, die Grace ihr gegeben hatte, fühlte es sich wie ein doppelter Verrat an.

»Sie ist ein Kind!«

»Sie ist dreiundzwanzig. Kein Kind.«

Sie konnte es nicht fassen. Sie hatte geglaubt, die Dinge könnten nicht schlimmer werden, doch dies war so viel schlimmer.

Mit einem Gefühl der Übelkeit stand sie auf und stolperte fast über den Stuhl. Sie musste fort von hier. »Du musst dir einen Ort suchen, wo du hinkannst, wenn sie dich entlassen. Ich möchte dich nicht zu Hause haben.«

»Wo soll ich hingehen?«

»Ich weiß es nicht. Was hast du gedacht, wo du hingehen würdest? Oder hattest du vor, Lissa in unser Gästezimmer einzuquartieren? Eine große glückliche Familie, ist es das?«

Er sah elend aus. »Ich werde ein Hotel finden.«

»Warum? Will sie dich nicht, wenn du krank bist? Nur gesund?«

Grace griff nach ihrer Tasche. »Ich werde Sophie später hier absetzen. Du kannst ihr die frohen Neuigkeiten eröffnen.«

»Es wäre besser, wenn wir das gemeinsam tun. Wir müssen das zivilisiert hinter uns bringen.«

»Ich fühle mich nicht zivilisiert, David. Und was Sophie angeht – du schläfst mit jemandem, den sie als ihre Freundin betrachtet. Das darfst du ihr allein erklären.«

Sie ging aus dem Zimmer, rang sich ein Lächeln für die Schwestern am Tresen ab und bog ins Treppenhaus ab. Alle schienen den Fahrstuhl zu nehmen, und das Echo ihrer Schritte betonte ihre Einsamkeit. Sie schaffte es bis in den ersten Stock, bevor sie die Kontrolle verlor. Schluchzend sank sie auf dem Treppenabsatz zusammen.

Lissa? Lissa?

Grace dachte an Lissas strahlendes Lächeln und die Art, wie ihr Pferdeschwanz beim Gehen hin und her schwang. Sie trug Jeans, die aussahen, als hätte man sie ihr aufgemalt, und Oberteile, die ihre vollen üppigen Brüste betonten.

Es war so ekelhaft. Was würden Lissas Eltern sagen? Grace saß mit ihrer Mutter zusammen in einem Wohlfahrtskomitee. Sie würde ihr nie wieder in die Augen sehen können.

Wie konnte David ihr das antun? Ihnen das antun? Sie waren eine Einheit. Eine Familie. Und er riss das auseinander.

Sie war so verloren in ihrer Welt des Elends und der Erinnerungen, dass sie erst spät das Geräusch von Schritten hörte und begriff, dass jemand die Treppe hinunterkam.

Rasch stand sie auf, fuhr sich über das Gesicht und ging das letzte Stockwerk hinunter.

Sophie würde bald aus der Schule kommen. Grace musste zu Hause sein, um ihr etwas zu essen zu machen und sie zu unterstützen, wenn ihr Vater ihr Leben in die Luft jagte.

AUDREY

»Wie sind deine Prüfungen gelaufen, Audrey, mein Liebes?«

Audrey stellte die Temperatur des Wassers ein und richtete den Strahl so aus, dass es über das Haar und keinesfalls in die Augen lief. Falls es so etwas wie eine Prüfung im Haarewaschen gab, würde sie sie mit Bravour bestehen.

»Nicht besonders gut, Mrs. Bishop.« Sie hatte schon mit dreizehn angefangen, samstags ein paar Stunden in dem Friseursalon zu arbeiten. Damals hatte sie sich dafür entschieden, um aus dem Haus zu kommen, und hatte dann überrascht festgestellt, wie sehr es ihr gefiel. Am besten waren die Gespräche mit den Kundinnen, die überraschend ehrlich ihr gegenüber waren. Nach fünf Jahren waren einige von ihnen wie eine Familie für sie geworden. »Am schlimmsten finde ich es, wenn man aus der Prüfung kommt und die anderen die ganze Zeit erzählen, was sie zu jeder Frage geschrieben haben, und man weiß, dass man es selbst komplett vermasselt hat. Ist Ihnen diese Temperatur recht?«

»Sie ist perfekt, mein Liebes. Und ich bin sicher, dass du es nicht vermasselt hast.«

Audrey war sicher, dass sie genau das getan hatte. Sie wusste genau, dass sie auf dem letzten Blatt mindestens zwei Fragen verwechselt hatte. Sie hatte erörtern und definieren miteinander verwechselt.

Wie auch immer man es betrachtete, die Prüfungen nervten. Aber zumindest waren sie jetzt vorbei.

Sie pumpte Shampoo in ihre Handfläche und wusch Mrs. Bishop die Haare. Oben auf dem Kopf waren sie recht dünn, weshalb Audrey sehr sanft vorging. »Ich werde keine zweite Haarwäsche machen, Mrs. Bishop, weil Ihr Haar ein bisschen trocken ist. Stattdessen trage ich eine Feuchtigkeitskur auf, wenn das für Sie in Ordnung ist.«

»Wie du meinst, Liebes. Du bist die Expertin.«

»Wie geht es Pogo?« Audrey hatte Mühe mit Informationen aus Büchern, doch sie erinnerte sich problemlos noch an die winzigsten Details im Leben von Menschen. Sie wusste alles über ihre Haustiere, ihre Kinder und ihre Krankheiten. Pogo war Mrs. Bishops Labrador und die große Liebe ihres Lebens. »Was hat der Tierarzt zu der Geschwulst gesagt?«

»Gott sei Dank war es nichts Ernstes. Eine Zyste. Er hat sie entfernt.«

»Das ist gut. Sie sind sicher erleichtert.« Audrey spülte das Shampoo sorgfältig aus.

»Was wirst du jetzt tun, wo deine Prüfungen vorbei sind? Wirst du hier im Sommer ganztags arbeiten? Wir hoffen alle, dass du dich dafür entscheidest.«

Es war verlockend. Audrey liebte die Menschen hier, und sie hatte Spaß an der Arbeit. Für manche der Frauen, die in den Salon kamen, waren die zehn Minuten mit Audrey bei der Haarwäsche die einzige Zeit in der Woche, in der sie sich entspannten. Ihr Highlight war gewesen, als die Kundinnen eigens sie für die Haarwäsche angefragt hatten, weil ihre Kopfmassage so gut war.

Nie zuvor hatte man Audrey je gesagt, dass sie in irgendwas gut war.

Doch im Salon zu bleiben würde bedeuten, zu Hause zu bleiben, und Audrey konnte es nicht erwarten, von dort fortzugehen.

»Ich gehe auf Reisen.«

Sie sprühte die Haarkur in Mrs. Bishops Haar und massierte sanft.

»Ach, das ist göttlich, Liebes. Du hast immer genau den richtigen Druck. Du solltest eine Massage-Ausbildung machen.«

Audrey fuhr mit den Fingerspitzen über Mrs. Bishops Stirn. »Meine Kunden wären vermutlich alle geile alte Böcke.«

Mrs. Bishop schnalzte tadelnd. »Ich meine nicht diese Art von Massage. Ich meine richtige Massage. Für gestresste Menschen. Davon gibt es so viele.«

»Ja, vermutlich sollte ich bei mir selbst anfangen.«

»Du wärst großartig. Du könntest auch Kosmetikerin werden.« Philippa Wyatt, die alle sechs Wochen kam, um sich die Haare färben zu lassen, schaltete sich von ihrem Stuhl aus in das Gespräch mit ein. Ihre Haare waren in Strähnen geteilt, die mit Alufolie umwickelt waren. Sie sah aus wie ein Hühnchen, das auf den Grill sollte.

»Wie laufen die Vorbereitungen für die Hochzeit, Mrs. Wyatt?«

»Meine Tochter ändert alle fünf Minuten ihre Meinung. In der einen Minute soll es eine Obsttorte sein, in der nächsten Biskuit.«

»Ich liebe Biskuit.« Audrey beendete die Kopfmassage und spülte die Haarkur aus. Sie wickelte Alice Bishop ein warmes Handtuch um die Haare, wechselte ihren Friseurumhang und führte sie zurück zum Stuhl.

»Danke, Liebes.« Die Frau drückte Audrey einen Geldschein in die Hand.

»Das ist zu viel. Sie müssen mir doch nicht –«

»Ich möchte es. Das ist meine Art, Danke zu sagen.« Sie setzte sich auf den Stuhl. Audrey stopfte das Geld in ihre Hosentasche und steckte ihren Kopf kurz ins Personalzimmer.

»Ellen? Mrs. Bishop ist bereit.«

Ellen gehörte der Haarsalon. Es gab vieles, was Audrey an ihr mochte, nicht zuletzt, dass sie Audrey nicht zwang, ihr Trinkgeld zu teilen. »Du hast es verdient, also behältst du es«, sagte sie immer.

»Gut.« Ellen trank einen letzten Schluck Kaffee. »Wollen wir nachher zusammen mittagessen? Milly ist so lange im Salon.«

»Ich wollte ein bisschen rausgehen. Nach all diesen Prüfungen muss ich den Kopf freibekommen.«

Das war nur die halbe Wahrheit. Die andere Hälfte bestand darin, dass der Kühlschrank wieder leer war, was Audrey erst bemerkt hatte, als es zu spät war. Im Suff hatte ihre Mutter alles weggeworfen mit der Begründung, es wäre »verdorben«.

Es würde nicht schaden, einen Tag nichts zu essen, doch sie wollte nicht, dass jemand darauf aufmerksam wurde.

Eine Stunde später nahm sie ihre Tasche und ging in den nahen Park.

Es wimmelte von Menschen, die die Sonne genossen. Einige saßen auf Bänken, andere hatten es sich mit aufgekrempelten Ärmeln im Gras gemütlich gemacht.

Mehrere aßen zu Mittag. Riesige Scheiben knuspriges Brot, frischen Schinken, Chipstüten, Schokoladenriegel.

Audrey knurrte der Magen.

War jemandem schon mal sein Sandwich geklaut worden? Es gab für alles ein erstes Mal. Sie konnte es nehmen und abhauen. Eine völlig neue Definition von Fast Food.

Vielleicht sollte sie das Trinkgeld von Mrs. Bishop für Essen verwenden, doch sie sparte alles, was sie verdiente, für ihre Fluchtkasse.

In dem Versuch, das Essen um sie herum zu ignorieren, holte sie ihr Handy raus und suchte weiter nach einem Sommerjob in Paris.

Am Morgen hatte sie die Auswahl auf zwei Angebote eingegrenzt.

Eine Familie in Montmartre suchte ein englischsprachiges Au-pair mit Erfahrung in der Kinderbetreuung. Audrey hatte nie auf Kinder aufgepasst, doch dafür auf ihre Mutter. Sie ging davon aus, dass sie damit mehr als qualifiziert war für den Job. Auch wenn sie sich noch überlegen musste, wie sie einen potenziellen Arbeitgeber davon überzeugen konnte, ohne mehr zu verraten, als ihr lieb war.

Sie hob den Kopf und sah sich im Park um. Sie hörte ein entferntes Summen und erblickte jemanden, der den Rasen mähte. Es war Juni, und ein süßer Blütenduft lag in der Luft.

In der Ferne sah sie die Laufstrecke. Audrey hatte sie manchmal genutzt. Sie lief gerne. Vielleicht weil es ihr das Gefühl gab, von ihrem Leben wegzukommen.

Sie stellte sich vor, wie sie mit zwei bezaubernden Kindern im Schlepptau im sommerlich sonnigen Paris herumschlenderte. Oder es waren zwei nervige Kinder. Doch so oder so war das Leben, das vor ihr lag, so viel reizvoller als jenes, das sie im Moment lebte.

Keine Ungewissheit mehr, in welchem Zustand sich das Haus befand, wenn sie heimkam.

Keine Sorgen mehr um ihre Mutter. Das wäre dann Rons Job.

Audrey wurde schwindlig bei dem Gedanken, die Verantwortung abzugeben und von allem befreit zu sein.

Der Mann auf dem Rasen neben ihr legte sein halb aufgegessenes Käsesandwich zur Seite.

Es kostete Audrey mehr Willenskraft, als sie sich zugetraut hatte, nicht danach zu greifen.

Sie streifte ihre Schuhe ab und wendete sich wieder ihrem Handy zu.

Die zweite Anzeige war von einem Zahnarzt, der jemanden suchte, der Anrufe entgegennahm und Termine vereinbarte. Klar, Audrey sprach kein Französisch, aber es hätte Vorteile, die Details beim Zahnarzt nicht zu verstehen.

Sie wollte die App gerade schließen, als ein Bild ihre Aufmerksamkeit erregte.

Eine Buchhandlung am linken Seine-Ufer suchte eine Teilzeitaushilfe für den Sommer.

Audrey lachte schnaubend auf. In einer Buchhandlung arbeiten? Sie konnte sich keinen schlimmeren Job vorstellen. Sie hasste Bücher. Sie hasste es zu lesen.

Sie wollte den Job schon übergehen, als ihr etwas ins Auge fiel.

Stand hier Zimmer inklusive? Ja, das tat es.

Audrey starrte auf ihr Handy. Die Sache hatte ihr Sorgen

bereitet. Wie sollte sie einen Platz zum Wohnen finden, wenn sie kein Französisch sprach, Paris nicht kannte und nur wenig Geld hatte?

Ihr Herz begann zu rasen und riss ihre Vorstellungskraft mit sich.

Ein Job mit Wohnmöglichkeit würde all ihre Probleme lösen. Dennoch – eine Buchhandlung? Sie bemerkte jetzt, dass es eine antiquarische Buchhandlung war. Was bedeutete, dass sie voller Bücher war, die die Leute weggegeben hatten? Das war ein Konzept, das sie nachvollziehen konnte.

Nach was für einem Menschen würden sie suchen?

Jemandem, der klug und ernsthaft war. Audrey war nichts davon, aber sie konnte so tun, wenn es nötig war. Sie war daran gewöhnt, der Welt ein falsches Bild zu vermitteln. Sie würde ihre Haare zurückbinden. Sich vielleicht eine Brille kaufen, um intelligenter auszusehen. Versuchen, nicht zu viel zu reden oder Witze zu reißen. Auf diese Weise würde sie ihr wahres Selbst nicht verraten.

»Hey! Audie!« Meena stand vor ihr. »Ich habe mich schon gefragt, ob du wohl hier bist.«

Meena arbeitete im Supermarkt in der High Street, und manchmal schafften sie es, ihre Mittagspause gemeinsam zu verbringen.

»Du bist spät dran.«

»Ich wurde von einem Kunden beschimpft, der seine Lieblingsmarke Dosentomaten nicht finden konnte.«

Audrey kapierte nicht, wie eine Dose Tomaten einen Streit verursachen konnte, aber sie wusste, dass die Menschen sich über viele Dinge aufregten. »Tomaten-Wut.«

»Mach nicht mal Witze drüber! Ich hatte Angst, dass er mir die Tomaten an den Kopf wirft, und es war ein Multipack. Das wäre mein Ende gewesen.« Meena setzte sich neben sie und öffnete ihre Lunchbox. »Wo ist dein Essen?«

»Ich habe schon gegessen.« Audrey legte das Handy in den Schoß. »Was ist das?«

»Ich weiß nicht.« Meena untersuchte den Inhalt ihrer Lunchbox. »Pakora, Reis, Joghurt – der soll die Schärfe des Chilis ausgleichen.«

»Das riecht gut. Was ist da drin?«

»Gemüse und Liebe.« Meena grinste. »Das hat jedenfalls meine Mutter gesagt. Als ich klein war, dachte ich, dass man Liebe so wie Karotten im Supermarkt kauft.«

»Kaum zu glauben, dass deine Mutter dir das alles jeden Tag kocht und zugleich als Ärztin arbeitet.«

»Na ja, selbst gekochtes Essen ist bei uns zu Hause eine wichtige Sache. Mum hat immer gesagt, sie findet Kochen beruhigend. Ich auch. Manchmal glaube ich, dass meine ganze Familie durch Essen zusammengehalten wird.«

Audrey verspürte keinen Neid, dass ihre Freundin einen Platz in Oxford ergattert hatte, doch sie beneidete Meena um ihre Familie. »Ist deine Schwester immer noch gut in Französisch?«

»Ja, aber meine Cousine ist besser. Sie hat in allen Fächern Einsen.« Meena aß einen Löffel Joghurt. »Es nervt, wie gut sie in Sprachen ist.«

»Da gibt es einen Job, auf den ich mich bewerben möchte, aber mein Französisch ist nicht gut genug. Meinst du, sie würde mir helfen?«

»Ja. Und wenn nicht, helfe ich ihr nicht mit Physik.« Meena beugte sich vor, um auf Audreys Handy lesen zu können. »Was ist das für ein Job?«

»Es ist eine Buchhandlung in Paris. Die Bezahlung ist mies, aber es ist ein Apartment dabei.«

Das Geld, das sie von ihrer Arbeit im Salon gespart hatte, reichte für ein Ticket nach Paris und zwei Wochen, vielleicht sogar drei, wenn sie nur einmal am Tag aß. Danach musste sie einen Job finden.

Sicher, sie wusste nichts über das linke oder rechte Seine-Ufer und würde sie bestimmt verwechseln, weil die Unterscheidung von links und rechts zu ihren größten Schwierigkeiten gehörte, doch sie würde sich schon arrangieren.

»Warte.« Meena hörte auf zu kauen. »Du wirst dein eigenes Apartment und einen Job in einer Buchhandlung haben? Das ist super. Aber wenn dein Französisch nicht gut genug ist, um dich für den Job zu bewerben, wie willst du dann dort zurechtkommen?«

So, wie sie ihr ganzes bisheriges Leben gelebt hatte. »Ich schlag mich durch.«

»Du bist so mutig. Was sollst du dort tun?«

»Ich habe gehofft, du könntest mir das sagen. Dein Französisch ist auch ziemlich gut.« Audrey reichte ihrer Freundin das Handy, und Meena überflog die Anzeige.

»Du sollst etwas schreiben darüber, warum Bücher und das Lesen an sich so wichtig sind.«

»Mist.«

Meena wischte sich die Finger ab. »Ich dachte, du hasst Bücher und Lesen.«

»Das tue ich. Ich bevorzuge Filme.« Ihre geheime Leidenschaft waren Animationsfilme, doch so etwas Kindisches würde sie nie zugeben. »Aber das werde ich ihnen natürlich nicht sagen. Mag deine Cousine Bücher?«

»Ja. Sie liest ständig.«

»Großartig. Wenn sie auf Französisch etwas dazu schreiben könnte, warum sie Bücher liebt, schicke ich das hin. Kannst du sie heute Abend fragen?«

»Sicher.« Meena sah in ihre Lunchbox. »Warum macht mir meine Mutter so viel zu essen? Wenn ich das alles aufessen würde, hätte ich den Umfang eines kleinen Bürogebäudes. Jeden Tag muss ich den Rest wegwerfen, damit sie nicht herausfindet, dass ich nicht alles gegessen habe, und beleidigt ist. Du möchtest vermutlich nichts mehr, oder?«

»Doch, sicher.« Audrey musste sich beherrschen, um sich nicht mit der gleichen Gier über die Lunchbox herzumachen wie Hardy über sein Hundefutter. »Freundschaftlicher Gefallen.«

Sie aß den Rest von Meenas Mittagessen und dachte darüber nach, wie sie Meenas Mutter überzeugen konnte, sie zu adoptieren.

Als sie auf dem Weg zurück zum Salon war, erhielt sie eine SMS von ihrer Mutter.

Komm nach Hause. Das ist ein Notfall.

Audrey stoppte vor der Eingangstür. Ellen schnitt einer Kundin die Haare. Milly war am Telefon. Der Salon war rappelvoll. Und da wartete Mrs. Dunmore, die immer einen Termin am Samstag reservierte, weil sie sich gern von Audrey die Haare waschen ließ.

Hin- und hergerissen sah sie auf ihr Handy.

Der Notfall ihrer Mutter bestand vermutlich darin, dass kein Gin mehr im Haus war.

Samstag war der stressigste Tag bei der Arbeit. Audrey war Teil des Teams. Sie würde die anderen nicht im Stich lassen.

Bestimmt schaltete sie das Handy aus und betrat den Salon.

Als sie später nach Hause kam, wartete ihre Mutter an der Eingangstür auf sie. Ihr Gesicht war tränenverschmiert, und ihr Atem roch nach Alkohol.

»Ron und ich haben Schluss gemacht.«

Audreys Stimmung sank in den Keller. »Aber die Hochzeit ist in einer Woche. Was ist passiert?«

Sie ging ins Haus und schloss die Tür, um ihre Probleme nicht vor der ganzen Straße auszubreiten.

»Ich habe ihn vertrieben. Alle verlassen mich. Keiner liebt mich.«

Audrey bemühte sich, ruhig zu bleiben.

Das war ihr schlimmster Albtraum. Sie hatte all ihre Hoffnungen auf Ron gesetzt. »Worüber habt ihr gestritten?«

»Nichts!«

»Es muss etwas gewesen sein.«

»Ich kann mich nicht mal dran erinnern.« Linda wedelte mit

der Hand. »Irgendwas Unwichtiges. Ich sagte, dass er mich offensichtlich nicht liebt und dass er genauso gut auch gleich gehen könnte, und das hat er getan.«

»Hat er …« Audrey schluckte. »… hat er wirklich gesagt, dass er Schluss machen will? Vielleicht braucht er nur ein bisschen Freiraum.« Wenn sie mit ihrer Mutter zusammen war, brauchte sie ständig Freiraum. »Hast du ihn angerufen?«

»Wozu? Er hätte mich sowieso irgendwann verlassen, also ist es vielleicht besser, wenn es jetzt ist.« Ihre Mutter ließ sich aufs Sofa sinken. »Du hast recht, ich muss die Kontrolle über mein Leben übernehmen.«

Audrey fühlte leise Hoffnung in sich aufkeimen. Zumindest das klang vernünftig. »Gut. Wir machen einen Termin mit dem Arzt. Ich komme mit und –«

»Ich habe mit deinem Zimmer angefangen.«

»Was?«

»Dein Zimmer war ein Saustall. Normalerweise sehe ich darüber hinweg, aber ich habe entschieden, dass wir beide von heute an ein neues Leben beginnen.«

Audreys Herz schlug ihr bis zum Hals. Sie war nicht diejenige, die ein neues Leben beginnen musste.

»Du hast mein Zimmer aufgeräumt?«

»Nicht nur aufgeräumt. Ich habe ausgemistet. Du bist jetzt erwachsen, Audrey. Du brauchst diesen ganzen Kram nicht mehr. Ich habe zwei große Säcke mit Sachen gefüllt, die du schon vor Jahren hättest wegwerfen sollen.«

Audrey starrte ihre Mutter an. Eine furchtbare Vorahnung überkam sie.

Bestimmt hatte ihre Mutter nicht …

Sie konnte doch nicht …

Sie stürzte aus dem Raum und rannte die Treppen so schnell empor, dass sie zweimal stolperte.

Bitte nein, nein, bitte lass sie das nicht getan haben.

Sie stieß die Tür zu ihrem Zimmer auf und starrte aufs Bett. »Mum?« Ihre Stimme war heiser. »Wo ist mein Teddybär?«

GRACE

Als Grace' Eltern starben, war es unmöglich gewesen, dem Mitgefühl zu entkommen. Wie lange Tentakeln hatte es sich um sie gelegt und gedrückt und gepresst, bis sie nicht mehr atmen konnte. Natürlich gab es auch Spekulationen, was genau in jener Nacht geschehen war, doch niemand hatte seine Gedanken ihr gegenüber geäußert. Alle hatten sie wie ein rohes Ei behandelt. Sie waren auf Zehenspitzen um sie herumgeschlichen, hatten ihr sorgenvolle Blicke zugeworfen und einander zugeflüstert: »Geht es ihr gut?«

Jetzt war es genauso.

»Ein Sauerteigbrot?« Clemmie packte es ein und reichte Grace die Tüte mit einem mitleidigen Blick. »Wie geht es dir?«

»Gut«, log Grace.

Seit David sie verlassen hatte, hatte sie viel über sich gelernt. Sie hatte gelernt, dass man lächeln konnte, während man innerlich weinte, und dass man fröhlich Konversation betreiben konnte, selbst wenn man jemandem eigentlich sagen wollte, dass er sich um seinen eigenen Kram kümmern solle.

»Du hast ein bisschen abgenommen.«

Grace bezahlte das Brot. »Kleine Diät für den Sommer.«

»Es muss so schwer sein.«

Seit David sie verlassen hatte, sah sie mindestens zehnmal am Tag den gleichen Ausdruck in den Augen der Menschen. Sie hatte diese Kleinstadt immer geliebt, die sie und David zu ihrer Heimat gemacht hatten, doch jetzt hasste sie sie. In einer Großstadt könnte sie verschwinden, doch hier stach sie heraus wie ein Rotweinfleck auf einem weißen Teppich. Jeder wusste es, und jede Begegnung hinterließ einen weiteren Kratzer in ihrer Seele, bis sie das Gefühl hatte, nackt durch einen Dornenbusch zu gehen.

Wäre David nicht der Chefredakteur der Lokalzeitung, hätte seine Verfehlung es vermutlich zur Schlagzeile gebracht: *Redakteur verlässt langweilige Ehefrau*.

In den Tagen danach hatten sogar die Kinder in ihrer Klasse jeden Augenkontakt vermieden. Niemand hatte gefragt, wie ihr Date am Valentinstag gelaufen war. Sie waren besonders brav gewesen, als wollten sie ihre Aufmerksamkeit vermeiden.

Einige von ihnen hatten vermutlich Lissa als Babysitter.

Sie gingen alle davon aus, dass die Affäre das Schlimmste an der Sache war, doch für Grace war das Schlimmste, dass sie David verlor.

Verlassen zu werden war keine einfache Sache. Es war ein brutales Entreißen, ein körperlicher und emotionaler Schmerz. Manchmal blickte sie an sich hinunter und war überrascht, dass sie nicht blutete. Ein solches Trauma sollte doch zumindest eine Verletzung hinterlassen, oder?

Sie vermisste den Klang seiner Stimme, seine vertraute und sichere Präsenz im Bett neben ihr. Sie vermisste sogar die Dinge, die sie genervt hatten, wie den Umstand, dass er ständig seinen Schlüssel vergaß. Vor allem vermisste sie seinen freundlichen Humor und seinen klugen Beistand. Sie fühlte sich wie eine Kletterpflanze, die ihre Stütze verloren hatte. Ohne den Halt zum Emporranken lag sie in einem unansehnlichen Häufchen da und war nicht in der Lage, sich zu entwirren.

Ihre Gedanken waren ein endloses Fließband von: Was, wenn? Was, wenn sie aufregendere Unterwäsche getragen hätte? Was, wenn sie mehr Nächte im Hotel arrangiert hätte? Nein, das hätte nicht geholfen. Er hielt sie sowieso schon für zu organisiert. Sie hätte ihn ermuntern können, Nächte im Hotel zu arrangieren, nur wusste sie, dass sie dann nicht zustande gekommen wären. Ein Grund dafür, dass sie die Dinge organisierte, bestand darin, dass David es nicht tat. Er mochte es lieber entspannter und spontaner, doch Grace wusste, dass man so kein Hotelzimmer an einem Wochenende bekam.

Würde Lissa ihn daran erinnern, seine Cholesterin-Tabletten zu nehmen?

Vermutlich war sie zu beschäftigt, ihn mit Viagra vollzustopfen.

»Sie war gestern hier.« Clemmie senkte die Stimme, wie die Leute es taten, wenn sie über etwas Anrüchiges sprachen. »Ich kann es immer noch nicht glauben. Ich meine: Lissa. Es ist nicht böse gemeint, aber an der Sache ist etwas Abstoßendes.«

Warum sagten Leute immer, es sei nicht böse gemeint, bevor sie etwas sagten, was eindeutig böse gemeint war?

»Ich muss gehen, Clemmie.« Wenn Sophie nicht kurz vorm Schulabschluss stünde, würde sie einen Umzug erwägen.

»Ich meine, es ist klar, was er in ihr sieht.« Clemmie ignorierte Grace' Versuch, das Gespräch abzukürzen. »Sie ist ein hübsches Mädchen, und kein Kerl sagt Nein dazu, wenn er zugreifen kann, oder? Ich gebe ihr die Schuld.«

Ich gebe ihm die Schuld.

Der David, den Grace geheiratet hatte, hätte niemals eine Affäre begonnen, doch sie kannte den Mann, mit dem sie verheiratet war, nicht mehr. Er war ihr ein Rätsel.

Es war deprimierend, Teil eines solchen Klischees zu sein, und demütigend, dass jeder über sie tratschte.

»Hier …« Clemmie packte zwei Donuts in eine Tüte und reichte sie Grace. »Geht aufs Haus.«

Als Krönung sah sie nun also auch noch aus wie eine Frau, die sich mit Zuckerbergen trösten musste.

Als Grace zu Hause ankam, saß Sophie am Küchentisch und machte Hausaufgaben. »Hallo, Mom.« Ihr offenes, vertrauensvolles und glückliches Lächeln, das ein Teil ihrer Persönlichkeit gewesen war, war verschwunden. An seine Stelle war Vorsicht getreten, und es wirkte, als prüfe sie, ob das Leben ihr wieder eine Ohrfeige versetzte oder sie ein Lächeln wagen konnte. »Ist etwas passiert? Du siehst blass aus.«

»Ich habe mein Make-up vergessen.« Grace legte das Brot und die Donuts auf den Tisch. Als Kind hatte sie gelernt, ihre

Gefühle zu verbergen. Sie war eine Meisterin der Geheimniskrämerei gewesen. Warum fiel ihr es nun also so schwer? »Im Kühlschrank ist Hühnchen. Ich habe überlegt, uns einen Salat zu machen.«

»Klingt toll.«

Als Grace die Tomaten wusch, klingelte das Handy. Sie blickte auf das Display, und ihr fiel die Hälfte der Tomaten aus der Hand.

»Es ist dein Dad.«

Sophie hob das Kinn. »Ich möchte nicht mit ihm sprechen.«

Sie war immer ein Papa-Kind gewesen, was es noch härter gemacht hatte, als die Wahrheit alle ihre Illusionen zerstörte. Sophie hatte es nicht groß gekümmert, dass es den Weihnachtsmann oder die Zahnfee nicht gab, doch sie war fast zusammengebrochen, als sie erfuhr, dass ihr Daddy nicht der Mann war, für den sie ihn gehalten hatte.

Grace sammelte die Tomaten aus der Spüle und schnitt sie mit mehr Kraft klein, als nötig gewesen wäre. »Er ist immer noch dein Vater, Liebes.«

Sie erinnerte sich, dass sie den gleichen Schock verspürt hatte, als sie die Wahrheit über ihre Eltern erfahren hatte. Sie erinnerte sich an die Verwirrung und Enttäuschung angesichts der Erkenntnis, dass sie menschlich und fehlerhaft waren. Irgendwie erwartete man, dass die eigenen Eltern es besser wüssten. Dass sie erhaben waren über die Schwächen, mit denen sich andere Menschen herumschlugen.

Zu begreifen, dass die Erwachsenen keine Lösung hatten, war erschreckend. Denn wenn die eigenen Eltern nicht die richtigen Antworten kannten, auf wen sollte sich ein Kind dann verlassen?

»Du musst mich nicht daran erinnern. Ich denke an nichts anderes.« Sophie schob ihre Hausaufgaben zur Seite und deckte den Tisch. Seit jenem furchtbaren Tag, an dem David aus dem Krankenhaus entlassen worden war, umgab sie Grace wie ein schützendes Kraftfeld.

Es war rührend, doch es erhöhte zugleich den Stress, weil Grace auf jede ihrer Bewegungen und Reaktionen achten musste. Vor Sophie musste sie sich zusammenreißen. Egal wie wütend oder traurig sie wegen David war, sie durfte diese Gefühle nicht mit ihrer Tochter teilen.

Sophies Reaktion war viel schlimmer ausgefallen, als Grace es erwartet hatte. Auch wenn David ihr die Neuigkeiten eröffnen sollte, hatte Grace darauf bestanden, dabei zu sein, weil sie es ihm nicht zutraute, angemessen mit Sophies Gefühlen umzugehen. So ungeschickt wie ein Betrunkener, der in einer Bar alles anrempelt, stolperte er sich durch das Geständnis. Er murmelte etwas davon, wie sich Menschen mit der Zeit veränderten, und fing gerade damit an, dass er und Grace sich auseinandergelebt hätten, als er wohl etwas in Grace' Miene entdeckte und zugab, dass es ausschließlich seine Entscheidung war. Als er anfing von Lissa zu sprechen, war es schwer zu sagen, wer von ihnen dreien am peinlichsten berührt war. Es war unerträglich.

Tagelang war ihre Tochter danach im Haus umhergerannt, hin- und hergerissen zwischen Wut und Tränen. Es wäre ekelerregend. Widerlich. Sie würde die Schule verlassen müssen. Alle würden darüber tratschen. Sie wollte ihren Dad nie wiedersehen.

Nach ein paar Tagen unaufhörlichen Schluchzens war Sophie wieder zur Schule gegangen, wobei sie schwor, nie wieder einem Mann in ihrem Leben zu trauen.

Gemeinsam hatten sie sich stolpernd und zitternd ihren Weg durch die nächsten paar Monate gekämpft.

Der einzige Lichtschein am Horizont bestand darin, dass sie den Platz in Stanford bekommen hatte.

Grace zeigte ihr nur ihren Stolz und ihre Freude darüber. Die Betroffenheit und Angst, die sie bei dem Gedanken daran empfand, hielt sie verborgen.

Wie würde sie zurechtkommen? Was würde sie tun, wenn auch Sophie gegangen war? Sie stand vor einem Leben, das ganz und gar nicht so aussah wie jenes, das sie für sich geplant hatte. Sie kam sich vor, als wanderte sie ohne Karte in der Wildnis herum.

An dem Abend, nachdem er aus dem Krankenhaus entlassen worden war, war David bei Lissa eingezogen, und sie teilten sich jetzt ihr kleines Einzimmerapartment am anderen Ende der Stadt.

»Ich habe mich entschieden, dass ich diesen Sommer nicht verreisen werde.« Sophie mischte das Dressing für den Salat.

»Was? Warum? Du freust dich doch darauf.«

»Ich lasse dich nicht allein.« Sophie riss den Salat auseinander, als hätte jedes einzelne Blatt ihr etwas angetan. »Außer du überlegst doch noch, nach Paris zu fliegen.«

»Allein?«

»Warum nicht?« Sophie rettete ein Blatt, das auf den Tisch gefallen war. »Viele Menschen reisen allein.«

Grace war zuletzt mit achtzehn allein weggefahren. All die Reisen in den letzten fünfundzwanzig Jahren hatte sie mit David unternommen.

Musste ihr das peinlich sein? Vielleicht hätte sie wirklich allein reisen sollen. Aber warum hätte sie das tun sollen, wenn der Gedanke an einen gemeinsamen Urlaub mit David so viel reizvoller gewesen war? Und schließlich war es nicht so, dass sie sich mehrere Urlaube im Jahr leisten konnten.

»Diese Reise war sagenhaft teuer. Selbst wenn ich das Hotel storniere, verliere ich noch immer ein Vermögen wegen der Flüge.«

»Warum dann stornieren? Du verdienst eine Belohnung. Ich finde wirklich, dass du gehen solltest, Mom.«

Doch es würde keine Belohnung sein. Es würde eine grausame Erinnerung an alles sein, was sie verloren hatte. Sie würde sich vorstellen, wie es gewesen wäre, wenn sie zusammen gefahren wären. Sie war davon ausgegangen, dass sie sich gemeinsame Erinnerungen schaffen würden. Ihr war nicht in den Sinn gekommen, dass diese Erinnerungen David nicht einschließen konnten.

»Vielleicht mache ich später im Sommer etwas anderes.«

Sophie stellte die Schüssel Salat in die Mitte des Tisches. »Wenn du nicht verreist, verreise ich auch nicht.«

Seit wann war Sophie so stur? »Du planst das seit Monaten. Die Dinge haben sich für mich verändert, doch sie müssen sich nicht für dich verändern.«

»Meinst du das ernst?« Sophie klapperte mit den Tellern. »Mein Vater schläft mit meiner Freundin, und du meinst, die Dinge haben sich nicht verändert? Jeder in der Schule weiß davon, und die meisten finden es abscheulich und widerlich, was es übrigens auch ist. Ich meine, das ist mein Dad, und ich muss daran denken, wie er …« Sie schüttelte sich. »Egal. Die Lehrer fragen mich immer noch, wie es mir geht. Willkommen, öffentliche Demütigung.«

Mit jedem Wort wurde Grace' wundes Herz noch schwerer.

Zum ersten Mal in ihrem Leben war sie kurz davor, David zu hassen.

»Wir stehen das durch.« Sie war überrascht, wie stark sie klang, und auch Sophie wirkte überrascht.

»Ich verstehe nicht, wie du so ruhig sein kannst.«

»Ich gebe einfach mein Bestes in schwierigen Situationen, und mehr kann man nicht tun. Man muss weitermachen und all die Dinge tun, die man auch zuvor getan hat.«

Sophie setzte sich und schob die Salatschüssel zu Grace. »Nein.«

Es machte ihr Angst, dass ein kleiner, bedürftiger Anteil von ihr tatsächlich wollte, dass ihre Tochter den Sommer zu Hause blieb. *Verlass mich nicht.* Doch sie würde nicht auf ihr inneres Kind hören.

»Wir diskutieren das ein anderes Mal aus.«

Sie setzten sich, um zu essen. Grace war erleichtert, dass Sophie wieder normal aß. Nach Davids Abgang hatte sie wochenlang fast nichts gegessen.

»Ich habe gehört, dass Sam eine Party schmeißt. Gehst du hin?«

»Nein.« Sophie schnitt ein Stück Hühnchen klein. »Er ist immer noch mit Callie zusammen. Und guck mich nicht so an, denn mir ist das egal. Ich wähle die Karriere statt einer Beziehung.«

»Du kannst beides haben.« Grace füllte sich noch etwas Salat auf und verfluchte David innerlich.

»Eine Karriere hat man unter Kontrolle. Ich werde mir am College den Hintern abarbeiten und einen großartigen Job bekommen. Ich werde diese gläserne Decke in so viele Stücke sprengen, dass die Männer um mich herum in die Scherben treten und sich die Füße aufschneiden werden.«

Grace legte ihre Gabel beiseite. »Lass nicht zu, dass das Geschehene deinen Blick auf die Welt verändert. Ich möchte nicht, dass du wegen dieser Sache auf Liebe und Familie verzichtest.«

Sophie stach ihre Gabel in ein Stück Hühnchen. »Hättest du geheiratet, wenn du gewusst hättest, dass es passiert? Ich meine, ihr seid seit Ewigkeiten zusammen, und er wirft das weg, als sei es nichts. War es das überhaupt wert?«

Grace dachte zurück an die Anfänge ihrer Beziehung. An den Abend, der sie zusammengebracht hatte. David und sie kannten als Einzige die genauen Umstände. Sie dachte an das Glück, das sie geteilt hatten.

»Ich hätte mich wieder genau so entschieden. Wir hatten viele glückliche Jahre.« Eines Tages würde sie vielleicht in der Lage sein, mit Zärtlichkeit zurückzuschauen. »Und wenn ich deinem Vater nicht begegnet wäre, hätte ich dich nicht. Manchmal bist du natürlich eine Nervensäge, aber im Großen und Ganzen bist du ziemlich gut geraten.« Erleichtert sah sie, dass ihre Tochter ihr ein Grinsen schenkte.

Sophie stand auf, um die Teller abzuräumen, und hielt inne, als sie eine Bewegung draußen vor der Tür wahrnahm. »Dad ist hier!«

»Nein!« Grace stand ebenfalls auf, ihr Herz schlug bis zum Hals. »Warum?«

»Vermutlich, weil wir nicht ans Telefon gehen.«

Einen unangekündigten Besuch von David konnte sie am wenigsten gebrauchen. Es schien, als wollte das Universum testen, wie weit es gehen konnte, bevor sie zusammenbrach. »Geh nach oben und mach deine Hausaufgaben, Sophie.«

Ihre Tochter verschränkte die Arme. »Ich lass dich nicht allein.« Dass ihr Vater sie verlassen hatte, ließ sie näher an ihre Mutter heranrücken. Sie hatte sich für eine Seite entschieden, auch wenn Grace bemüht gewesen war, sie nicht zu ermutigen.

Sie wollte nicht, dass Sophie David aus ihrem Leben stieß.

Seit jenem furchtbaren Abend im März hatte er das Wort »Scheidung« nicht mehr erwähnt, doch Grace nahm an, dass er das Thema irgendwann wieder ansprechen würde. Was auch immer geschah, er würde immer Sophies Vater bleiben.

»Bitte, Sophie.«

»Mom …«

»Sophie!«

»Gut.« Ihre Tochter nahm ihren Laptop und ging zur Treppe. »Ich will ihn sowieso nicht sehen.«

Grace dachte an all die Male, die Sophie darauf gewartet hatte, dass ihr Vater nach Hause kam. Sie war dann durchs Haus gerannt und hatte fröhlich »Daddy, Daddy!« gekreischt.

Sie öffnete die Tür und ärgerte sich, dass sie nervös war. Es schien ungerecht, dass sie sich so fühlte und nicht er.

Es war Wochen her, dass sie ihn zuletzt gesehen hatte, und spontan dachte sie, dass er nicht wie er selbst aussah.

David war immer glatt rasiert, doch heute hatte er einen Dreitagebart. Bei einem anderen Mann hätte es vielleicht nachlässig gewirkt, doch an ihm sah es ärgerlicherweise gut aus. Auch der Anflug von Grau in seinem Haar wirkte attraktiv bei ihm. Er hatte breite Schultern und war muskulös. Die Art von Mann, auf den man sich in einer Krise gern verließ. Sie hatte sich auf ihn verlassen. Und sie würde sich jetzt gern auf ihn verlassen, doch da er die Ursache ihrer derzeitigen Krise war, ergab dieser Impuls keinen Sinn.

Falls er litt, zeigte er es nicht. Sie andererseits war ziemlich sicher, dass ihr Leiden so sichtbar war wie ein Tropfen Blut im frischen Schnee.

Wenn er genau hinsah, bemerkte er vermutlich die Nächte, die sie nicht geschlafen, die Tränen, die sie vergossen, und die Mahlzeiten, die sie nicht gegessen hatte.

Sie ermahnte sich innerlich, von jetzt an immer Make-up aufzulegen, selbst im Bett. Auf diese Weise konnte sie nicht überrumpelt werden.

»Grace.« Seine Stimme klang sanft. Als ob er mit dem Opfer eines Verkehrsunfalls sprach. *Es tut mir furchtbar leid, Ihnen eine schlechte Nachricht überbringen zu müssen.* »Können wir reden?«

»Du hättest anrufen sollen.«

»Das habe ich. Du hast nicht abgenommen. Bitte, Grace.« Für den Bruchteil einer Sekunde sah sie den alten David. Den David, der sie in unglaublich harten Zeiten unterstützt hatte, den David, der sie verstand.

Sie zog die Tür weiter auf. »Fünf Minuten.«

Er trat über die Schwelle und war so höflich, darauf zu warten, dass sie ihm den Weg zeigte, obwohl er hier fünfundzwanzig Jahre lang mit ihr gewohnt hatte. Sie hatten das Haus gemeinsam gekauft, und als sie die Schlüssel bekamen, hatte er sie über die Schwelle getragen. Sie hatten in jedem Zimmer des Hauses Sex gehabt, inklusive der Badewanne.

»Küche«, sagte sie und bemerkte seinen Blick ins Wohnzimmer, als sie an der Tür vorbeigingen.

»Du hast das Sofa umgestellt.«

»Das Licht hat den Stoff ausgebleicht.« Sie sagte ihm nicht, dass sie die Möbel umgestellt hatte in der Hoffnung, dass sie nicht jedes Mal beim Betreten des Raums seine Abwesenheit spüren würde.

Er wartete, bis sie sich setzte, bevor er selbst Platz nahm.

»Wo ist Sophie?«

»Oben, sie arbeitet.«

»Wie geht es ihr?«

»Was meinst du, wie es ihr geht?«

»Ich weiß es nicht. Sie will nicht mit mir sprechen.«

Zum ersten Mal bemerkte sie, dass auch er müde aussah.

Zu viel Sex, dachte sie bitter.

»Es war ein Schock für sie. Du musst ihr Zeit geben.«

David starrte auf seine Hände. »Euch beiden wehzutun war das Letzte, was ich wollte.«

»Und doch hast du es getan.«

Er hob den Blick. »Warst du wirklich glücklich in unserer Ehe?«

»Ja. Ich mochte das Leben, das wir hatten, David.«

»Unser Leben war sicher und vorhersehbar, und ich weiß, dass du das brauchst. Aber eine Ehe muss mehr sein als eine Routine, die sich ständig wiederholt. Manchmal hatte ich das Gefühl, dass du mich als Unterstützung und Halt willst. Nicht als einen Mann.«

»Willst du damit sagen, dass das hier meine Schuld ist?«

Er hob abwehrend die Hände. »Ich spreche nicht von Schuld. Ich möchte nur, dass du mir zuhörst und siehst, dass es zwei Seiten gibt.«

»Warum? Der richtige Zeitpunkt für dieses Gespräch wäre vor deiner Affäre und deinem Abgang gewesen.«

Er rieb sich mit den Fingern die Stirn, als wollte er einen Schmerz fortmassieren. Sie kannte jede seiner Gesten. Diese bedeutete, dass er eine unlösbare Situation vor sich hatte.

»Brauchst du etwas?« Er ließ die Hand fallen. »Geld, oder …?«

Oder was? Das Einzige, was sie brauchte, saß vor ihr.

»Mir geht es gut.« Sie wusste immer noch nicht, warum er hier war. Dann sah sie ihn einatmen und wusste, sie würde es erfahren.

Er musterte etwas auf dem Küchentresen. »Hast du die Reise nach Paris abgesagt?«

»Nein.« Sie abzusagen war gleichbedeutend damit, endgültig anzuerkennen, dass ihre Ehe vorbei war. Außerdem wusste sie, dass in dem Moment auch Sophie ihre Reise absagen würde. Sie überlegte immer noch, wie sie damit umgehen sollte.

»Okay. Gut.«

Gut? Ihr Herz machte einen Satz.

Hatte er seine Meinung geändert? Das war der Grund, warum er gekommen war – um sie um Verzeihung zu bitten.

Dies war der erste Schritt Richtung Versöhnung.

Wäre sie in der Lage, ihm zu verzeihen?

Ja, vermutlich wäre sie das. Natürlich würden sie fortziehen müssen. Die Stadt verlassen und irgendwo hinziehen, wo niemand sie kannte. Sie würden eine Paartherapie machen und ihren Weg durch dieses ganze verworrene Chaos finden. Würden ihr Leben neu aufbauen.

»Du willst nicht, dass ich sie absage?«

»Ich bezahle mein Flugticket. Ich möchte nicht, dass du Geld verlierst. Und ich übernehme die Hotelreservierung.«

Grace hatte das Gefühl, als ob ihr Hirn nur in Zeitlupe arbeitete. Er wollte sie nicht mit nach Paris nehmen. Er bot ihr Schmerzensgeld.

Und plötzlich verstand sie. Herrje, sie war so schwer von Begriff.

»Du fliegst mit Lissa.«

Er fuhr sich mit der Hand über den Nacken. »Grace –«

»Du willst die Tickets, um das *Mädchen*« – sie betonte das Wort Mädchen – »mit dem du eine Affäre hast, auf unsere Hochzeitstagsreise mitzunehmen.«

Er sah fast so elend aus, wie sie sich fühlte.

»Ich weiß, dass es nicht gerade sensibel ist, dich darum zu bitten.« Er wirkte entsetzlich unbehaglich. »Aber finanziell ist es sinnvoll. Du hast bereits die ganze Reise gebucht, und ich weiß, dass du Geld verlierst, wenn du absagst.«

Sie stellte sich vor, wie die Diskussion mit Lissa verlaufen war.

Er würde sich gewehrt haben, dessen war sie sicher.

»*Ich kann von meiner Frau nicht erwarten, dass sie die Tickets, die sie zur Feier unseres Hochzeitstags gebucht hat, mir überlässt, damit ich mit meiner Geliebten fahren kann.*«

Vielleicht hatte Lissa ihn auf die Probe gestellt und wollte sehen, wie weit er für sie gehen würde.

Ein Teil von Grace hätte darauf auch gern eine Antwort gehabt.

Innerlich focht er einen Kampf aus. Gut gegen Böse. David, der gute Kerl, der versuchte, in die Haut eines miesen Kerls zu schlüpfen, und feststellte, dass sie nicht gut passte.

»Was ist aus dir geworden, David? Was ist mit dem Mann geschehen, den ich geheiratet habe?« Sie stand rasch auf, damit ihre Gefühle nicht aus ihr herausbrachen. »Geh. Ich sagte fünf Minuten, und du hattest deine fünf Minuten.«

Er ballte die Hände zu Fäusten und öffnete sie wieder. »Ich weiß, dass es belastend für dich ist, aber das ist es auch für Lissa.« Er warf ihr einen Blick zu. Verzweifelt. Ein bisschen panisch. »Manche Leute in der Stadt sprechen nicht mal mehr mit ihr. Sie ist verstört. Sie ist jung, Grace. Sie hat Schwierigkeiten, mit alldem umzugehen.«

Grace hätte sich fast verschluckt. »Sie hat Schwierigkeiten?«

»Ich habe ebenfalls viel verloren. Ich habe mein Haus verloren, meine Reputation und außerdem die enge Beziehung zu meiner Tochter.«

»Sophie ist kein Paar Socken, das du unter dem Bett vergessen hast. Du hast sie nicht verloren. Du hast dich für etwas anderes entschieden.« Noch als sie die Worte sagte, fragte sie sich: Was ist mit mir? Warum war sie nicht auf der Liste? War sie ihm nie wichtig gewesen?

Sie musterte ihn und bemerkte, dass er verhärmt aussah. Warum hatte sie das nicht gleich bemerkt? Er sah sogar noch schlimmer aus als sie. Eine Freundin zu haben, die halb so alt war wie er selbst, war vielleicht härtere Arbeit, als er sich vorgestellt hatte.

»Du musst jetzt gehen.« Bevor sie sich eine Bratpfanne nahm und ihm über den Kopf zog. Das würde ihm die beste Schlagzeile seiner Karriere bescheren. Schade nur, dass er nicht mehr leben würde, um sie zu lesen.

Er stand auf. »Lass mich dir das Geld geben, Grace. Ich möchte nicht, dass du Geld verlierst.«

»Ich werde kein Geld verlieren, weil ich nicht absage.«

Schwer zu sagen, wer von ihnen überraschter war.

Wenn sie ihm tatsächlich eine Pfanne über den Kopf gezogen hätte, hätte David nicht benommener dreinschauen können. »Du hast doch nicht vor, die Reise anzutreten?«

»Doch, das tue ich. Ich freue mich seit Ewigkeiten darauf. Warum sollte ich absagen?«

»Weil …« Ihm schienen die Worte zu fehlen, obwohl, Worte zu finden, eigentlich sein Beruf waren. »Du bist … du gehst nie … du reist mit mir. Ich kümmere mich um die Pässe und …«

»Ich kann mich selbst um meinen Pass kümmern, David. Und ja, in der Vergangenheit sind wir zusammen verreist, doch nun hast du eine neue Reisepartnerin, also verreise ich allein. Wenn Lissa eine Reise nach Europa braucht, kannst du sie selbst buchen.«

»Ich … das sieht dir nicht ähnlich.«

»Vielleicht kennen wir einander nicht so gut, wie wir dachten.«

»Vielleicht nicht.« Er atmete tief ein. »Kann ich Sophie sehen?«

»Nein.« Sie entdeckte eine stählerne Härte in sich, von der sie nicht gewusst hatte, dass sie sie besaß. »Du regst sie auf, und sie hat morgen eine Klausur.«

»Ich war immer derjenige, der sie vor Klausuren beruhigt hat.«

»Mag sein, aber im Moment empfindet sie deine Anwesenheit nicht als beruhigend. Ruf sie morgen an, und wenn sie dich sehen möchte, kann sie das tun. Es ist ihre Entscheidung.«

Sie stolzierte zur Eingangstür und war erleichtert, als er ihr folgte.

Sie hatte halb erwartet, dass er zur Treppe laufen würde.

Er hielt auf der Schwelle inne, Trauer stand in seinen Augen. »Ich weiß, dass du mir nie vergeben wirst, aber ich wollte nicht, dass es so wie jetzt ist, Grace.«

Sie gab ihm einen kleinen Schubs und schloss die Tür hinter ihm. Nicht weil sie grob sein wollte, sondern weil sie nicht wusste, ob sie gleich zusammenbrechen und weinen würde.

Sie hatte immer geglaubt, sie könnte die Dinge in ihrem Leben kontrollieren und ihre Welt so formen, wie sie sie haben wollte. Festzustellen, dass dem nicht so war, war ebenso erschreckend und schmerzhaft, wie David zu verlieren.

Tränen rannen ihr über die Wangen. Sophie durfte nicht sehen, wie aufgelöst sie war.

Sie wartete, bis Davids Wagen in der Ferne verschwand, rief zu Sophie hinauf, wo sie hinwolle, und fuhr zu dem einzigen Menschen, bei dem sie sich immer sicher fühlte.

MIMI

Durchs Küchenfenster sah Mimi, wie Grace den Weg zu ihrem Cottage entlanglief.

Ihr Mantel stand offen, und der Regen hatte ihre Haare zu Löckchen gekringelt, sodass es aussah, als kämpfte jede Strähne mit der nächsten. Doch es war vor allem ihre Miene, die Mimis Aufmerksamkeit erregte. Jedes ihrer Gefühle zeigte sich auf ihrem Gesicht.

Instinktiv griff Mimi nach ihrer Kamera, legte sie dann aber beiseite. Sie hatte in ihrem Leben viele Stimmungen eingefangen, doch sie würde nicht den Schmerz ihrer Enkelin für immer festhalten.

Als Kind hatte Grace gelernt, ihn vor den meisten Menschen zu verbergen, doch nie vor Mimi. Es war, als hätte sie ihrer Großmutter den Schlüssel zu ihrer Seele übergeben. In diesem Moment sah sie ihrer Mutter so ähnlich, dass Mimi wie paralysiert war und ihre Gedanken zu einer anderen Zeit wanderte. Es war, als würde sie Judy wiedersehen, als ob sie eine zweite Chance bekommen würde.

Manche Frauen waren nicht dazu bestimmt, Mütter zu sein. Mimi gehörte dazu.

Es war alles meine Schuld, und es tut mir leid.

Ihre stumme Entschuldigung an ihre Tochter blieb ungehört. Erst als Grace sich draußen die Tränen von den Wangen wischte, sah Mimi die Unterschiede zwischen ihr und Judy. Ihre Nase hatte eine andere Form. Ebenso ihr Mund. Grace' Gesicht war oval und schmaler als das ihrer Mutter, obwohl Judys Aussehen sich zum Ende hin verändert hatte.

Mimi klammerte sich Halt suchend an den Küchentresen.

Warum beinhaltete das Leben so viel Tragisches?

In diesem Moment fühlte sie jedes einzelne ihrer neunzig

Jahre, und für einen flüchtigen Moment wollte sie sich hinlegen und sich zusammenrollen. Sollte das Leben seinen Lauf nehmen.

Dann kam Grace näher, und Mimi wusste, dass sie niemals aufgeben und zulassen würde, dass das Leben das Schlimmste anrichtete, solange sie sich noch rühren konnte. Und sie würde niemals Grace im Stich lassen.

Es war eine Erleichterung zu entdecken, dass der Kampfeswille, der Zorn, von dem sie dachte, dass er sie vielleicht zusammen mit ihrem Hörvermögen und ihrer einst perfekten Sehkraft verlassen hatte, noch immer da war.

Sie öffnete die Tür, hörte das Prasseln des Regens und sog den Geruch von feuchtem Gras ein.

Der Frühling hatte den Winter zur Seite gedrängt, doch die Sonne musste noch aus ihrem Winterschlaf erwachen. Jeder Tag brachte kühle Nässe und einen dicht bewölkten Himmel. Die Kälte ließ Mimis Knochen schmerzen. Sie sehnte sich nach dem Sommer, nach der Zeit, in der sie die Extrabettdecken wegpacken konnte.

»Grace.«

Grace stolperte in ihre Arme, sodass Mimi beinahe ins Taumeln geriet. Es war, als würde der Kummer sie schwerer machen. Sie führte sie zu dem hübschen blauen Sofa, das sie an den Himmel über dem Mittelmeer und azurfarbenes Wasser erinnerte. Sobald sie sich setzte, sank Grace zu Boden und schluchzte in Mimis Schoß.

Mimi erinnerte sich, dass sie das schon als Kind getan hatte, wenn ihre Mutter sie zurückgewiesen, sie beschämt oder sie erschreckt hatte.

Es schmerzte, ihr Leid zu sehen. Sie strich Grace übers Haar und war selbst erschrocken.

Sie hatte in ihren neun Lebensjahrzehnten genug gesehen, sodass es nicht viel gab, was sie aus der Ruhe brachte. Doch das hier tat es.

Ach, David, wie konntest du?

David, den Mimi für den solidesten, berechenbarsten und verlässlichsten Mann gehalten hatte, dem sie je begegnet war. Fast hätte er sie an die Ehe glauben lassen.

Wie sollte es nun weitergehen?

War das Karma? Wurde Grace für Mimis Sünden bestraft?

Grace so sicher und geborgen zu sehen, hatte sie mit Freude erfüllt. Auf das hier war sie nicht vorbereitet gewesen. Obwohl sie das vielleicht hätte sein sollen, denn sie wusste, wie rasch das Leben die Richtung ändern konnte.

»Ich hasse ihn.« Grace schluchzte wie ein Kind, ihre Tränen durchtränkten den dünnen Stoff von Mimis Kleid. »Ich hasse ihn wirklich.«

»Nein, das tust du nicht.« Mimi tätschelte ihr die Schulter. »Du hasst, was er getan hat.«

»Das ist dasselbe.«

»Das ist nicht dasselbe. Irgendwann wirst du das erkennen, aber das braucht noch Zeit.« David war für Grace der Fels in der Brandung gewesen. Er hatte ihr die emotionale Stabilität gegeben, nach der sie sich gesehnt hatte. Geschützt durch seine Liebe, war sie aufgeblüht.

»Ich werde ihm das nie verzeihen. Sie ist dreiundzwanzig. Er hat mich zutiefst gedemütigt. Wo auch immer ich bin, gucken mich die Leute an. Sie sprechen darüber, was ich falsch gemacht habe.«

»Du hast gar nichts falsch gemacht, Grace.«

»Warum hat er mich dann verlassen?«

Eine so einfache Frage für eine so komplizierte Situation.

»Ich weiß es nicht.«

»Ich bin nicht wichtig. Nie bin ich wichtig.«

»Das ist nicht wahr.« Mimi wusste, dass es hier um mehr als David ging. »Deine Mom war krank. Das war etwas anderes.«

»Die Gründe vielleicht, aber das Ergebnis ist das gleiche.« Grace presste die Worte zwischen ihren Schluchzern hervor. »Für Sophie muss ich fröhlich sein und mich zusammenreißen und immer ein gefasstes Gesicht aufsetzen, wenn ich aus dem

Haus gehe.« Sie putzte sich die Nase. »Die Leute sehen mich an und fragen sich, was ich falsch gemacht habe.«

»Du hast überhaupt nichts falsch gemacht, Grace.«

»Ich muss etwas getan haben, sonst hätte er mich nicht für sie verlassen.«

»Männer tun manchmal egoistische Dinge.« Mimi hielt inne. »Frauen auch.«

Sie war egoistisch gewesen, oder?

Sie gab es nicht gern vor sich selbst zu, weshalb sie auch nie mit jemandem darüber gesprochen hatte. Nicht einmal mit Grace. Ihre Familie sah nur die Tatsachen – nämlich, dass sie ein Kind gehabt hatte.

Die Geschichte ihres Herzens kannten sie nicht.

Grace sah sie an, in ihrem Blick lag Gram. »Er hat sie gewählt, nicht mich.«

Mimis Herz wurde ihr schwer. Sie wusste, dass das nicht nur an David lag. »So einfach ist es nicht.«

»Ist es nicht? Er lebt mit ihr zusammen. Und jetzt muss ich allein nach Paris fahren.« Die Worte waren kaum zu verstehen zwischen dem Schluchzen.

»Du fährst trotzdem nach Paris?« Mimis Herz machte einen Satz, wie ein Vogel, der von einem Aufwind emporgetragen wird.

»Ich habe keine Wahl.« Grace hickste von einem Schluckauf, schluchzte und hickste dann wieder. »Wenn ich nicht fahre, geht Sophie diesen Sommer nicht auf Reisen. Und ich werde die Tickets nicht David überlassen. So selbstlos bin ich nicht.«

»Hat er darum gebeten?« Selbst ein Mann, der blind vor Schwärmerei war – sie weigerte sich zu glauben, dass es Liebe war –, würde so etwas Rücksichtsloses und Grausames nicht tun, oder?

»Ja. Ich habe ihm gesagt, dass ich sie brauche.« Grace schnäuzte sich. »Und ich sehe keinen Ausweg, der Sophie nicht den Sommer verderben wird.«

Mimi wusste, dass Grace sich für die Reise entscheiden würde, weil sie eine wunderbare Mutter war. Eine viel bessere Mutter, als Mimi es je gewesen war.

»Vielleicht macht es dir Spaß.«

»Es wird furchtbar. Es fühlt sich jetzt schon nach der falschen Wahl an.«

»Paris ist nie eine falsche Wahl. Und hierzubleiben wäre schlimmer.«

Grace fuhr sich mit der Hand über die Wangen. »Es sollte die Reise meines Lebens sein und mit dem Mann, den ich liebe.«

Mimi ignorierte den Schmerz in ihrer Brust. »Es kann noch immer die Reise deines Lebens werden.«

»Weil ich allein in der Stadt der Lichter sein werde? Paris ist für Liebende.«

Mimi gab einen wenig damenhaften Laut von sich. »Paris ist für jeden. Romantisier es nicht, Grace.«

»Ich bin nicht mehr allein verreist, seit ich achtzehn war, und selbst damals habe ich bei der französischen Familie gewohnt, mit der du mich bekannt gemacht hast.«

»Dann ist es höchste Zeit, dass du wieder allein verreist.«

»Ich habe ein teures Hotel gebucht.«

»*Quel plaisir*«, murmelte Mimi. »Ich verstehe nicht, worüber du dich beschwerst. Das wirst du mir erklären müssen. Fahr! Vielleicht überraschst du dich selbst und hast eine gute Zeit!«

Grace' Miene zeigte, dass die Chancen dafür bei null lagen. »Du möchtest, dass ich das für Sophie tue.«

»Ich möchte, dass du es für dich tust. Du wirst fahren und David Bilder schicken, damit er sieht, was für ein Idiot er ist.«

»Ich weiß nicht, wie ich ohne ihn leben soll, Mimi.« Angst lag in ihrer Stimme, und Mimi spürte die gleiche Angst.

Was, wenn sie Grace nicht durch diese Zeit helfen konnte? Bei ihrer eigenen Tochter hatte sie versagt. Was, wenn sie auch bei ihrer Enkelin versagte?

Sie schob den Gedanken energisch beiseite.

»Du weißt, was ich immer gesagt habe – ein Mann ist der Guss auf einem Kuchen, nicht mehr. Und bei all den neuen Erkenntnissen zu den Gefahren von Zucker bist du ohne ihn vielleicht besser dran.«

»Du kannst es einfach nicht verstehen. Du hast nie geliebt. Du verstehst nicht, wie es sich anfühlte, die Liebe zu verlieren.«

Mimi spürte, wie Schmerz sie durchzuckte. Sie wusste genau, wie es sich anfühlte. »Mach nicht den Fehler zu glauben, du könntest ohne David nicht leben. Das Leben ist vielleicht schwieriger und anders, aber du wirst es schaffen.«

Sie hatte es geschafft. Manchmal hatte sie gedacht, dass es sie umbringen würde, ohne ihn zu leben, doch das hatte es nicht. Sie hatte erfahren, dass ein gebrochenes Herz nur selten tödlich war. Stattdessen war es eine langsame, qualvolle Folter.

Mimi war für viele Dinge zu alt, doch ihr Erinnerungsvermögen funktionierte bestens. Sie dachte oft an ihn. Wie sie bis spät in die Nacht getanzt hatten, an ihre gemeinsamen Spaziergänge durch kopfsteingepflasterte Gassen im nächtlichen Paris, lange Nächte, in denen sie ineinander verschlungen dagelegen hatten, während eine Brise und der Straßenlärm durch das offene Fenster drangen.

Lebte er noch? Dachte er jemals an sie?

War sie für ihn die Liebe seines Lebens oder sein größter Fehler?

Grace griff nach ihrer Tasche. »Es tut mir leid. Ich sollte dir das nicht zumuten. Du solltest dich damit nicht befassen müssen.«

»Ich biete dir ein offenes Ohr und eine starke Schulter an, das ist alles.«

Grace zog ein weiteres Taschentuch hervor und putzte sich noch einmal die Nase. »Das ist wunderbar. Ich habe niemand anderen, mit dem ich sprechen kann. Ich kann nicht glauben, dass uns das passiert ist. Mir passiert ist. Ich fühle mich hilflos und außer Kontrolle.«

Und außer Kontrolle zu sein machte ihrer Enkelin vermutlich mehr Angst als alles andere, das wusste Mimi.

Es brach ihr das Herz, doch sie tat es trotzdem. »Steh auf, Grace.«

Grace hob den Kopf, Schmerz lag in ihren Augen.

»Hoch!«, sagte Mimi scharf. »Dazuliegen und rumzuheulen macht dir nur Kopfschmerzen, und der einzig gute Grund für Kopfschmerzen ist zu viel Champagner.« Sie klopfte Grace energisch auf die Schulter. Sie wollte sie streicheln und liebkosen, doch das würde keiner von ihnen helfen.

Verwirrt kam Grace auf die Füße, und Mimi nickte.

»Siehst du? Du kannst ohne ihn stehen.«

Grace wirkte zittrig und verletzlich. »Du hältst mich für erbärmlich.«

»Ich denke, dass du dich selbst unterschätzt. Du hast keine Wahl, was das Ende deiner Ehe angeht, aber du hast eine Wahl, was als Nächstes geschieht.«

»Du meinst, ich soll den Kopf oben halten und David zeigen, dass es mir auch ohne ihn gut geht?«

»Nein, ich meine, du sollst deinen Kopf oben halten und dir selbst zeigen, dass es dir auch ohne ihn gut geht. Du liebst David. Du vermisst David. Aber er ist nicht notwendig für dein Überleben. Du willst ihn vielleicht, aber du brauchst ihn nicht, Liebes. Du kannst das.«

»Wie?«

Mimi dachte an sich selbst. An die langen, quälenden Tage, an denen sie sich selbst hatte antreiben müssen. Die Tiefen des Lebens, in denen sie sich allein hatte durchschlagen müssen. »Disziplin. Du stehst morgens auf. Du gehst unter die Dusche. Du machst eine Sache und dann die nächste. Es ist verlockend, sich hinzulegen und aufzugeben, doch du wirst der Versuchung widerstehen. Du weißt ganz genau, wie man Versuchungen widersteht.«

Grace atmete stoßweise ein. »Das ist nicht das Gleiche.«

»Doch, das ist es. Du schaffst eine Sekunde und dann eine

Minute. Und dann eine weitere Minute. Du denkst nicht an die Länge deines Wegs, sondern konzentrierst dich auf jeden einzelnen Schritt. Einen nach dem anderen. Und eines Tages hältst du inne und erkennst, dass du anfängst, die Aussicht zu genießen.«

Grace lächelte unsicher. »Du klingst wie eines dieser furchtbaren Motivationsbücher.«

»Ich liebe diese Bücher«, log Mimi.

Grace ging zum Fenster und sah in den Garten hinaus. »Ich glaube nicht, dass ich das kann.«

»Fahr nach Paris. Wohn in dem Luxushotel. Schlaf in der Mitte des Bettes. Geh durch den Jardin des Tuileries, und spür die Sonne auf deinem Gesicht. Besuch den kleinen Buchladen, in dem ich so viel Zeit verbracht habe.«

»Buchladen? Du?« Grace drehte sich zu ihr um. »Du hattest nie Zeit zum Lesen.«

»Ich war dafür bekannt, ein Buch in meinem eigenen Tempo zu lesen.« Mimi blieb absichtlich vage. »Du fährst nach Paris, Grace. Und du lächelst.«

»Du erwartest all das und dass ich lächeln soll?«

»Natürlich. Und wer weiß …?« Mimi zuckte mit den Schultern, auch wenn ihre Enkelin ihr aufrichtig leidtat. »Vielleicht findest du die Liebe in Paris.«

Sie selbst hatte sie dort gefunden.

PARIS

AUDREY

Warum nur hatte sie Paris für eine gute Idee gehalten?

Audrey lief bepackt mit ihrem Rucksack durch die kopfsteingepflasterten Straßen. Die Kleidung klebte an ihrem schweißbedeckten Körper, und ihre Schuhe scheuerten. Sie würde eine riesige Blase bekommen.

»*Excusez-moi*«, sagte sie, als sie zum tausendsten Mal versuchte, sich ihren Weg durch die Touristenmenge zu bahnen. Meenas Cousine hatte ihr noch einige andere Sätze beigebracht, doch die waren alle unhöflich, und Audrey wollte ihre erste Nacht in Paris nicht in einer Polizeizelle verbringen.

Die Stimme des Navigationssystems auf ihrem Handy sagte ihr, dass sie ihr Ziel erreicht hatte, doch sie konnte nirgendwo einen Buchladen entdecken.

Sie sah noch einmal aufs Handy und überprüfte den Straßennamen.

Sie hatte sich verirrt.

Genervt und verschwitzt betrat sie einen kleinen Laden, der Handtaschen verkaufte. Die Frau hinter dem Tresen sah sie argwöhnisch an und starrte auf Audreys Haare. Durch die Hitze und die lange Reise hatte sich ihre Frisur in etwas verwandelt, das einem Vogelnest ähnelte, doch Audrey konnte nichts dagegen tun, solange sie keine Dusche und ihre Haarprodukte zur Hand hatte.

Audrey sagte sich, dass es ihr egal war, was die Frau von ihr dachte. Ihr ganzes Leben war sie von anderen Menschen verurteilt worden. Menschen, die sie verurteilten, weil sie eine langsame Leserin war. Menschen, die sie verurteilten, weil sie rote Haare hatte. Menschen, die sie verurteilten, weil sie nicht aufs College gehen wollte. Warum sollten alle denselben Weg gehen und alle gleich sein? Audrey verstand es nicht.

»*Bonjour*. Ich versuche, diesen Laden zu finden.« Audrey zeigte der Verkäuferin ihr Handydisplay und hoffte verzweifelt, dass die Frau Englisch sprach. »Wissen Sie, wo das ist?«

Die Frau blickte auf die Adresse auf Audreys Handy, nickte und antwortete in schnellem Französisch.

Audrey verstand nur jedes vierte Wort, und auch das konnte sie nicht übersetzen.

Tout droit? Was bedeutete das? Und sie konnte es nicht einmal nachschlagen, weil sie es nicht buchstabieren konnte.

Weil es ihr zu peinlich war, zuzugeben, dass sie die Worte der Frau nicht verstand, murmelte sie ein paar dankende Worte und verließ den Laden. Nach den Gesten der Frau zu schließen, sollte sie die Straße zunächst weitergehen. Also tat sie das.

Es war heiß und stickig, und alle um sie herum trugen Sommerkleider oder kurze Hosen. Sie schlenderten langsam herum, hielten vor jedem Laden inne. Sie durchstöberten die Körbe mit Waren, wendeten jedes Produkt in ihren Händen hin und her, um herauszufinden, ob es ein Schnäppchen war. Ein Laden verkaufte die unvermeidlichen Paris-Souvenirs. Bilder von Montmartre, die an der Wand eines vollgestopften Zimmers in London lächerlich wirkten, winzige Eiffeltürme, die einen Monat lang als Schlüsselanhänger dienten, um dann in irgendeiner Schublade zu verstauben, bis irgendjemand entschied, dass sie der Erinnerung nicht wert waren.

Menschen, die zu Hause nicht gern einkauften, schienen glücklich damit zu sein, in ihrem Urlaub einkaufen zu können.

Audrey war nicht glücklich. Sie hatte eine Ewigkeit von diesem Moment geträumt. Doch jetzt, da sie hier war, fühlte sie sich kein bisschen besser als in London.

Sie hatte sich nach Freiheit gesehnt, aber nicht gewusst, dass sich Freiheit so einsam anfühlte.

Sie hatte sich danach gesehnt, die Verantwortung für ihre Mutter abzugeben, aber nicht gewusst, dass die brennende Angst in ihrem Magen auch nach ihrer Ankunft in Frankreich andauern würde.

Sie musste immer daran denken.

Was auch immer zwischen ihnen schiefgelaufen war, am Ende hatten ihre Mutter und Ron sich versöhnt. Linda sagte Audrey, dass er nach einem Streit immer Zeit für sich suchte, wohingegen sie Nähe und Sicherheit brauchte und sein Bedürfnis nach Abstand automatisch als Zeichen interpretierte, dass die Beziehung vorbei war.

Ihre Mutter wollte versuchen, weniger unsicher zu sein, und Ron wollte nie wieder gehen, ohne klarzustellen, dass er wieder zurückkommen würde.

Die Hochzeit hatte stattgefunden, doch Audrey hielt die ganze Zeit den Atem an aus Angst, dass die Beziehung zerbrechen könnte.

Was, wenn ihre Mutter zu viel trank und er sie für immer verließ? Würde Linda Audrey überhaupt anrufen? Sie konnte in diesem Moment auf dem Badezimmerboden liegen, und Audrey wüsste nichts davon.

Als sie einen belebten Platz erreichte, blieb sie stehen.

Der köstliche Duft von frischer Pizza und Kräutern verbreitete sich von einem kleinen belebten Straßencafé. Alle auf der Welt schienen sich zu amüsieren, außer ihr.

Ihr Magen knurrte. Seit ihrer Abfahrt aus London hatte sie nur einen zerquetschten Energieriegel gegessen, den sie auf dem Boden ihres Rucksacks gefunden hatte.

Sie verlagerte das Gewicht ihres Rucksacks, um die schmerzenden Schultern zu entlasten, und ging weiter. Auf Bildern sahen kopfsteingepflasterte Gassen malerisch und gemütlich aus, doch sie waren weniger bezaubernd, wenn man sie entlanglief.

Schließlich fand sie ihr Ziel, versteckt in einem kleinen Hof, zu dem eine schmale Gasse führte. Le Petit Livre lag in der Nähe der Seine und der reizenden Cafés, die die Bürgersteige säumten.

Die Tür war in einem hellen fröhlichen Blau gestrichen, und in den Schaufenstern links und rechts davon lagen alle möglichen Bücher.

Der Name des Ladens stand in geschwungenen Buchstaben

auf den Scheiben. Sie öffnete die Tür und fuhr zusammen, als eine Glocke ertönte.

Der Raum roch nach Büchern, Staub und Leder, doch ihrer Meinung nach gab es schlimmere Gerüche. Alkohol. Rauch. Verdorbenes Essen. Sie könnte ein ganzes Dutzend nennen.

Die Regale reichten bis zur Decke. Sie blickte hinaus und fragte sich, was sie tun würde, wenn jemand ein Buch aus dem obersten Fach haben wollte.

»*Entrez, entrez, j'arrive!*« Aus dem Hinterzimmer tauchte eine Frau im Laden auf. Sie hatte weißes Haar, das zu einem eleganten Knoten gebunden war, und trug ein schwarzes Kleid, das ihre schmale Statur umspielte.

Fasziniert starrte Audrey sie an. Ihre Mutter verstand unter Glamour, einen tieferen Ausschnitt zu tragen. Diese Frau zeigte fast gar keine Haut, und doch war sie die glamouröseste Erscheinung, die Audrey je gesehen hatte.

Konfrontiert mit solcher kühlen Eleganz wurde ihr eigener Wunsch nach einer erfrischenden Dusche umso größer.

»*Je m'appelle Audrey.*« Diesen einen Satz hatte sie eine Million Mal geübt.

Sie war ziemlich stolz auf ihre Aussprache, erst recht, als sich das Gesicht der Frau erhellte.

Sie stellte sich selbst als Elodie vor, reichte ihr die Hände und küsste Audrey auf beide Wangen.

Es fühlte sich merkwürdig an, von einer Fremden geküsst zu werden, doch sie hatte keine Zeit, darüber nachzudenken, weil die Frau etwas auf Französisch sagte und auf die Bücher deutete. Offenbar gab sie Audrey eine Zusammenfassung ihrer Aufgaben, was für Audrey äußerst unangenehm war, denn sie hatte keine Ahnung, was Elodie sagte.

Die Frau hielt inne, und Audrey ließ frustriert die Schultern sinken.

Normalerweise war sie ziemlich gesprächig, doch sie hatte keine Ahnung, wie sie auf Französisch gesprächig sein sollte. Sie fühlte, wie ihr Gesicht heiß wurde.

»Ähm … tatsächlich habe ich nichts davon verstanden … *ne comprenez*.« Wie hieß der Satz, dass man nichts verstand? Oh je, das hier war eine wirklich schlechte Idee gewesen.

Verblüfft wechselte die Frau zum Englischen. »Der Brief von dir war in exzellenten Französisch geschrieben.« Sie hatte einen starken Akzent, doch es war klar, dass ihre fremdsprachlichen Fähigkeiten die von Audrey weit übertrafen.

»Ich bin im Schriftlichen besser als im Mündlichen.« Audrey strahlte. Sie hatte gelernt, dass ein Lächeln die Menschen oft davon ablenkte, was wirklich vor sich ging. »Ich werde es rasch lernen.«

»Gehst du zu Sprachkursen, während du hier bist?«

»Definitiv.« Sie hatte nicht vor, sich für Kurse anzumelden. Nicht nur, weil ihr das Geld dafür fehlte, sondern weil sie nie wieder in ihrem Leben lernen wollte. Stattdessen würde sie sich Arbeit bei einem lokalen Haarsalon suchen. Vielleicht würde sie dort ein paar Worte lernen.

»Du wirst vormittags arbeiten«, sagte Elodie, als sie sie im Laden herumführte. »Und gelegentlich einen Abend, wenn Etienne beschäftigt ist.«

»Etienne?«

Elodie führte sie in die winzige Küche, wo sie Tee kochen konnten, und zeigte ihr die Erste-Hilfe-Tasche im Schrank.

»Etienne studiert an der Sorbonne französische Literatur. Seit zwei Jahren arbeitet er hier abends, an den Wochenenden und während seiner Ferien. Unsere Stammkunden lieben ihn.«

Audrey konnte ihn sich vorstellen. Brille. Etwas blass, weil er zu viel Zeit drinnen verbrachte, nur in der Gesellschaft seiner Bücher. Vermutlich dünn, weil Bücher nicht viel wogen und sie das Einzige waren, was er zur Hand nahm. Und arrogant. Jemanden wie sie würde er von oben herab behandeln.

Sie wusste schon jetzt, dass sie den gepriesenen Etienne verabscheuen würde. Jeder Junge, dessen Vorstellung von Aufregung darin bestand, seine Abende in einem Buchladen zu verbringen, war nicht ihr Typ. Er würde nicht die geringste

Ahnung haben, welches die angesagtesten Orte zum Ausgehen in Paris waren.

»Du hast Stammkunden? Dann ist das kein reines Touristengeschäft?« Sie blickte sich um. Sie hatte außerhalb einer Bibliothek noch nie so viele Bücher gesehen.

»Diesen Buchladen gibt es seit mehr als hundert Jahren. Er gehörte meiner Urgroßmutter und ist seitdem im Familienbesitz. Sogar während der Besatzung von Paris durch die Deutschen hielt meine Großmutter ihn geöffnet. Alle kostbaren Bücher hatte sie versteckt.«

»Cool.« Audrey war interessiert. Dinge zu verstecken war ihre Spezialität. Oder war es zumindest gewesen, bis sie so dumm gewesen war, ihr Geld in ihrem Teddy zu verstecken. Noch immer konnte sie nicht daran zurückdenken, ohne dass ihr die Tränen kamen. Das ganze Geld, das sie gespart hatte. Weg. Wenn all die Menschen im Haarsalon nicht so freundlich gewesen wären, würde sie jetzt nicht hier sein. Als sie ihnen erzählt hatte, was geschehen war, hatten sie sich alle versammelt und ihr ein »Abschiedsgeschenk« überreicht. Ellen hatte eine Rede gehalten und Doris einen Kuchen gebacken. Dann hatten sie ihr einen Umschlag überreicht, in dem genug Geldscheine steckten, damit sie ein Ticket nach Paris und ein paar Mahlzeiten bezahlen konnte. Zum ersten und einzigen Mal hatte Audrey in der Öffentlichkeit geweint.

Die Erinnerung versetzte ihr einen schmerzhaften Stich. Was würden sie wohl alle jetzt tun?

Ihre Kehle schnürte sich zu, und sie versuchte, sich auf den Buchladen zu konzentrieren.

»Das ist interessant. Ich liebe Geschichte.« Solange man nicht von ihr erwartete, einen Essay darüber zu schreiben. Die Vergangenheit schien immer so viel interessanter zu sein als die Gegenwart, die in ihrem Leben ziemlich anstrengend war.

»Lass mich dir dein neues Zuhause zeigen!« Elodie führte sie ins Hinterzimmer und griff nach einem Schlüssel. »Freuen sich deine Eltern für dich, dass du diesen Sommer in Paris bist?«

»Sie haben meinen Plan sehr unterstützt.« Audrey blickte zur Ladenkasse und fragte sich, wie oft Elodie das Geld zählte. Nicht dass sie es stehlen wollte. Nur genug borgen, um über die Runden zu kommen, bis sie einen Job gefunden hatte. Dann würde sie es zurücklegen. Sie hatte keine Ahnung, wie viel Geld sie brauchte, um hier zu überleben, doch da die Gegend voller Touristen war, ging sie davon aus, dass es viel war.

»Das Zimmer ist in der Dachtraufe. Es ist nicht sehr groß, aber ich glaube, du wirst es gemütlich finden. Als meine Kinder klein waren, haben sie sich immer gestritten, wer oben schlafen darf.«

Audrey zog ihren Rucksack hinter sich die enge Treppe hoch und hielt dann vor einer Tür. »Ist es das?«

»Du musst noch eine Treppe hoch. Ich vermiete die andere Wohnung für ein Nebeneinkommen, doch im Moment steht sie leer. Morgen kommt ein Paar, um sie sich anzusehen. Deine Wohnung ist kleiner, aber du hast einen Blick über die Dächer von Paris.«

»Die Dächer von Paris« klang besser als »die Gassen von London«, die in den letzten achtzehn Jahren ihre Aussicht gewesen waren.

Als sie ganz oben ankamen, war Audrey außer Atem.

Elodie schloss die Tür auf und gab ihr den Schlüssel. »Willkommen in deinem neuen Zuhause.«

»Danke. Ich meine: *Merci*.« Audrey folgte ihr nach drinnen. Sie war nicht sicher, was sie erwartet hatte. Das winzige Foto im Internet hatte etwas Kleines und Dunkles suggeriert, doch wer auch immer das Bild aufgenommen hatte, hatte dem Zimmer unrecht getan. Ja, es war klein, doch was das Bild nicht zeigte, war die Fensterreihe und der großzügige Lichteinfall.

Ihre Stimmung hob sich, und die Erleichterung musste ihr ins Gesicht geschrieben stehen, denn Elodie strahlte.

»Perfekt, nicht wahr?«

»Absolut perfekt.«

An einer Wand stand ein Bett. Kein schmales Bett, wie sie es zu Hause hatte, sondern ein großes Doppelbett mit einem verzierten Rahmen, das wie aus einem alten französischen Film aussah. An einer anderen Wand stand ein großes Sofa mit einem Überwurf und vielen Kissen.

In der Ecke des Zimmers gab es einen winzigen Kühlschrank, eine Kochplatte und eine Mikrowelle. Audrey wusste, dass es absolut ausreichend war, da sie nicht vorhatte, groß zu kochen.

Ihr Lieblingsessen war Toast, und auf dem Tresen stand ein Toaster.

»Hier ist das Badezimmer.« Elodie winkte sie zu sich, und Audrey lugte durch den Türspalt.

Es gab eine Dusche, eine Toilette und ein Waschbecken, alles auf so engem Raum, dass Audrey ihre Ellenbogen einziehen musste, um sich nicht zu stoßen. Aber es gehörte alles ihr. Audrey hatte noch nie ein Badezimmer nur für sich allein gehabt. Sie musste sich nicht fragen, ob sie ihre Mutter weinend auf dem Boden vorfinden würde oder Alkohol hinter der Toilette versteckt wäre. Sie schloss die Hand um den Schlüssel. Noch nie hatte sie ihre Zimmertür hinter sich abschließen können. Ihre Mutter platzte herein, wann es ihr passte. Zum ersten Mal im Leben hatte sie Privatsphäre. Im Moment fühlte die sich genauso kostbar an wie Bargeld.

Sie steckte den Schlüssel in die Hosentasche und fühlte sich erwachsen. Vielleicht war das alles, was man brauchte. Einen Schlüssel. Einen Ort für sich allein. Die Freiheit zu entscheiden, was man mit seinem Tag anstellte. Entscheidungen zu treffen, die nichts damit zu tun hatten, die Fehler anderer Menschen zu kompensieren.

Sie schloss die Badezimmertür und ging hinüber zu den Fenstern. Die Dielen knarzten unter ihren Füßen, und sie musste unter der Dachschräge den Kopf einziehen, doch von dort aus konnte man den Blick über ganz Paris wandern lassen.

Sie öffnete ein Fenster und lehnte sich hinaus. Sie hörte das Hupen von Autos, Schreie von den Menschen unten in den

Straßen, nahm den Geruch von Zigaretten und sonnenerhitzten Straßen wahr. Jenseits der Dächer erblickte sie die sanfte Kurve der Seine, die goldene Steinfassade des Louvre, und der mächtige Vorsprung aus Stahl in der Ferne war der Eiffelturm.

Auf der anderen Seite der schmalen Gasse befand sich ein anderes Haus mit vielen Wohnungen. Hinter einem der Fenster erblickte Audrey Bücherregale, rankende Pflanzen und Sofas. Hinter einem anderen sah sie in ein Schlafzimmer.

Der Blick machte ihr bewusst, dass sie die Fensterläden schließen musste, vor allem wenn sie Besuch einlud.

»Es ist toll.« Sie zog den Kopf zurück. »Danke.«

»Du kannst den Rest des Tages freinehmen, um dich einzurichten, und fängst dann morgen an.« Elodie ging zur Tür. »Wir öffnen um neun Uhr morgens und schließen um neun Uhr abends. Schaffst du so einen frühen Anfang?«

Audrey hatte gefühlt ihr ganzes Leben früh aufstehen müssen, um rechtzeitig zur Schule zu kommen. Ein Arbeitsbeginn um neun Uhr war also kein Problem für sie, auch wenn sie zugeben musste, dass sie jetzt nach der Schule auf ein späteres Aufstehen gehofft hatte. Hauptsache, man erwartete von ihr nicht, die Bücher tatsächlich zu lesen.

»Großartig. Ich freue mich.«

Sie wartete, bis Elodie verschwunden war, und war dann endlich, endlich allein.

Allein!

Sie streckte die Arme in die Luft und drehte sich um sich selbst, spürte den Raum und die Stille.

Sie fühlte sich ruhelos und fremd und leerte den Inhalt ihres Rucksacks auf das Bett. Alles war zerknittert.

Plötzlich erschöpft setzte sie sich neben ihre Kleidung.

Sie hatte den größten Teil des Jahres davon geträumt, von zu Hause fortzugehen. Weit weg von ihrer Mutter zu wohnen. Sie hatte ein Gefühl von Aufregung und Euphorie erwartet, stattdessen fühlte sie sich …

Wie fühlte sie sich?

Einsam. Sie fühlte sich einsam. Zu Hause hatte sie zumindest Meena anrufen und sie auf eine Pizza herüberbitten können. Hier kannte sie niemanden außer Elodie, und sie spürte, dass sie vermutlich keine besten Freundinnen werden würden.

Sie holte ihr Handy hervor und überprüfte ihre Nachrichten.

Sie hatte zwei von Meena. Manchmal schickte sie Sprachnachrichten, weil die einfacher waren für Audrey, doch meistens vergaß sie das und schrieb ihr.

Schon einen heißen Mann getroffen? Bist du schon verliebt?

Etwas getröstet, grinste Audrey und schrieb zurück:

Bin erst seit zehn Minuten hier.

Es dauerte etwas, bis Meena antwortete.

Sieh dir Hayleys Facebook-Seite an. Bilder von ihr am Pool. Du musst ein paar coole Bilder von Paris posten, um sie neidisch zu machen.

Audrey öffnete die Seite und sah einen Haufen Bilder von einer blasiert aussehenden Hayley am Strand, im Hintergrund azurblau funkelndes Wasser. Wie viele Versuche und wie viele Farbfilter hatte sie gebraucht, um diesen Look hinzukriegen?

Sie steckte ihr Handy wieder in die Tasche und zwang sich aufzustehen.

Scheiß auf andere Leute und ihr perfektes virtuelles Leben.

Sie musste hinausgehen und einen Job finden. Wenn sie Geld hatte, konnte sie anfangen zu leben.

Sie wühlte durch ihre Oberteile und Jeans auf der Suche nach etwas, was die Eigentümer eines Haarsalons beeindrucken könnte.

118

Schließlich entschied sie sich für einen Minirock, weil sie damit nicht ganz so viel zerknitterten Stoff trug, ein Paar Stiefel und ein Trägertop.

Sie band ihr Haar zu einem unordentlichen Knoten und schminkte sich sorgfältig.

Den Rest ihrer Habseligkeiten ließ sie in einem großen Haufen auf dem Bett liegen, schnappte sich ihre Handtasche und die Sonnenbrille, und stampfte die Treppe hinunter in den Sonnenschein von Paris.

Sie wollte kein perfektes virtuelles Leben, sie wollte ein perfektes reales Leben. Und das würde sie nur bekommen, wenn sie ihren Hintern hochbekam und danach suchte.

GRACE

Grace stieg aus dem Taxi in die helle Sonne von Paris.

Das Hotel Antoinette war ein historisches Gebäude, dessen Ursprünge im Jahre 1750 lagen. Grace hatte es wegen seiner Lage, seines Ausblicks und seiner Grandezza ausgesucht. Ursprünglich war es der Palast eines Mitglieds der französischen Aristokratie gewesen, das während der Revolution ein grausames Ende gefunden hatte. Das Gebäude war verfallen, bis eine große Hotelgruppe die Renovierung übernommen hatte. In der Nähe des Jardin des Tuileries und des Louvre präsentierte es sich am Ufer der Seine nun in frisch renovierter Pracht.

Vielleicht sollte sie sich davon inspirieren lassen, dass das Gebäude eine Revolution überlebt hatte und so spektakulär aussah. Vielleicht gab es Hoffnung für sie.

Nach dem langen Flug fühlte sie sich müde und schmutzig und sehnte sich nach einem Bad.

Die Rezeptionistin war charmant und meldete sie rasch an. »Fünfundzwanzig Jahre verheiratet, Madame.« Das Mädchen lächelte sie an, als sie Grace den Pass zurückgab. »*Felicitations*. Wir vom Hotel Antoinette freuen uns, ein Teil Ihrer speziellen Feier zu sein.«

Sie hatte nicht daran gedacht, ihnen mitzuteilen, dass sie allein kam. Was ging es sie an?

»Zu diesem besonderen Anlass ist es uns ein Vergnügen, Ihnen ein Upgrade anzubieten.« Das Mädchen überreichte ihr einen Hochglanzprospekt, der zwei Kartenschlüssel enthielt. »Sie sind in der Tuileries-Suite. Sie haben einen Balkon mit Blick auf die Gärten und den Fluss. Wir haben für heute Abend einen Tisch für zwei in unserem Restaurant reserviert.«

»Vielen Dank, aber mein Ehemann verspätet sich und wird nicht vor morgen eintreffen. Vermutlich noch später.«

Oder nie.

Warum sagte sie ihnen nicht einfach die Wahrheit? Dass sie allein war?

»Ich werde die Reservierung für heute Abend abändern«, sagte die Rezeptionistin und tippte auf der Tastatur ihres Computers etwas ein. »Wir geben Ihnen einen Tisch für eine Person am Fenster. Wenn Sie schon Ihren Mann nicht anschauen können, sollen Sie die Aussicht genießen. Wir wünschen Ihnen einen wundervollen romantischen Aufenthalt.«

Ein wundervoller romantischer Aufenthalt würde es ganz bestimmt nicht werden.

Was sollte sie tun? Mit sich selbst auf dem Balkon tanzen? Mit einem Spiegel in der Hand zu Abend essen, um sich selbst in die Augen sehen zu können?

Andererseits musste sie etwas essen, also konnte sie genauso gut heute Abend in das Restaurant gehen.

Das war etwas weniger aufwendig, als sich mit ihrem Jetlag ein Restaurant in Paris zu suchen.

Sie bedankte sich lächelnd, murmelte etwas davon, dass Monsieur Porter sich um dringende Geschäfte kümmern müsse – nämlich die Bedürfnisse seiner Geliebten, doch das verschwieg sie lieber –, und schwebte durch die elegante Marmor-Empfangshalle zum Aufzug.

Ihre Suite befand sich im obersten Stock, und die französischen Fenster führten auf einen Balkon mit einem beneidenswerten Blick über Paris.

Grace trat auf den Balkon hinaus und spürte die Sonne auf ihrem Gesicht.

Schönen Hochzeitstag, David.

Dachte er daran, dass sie heute in Paris eintraf?

Was machte er wohl gerade?

Sie wandte sich ab.

Nein, sie würde nicht an David denken.

Um sich abzulenken, ging sie zurück in ihre Suite. Es war eher ein Apartment als ein Zimmer, ein Zeugnis des guten Geschmacks, gestaltet in neutraler Eleganz ohne persönliche Note. Farbtöne von Creme über einen zarten Pfirsichton bis Gold ergänzten sich hier hervorragend und schufen eine Atmosphäre der Ruhe. Im Zimmer stand eine Truhe aus Rosenholz, und an den Wänden hing ausgesuchte Kunst. Die Suite machte einen teuren Eindruck, was sie natürlich auch war. Es kostete sie ein kleines Vermögen, hier zu wohnen.

Sie schloss die Balkontüren und erkundete ihr vorübergehendes Zuhause in Paris. Wenn sie schon das Geld ausgab, konnte sie das ebenso gut genießen.

Das Ankleidezimmer war größer als ihr Schlafzimmer zu Hause.

Sie hatte sich nicht auf die Reise gefreut, doch nun bemerkte sie, wie gut es ihr tat, nicht länger zu Hause und von Erinnerungen an David umgeben zu sein.

Sie öffnete ihren Koffer und hängte ihre Kleidung auf. Die Stille war ihr unangenehm, sodass sie zurück zum Balkon ging und die Türen aufriss, um den Lärm hereinzulassen. Hupen, Schreie, Straßenlärm – die ganze Kakofonie der Stadt.

Sie schloss die Augen und erinnerte sich an das erste Mal, als sie hergekommen war.

Sie war achtzehn Jahre alt und ihr Leben so kompliziert gewesen, dass sie nicht zu träumen gewagt hätte, alles auf die Reihe zu bekommen. Doch sie hatte es getan. Sie hatte sich ein Leben aufgebaut, das sie sich immer gewünscht hatte, und nicht einen Moment geglaubt, dass es eines Tages wieder im Chaos enden könnte.

Sie ging ins Badezimmer und schluckte angesichts der Opulenz, die sie dort empfing. Es sah aus wie im Schloss Versailles, überall Spiegel und Gold. Fast erwartete sie, Ludwig XIV. in der Badewanne anzutreffen.

Es gab zwei Waschbecken, und sie stellte ihre Toilettenutensilien auf eines davon.

Durch die vielen Spiegel konnte sie sich aus verschiedenen Winkeln sehen.

Sie starrte auf ihre Spiegelbilder und bemerkte die dunklen Ringe unter ihren Augen. Ihr Teint war fahl, als hätte sie sich ein halbes Jahr lang an einem dunklen Ort aufgehalten. Ihr Haar war nach der Reise strähnig, und sie fühlte sich verschwitzt und müde. Alt.

Sie hatte die Jahre ignoriert, doch nun sah sie sie in den feinen Falten, die sich in ihre Haut gegraben hatten, und dem Anflug von Silber zwischen ihren blonden Strähnen. Sie dachte an Lissa mit ihren üppigen Brüsten und ihrer frischen, perfekten Haut und richtete sich instinktiv auf.

Dann wandte sie sich ab und beschloss, dass sie nicht viel Zeit im Badezimmer verbringen würde. Diese Spiegel zwangen sie nicht nur dazu, sich mit ihrem Äußeren zu beschäftigen. Es war zudem verlockend, ihre Zeit damit zu verbringen, die Vergangenheit wiederzukäuen, doch sie wusste, dass sie nach vorn blicken musste.

Es war früher Nachmittag. Sie wollte sich nur noch hinlegen und schlafen, doch sie wusste, dass sie ihren Schlafrhythmus nie finden würde, wenn sie das jetzt tat.

Stattdessen packte sie ihre restliche Kleidung aus und verstaute sie sorgfältig in den Schubladen.

Wenn David hier wäre, würde er sie mit hochgezogener Augenbraue beobachten.

Du musst nicht so übertrieben ordentlich sein, Grace. Du darfst auch eine Jacke über dem Stuhl oder einen Schuh auf dem Boden lassen.

Ihre Unfähigkeit, irgendeine Art von Unordnung im Haus zu akzeptieren, war fast ein Insiderwitz zwischen ihnen gewesen.

Die Angewohnheit hatte sie lange nach dem Tod ihrer Eltern beibehalten.

Mit einem leisen Fluch zog sie die Schublade auf, die sie gerade gefüllt hatte, zog ein Shirt heraus und warf es aufs Bett.

Ihr Herz begann schneller zu schlagen. Es juckte sie in den Händen, es zu nehmen und wieder sorgfältig zusammenzulegen, doch stattdessen griff sie wieder in die Schublade und warf dieses Mal einen Schal aufs Bett.

»Siehst du?« Sie sagte es laut. »Ich kann Dinge loslassen, wenn ich muss, aber wo ist der Sinn? Was ist so gut daran, in Unordnung zu leben?«

Sie zog die Kleider aus, die sie auf dem langen Flug getragen hatte, und ließ sie zu Boden fallen.

Das Hotelpersonal würde sie für verrückt halten.

Sie ging ins Badezimmer und unter die Dusche, um sich den Schmutz der Reise abzuwaschen.

Sie hatte gedacht, dass ihr Leben klar entworfen war. Sicher, für David galt das immer noch. Er hatte einfach nur ein Teil ausgetauscht, nämlich sie. Es war, als verkaufte man ein Haus, während man ein anderes schon gekauft hatte, sodass man keine Überbrückungszeit brauchte.

Ihre Zukunft dagegen war nicht klar. Anders als er hatte sie keinen Liebhaber, der auf sie wartete.

Wie lernten Frauen in ihrem Alter Männer kennen? Sie stellte sich vor, wie sie ein Online-Profil anlegte. Wie würde sie sich beschreiben?

Vorhersehbar, langweilig, organisiert.

Oder vielleicht würde sie lernen, ihr Single-Dasein zu genießen und allein durch die Welt zu reisen. Im Flugzeug hatte sie einen Artikel gelesen, dessen Titel lautete »Du brauchst keinen Mann, um glücklich zu sein«.

Grace brauchte nicht irgendeinen Mann. Sie brauchte David. Ihren besten Freund. Doch offensichtlich brauchte er sie nicht.

Was, wenn er und Lissa zusammen ein Kind bekommen würden? Sophie hätte dann eine Stieffamilie. Was, wenn sie entschied, die Ferien bei ihrem Dad, Lissa und dem neuen Baby zu verbringen? Grace würde nur noch eine Nebenrolle in ihrem Leben spielen.

Nein! Sie würde das nicht länger tun. Sie würde sich nichts ausmalen, um sich elend zu fühlen.

Bestimmt schob sie die Gedanken beiseite, föhnte ihre Haare, schickte sowohl Mimi als auch Monica eine Nachricht, dass sie gut angekommen war, und rief dann Sophie an.

Sie bemühte sich sehr, keine aufdringliche Mutter zu sein, doch sie musste die Stimme ihrer Tochter hören.

»Hi, Mom!« Sophie klang quirlig und fröhlich. Im Hintergrund hörte sie Gespräche und Gelächter.

Grace lächelte: »Wo bist du?«

»In einer Bar. Wir haben ein paar wirklich witzige Leute getroffen. Wir probieren unser Spanisch aus.«

Eine Bar? Grace sah auf die Uhr, um zu wissen, wie spät es jetzt in Sevilla war. »Amüsierst du dich?«

»Es ist großartig. Wir waren gestern auf einer tollen Party.«

Grace runzelte die Stirn. Sophie war nie eine Party-Maus gewesen. Sie war immer ruhig und fleißig. Der einzige Junge, für den sie sich je interessiert hatte, war Sam. »Sei vorsichtig, ja?«

»Mom, du sprichst hier mit mir. Ich weiß gar nicht, wie man nicht vorsichtig sein kann.«

Der Lärm im Hintergrund wurde lauter, und Sophie musste schreien, um sich verständlich zu machen.

»Ich leg lieber auf, Mom. Wir sprechen bald wieder.«

»Okay! Ich hab dich lieb.« Grace legte auf und vermisste David mehr als je zuvor. Sie wünschte sich jemanden, mit dem sie die Sorge um ihre Tochter teilen konnte.

Natürlich gab es Monica, doch die machte sich mehr Sorgen als sie selbst.

Um sich abzulenken, zog Grace den Stadtplan hervor, den ihre Großmutter ihr gegeben hatte.

Sie wünschte, Mimi wäre mit nach Paris gekommen, dann hätte sie Grace all ihre Lieblingsplätze persönlich zeigen können, statt sie auf einem Stadtplan einzuzeichnen.

Vielleicht würde sie vor dem Essen noch einen Spaziergang

machen, doch zuerst wollte sie sich nur für ein paar Minuten hinlegen.

Sie erwachte drei Stunden später, verwirrt und nur eine Viertelstunde vor ihrer Tischreservierung.

Sie sprang auf, wobei sie den Schwindel ignorierte, der ein Resultat von Jetlag und monatelangen Schlafstörungen war.

Sie legte Make-up auf, zog ein Kleid an, das elegant, aber nicht zu aufgebrezelt aussah, nahm ihre Handtasche und ging zum Restaurant. Allein.

Sie konnte ein Buch lesen, doch sie hatte ihres im Flugzeug vergessen und noch kein anderes gekauft. Nach dem Essen würde sie den kleinen Buchladen suchen, von dem ihre Großmutter gesprochen hatte, doch jetzt würde sie erst einmal aus dem Fenster starren und sich bemühen müssen, nicht so auszusehen, als hätte ihr Mann sie verlassen.

Kaum hatte sie das Restaurant betreten, wusste sie, dass es ein Fehler gewesen war, hierherzukommen.

Dies war kein Ort, an dem man als Frau allein am Tisch saß und aus dem Fenster schaute. Dies war ein Ort für Romantik und exquisites Essen.

Sie wollte umdrehen und zurück auf ihr Zimmer gehen, als der Oberkellner sie erblickte.

»Madame Porter.«

Wieso wusste hier jeder, wer sie war? Sie war hergekommen, um zu verschwinden, doch dieses Hotel war besonders stolz auf seinen persönlichen Service.

Grace folgte ihm zu einem Tisch am Fenster, der für eine Person eingedeckt war. Normalerweise liebte sie Reisen. Sie liebte die Bilder und Gerüche von neuen Orten, probierte gern regionale Spezialitäten und genoss, dass sich alles fremd und neu anfühlte.

Doch im Moment hatte sie keinen Zugang zu diesem vertrauten Gefühl der freudigen Aufregung.

Sie warf einen Blick in die Speisekarte, während es ihr vorkam, als würden alle sie anstarren. Schließlich bestellte sie ein Steak und lehnte den empfohlenen Rotwein ab.

Das Paar neben ihr lachte über einen gemeinsamen Witz. Beide waren auf mühelose Weise elegant.

Ein anderes Paar in der Nähe hielt Händchen.

Grace griff nach ihrem Wasserglas. Vielleicht hätte sie eine Ausnahme machen und Wein bestellen sollen. Sie brauchte etwas, um ihr Elend zu betäuben.

Manche Menschen verreisten gern allein. Sie machte es offenbar falsch.

Am Ende der qualvollsten Mahlzeit ihres Lebens verließ Grace das Restaurant und holte Mimis Stadtplan hervor.

»Madame Porter.« Der Concierge lächelte ihr zu. »Kann ich Ihnen irgendwie behilflich sein?«

Grace hielt ihm den Stadtplan hin. »Ich suche einen Buchladen.«

Der Concierge betrachtete die Markierungen auf dem Plan und wies ihr den Weg.

Als sie aus dem Hotel nach draußen trat, spürte sie die warme Sonne.

Ganz Paris badete im Abendlicht.

Grace hatte noch immer das leichte Schwindelgefühl, das einem Transatlantikflug folgte, doch sie schob sich ihre Tasche über die Schulter und folgte dem Weg am Fluss entlang.

Es war genauso belebt wie mitten am Tag, und ihre Stimmung hob sich etwas, als sie die abendlichen Ausflugsboote den Fluss entlangfahren sah. Musik und Gelächter begleiteten die Schiffe.

Philippe.

Die Erinnerung war so lebhaft, dass sie innehielt.

Es war genau diese Jahreszeit gewesen. Sie hatte unbedingt eine Bootsfahrt machen wollen. Weder sie noch Philippe hatten genug Geld, sodass sie stattdessen den Batobus nahmen, ein Wassertaxi, das an verschiedenen Stationen entlang der Seine hielt.

Vom Fluss aus hatte sie zum ersten Mal das Musée d'Orsay, Notre-Dame und den Louvre gesehen. Vom Wasser aus hatte man einen Blick auf die gesamte Fassade der berühmten Grande Galerie und des Pavillon de Flore. Natürlich gab es keine Erklärungen zu den Sehenswürdigkeiten, aber sie hatte keine gebraucht, weil sie mit Philippe unterwegs war, einem gebürtigen Pariser, der seinen Arm um sie gelegt hatte, während er sein Wissen über Paris mit ihr teilte.

Sie waren ausgestiegen, damit er ihr den Eiffelturm zeigen konnte, und hatten dann das letzte Boot zurück genommen. Er hatte sie geküsst, als die Sonne hinter der berühmten Pont Neuf unterging, der ältesten erhaltenen Brücke, die über die Seine führt.

Überrascht davon, dass eine Erinnerung nach so vielen Jahren noch so lebhaft sein konnte, blinzelte Grace.

Was Philippe jetzt wohl tat?

Sie hatte nie nach ihm geforscht oder versucht, ihn in sozialen Netzwerken zu finden. Die Vergangenheit war eine Tür, durch die sie nie zurückgehen wollte. Sie dachte jetzt nur an ihn, weil sie in Paris war.

Würde sie an Philippe denken, wenn David bei ihr wäre?

Sie konzentrierte sich wieder auf die Gegenwart, ging über die Brücke, wie der Concierge es ihr gesagt hatte, und folgte auf der anderen Seite dem Flussufer in Richtung Notre-Dame. Sie entfernte sich vom Fluss, und nun waren die Straßen eng, gepflastert und düster. Menschen kauften Eiscreme, stöberten in Boutiquen und genossen das abendliche Sonnenlicht.

Grace sah auf die Karte und versuchte sich zu orientieren. Damit beschäftigt, zu bestimmen, wo sie war, bemerkte sie nicht den Mann, der sich von hinten näherte, bis er sie anrempelte.

Sie verlor das Gleichgewicht und fiel auf das Pflaster. Ihr Knöchel verdrehte sich, und ihre Schulter schlug auf dem Boden auf, gefolgt vom Kopf. Schmerz schoss durch ihren Körper. *Das ist es. So sterbe ich.*

Selbst in ihrem benommenen Zustand sah sie die Schlagzeile vor sich.

Leiche von verlassener Ehefrau in Paris gefunden.

Ein Ruck an ihrer Schulter riss sie zurück in die Gegenwart, und sie begriff, dass sich der Mann ihre Handtasche geschnappt hatte.

»Nein!« All ihre Wertgegenstände waren in der Tasche. Ihr Pass. Geld. Ausweis. Ein Foto von einer lächelnden Sophie auf dem Weg zum Strand.

Der Mann lief bereits davon.

»Halt!«

Ein paar Touristen drehten sich um, doch sie war hier nicht in Woodbrook, wo jeder jeden kannte. Hier wusste niemand, wer er war, und niemanden kümmerte es. Grace hatte sich nach der Anonymität einer Großstadt gesehnt, doch im Moment war die große Stadt nicht ihr Freund.

Jemand flitzte an ihr vorbei. Sie hörte das rhythmische Stampfen von Stiefeln auf dem Pflaster, und dann warf sich ein Mädchen auf den Mann. Ihr Gewicht und das Überraschungsmoment sorgten dafür, dass er ins Straucheln kam. Fluchend krachte er aufs Pflaster. Grace sah voller Schrecken, wie er zum Schlag gegen das Mädchen ausholte, doch das fing seinen Arm ab, drehte ihn dem Mann auf den Rücken und setzte sich auf ihn.

»*Merde …*« Sie feuerte eine Salve von Worten ab, von denen Grace die meisten nicht verstand.

Sie dachte, dass sie fließend Französisch sprach, doch es schien, als hätte sie noch ein paar Flüche zu lernen.

Das Mädchen starrte hinunter auf den Mann. Sie erinnerte Grace an ein sehr wütendes Tigerjunges.

»Du hältst dich für stark? Denk dran, wer von uns gerade mit dem Gesicht auf dem Boden liegt.«

Grace setzte sich mühsam auf, angeschlagen und unsicher. Sie fragte sich ernsthaft, ob sie in der Lage war, einen Monat allein in Paris zu verbringen, und während dieses Mädchen, das kaum älter als Sophie zu sein schien, einen Kriminellen gefasst hatte.

»Ist das alles, was er gestohlen hat?« Das Mädchen wedelte Grace mit der Tasche zu und verlor dabei die Balance.

Der Dieb nutzte die Gelegenheit sofort, machte sich von ihr frei und rannte fort, bevor sie wieder nach ihm greifen konnte.

»Ach, verdammt!« Das Mädchen kam auf die Beine. »Ich hätte ihm eine reinhauen sollen, dann wäre es das gewesen. Das ist der Beweis, dass friedliche Lösungen nie funktionieren.«

Ihre Augen glühten, und ihr Mund bildete eine entschlossene Linie. Sie hatte leuchtend rotes Haar, das ihr in wilden Locken über die Schultern fiel. Sie musste es zurückbinden, damit es ihr nicht über die Augen fiel. Ihr Rock war der kürzeste, den Grace je gesehen hatte. Ihre Beine waren nackt, und sie trug schwere Stiefel.

»Abschaum.« Mürrisch wischte sich das Mädchen den Schmutz von den Beinen und gab Grace die Tasche. »Sie sollten besser nachsehen, ob alles drin ist.«

»Ich weiß nicht, was ich sagen soll.« Grace prüfte den Inhalt ihrer Tasche und war erleichtert, dass sie sie zurückbekommen hatte. Sie stand auf und versuchte den Schaden an ihrem Körper abzuschätzen. Ihr Kopf und ihre Schulter schmerzten, doch vor allem ihr Stolz war verletzt. »Bist du verletzt?«

»Ich? Nö. Ich bin auf ihm gelandet. Aber vermutlich wird er das noch eine Weile merken.« Der Gedanke verschaffte ihr offenbar Befriedigung und Grace ebenfalls.

»Ich weiß nicht, wie ich dir danken soll. Ich bin heute in Paris angekommen. Alles Wichtige ist in dieser Tasche. Wenn ich sie verloren hätte …«

Das Mädchen zuckte mit den Schultern. »Das haben Sie nicht, also kein Drama.«

»Wir sollten vermutlich einen Polizisten suchen und Anzeige erstatten.«

»Warum? Die Polizei wird Wichtigeres zu tun haben. Und ich kann sowieso nicht genug Französisch, um ein Verbrechen zu melden. Ich kann sagen, wie ich heiße, und: ›Ich verstehe Sie nicht.‹ Ich habe keine Ahnung, was ›Dieses Arschloch stahl eine Tasche‹ auf Französisch heißt. Sie etwa?«

»Ich würde es vermutlich anders formulieren. Mein Französisch ist recht gut.«

»Schön für Sie. Und wenn Sie sich nicht an Ihre Tasche klammern, werden Sie dieses Französisch brauchen.« Das Mädchen zupfte sein Trägertop zurecht. »Ihr Kopf blutet. Sie sollten besser mit in den Laden kommen. Drinnen können Sie sich säubern und dann ein Taxi nach Hause nehmen.«

In ihrem Kopf pochte der Schmerz, im Knöchel ebenso.

»Du bist sehr freundlich. Ich weiß nicht einmal deinen Namen.«

»Audrey.«

»Ich bin Grace. Bist du Britin? Hast du Ferien? Arbeitest du den Sommer in Paris?«

»Ja. Ich wohne über dem Buchladen.« Das Mädchen deutete die Straße entlang. »Ich war auf dem Weg nach Hause, als ich sah, wie er Ihre Tasche an sich gerissen hat. Sie sehen nicht gut aus. Werden Sie ohnmächtig?«

»Nein.« Grace horchte in sich hinein. »Es geht mir gut, aber ich nehme gern dein Angebot an, mich ein wenig herzurichten, bevor ich ins Hotel zurückkehre. Ich möchte keine Aufmerksamkeit erregen.« Sie konnte sich gut vorstellen, wie das Personal reagieren würde, wenn sie mit blutendem Kopf und abgeschürften Händen in die Lobby humpelte.

»Der Laden ist die Straße runter. Er ist jetzt geschlossen, aber ich habe einen Schlüssel.« Audrey ging langsamer, damit Grace ihr folgen konnte.

»Arbeitest du in dem Buchladen?«

»Vormittags. Mein Lohn besteht in einem Apartment für den Sommer und genug Geld, um mir am Tag ein Croissant zu kaufen. Wenn ich keinen anderen Job finde, werde ich wohl abnehmen.« Sie hielt vor einer Tür an, und Grace begriff, dass dies der Buchladen war, nach dem sie gesucht hatte, bevor sie überfallen wurde.

»Ich wollte hierher.« Verzückt betrachtete sie die Schaufenster. »Meine Großmutter ist Französin. Als sie in Paris lebte, kam sie oft hierher.« Aber sie verstand es immer noch nicht. Warum hatte Mimi Interesse an einem Buchladen gehabt?

»Na ja, ich glaube, dass sie seitdem nicht sauber gemacht haben, sodass Sie vermutlich dieselben Wollmäuse sehen wie sie. Ich hoffe, Sie haben kein Asthma oder so etwas, denn sonst sind Sie schon so gut wie tot.« Audrey schloss die Tür auf und öffnete sie schwungvoll. Eine laute Glocke erklang.

Das Mädchen warf seine Tasche auf den Boden und griff nach einem Stuhl.

»Setzen Sie sich. Ich kümmere mich um die Wunde an Ihrem Kopf.«

Grace war leicht schwindlig, und sie ließ sich erleichtert auf dem Stuhl nieder.

Audrey verschwand durch eine Tür und kam mit einem Erste-Hilfe-Kasten zurück.

Sie tröpfelte eine Flüssigkeit auf ein Stück Verbandsmull und säuberte Grace' Wunde. Ihre Hände arbeiteten vielleicht nicht besonders sanft, aber rasch und effizient. »Dann reisen Sie also nicht viel?«

»Ich reise schon, aber normalerweise nicht allein.«

»Die erste Regel lautet, seine Tasche immer dicht am Körper zu halten. Tragen Sie die Tasche quer über der Schulter.« Audrey warf den Mull weg. »Und halten Sie niemals mitten auf der Straße an, um auf den Stadtplan zu sehen. Damit signalisieren Sie, dass Sie Touristin sind. Sehen Sie sich den Weg an, bevor Sie aus dem Hotel gehen, und falls Sie überprüfen müssen, wo Sie sind, tun Sie es diskret. Wenn Sie Französisch können, können Sie einfach nach dem Weg fragen.«

»Ja.« Was dachte sie nur von ihr? Es war ja nicht so, als hätte sie Connecticut niemals verlassen. »Ich kann kaum glauben, dass du ihn erwischt hast.«

»Dank der unzähligen Male, die ich beinahe den Schulbus

verpasst habe. Das ist meine beste Laufdistanz.« Audrey klebte Grace ein Pflaster auf die Wunde am Kopf. »Jetzt wollen wir uns mal Ihren Knöchel ansehen. Ist er gebrochen?«

Audrey war der kompetenteste Teenager, mit dem Grace je zu tun gehabt hatte. Was hätte Sophie in der gleichen Situation getan? Sie wäre sicherlich keinem Mann nachgerannt, um ihn zu Fall zu bringen und festzuhalten.

»Er ist nicht gebrochen. Du hast den Mann zu Boden geworfen. Wo hast du das gelernt?«

»Ich habe an der Schule Kampfsport gehabt. Ich kann zwar keinen Ball vernünftig werfen, aber dafür habe ich ein paar tolle Schläge und Tritte drauf.« Audrey tastete die Verletzung ab. »Es schwillt ein bisschen an. Das Gleiche ist meiner Freundin letztes Jahr beim Sportfest passiert. Sie sollten den Fuß vermutlich ein paar Tage lang nicht belasten. Kühlen Sie ihn mit Eis.«

Grace, die sich schon ein wenig besser fühlte, sah sich im Buchladen um. »Dieser Ort ist wie ein Paradies.«

»Ich bin ziemlich sicher, dass es im Paradies besser riecht. Sollte es im Paradies außerdem nicht sonnig sein und voller Drinks mit diesen süßen kleinen Schirmchen darin?«

»Aber in einem Buchladen zu arbeiten, ist ein wahrer Traum, nicht wahr?«

»Mag sein. Ich tue es vor allem wegen des Apartments.«

»Wie willst du die Kunden bedienen, wenn du kein Französisch sprichst?«

Audrey zuckte mit den Schultern. »Zeichensprache? Und ich lerne ein paar Worte. Ich benutze eine App. Die ist ziemlich gut.«

»Du scheinst eine Menge Flüche zu kennen.«

»Ja, eine Freundin hat mir das Wichtigste beigebracht.« Das Mädchen schloss den Erste-Hilfe-Kasten. »Wie haben Sie Französisch gelernt?«

»Ich bin Lehrerin. Ich unterrichte Französisch und Spanisch.«

Audreys Miene verschloss sich augenblicklich. »Wir bringen Sie besser dorthin, wo Sie wohnen. Können Sie gehen, oder soll ich Ihnen ein Taxi rufen?«

Der Gedanke, zurück ins Hotel zu fahren, gefiel Grace überhaupt nicht. Sie wäre gern länger geblieben, doch sie spürte, dass Audrey das nicht wollte. Hatte sie sie irgendwie verärgert? »Kann ich vielleicht ein Buch kaufen, wo ich schon mal hier bin?«

»Nur zu. Es gibt genug. Wo wohnen Sie?«

»Im Hotel Antoinette.«

Audrey zog die Nase kraus. »Das ist das teure, das aussieht wie ein Palast.«

»Genau das.« Ihr kam eine Idee. »Du solltest mal vorbeikommen und mit mir zu Abend essen.«

»Machen Sie Witze?« Audrey stellte den Erste-Hilfe-Kasten ins Regal. »Das würde Ihrem Mann wohl kaum gefallen, wenn ich mich Ihrer romantischen Auszeit anschließe.«

»Mein Mann ist nicht hier. Er ist zu Hause, bei der Frau, für die er mich nach fünfundzwanzig Jahren verlassen hat.« Sie konnte nicht glauben, dass sie vor einer Fremden damit herausplatzte. Sie erwartete, dass Audrey unbehaglich wäre und sie eine Entschuldigung finden würde, um zu gehen, doch das Mädchen rührte sich nicht. Sie neigte den Kopf und schenkte Grace ihre volle Aufmerksamkeit.

»Das ist übel. Dann sind Sie hier allein?«

»Entweder das, oder ich hätte die Reise absagen müssen. Und ich kann nicht glauben, dass ich dir das gerade erzählt habe.«

Audrey zuckte mit den Schultern. »Freunde und Familie haben alle ihre eigene Meinung und denken, sie müssten die Dinge in Ordnung bringen. Dabei will man manchmal einfach nur jemanden, der zuhört.«

Das Mädchen hatte das Problem in zwei Sätzen äußerst treffend zusammengefasst. »Normalerweise spreche ich mit Leuten, die ich nicht kenne, nicht über mein Privatleben.«

»Machen Sie sich keine Sorgen deswegen. Meine alte Chefin aus dem Haarsalon, in dem ich gearbeitet habe, sagte immer, dass wir mehr von den Problemen der Menschen erfahren als Pfarrer oder Therapeuten.« Audrey wischte sich mit dem Handrücken über die Stirn. »Ich bin froh, dass Sie die Reise nicht storniert haben. Der Mistkerl. Ich meine, das passiert natürlich oft. Dass Leute Schluss machen. Frauen kommen immer in den Salon und wollen eine Runderneuerung, um sich besser zu fühlen. Aber nicht nach fünfundzwanzig Jahren. Man sollte meinen, dass Menschen nach dieser langen Zeit wissen, was sie wollen.«

»David wusste, was er will. Unglücklicherweise bin das nicht ich.«

Ach, halt die Klappe, Grace!

Um sich abzulenken, durchstöberte sie die Regale.

»Ich hoffe, Sie posten überall in den sozialen Medien glückliche Bilder, um ihn eifersüchtig zu machen. #ichliebemein-Leben oder vielleicht #tolleinSinglezusein – so etwas in der Art.«

»Im Moment bin ich nicht sicher, ob ich mein Leben liebe, und es fühlt sich weniger toll an, Single zu sein. Ich war gerne mit ihm verheiratet.«

Sie nahm ein Buch heraus und blätterte darin herum, eher, um ihre Gefühle zu verbergen, als aus wirklichem Interesse.

»Ich finde immer noch, Sie sollten ihm zeigen, dass es Ihnen großartig geht. Sich zu amüsieren ist die beste Rache, oder?«

»Ich bin nicht sicher, ob ich ein besonders rachsüchtiger Mensch bin.« Sie stellte das Buch zurück. »Oder ob ich mich amüsiere.«

»Ach so? Der Zweck von sozialen Medien besteht darin, jedem das Leben zu zeigen, das Sie gern führen würden, und nicht das, das Sie tatsächlich führen. Die meisten Menschen leben zwei Leben. Eines, das sie den Menschen zeigen, und das wirkliche.«

David hatte zwei Leben gelebt. Mit zwei Frauen.

Grace fragte sich, wie Audreys anderes Leben aussah. Sie wirkte einerseits unglaublich jung und andererseits ungewöhnlich reif.

»Ich meine das ernst mit dem Abendessen. Bitte begleite mich.« Sie zog eine hübsche Ausgabe von *Madame Bovary* aus dem Regal. »Wenn nicht morgen, dann an einem anderen Abend.«

»Ein Abendessen dort kostet vermutlich eine Million Euro.«

»Mein Reisebudget war für zwei Personen berechnet. Und jetzt bin ich nur noch eine.«

»Sie meinen also, ich tue Ihnen einen Gefallen.« Audrey grinste. »Ich schätze, ich könnte ein saftiges Steak herunterbringen, wenn es Ihnen hilft. Allerdings sollte ich Sie vorwarnen, dass ich meine Abendgarderobe zu Hause gelassen habe.«

Grace dachte an das gediegene Restaurant. Sie wollte nicht, dass Audrey sich unbehaglich fühlte, und sie hatte es selbst nicht eilig, wieder dorthin zu gehen. »Wir könnten den Zimmerservice bestellen. Die Suite hat einen Balkon. Dort können wir essen.« Sie öffnete ihre Handtasche und gab Audrey das Geld für das Buch.

»Sie wohnen in einer Suite? Sie müssen richtig reich sein.« Audrey steckte das Geld in ihr Portemonnaie. »Vermutlich hätte ich selber Ihre Tasche klauen sollen.«

»Ich bin nicht reich. Ich habe ein Jahr auf diese Reise gespart, und sie haben mir ein Upgrade gegeben. Sollten Sie das Geld nicht in die Kasse tun?«

»Das mache ich später. Wir sehen uns morgen zum Abendessen.« Sie dachte nach. »Es wäre eine Schande, Ihr Upgrade zu verschwenden. Danke. Ich werde eine kostenlose Mahlzeit nicht ablehnen.«

Grace blickte sich zwischen den Regalen um und fragte sich, wie sehr sich der Laden verändert hatte, seit Mimi hier gewesen war. Sie machte ein paar Fotos, um sie ihrer Großmutter zu schicken. »Wie lange bist du schon hier?«

»Ich bin heute angekommen. Morgen ist mein erster Arbeitstag.«

Grace schrieb ihre Handynummer auf einen Zettel. »Ich hoffe, es geht alles gut, aber wenn du Übersetzungshilfe oder so etwas brauchst, ruf mich an.«

Audrey zuckte mit den Schultern. »Das sind eine Menge alter Bücher. Bücher reden nicht. Wie schlimm kann es schon werden?«

AUDREY

Es wurde schlimm.

Und das war nun wirklich nicht sehr überraschend. Schließlich war sie, Audrey Hackett, das Mädchen, bei dem sich wohl alle einig waren, dass es am allerwenigsten in einen Buchladen passte. Dabei arbeitete sie nicht nur in diesem Buchladen, sie war verantwortlich für ihn. Sie hatte die Schlüssel in ihrer Tasche. Sie konnte einstellen und feuern, wobei diese Macht dadurch eingeschränkt wurde, dass sie allein im Laden war.

Mit ungefähr einer Million alter Bücher.

Wenn sie hier lange genug herumsaß, würde der Inhalt der Bücher vielleicht in ihr Hirn sickern und sie schlau machen.

Sie wirbelte auf dem Drehstuhl herum. Das erinnerte sie an das Karussell im Park, wo sie sich mit Meena oft zum Mittagessen getroffen hatte. Der Gedanke daran versetzte ihr einen Stich. Sie hatte keine Sehnsucht nach dem Chaos zu Hause, doch sie vermisste Hardy und natürlich Meena, und sie vermisste das Stimmengewirr im Haarsalon.

Der Buchladen war gespenstisch still.

Da sie der einzige Mensch hier war, stand sie auf, stellte sich vor einem der Regale in Positur und machte ein Selfie mit ihrer neuen Brille. Meena hatte ihr ein paar Hashtags in die Notiz-App ihres Handys getippt, und Audrey kopierte sie zu dem Bild. #bücherwurmAudrey #ichliebeParis.

Sie fragte sich, ob sie #zuTodegelangweilt hinzufügen sollte, entschied aber, dass das zu viele Buchstaben waren.

Außerdem würde sie auf gar keinen Fall zugeben, dass ihr Leben nicht perfekt war.

Mit Glück würde ihre alte Englischlehrerin den Post sehen und beschämt sein, dass sie Audrey so sehr unterschätzt hatte. Sie konnte sich die Gespräche im Lehrerzimmer vorstellen –

»Audrey arbeitet in einem Buchladen? Ich fühle mich furcht-
bar, dass ich sie nicht mehr unterstützt habe.«

Sie erlaubte sich einen kleinen Tagtraum, in dem sie den No-
belpreis für Literatur gewann und sich in ihrer Dankesrede bei
ihren Lehrerinnen bedankte, die sie motiviert hatten, sie eines
Besseren zu belehren und ihnen zu zeigen, dass sie sich geirrt
hatten.

Nur hatten sie sich nicht geirrt, oder? Was konnte sie schon
wirklich gut?

Sie war gut im Haarewaschen und darin, Leute zum Lachen
zu bringen. Man hatte ihr gesagt, sie sei eine gute Zuhörerin.
Nicht unbedingt die markttauglichen Fähigkeiten, von denen
sie bei der Berufsberatung immer sprachen.

Auf dem Papier wirkte es beeindruckend, in einem Buchladen zu arbeiten. Nur schade, dass es ungefähr so aufregend war,
wie darauf zu warten, dass der Nagellack trocknete. Und sie
hatte allmählich Angst, dass sie keinen Job in einem Haarsalon
bekommen würde. Bislang hatten sie alle abgelehnt. Sie hakte
sie einen nach dem anderen auf der Liste ab. Heute Nachmittag
würde sie noch weitere besuchen, doch sie verlor allmählich die
Hoffnung. Ein paar Schritte neben dem Buchladen befand sich
ein exklusiver Salon, doch Audrey hatte sich nicht die Mühe
gemacht, dort anzufragen. Ein Salon wie dieser würde niemals
jemanden wie sie beschäftigen.

Was, wenn sie keinen Job bekam? Wovon würde sie leben?

Die Tür öffnete sich, die Glocke bimmelte, und ein älterer
Mann trat ein. Er ging bemerkenswert aufrecht, und Audrey
vermutete, dass er vielleicht einmal beim Militär gewesen war.
Doch das musste lange her gewesen sein. Sein Haar war weiß
und stand in ungleichmäßigen Büscheln von seinem Kopf ab.
Es juckte ihr in den Fingern, nach einer Schere zu greifen.

»Bonjour.« Audrey hoffte, ihn mit ihrem Lächeln zu über-
wältigen, damit er zu abgelenkt war, um ihr eine Frage zu den
Büchern zu stellen. Glücklicherweise schien er keine Hilfe zu
benötigen. Er grüßte sie höflich, ging steif zu einem Regal im

hinteren Bereich des Ladens und stöberte eine halbe Stunde lang herum.

Neugierig sah Audrey zu, wie er ein Buch aus dem Regal zog, es durchblätterte, dann wieder zurückstellte und das nächste herauszog. Nach einer halben Stunde ging er, wobei er ihr beim Rausgehen zunickte und lächelte.

Wie merkwürdig. Doch soweit sie es sehen konnte, hatte er kein Buch in die Tasche gesteckt, also ging es sie nichts an, was er da tat.

Wenn er auf Staub stand, war das seine Sache.

Wenn jeder so bedürfnislos war wie der alte Mann, war der Job vielleicht doch nicht so furchtbar, entschied Audrey. Sie war ein Babysitter für Bücher, das war alles.

Ihr Glück hielt nicht an.

Die nächsten drei Kunden, die in den Laden kamen, sprachen alle Französisch und wurden immer ungeduldiger, als Audrey sie auf ihre Fragen verständnislos anstarrte.

Ein Mann wurde so wütend, dass sie Angst hatte, er würde einen Herzinfarkt bekommen.

»Es ist nur ein Buch«, murmelte sie und fühlte sich nervös und gestresst. Wenn man in seiner eigenen Sprache angeschrien wurde, konnte man sich wenigstens verteidigen.

Je mehr er schrie, desto dümmer kam sie sich vor.

Schließlich stürmte er hinaus und schlug die Tür hinter sich zu.

»Ihnen auch einen schönen Tag!«, rief Audrey ihm hinterher, bevor sie sich auf den Stuhl sinken ließ. Sie fragte sich allmählich, ob ein kostenloses Apartment all diesen Ärger wert war.

Ihr nächster Kunde war ein Engländer in den Fünfzigern, der offenbar nichts vom Rasieren oder von Deos hielt.

»Was haben Sie über die Französische Revolution?«

Audrey prüfte die Übersicht, die sie bekommen hatte, konnte sie jedoch nicht deuten und machte stattdessen eine vage Handbewegung. »Französische Geschichte ist dort hinten. Wenn es nicht im Regal steht, haben wir es nicht.«

»Ich schreibe ein Buch.«

»Gut für Sie.« Audrey blickte sich um. Ihr schien, dass es hier schon mehr als genug Bücher gab, doch wer war sie schon, das zu beurteilen? »Bleiben Sie dran. Man kann alles, wenn man es versucht.«

Nicht einen Moment glaubte sie daran. Wäre es wahr, könnte sie lesen, ohne am Ende der Seite festzustellen, dass sie sich nicht an den Anfang erinnern konnte. Doch diesen Umstand behielt sie für sich. Menschen brauchten Ermutigung, nicht die Wahrheit. Wenn ihre Lehrerinnen sie mehr ermutigt hätten, hätte sie vielleicht besser abgeschnitten.

Oder wenn ihre Mutter ihr den Vorrang vor einer Flasche billigen Weißwein gegeben hätte.

Sie rieb sich mit den Händen den Bauch, um das brennende Gefühl von Angst und Schuld zu lindern.

War es falsch gewesen, sie zu verlassen? Was, wenn Ron der Aufgabe nicht gewachsen war?

Sie hatte sich nach Freiheit gesehnt und hatte ihre Flügel ausbreiten wollen, doch es fühlte sich an, als wären ihre Flügel durch eine Kette gefesselt, die sie vom Fliegen abhielt.

Um nicht mehr an ihre Mutter denken zu müssen, dachte sie an Grace.

Audrey fragte sich, wie es ihr nach dem schrecklichen Vorfall wohl ging. Sie tat ihr leid, auch wenn ein Teil von ihr es beruhigend fand, dass es auch andere Menschen gab, deren Leben mies war. Normalerweise hatte sie das Gefühl, dass es nur ihr so ging.

Wenn Audrey eine tolle Reise nach Paris gebucht und ihr Mann sie für eine andere verlassen hätte, würde sie das gemeinsame Konto leeren, ihn umbringen und dann den Urlaub machen.

Vielleicht war das der Grund, warum es dem Mann gelungen war, Grace' Handtasche zu klauen. Sie war vermutlich nicht konzentriert gewesen. Fünf Minuten lang hatte sich Audrey wie eine Heldin gefühlt, zum ersten Mal im Leben. Sie war es gewohnt, ihre Mutter zu retten, doch dafür dankte ihr nie jemand. Und nie zuvor hatte jemand sie zu einem Essen in einem teuren Restaurant eingeladen. Wenn sie so viel aß, wie sie konnte, würde sie einige Tage lang kein Geld für Essen ausgeben müssen. Sie wäre wie diese Python, von der sie mal gelesen hatte, und würde langsam verdauen.

Eine Frau kam an den Tresen. »Haben Sie etwas über Coco?«

Audrey sah sie verständnislos an. »Kakao? Sie meinen Schokolade?«

»Coco Chanel. Die berühmte Designerin. Modedesignerin.«

»Ach ja, richtig.« Stünde das unter »Kleidung« oder unter »Berühmte Menschen«? Sie wedelte mit der Hand. »Versuchen Sie das mittlere Regal auf der rechten Seite.«

»Sie deuten aber zu dem Regal auf der linken Seite.«

Links. Rechts. Für Audrey war das alles eins. »Meine Handbewegung hat nichts mit der Position des Regals zu tun. Es war eher allgemein. Seien Sie vorsichtig auf der Leiter, die hat ein Eigenleben.«

»Ich habe Höhenangst. Könnten Sie das für mich tun?«

Audrey hatte mehr Angst vor Büchern als vor Höhe, doch sie stand auf und stapfte zur Leiter. Die Titel der Bücher verschwammen vor ihren Augen. Sie blinzelte und bemühte sich, die Titel zu erkennen, doch die Buchstaben waren verblasst, was die Sache nicht besser machte. Alte Bücher waren offenbar noch schwerer zu lesen als neue. Der Staub kitzelte in ihrer Nase. »Nein. Wir haben nichts. Tut mir leid.«

Sie kletterte die Leiter hinunter, nieste zweimal und trat ihrer unzufriedenen Kundin gegenüber.

In ihrem Nacken juckte der Schweiß.

Wenn Leute sich die Haare machen ließen, waren sie hinterher wenigstens zufrieden.

Der Vormittag wurde zu dem längsten Vormittag ihres Lebens. Sie erntete so viele missbilligende Gesichtsausdrücke wie damals in der Schule. Ihre beste Fähigkeit – freundlich und gesprächig zu sein – war hier nicht von Nutzen. Es war schwer, gesprächig zu sein, wenn ihr einziges Vokabular nur aus Flüchen bestand.

Gegen Mittag sah sie auf ihr Handy, um zu sehen, wie spät es war. Sie würde den Nachmittag erneut damit verbringen, die Haarsalons abzugrasen.

Wieder öffnete sich die Tür. Das Gebimmel der Glocke machte Audrey allmählich verrückt. Der Klang ging ihr auf die Nerven.

Ganz Paris lag jenseits dieser Tür. Sie konnte nicht verstehen, warum Leute ihre Zeit in einem muffigen Buchladen verbringen wollten.

Sie stand auf und war auf jemand Älteres eingestellt, doch dieses Mal war es ein junger Mann. Sie schätzte ihn auf Anfang zwanzig.

Sein Haar war dunkel, und ein paar Strähnen fielen ihm in die Stirn. Er hatte die intensivsten blauen Augen, die sie je gesehen hatte, und strahlte das mühelose Selbstvertrauen von jemandem aus, dem das Leben noch nicht übel mitgespielt hatte. Seine ausgeblichenen Jeans trug er auf Hüfthöhe, und unter dem T-Shirt zeichnete sich sein Bizeps ab.

Niemals würde jemand, der so aussah, Zeit in einem Buchladen verbringen wollen, weshalb Audrey annahm, dass er sich verirrt hatte. Wohin auch immer er ging, sie hoffte, er würde sie mitnehmen.

»Kann ich Ihnen helfen?« Das war einer der wenigen Sätze, die sie auf Französisch kannte, doch etwas an der Art, wie er sie ansah, ließ sie alle Fremdwörter vergessen.

»Ich bin Etienne.«

Audrey starrte ihn an. »Du machst Witze.« Sie hatte bereits ein klares Bild von Etienne im Kopf, und er sah komplett anders aus. Sie brauchte einen Augenblick, ihre Erwartung und die Realität zusammenzubringen.

Dieser Typ mit dem schiefen, sexy Lächeln war Etienne?

»Ich mache normalerweise keine Witze mit meinem Namen.« Sein Lächeln war breit und aufrichtig. »Du musst Audrey sein.« Er sprach perfektes Englisch mit einem leichten Akzent, der Audrey die Knie weich werden ließ. Er erinnerte sie an einen kantigen Filmstar aus einem dieser ausländischen Filme, die man mit Untertiteln sehen musste. Audrey hasste Untertitel. Es gelang ihr meist, gerade einmal das erste Wort zu entziffern, bis die Zeile schon wieder vom Bildschirm verschwand.

»Ja, ich bin Audrey.« Sie reichte ihm die Hand und dachte daran, dass sie vermutlich schmutzig war von all den alten Büchern. Aber wenn er hier arbeitete, musste er daran gewöhnt sein. »Du bist anders, als ich erwartet hatte.« Sie konnte es kaum erwarten, Meena zu schreiben. *Ich habe diesen supersüßen Typen getroffen.*

»Was hast du erwartet?«

Einen langweiligen Bücherwurm.

»Jemand anderes.« *Toll, Audrey. Beeindrucke ihn mit deiner Schlagfertigkeit.* Vermutlich dachte er, sie sei dumm, doch er hielt noch immer ihre Hand und sah sie auf eine Weise an, die ihr das Gefühl gab, wie Eis in der Sonne dahinzuschmelzen. Sie spürte so etwas wie ein elektrisches Kribbeln. Eine Verbindung.

»Ich bin früh dran mit meiner Schicht. Ich wollte dich kennenlernen. Die meisten Menschen, die hierherkommen, sind deutlich älter als wir. Insofern haben wir was gemeinsam.«

»Das stimmt.« Der Gedanke, etwas mit ihm gemeinsam zu haben, hob Audreys Stimmung.

Schließlich ließ er ihre Hand los und nahm den Rucksack ab. Er öffnete ihn und zog einen Laptop heraus. »Hier zu arbeiten ist toll, weil man Zeit zum Lernen hat.«

»Gut zu wissen.« Wenn es etwas gab, was noch schlimmer war, als in einem Buchladen zu arbeiten, dann war es, in einem Buchladen zu arbeiten und dabei zu lernen.

»Ich hoffe, dass ich diesen Essay fertig schreiben kann, solange es heute Nachmittag ruhig ist.«

»Du musst einen Essay schreiben? In den Sommerferien?«

»Ich belege Extrakurse.«

Natürlich tat er das. Jemand, der aussah wie er, musste ja irgendeinen Fehler haben.

Etienne schaltete den Laptop ein. »Wie gefällt dir der Buchladen?«

»Ich liebe ihn«, log Audrey. »Hier zu arbeiten ist mein Traum.«

»Meiner ebenfalls.« Wieder lächelte er sie auf diese Weise an. »Du liest gerne?«

»Tut das nicht jeder?« Der Gedanke, dass sie viel gemeinsam hatten, erstarb. Aber spielte das eine Rolle bei seinem Aussehen? Solange er nicht über Bücher sprechen wollte, sollten sie klarkommen. Und wenn er es tat – nun, manche Mädchen täuschten Orgasmen vor. Sie würde eben ein Interesse an Büchern vortäuschen.

Er tippte sein Passwort ein und öffnete ein Dokument. »Wer sind deine Lieblingsautoren?«

»Ach, weißt du …« Eingeschüchtert von den vielen Zeilen französischen Texts auf seinem Bildschirm, suchte sie nach einer Antwort. »Die üblichen.«

»Die üblichen?«

Audrey fühlte sich so gelähmt wie bei einer Prüfung. Ihr Hirn war blockiert. Ihr fiel kein einziger Autor ein. Warum hatte er sie nicht nach Filmen gefragt? Das war ihre Vorstellung von Entspannung und nicht, sich durch ein Buch zu wühlen.

»Zu viele, um sie aufzuzählen.« Sie stand auf und hoffte, dass ihre engen Jeans ihn ablenkten. War sie deshalb oberflächlich? Vermutlich, aber Audrey hatte kein Problem mit Oberflächlichkeit. Sie wollte eine Beziehung, die Spaß machte. Sie wollte kein Drama und keine Intensität. Ihr Leben war bereits voll davon.

Sie ging quer durch den Laden, um ein Buch wegzustellen. Warum nur, warum musste er ein Büchernarr sein? Offenbar hasste die Welt sie. Als sie das Buch ins Regal stellte, runzelte Etienne die Stirn.

»Es sollte alphabetisch sortiert sein, innerhalb des Botanik-Bereichs.«

Audrey spürte, wie ihr die Hitze in die Wangen stieg. Sie wusste nicht, was Botanik war, und sie konnte das Wort nicht buchstabieren. Sie brachte immer die Bs und die Ds durcheinander.

»Es steht hier gut.« Sie schob es in die Lücke im Regal und fing seinen fragenden Blick auf. »Was?«

»Nichts.« Er strich sich das Haar aus dem Gesicht, doch die Strähnen fielen ihm gleich wieder in die Stirn. »Erzähl mir von dir. Du lebst in London? Mit deinen Eltern?«

»Ja.« Ihr fiel auf, dass sie in ihrem neuen Leben genauso viel log wie in ihrem alten. »Und du?«

»Meine Eltern haben ein Apartment in Paris, das ich im Sommer bewohne. Sie sind in ihrem Haus an der Côte d'Azur.«

Audrey hatte keine Ahnung, wo das war, doch sie nickte wissend. Er hatte offenbar Eltern, die nicht die meiste Zeit betrunken herumtorkelten. »Nett.«

Ein Apartment in Paris konnte von Vorteil sein. Praktisch. Auf jeden Fall besser als ihr Apartment. Sie konnte sich nicht vorstellen, in dem eisernen Bettgestell dort oben Sex zu haben. Und dann war der Raum auch noch brüllend heiß.

»Ist das hier ein Sommerjob für dich oder ein Auslandsjahr?«

»Im Moment nur ein Job für den Sommer, aber vielleicht bleibe ich länger.« Das hing davon ab, was mit ihrer Mum und Ron geschah. Sie hatte sich noch immer nicht daran gewöhnt, nicht alle naselang nach ihr sehen zu müssen. Jede Stunde schaute sie auf ihr Handy, ob sie ihr eine Nachricht geschickt hatte, doch bislang hatte sie keine erreicht. Audrey war nicht sicher, ob das ein gutes oder ein schlechtes Zeichen war.

»Studierst du?«

Ihre meistgehasste Frage.

»Ich studiere noch nicht. Ich will erst noch ein bisschen leben.«

Sie würde das Lernen für immer hinter sich lassen.

Etienne nahm den kleinen Stapel Bücher, den Audrey nicht angefasst hatte, vom Schreibtisch und fing an, sie einzusortieren.

Zumindest würde sie sie jetzt nicht mehr alle an den falschen Platz stellen müssen. »Danke.«

»Kein Problem. Wirst du Französisch lernen, während du hier bist? Die meisten Leute machen das. Sie arbeiten vormittags hier und besuchen nachmittags und abends Sprachkurse. Deshalb bist du in Frankreich, oder? Wegen der Sprache?«

»Ja. Und wegen der Kultur. Ich liebe Kunst.« Das war keine richtige Lüge, oder? In Wirklichkeit wusste sie nichts über Kunst. Vielleicht würde sie sie lieben.

»Warst du im Louvre?«

»Noch nicht.«

»Wenn du möchtest, führe ich dich herum.« Er errötete ein wenig und sagte: »Nur, wenn du möchtest.«

Sie stellte sich vor, wie sie beide kopfsteingepflasterte Straßen entlangschlenderten. Vielleicht würden sie Händchen halten. Am Ende würden sie vielleicht zu ihm gehen. »Sicher. Wenn du Zeit hast.« Sie achtete darauf, nicht zu begeistert zu wirken.

»Möchtest du irgendwas Bestimmtes sehen?«

»Ich war noch nie hier, insofern ist alles toll.«

»Wir sollten uns nur ein paar Dinge vornehmen. Der Louvre ist groß, und man kann es mit dem Sightseeing da leicht übertreiben.« Er strahlte sie an, und sie strahlte zurück.

Er war umwerfend, und dass er im Museum nicht alt werden wollte, war ein weiterer Pluspunkt.

»Ich werde nicht viel Zeit haben. Ich suche nach einem weiteren Job.«

»Als Kellnerin?«

Offensichtlich hatte er noch nie gesehen, wie Audrey versuchte, eine Speisekarte zu lesen. »Ich bin Friseurin.« Technisch betrachtet war sie nicht wirklich Friseurin, aber da

niemand anderes es tat, konnte sie sich einfach selbst beför-
dern.

Er sah verwirrt aus. »Wie willst du Französisch lernen, wenn
du zwei Jobs hast?«

»Abends?«

»Wenn du möchtest, könnte ich dir auch dabei helfen.«

Sie stellte sich vor, wie sie beide auf dem Bett in ihrem Dach-
zimmer lagen. Er würde versuchen, ihre Aussprache zu verbessern, und mit dem Mund näher kommen …

Unglücklicherweise musste sie für ein solches Szenario tatsächlich Französisch lernen, und das würde nie geschehen.

»Mal sehen, wie es läuft, aber danke.« Sie stand auf. »Ich
nehme an, ich kann gehen, wenn du jetzt da bist?«

»Natürlich. Wir sehen uns morgen. Ich freue mich drauf.«
Sein intensiver Blick ließ ihre Knie ein zweites Mal an diesem
Tag schwach werden.

»Ich mich auch.«

Erbärmlich. Sie hätte sich wenigstens etwas Lustiges einfal-
len lassen können. Alles, was für sie sprach, war ihr Sinn für
Humor, und der schien sie verlassen zu haben.

Sie rannte die Stufen zu ihrem Zimmer hinauf und verwendete
fünf Minuten auf ihre Frisur und ihr Make-up. Wann man in einen Friseursalon ging, schaute man als Erstes auf die Haare der
Angestellten, also musste sie einen guten Eindruck hinterlassen.

Sie wusste, dass sie ein Händchen für Frisuren hatte. Für sie
war das eine Art von Kunst, wenn auch nicht die Art, die man
im Louvre ausstellte.

Sie nahm eine Haarbürste und ein paar Produkte, und dann
sprühte, drehte und stylte sie, bis sie zufrieden war mit ihrem
Look. Danach stöberte sie durch ihre Kleidung. Schließlich
wählte sie ein übergroßes T-Shirt, das sie Ron geklaut hatte. Sie
raffte es in der Taille mit einem Gürtel zusammen und betrachtete sich im Spiegel.

Es funktionierte, auch wenn sie ein bisschen so aussah wie
ein römischer Zenturio.

Sie schloss die Tür ab und lief nach unten in den Sonnenschein.

Als sie an dem schicken Salon vorbeiging, hielt sie inne.

Ach, warum eigentlich nicht? Sie konnten sie schlimmstenfalls wegschicken.

Sie stieß die Tür auf und wappnete sich für die Abfuhr.

Die Inhaberin hieß Sylvie und sprach ein akzeptables Englisch. Statt eines Bewerbungsgesprächs bat sie Audrey, ihr die Haare zu waschen.

Ausnahmsweise war Audrey in der Lage, ihre Fähigkeiten unter Beweis zu stellen. Sie kämmte, wusch, massierte und spülte und versuchte nicht an den Salon zu Hause zu denken und daran, was alle wohl gerade taten.

Sylvie engagierte sie vom Fleck weg.

Audrey war verblüfft. Es war zu gut, um wahr zu sein. »Aber … ich kann mich nicht auf Französisch unterhalten.« Sie fühlte sich verpflichtet, darauf hinzuweisen, falls die Frau ihre Defizite auf diesem Gebiet nicht wahrgenommen hatte.

Sylvie zuckte mit den Schultern. »Manchmal bevorzugen unsere Kundinnen die Stille. Eine Haarmassage ist eine gute Zeit, um die Gedanken ruhen zu lassen, oder? Viel wichtiger ist, dass du sanfte Hände hast und aufmerksam bist.«

Audrey konnte es nicht glauben. Sie hatte den Job. Sie hatte den Job! Sie war so dankbar und erleichtert, dass sie Sylvie umarmen und in dem eleganten Salon herumtanzen wollte. Doch sie hielt sich zurück und murmelte nur in beiden Sprachen ihren Dank.

Endlich lief etwas so, wie sie es wollte.

Nachdem sie einige Formulare ausgefüllt und die Details besprochen hatte, verließ sie den Salon und reckte die Faust in die Luft.

Wann würde Sylvie sie bezahlen? Hatte sie genug Geld, um so lange zurechtzukommen?

Sie war in Feierstimmung und ging in die Richtung von Grace' Hotel.

Grace hatte ihr den Weg zu ihrer Suite aufgezeichnet. Also setzte Audrey eine riesige Sonnenbrille auf, warf ihre Tasche über die Schulter und schritt durch die Marmor-Lobby, als wüsste sie, wohin sie ging, und hätte jedes Recht, hier zu sein.

Die Suiten befanden sich im obersten Stock des Hotels, an der Tür stand jeweils der Name.

Sie versuchte gerade, ein Schild zu entziffern, als sich eine Tür auf dem Flur öffnete und Grace herausschaute.

»Da bist du ja! Ich war auf dem Balkon und hab dich herkommen sehen.«

Audrey verbarg ihre Erleichterung und lief den Flur entlang in die Suite.

Als Erstes fiel ihr auf, wie sauber es war. Sie dachte an ihr eigenes Apartment. All die Outfits, die sie anprobiert hatte, lagen noch immer auf ihrem Bett. Sie würde sie wegräumen müssen, bevor sie schlafen ging. Sie wusste, dass sie zwei Paar Schuhe auf dem Boden liegen gelassen und ihr Frühstücksgeschirr nicht abgewaschen hatte.

Ihr Apartment sah eindeutig bewohnt aus. Vermüllt sogar. Dieser Ort wirkte, als ob hier nie jemand wäre.

Grace schloss die Tür. Sie trug ein maßgeschneidertes Kleid und sah aus, als würde sie zu einem Bewerbungsgespräch gehen. »Ich bin froh, dass du hier bist. Ich war mir nicht sicher, ob du kommen würdest.«

Wenn sie Audreys finanzielle Lage kennen würde, hätte sie keine Zweifel gehabt.

Wie viel durfte man essen, ohne unhöflich zu wirken?

Sie fragte sich, ob sie einen Teil des Essens unbemerkt in ihre Tasche packen konnte.

»Dieser Ort ist wie ein Palast.« Audrey sah nach oben zu den bemalten Decken. »Ich weiß nicht, ob ich in dem Bett Sex haben wollte, während mich all diese Babys anstarren.«

»Das sind Cherubim.«

»Was auch immer. Sie sind nervig.«

Grace lächelte. »Bist du hungrig? Wir sollten vermutlich schon bestellen. Wenn sie in der Küche viel zu tun haben, kann es eine Weile dauern, bis sie das Essen bringen.«

»Sicher.« Audrey hätte jetzt gern einen saftigen Burger gegessen, doch sie war ziemlich sicher, dass es an einem Ort wie diesem keinen Burger gab. Vermutlich servierten sie nur schickes Essen in Mini-Portionen, die keinen Menschen satt machten. Und dann wurde dennoch erwartet, dass man sich vor Begeisterung überschlug. »Wie geht es Ihrem Knöchel?«

»Ich habe ihn heute ruhiggestellt, also gar nicht so schlecht. Wenn du nicht gewesen wärst, wäre das Ganze viel übler ausgegangen.« Grace reichte ihr eine Speisekarte. »Sieh hinein, und sag mir, was du essen möchtest.«

Audrey zuckte zurück, als würde ihr jemand eine lebende Kobra anbieten. »Ich kann kein Französisch lesen. Suchen Sie aus.«

»Diese Speisekarte ist auf Englisch, kein Problem also.«

Audrey nahm die Karte und starrte sie an.

Die Worte wurden unscharf und tanzten vor ihren Augen.

Das einzige Mal in ihrem Leben, dass sie alles von der Speisekarte bestellen durfte, und sie konnte nicht einmal die Auswahl lesen. Je höher ihr Stresslevel stieg, desto widerspenstiger wurden die Worte, und in diesem Moment begriff sie, dass ihr Albtraum mit der Schule nicht aufgehört hatte. Sie hatte ihn nicht hinter sich gelassen. Er würde sie den Rest ihres Lebens begleiten. Immer, wenn sie einen Jungen traf, den sie mochte. Immer, wenn jemand ihr eine Speisekarte reichte. Immer, wenn jemand sie fragte, ob sie ein bestimmtes Buch gelesen hatte …

Sie dachte an Etienne. »*Was ist dein Lieblingsbuch?*«

Niemand würde mit jemandem zusammen sein wollen, der so dumm war wie sie.

Audrey blinzelte. Sie würden nicht weinen. Sie weinte niemals in der Öffentlichkeit.

Rate einfach, Audrey.

»Ich nehme das Steak.« Auf der Speisekarte musste Steak stehen. Sie waren in Frankreich. »Und. Pommes. Pommes frites. Wie auch immer man sie hier nennt.«

Grace blickte ihr über die Schulter in die Speisekarte. »Welches Steak? Welche Soße?«

Steak war doch sicherlich Steak.

Audrey gab Grace die Speisekarte zurück. »Egal. Suchen Sie es aus. Danke.«

»Wie wär's mit einer Vorspeise?«

»Ich nehme, was Sie nehmen.«

»Ich nehme Escargots. Schnecken.«

»Schnecken?« Audrey drehte sich der Magen um. »Das ist eklig. Wer isst denn Schnecken?«

»Sie sind eine Delikatesse. Ich weiß, dass es seltsam klingt, aber sie sind wirklich gut. Ich bestelle, und du kannst eine probieren.«

Nur über ihre Leiche. Und wenn sie eine Schnecke aß, würde sie eindeutig als Leiche enden.

»Suppe wäre toll.« Gott sei Dank hatte sie nichts Zufälliges von der Speisekarte genommen. Einen Teller mit Schnecken vor sich zu haben wäre selbst für sie ein Tiefpunkt, und davon hatte sie schon genug gehabt.

»Schau auf die Getränkekarte.« Grace schob sie ihr zu, und Audrey wünschte allmählich, sie wäre niemals hergekommen.

»Ich bin ziemlich durstig. Ich nehme irgendwas mit Kohlensäure.«

»Da kann ich dir etwas von der Minibar anbieten.«

Sie dachte, dass Grace ihr irgendeinen Softdrink geben würde, doch stattdessen mischte sie Saft mit Mineralwasser, gab Eis und ein paar Orangenscheiben hinein und reichte Audrey das Glas.

»Bei dieser Hitze finde ich Mineralwasser sehr erfrischend, und das Hotel stellt immer frisches Obst bereit. Probier mal.«

Audrey stupste die Orangenscheiben an. »Ich esse kein Obst.« Sie bemerkte den Schock in Grace' Gesicht.

»Du magst kein Obst?«

Audrey zuckte mit den Schultern. »Es ist eher so, dass ich einfach nicht dran denke, welches zu essen.«

»Was ist mit Gemüse?«

»Ich esse Tomaten, wenn sie auf der Pizza sind. Und Erbsen. Ich mag Erbsen.«

»Okay ...« Grace war offenbar ein bisschen beruhigt. »Probier mal den Drink. Die Orange macht ihn nur süß, das ist alles.«

Audrey nippte an dem Glas. »Das schmeckt ziemlich gut. Was ist mit Ihnen? Das hier ist Frankreich. Sollten Sie nicht einen schweren Rotwein oder so etwas trinken?«

Grace mischte sich das gleiche Getränk, das sie für Audrey zubereitet hatte. »Ich bin keine große Trinkerin.«

Das gehörte zu den großartigen Sachen im Erwachsenenleben – man musste nicht mehr vorgeben, etwas zu tun, nur um cool zu sein. Immer wenn Audrey auf einer Party war, musste sie so tun, als ob sie trank, ohne wirklich zu trinken. Wenn sie zugab, dass sie keinen Alkohol trank, könnte sie sich auch gleich eine Zielscheibe auf die Stirn malen.

»Schokolade«, sagte Audrey. »Ich bin süchtig nach Schokolade. Was ist mit Ihnen?«

»Ich bin nach gar nichts süchtig.« Grace wandte sich ab, und Audrey beschlich das gleiche unbehagliche Gefühl, das sie auch bei ihrer Mutter hatte.

Sie war nie sicher, was sie gesagt hatte, das ihre Mutter ihr übel nahm, aber irgendwas hatte sie anscheinend gesagt. Die Stimmung ihrer Mutter wechselte ständig. Grace war offenbar genauso.

Sofort alarmiert stellte sie ihr Glas ab. »Darf ich Ihr Badezimmer benutzen?«

»Natürlich. Die Tür auf der linken Seite.«

Links.

Audreys Herz schlug schneller. Links.

Sie riet einfach, ging beherzt zu der nächstgelegenen Tür und stand im Ankleidezimmer.

Mist. Mist, Mist, verdammter Mist.

Sie drehte sich beschämt um und bemerkte Grace' irritierte Miene.

»Audrey –«

»Ja, ja. Ich bin eine Idiotin, ich weiß. Ich höre nicht richtig zu. Ich hatte einen langen Tag, bin müde, kann nicht richtig denken –«

»Es ist diese hier.« Grace stand auf und ging zu einer anderen Tür.

»Danke. Das wusste ich.« Audrey folgte ihr. Das hier war kein Vergnügen, sondern Folter.

Sie schloss die Tür hinter sich ab und starrte in den Spiegel, um sich wieder unter Kontrolle zu bringen.

Sie musste hier raus. Sie würde sagen, dass ihr nicht gut war.

Und sie würde nie wieder mit Fremden essen, selbst wenn sie oberflächlich nett zu sein schienen. Auch ihre Mutter war gelegentlich nett, dabei verhielt sie sich jedoch mehr wie ein Hund. Man wusste nie, wann er zubiss.

Sie atmete tief durch und verließ das Badezimmer. »Ehrlich gesagt, fühle ich mich nicht so gut und glaube, dass ich gehen sollte.«

»Oh!« Grace sah überrascht aus. »Warum? Wir haben nicht mal gegessen.«

»Sehen Sie, ich …« Audrey blickte sich verzweifelt um. Selbst eine kostenlose Mahlzeit war das hier nicht wert. »Das hier passt nicht zu mir, okay?«

Grace lächelte leicht. »Zu mir auch nicht. Was glaubst du, warum ich dich heute Abend eingeladen habe? Ich konnte es nicht ertragen, noch einmal allein in diesem steifen Restaurant zu essen. Bitte bleib, Audrey. Es ist ein wunderbarer Sommerabend. Wir werden Spaß haben. Ich dachte daran, dass wir vom Balkon aus Leute beobachten könnten. Wie möchtest du dein Steak?«

Audrey stand wie erstarrt da, hin- und hergerissen zwischen dem Wunsch, hier herauszukommen, und der Aussicht auf ein kostenloses Steak. Der Hunger gewann. »Gebraten?«

Grace ging zum Telefon. Sie sprach in flüssigem, schnellem Französisch, wodurch sich Audrey noch unzulänglicher fühlte als je zuvor, und kam dann zu ihr auf den Balkon.

Der Blick war unglaublich.

Audrey suchte nach etwas, was sie sagen konnte. »Wie lange werden Sie hier sein?«

»Ich habe einen Monat gebucht, aber ich bin nicht sicher, dass ich es so lange schaffen werde.« Grace setzte sich.

Alles an ihr ist ordentlich, dachte Audrey. Ihr Kleid war gebügelt und perfekt, und sie trug Strumpfhosen. *Wer trägt im Sommer Strumpfhosen?*

»Für die meisten Menschen wäre der Ort ein Traum.«

»Mit dem richtigen Menschen könnte er das wohl sein.« Grace starrte über den blumengeschmückten Balkon zum Eiffelturm.

Man musste kein Genie sein, um zu wissen, dass sie an ihren Mann dachte.

Warum quälten sich alle mit der Liebe herum, wenn sie so kompliziert war?

»Ihr Mann hat Sie also verlassen, und Sie sind auf diesem Urlaub sitzen geblieben. Hätten Sie nicht jemand anderen mitnehmen können?« Audrey nippte an ihrem Wasser. »Haben Sie Kinder?«

»Ich habe eine Tochter in deinem Alter. Sie ist diesen Sommer mit einer Freundin verreist. Ich vermisse sie schrecklich, aber verrate ihr nicht, dass ich das gesagt habe. Ich nehme an, deiner Mutter geht es mit dir genauso.«

Audrey wusste mit Sicherheit, dass ihre Mutter sie kein bisschen vermissen würde. Sie hatte sich nicht bei Audrey gemeldet, außer als sie eine Nachricht von ihr beantwortet hatte.

Zum Glück hatte sie vorher eine E-Mail von Ron bekommen, dass sie sich um ihre Mutter keine Sorgen machen solle.

Sie war nicht sicher, ob es eine gute Neuigkeit war, dass er offenbar bemerkt hatte, dass es etwas Besorgniserregendes in Lindas Leben gab.

»Sie sollten sich vermutlich sofort einen französischen Liebhaber zulegen. Den heißesten Typen, den Sie auftreiben können.«

»Und dann was? Sein Bild in allen sozialen Medien posten?«

Audrey zuckte mit den Schultern. »Ja, machen Sie das. Küssend im Sonnenuntergang an der Seine, wie Sie sich in die Augen sehen, Champagnerperlen im Glas – so in der Art … #dukannstmichmal.«

Grace lächelte zögernd. »Das wäre nicht ich.« Sie lehnte sich in ihrem Stuhl zurück. »Ich beneide dich um die Arbeit im Buchladen. Mimi – meine Großmutter – hat über die Jahre viel davon erzählt. Willst du Englisch studieren, wenn du ans College gehst?«

»Ich gehe nicht ans College. Ich werde mir einen Job suchen.« Warum war es ihr peinlich, das zuzugeben? Was war so toll daran, jede Menge Studienschulden anzuhäufen? Sie sah Grace an und erwartete eine abwertende Bemerkung. »Ich bin ziemlich gut im Frisieren. Ich dachte, ich könnte eine Weiterbildung machen. Um richtig gut zu werden, wissen Sie?« Sie wartete darauf, dass Grace einen missbilligenden Kommentar zu dem Berufsziel Friseurin abgab, doch das tat sie nicht.

»Du hast schöne Haare«, sagte sie. »Insofern sehe ich schon, wie gut du darin bist. Und du bist so eine gute Zuhörerin. Du bist warmherzig und freundlich, nicht so Angst einflößend wie manche Friseurinnen.«

Es klopfte an der Tür, und ihr Essen wurde gebracht.

Audrey widerstand der Versuchung, es den Kellnern aus der Hand zu reißen.

Die servierten die Teller und hoben dann in einer dramatischen Geste die silbernen Hauben, als warteten sie auf Applaus.

Audrey bemühte sich, nicht die Augen zu verdrehen, doch dann begegnete sie Grace' Blick und sah, dass sie lachte. Erleichtert erlaubte sich Audrey ebenfalls ein Lächeln.

Als sie wieder allein waren, schob Grace eine große Schüssel mit Pommes in ihre Richtung. »Ich habe zwei große Schüsseln bestellt. Wenn du ein bisschen wie meine Tochter Sophie bist, isst du sie beide.«

»Ich kann nicht glauben, dass man eine Friseurin Angst einflößend finden kann. Ich meine, dieser Ort hier ist Angst einflößend. Kellner mit ernstem Gesicht, komplizierte Speisekarten, dieses glänzende Gold überall – was ist das?« Audrey deutete auf etwas Rotes in einer kleinen Schüssel. »Das ist kein Schneckenblut, oder?«

»Das ist Ketchup.«

»Kein Witz.« Audrey prüfte es mit dem Messer. »Ich kenne Ketchup bisher immer nur in der Flasche.«

»Ich auch. Ich frage mich, ob sie extra jemanden dafür angestellt haben, um Ketchup in winzige Schüsseln umzufüllen.«

Audrey fand, dass Grace vielleicht etwas spießig aussah, sich aber nicht so verhielt. Sie tunkte einen Pommes in den Ketchup und zwang sich, nicht gleich über das Steak herzufallen. »Wie kann eine Friseurin Angst einflößend sein?«

»Es liegt nicht an der Persönlichkeit, aber die Macht, die sie haben, ist Angst einflößend.«

»Macht?«

»Ja, Macht. Sie haben die Macht, dich furchtbar aussehen zu lassen. Einen Zentimeter zu kurz geschnitten, einen Farbton zu hell …« Grace hatte Fisch bestellt und filetierte ihn säuberlich, indem sie den Rücken aufschnitt und sorgfältig die Mittelgräte freilegte. Sie kam als Ganzes heraus und sah aus wie in einem Cartoon.

Audrey betrachtete sie beeindruckt. »Das möchte ich lernen.«

»Einen Fisch zu filetieren? Das ist nicht schwer.«

Audrey fand viele Dinge schwer, die es für andere Menschen nicht waren. Das Einzige, worüber sie voller Selbstvertrauen sprach, waren Haare. »Wenn eine Farbe zu hell ist, müssen Sie sie nur bitten, einen Toner zu verwenden, das ist alles. Wenn der Schnitt zu kurz geraten ist …« Sie zuckte mit den Schultern. »Das ist hart. Ich nehme an, Sie könnten Extensions bekommen, doch das nervt. Sie sind sich besser sicher, dass Sie es kurz wollen, bevor Sie es tun.« Sie kniff die Augen zusammen und musterte Grace. »Sie würden großartig aussehen mit kurzem Haar. Sie haben gute Wangenknochen. Es würde Ihre Gesichtsform betonen und ihre Augen hervortreten lassen. Auf eine gute Art«, sagte sie, während sie ein Stück von ihrem Steak abschnitt. »Nicht auf diese glotzige Insektenart.«

»Das erleichtert mich. Glotzige Insektenaugen sind nicht der beste Look.« Grace nahm einen kleinen Bissen Fisch. »Ich hatte immer zu viel Angst, es abzuschneiden.«

Audrey kaute. Sie hatte noch nie etwas so Gutes gegessen wie das Steak. »Sie haben es nie kurz getragen?«

»Dazu bin ich zu feige.«

»Ich könnte Ihnen zeigen, wie es aussehen würde. Ich brauche nur ein paar Haarklammern und Haarspray.« Audrey schnitt ein weiteres Stück Steak ab. »Das ist köstlich. Und der Ketchup ist der gleiche wie zu Hause. Ich wette, er kommt tatsächlich aus der Flasche. Ist das Ihre erste Reise nach Paris?«

»Meine zweite. Als ich das letzte Mal hier war, war ich in deinem Alter.«

»Echt?« Audrey stellte fest, dass sie eine ganze Schüssel mit Pommes verdrückt hatte. Grace hatte nicht eine einzige gegessen. »Wo haben Sie gewohnt?«

»Bei einer Familie. Sie hatten eine Tochter in meinem Alter und einen Sohn, der ein paar Jahre älter war. Er war ein talentierter Pianist.«

»Also dieser Sohn …« Audrey schaufelte Essen in ihren Mund. »Wo ist er jetzt?«

»Ich weiß es nicht. Ich habe seit Jahren nicht mehr an ihn gedacht.«

Audrey bemerkte, wie Grace Röte in die Wangen stieg, und grinste. »Aber Sie denken jetzt an ihn. Hatten Sie beide etwas miteinander?«

»Nein, wir hatten nichts miteinander.«

Sie hatten definitiv etwas miteinander gehabt.

»Aber sie mochten ihn. Und er mochte Sie.«

»Es war kompliziert.« Grace schob ihr die zweite Schüssel Pommes zu. »Iss die bitte auch, sonst komme ich in Versuchung.«

Audrey brauchte keine Ermunterung. Sie aß nur zu gern alles, was man vor sie hinstellte.

»Die sind lecker.«

»Hattest du heute viel zu tun? Wie war es im Buchladen?«

Ein Albtraum.

Sie hätte fast die Wahrheit gesagt, doch sie vertraute Grace nicht. Sie vertraute niemandem.

»Es war großartig, danke.«

»Gut.« Grace stand auf. »Ich werde den Service bitten abzuräumen, dann können wir ein Dessert bestellen.«

Die Sonne ging allmählich unter und malte rote Streifen auf den dunkler werdenden Himmel über Paris.

Audrey fragte sich, was Etienne wohl tat. Vermutlich hatte er wilden Sex mit irgendeinem büchervernarrten Mädchen.

Statt hinterher eine Zigarette zu rauchen, würden sie vermutlich ein Buch aufschlagen und gemeinsam lesen.

Ein Team uniformierter Kellner erschien in der Suite und räumte den Tisch ab.

Ein Mann reichte Audrey eine weitere Speisekarte.

»Was ist das?«

»Für das Dessert, Mademoiselle.« Er wartete auf ihre Bestellung, und Audrey spürte, wie ihre Handflächen feucht wurden.

Sie wollte gerade sagen, dass sie kein Dessert wollte, als Grace sich an den Kellner wandte.

»Wir rufen an, wenn wir uns entschieden haben.« Ihr Ton war kühl. »Danke.« Sie begleitete den Mann bis zur Tür und schloss sie hinter ihm.

Audrey starrte auf die Speisekarte und fühlte sich, als ob ein riesiger Scheinwerfer auf sie gerichtet war.

Sie spürte Grace' Hand auf ihrer Schulter.

»Ist es Legasthenie?«

»Was? Wovon sprechen Sie?« Audrey spürte, wie sie rot wurde, und sackte auf ihrem Stuhl etwas in sich zusammen. »Woher wissen Sie das?«

»Eine meiner Schülerinnen mit Legasthenie hat Schwierigkeiten damit, links und rechts auseinanderzuhalten. Du erinnerst mich ein bisschen an sie, auch wenn zwei Betroffene natürlich niemals genau die gleichen Symptome haben. Ich habe mit vielen Kindern und jungen Erwachsenen gearbeitet, die Legasthenie haben. Es ist sehr verbreitet.«

Audrey, die sich bloßgestellt und verletzlich fühlte, legte die Speisekarte beiseite. »Es macht mir nicht viel aus.«

Ja, klar.

Grace nahm die Speisekarte. »Sag mir, welches dein Lieblingsdessert ist, und ich bestelle es.«

Audrey spürte, wie der Druck in ihrem Magen etwas nachließ. »Irgendwas mit Schokolade.«

»Und ich liebe Île Flottante. Wörtlich übersetzt bedeutet das ›fließende Insel‹. Das sind Meringues mit Crème anglaise. Es schmeckt viel besser, als es klingt.«

»Es klingt eklig.«

»Ich bin sicher, dass es köstlich sein wird. Ich bestelle das und eine Tarte au chocolat.«

Audrey zuckte mit den Schultern. Auf keinen Fall aß sie eine Schnecke, doch sie würde vermutlich eine »fließende Insel« runterbringen, vor allem wenn ihr Schokolade folgte.

Am Ende erwiesen sich beide Desserts als schmackhaft, und sie aß beide auf.

Grace probierte ein winziges bisschen von beiden. »Willst du einen Französischkurs besuchen?«

»Nein.« Audrey löffelte ihren Teller leer. Ob sie ihn ablecken konnte? Nein. Das würde vermutlich zu weit gehen. »Ich schlage alles nach, was ich brauche.«

»Ich kann dir helfen, wenn du das möchtest. Ich kann dir die Grundlagen beibringen. Ich könnte dir auch beim Lesen helfen. Und sag doch bitte Du zu mir.«

Audrey legte den Löffel beiseite. Wer war diese Frau? Erst schenkte sie ihr eine kostenlose Mahlzeit und dann dies. Warum bot sie an, einer Fremden zu helfen? »Was springt für dich dabei raus?«

Grace wurde rot. »Ich helfe gern.«

Es musste einen Haken an der Sache geben. Selbst ihre Lehrerinnen hatten ihr nicht helfen wollen, und die waren dafür bezahlt worden.

Menschen machten das nicht, oder? Sie halfen nicht ohne Grund.

Audrey kam das merkwürdig vor, und plötzlich wollte sie nur noch hier raus. »Nein danke. Ich komme klar.« Sie stand auf. »Ich schätze, ich muss nicht abwaschen, deswegen gehe ich jetzt, und vielleicht sehen wir uns ja.«

»Audrey …«

»Das Essen war toll, vielen Dank. Und ich bin froh, dass es deinem Knöchel besser geht.« Audrey schoss zur Tür, bevor Grace sie abfangen konnte.

Französischkurs? Lieber würde sie eine Schnecke essen.

Und warum sollte Grace jemandem Hilfe anbieten, den sie nicht einmal kannte? Audrey hatte keine Ahnung, aber es musste einen Grund geben, und sie hatte nicht vor, lange genug zu bleiben, um diesen herauszufinden.

GRACE

»Einen Tisch für eine Person, bitte.« Grace stand am Eingang zum Hotelrestaurant und versuchte so auszusehen, als ob ein Einzeltisch ihre freiwillige Entscheidung wäre. Sie war seit vier Tagen hier, und noch immer fühlte es sich fremd an. Vielleicht sollte sie sich stattdessen ein Café zum Frühstücken suchen.

Wann hatte sie vor diesem Urlaub zum letzten Mal allein gegessen?

Die Antwort lautete: nie. Es war immer jemand bei ihr. David. Sophie. Mimi. Monica. In ihrem Leben gab es einen kleinen Kreis von Menschen, die sie liebte und denen sie vertraute. Und das war kein Zufall. Sie hatte sich für ein sicheres Leben entschieden. Alles in ihrem Leben war geplant und geordnet, von ihrem Lehrerjob bis hin zur Freizeit. Sie plante das Essensgeld für die Woche und legte sich am Abend die Kleidung für den nächsten Tag zurecht. Sie bot dem Chaos nicht die geringste Chance.

Und nun lag ein ganzer Monat voller leerer Tage vor ihr, und sie hatte keine Ahnung, was sie mit der Zeit anfangen sollte. Es war, als würde man jeden Tag auf einer abgetrennten Bahn im heimischen Schwimmbad schwimmen und sich plötzlich allein im offenen Wasser wiederfinden.

Glücklicherweise hatte sie einen Rettungsring. In ihrer Tasche steckte ein Reiseführer von Paris, mit dessen Hilfe sie planen konnte, wie sie ihre Zeit verbringen wollte.

Als der Kellner sie zu dem kleinen Tisch am Fenster führte, lächelte Grace den Menschen an den Tischen nebenan zu. Sie erwiderten das Lächeln nicht.

Sah sie verzweifelt aus?

Vermutlich. Sie hätte Audrey zu einer weiteren Mahlzeit einladen können, doch sie hatte sie offensichtlich abgeschreckt mit dem Angebot, ihr Französisch beizubringen und ihr beim Lesen zu helfen. Sie war wütend auf sich selbst. Warum musste sie sich ständig einmischen und überall helfen.

Das war eine ärgerliche Angewohnheit, und offenbar fand Audrey das ebenfalls.

Noch ein Mensch, den sie vertrieben hatte.

Die Liste wurde länger.

Unglücklich nahm sie die Speisekarte entgegen, die ihr der Kellner reichte.

»Danke.«

»Wird Monsieur Porter Ihnen heute Gesellschaft leisten?«

»Heute nicht.« Und auch die weiteren Tage nicht. Monsieur Porter frühstückte mit einer anderen Frau, vermutlich nackt.

Sie bestellte Kaffee, legte die Speisekarte beiseite und holte ohne große Begeisterung den Reiseführer aus ihrer Handtasche. Was sollte sie heute tun? Normalerweise würden sie und David an diesem Punkt miteinander feilschen. Sie liebte Kunstgalerien, und er liebte Essen, weshalb sie auf Reisen immer Kompromisse schlossen.

Heute musste sie keinen Kompromiss eingehen. Sie konnte tun, was sie wollte.

Aber was war das? Es hatte noch nie eine Zeit gegeben, in der sie nicht die Bedürfnisse von jemand anderem hatte berücksichtigen müssen. Sie war nicht sicher, ob sie überhaupt wusste, was sie wollte.

Vielleicht würde sie mit dem Louvre anfangen. Sie hatte den Concierge gebeten, ihr in einem Restaurant in der Nähe einen Tisch zum Mittag zu reservieren. Und vielleicht konnten sie ihr Tickets für ein Konzert buchen.

Mit der Hilfe des Reiseführers arbeitete sie einen Plan für die nächsten paar Tage aus und kritzelte ihn in ihr Notizbuch. Sie hatte bereits vier Tage ausgefüllt, als sie bemerkte, dass sie es wieder tat. Alles zu organisieren.

Als sie das letzte Mal in Paris gewesen war, hatte sie keinen Plan gehabt.

Philippe und sie hatten sich treiben lassen, voneinander ebenso fasziniert wie von Paris.

Damals hatte sie überrascht festgestellt, dass sie spontan sein konnte. Philippe hatte diese Seite an ihr zum Vorschein gebracht hatte.

Sie legte den Stift nieder, riss die Seite aus dem Notizbuch heraus und knüllte sie zusammen.

Heute würde es keinen Plan geben. Und morgen auch nicht.

Es war an der Zeit, diese spontane Seite von ihr wiederzuentdecken.

Ihr Herz schlug ein bisschen schneller. Sie würde zu Mittag essen, wann und wo es ihr passte. Sie würde so lange im Louvre bleiben, wie sie wollte. Oder vielleicht gar nicht hingehen.

Der Kellner kam mit ihrem Kaffee zurück, und Grace bestellte etwas von der Karte.

»Rührei bitte.«

Er neigte den Kopf. Offensichtlich fragte er sich, was für eine Hochzeitstagfeier das war, bei der die Ehefrau nicht wusste, wann ihr Mann auftauchen würde.

Sie schlug den Reiseführer zu und drehte sich auf ihrem Stuhl, um aus dem Fenster zu schauen.

Die Sonne strahlte vom Himmel und tauchte die Straßen in Sonnenlicht, als wollte sie Paris von seiner besten Seite zeigen. Grace sah, wie die Menschen die weiten Boulevards entlangschlenderten.

Was machte David jetzt wohl? Ob er je an sie dachte? Fühlte er manchmal Bedauern?

Ein Tumult am anderen Ende des Restaurants und der Klang einer hohen schrillen Stimme rissen sie aus ihren Gedanken.

»Was meinen Sie damit, Sie haben eine Kleidervorschrift? Herrje, es ist Frühstückszeit. Was soll ich denn tragen? Verdammte Seidenpyjamas?«

Die Stimme kam ihr bekannt vor. Grace spähte in die Richtung und sah Audrey vor einem Kellner stehen, den sie wütend anfunkelte.

Die Hände hatte sie in die Hüften gestemmt. »Ich bin hier, um eine Freundin zu besuchen, okay?«

Grace' Herz machte einen Sprung. Da sie in den vergangenen Tagen nichts von Audrey gehört hatte, war sie davon ausgegangen, dass sie sie vertrieben hatte, doch vielleicht stimmte das gar nicht.

Sie stand auf und lief quer durchs Restaurant. »Audrey!« Sie schenkte dem Kellner ein Lächeln und wechselte zum Französischen. »Sie gehört zu mir.«

Der Mann erwiderte ihr Lächeln nicht. »Wir haben einen Dresscode im Restaurant, Madame. Das verstehen Sie sicher.«

»Das verstehe ich.« Sie hatte ihre eigenen Vorschriften und Regeln und wich nur selten davon ab. Sie erkannte allmählich, wie lästig das für David gewesen sein musste. »Ich bin sicher, dass Sie dieses eine Mal darüber hinwegsehen können.«

Der Kellner musterte Audreys zerrissene Jeans. »Ich glaube nicht …«

»Wenn Sie bitte ein weiteres Gedeck an meinem Tisch auflegen und eine Speisekarte bringen könnten, wäre ich dankbar.« Ohne ihm eine Gelegenheit zum Protest zu geben, führte sie Audrey an ihren Tisch.

Audrey ließ sich in den Stuhl ihr gegenüber plumpsen. »Okay, das war ziemlich cool. Ich habe natürlich keine Ahnung, was du gesagt hast, aber du hast ihn mit deinem Blick förmlich zusammenschrumpfen lassen. Ich bin nicht aufgebrezelt genug für diesen Ort. Sie akzeptieren mich nicht.«

Grace hörte das Beben in ihrer Stimme.

»Es ist ein Hotel. Wir brauchen ihre Anerkennung nicht. Ich bezahle ein Vermögen für das Privileg, hier zu sein, also können sie mich zumindest meine Tischpartner selbst aussuchen lassen.«

Audrey kaute an ihrem Fingernagel. »Du fragst dich vermutlich, warum ich hier bin.«

Grace sah einem Teenager an, wenn er in Not war, doch das erklärte nicht, warum Audrey zu ihr ins Hotel gekommen war. Warum rief sie nicht ihre Mutter an?

Vielleicht war es ihr peinlich zuzugeben, dass ihr Traum von Paris nicht so gut lief.

Sie musterte Audreys Gesicht und bemerkte die fleckige Blässe, die auf einen Weinanfall hindeutete. Sie erinnerte Grace an eine Blume, die in einem Sturm all ihre Blütenblätter verloren hatte. »Ist etwas passiert?«

Audrey hörte mit dem einen Nagel auf und nahm sich den nächsten vor. »Sie hat mich gefeuert.«

»Wer?«

»Elodie. Ihr gehört der Buchladen.« Audrey schniefte und wischte sich mit dem Handrücken über die Nase. »Heute Morgen kam eine Frau herein und fragte mich etwas auf Französisch. Sie wollte nicht langsamer sprechen, und ich hatte keine Ahnung, was sie sagte. Dann kam Elodie herein, als sich diese Frau über mich beschwerte. Natürlich habe ich die Worte nicht verstanden, aber ihr Ton ließ keinen Zweifel. Ich kenne mich mit wütenden Stimmen aus. Nachdem sie gegangen war, sagte Elodie, dass ich nicht bleiben könne. Sie will jemanden, der Französisch spricht oder zumindest jemanden, der es lernen will. Und ich habe jetzt einen Job im Friseursalon, aber der bringt nicht genug ein, um Miete und Essen zu bezahlen. Also bin ich total aufgeschmissen.« Ein Schluchzen lag in ihrer Stimme, und Grace suchte in ihrer Tasche nach einem Taschentuch.

»Hier …« Sie reichte es ihr.

Sie wollte die Sache so gerne in Ordnung bringen, doch als sie Audrey das letzte Mal Hilfe angeboten hatte, war die geflohen. Dieses Mal würde sie ihre Hilfe nicht aufdrängen.

»Warum isst du nicht etwas?« Sie winkte dem Kellner, der sich zögernd näherte und seinem Chef einen Blick zuwarf.

»Madame?«

Grace ignorierte die Speisekarte und auch seinen missbilligenden Blick und überlegte, was Sophie womöglich immer gern aß, wenn sie sich schlecht fühlte. »Wir hätten gern eine große Kanne heiße Schokolade. Dazu englische Muffins, Rührei und knusprigen Speck.« Sie hielt inne und sah Audrey an. »Du möchtest vermutlich für dich selbst bestellen.«

Audrey schüttelte den Kopf. »Mir gefällt, was du bestellt hast.«

»Wann hast du das letzte Mal Obst gegessen?«

Audrey lehnte sich auf ihrem Stuhl zurück und hob eine Schulter. »Als du mir neulich Abend das Getränk zubereitet hast.«

»Wir nehmen auch noch einen Teller frisches Obst.« Es fühlte sich so gut an, für jemanden sorgen zu können. Gebraucht zu werden. Auch wenn es nur eine kleine Sache war.

Der Kellner zog sich zurück, und Grace wandte ihre Aufmerksamkeit wieder Audrey zu.

Es brachte sie fast um, doch sie wartete.

Audrey fuhr sich mit der Handfläche über die Wange. »Deswegen habe ich mich gefragt … ich meine, du sprichst Französisch, deswegen dachte ich … Na ja, vielleicht könntest du mir ein paar Sätze beibringen. Sprich sie einfach auf mein Handy, und ich lerne sie dann auswendig. Wenn du Zeit hast. Und die hast du vermutlich nicht, das ist in Ordnung. Ich hätte gar nicht erst kommen sollen.« Sie erhob sich halb, und in Grace stieg Mitgefühl auf.

»Ich würde mich freuen, dir ein paar Sätze beizubringen. So viel oder so wenig, wie du möchtest.«

Audrey setzte sich langsam wieder. »Danke. Dann kann ich mich nach einem neuen Job umsehen.«

»Wenn du Elodie sagst, dass du etwas Französisch lernst, lässt sie dich vielleicht bleiben.«

»Das wird sie nicht.«

Grace lehnte sich zurück, als der Kellner mit der heißen Schokolade kam. Sie wartete, während er eine Tasse für Audrey einschenkte.

Audrey hob die Tasse an die Lippen und nippte. Ihre Hand zitterte ein bisschen. »Das schmeckt gut.«

»Das ist Sophies Lieblingsrezept, wenn sie einen schlechten Tag hat und ein bisschen Trost braucht.«

Audrey musterte sie über den Rand ihrer Tasse hinweg. »Ich war neulich Abend unhöflich. Das liegt daran, dass ich nicht weiß, warum du das hier tust.«

Das war leicht zu erklären, aber wollte sie das?

Seine Schwächen zu offenbaren war nicht einfach, erst recht nicht gegenüber einer fremden Person. Aber wenn sie wollte, dass Audrey ihr vertraute, musste sie dann nicht auch Audrey vertrauen?

»Meine Tochter ist achtzehn und zieht aus, mein Mann will meine Gesellschaft nicht mehr ... ich fühle mich ein bisschen nutzlos.« Es fiel ihr leichter, das auszusprechen, als befürchtet. »Ziemlich nutzlos, wenn ich ehrlich bin. Wenn du mich besser kennst, wirst du feststellen, dass ich dazu neige, alles und jeden zu organisieren. Ich kann dir keinen Vorwurf machen, dass du ein bisschen ausgeflippt bist. Manchmal bin ich wie ein Labrador. Ich meine es gut, aber ich verhalte mich ein bisschen tollpatschig.«

Audrey lächelte zögernd. »Ich habe zu Hause einen Labrador. Er heißt Hardy und ist ganz genauso. Beim Schwanzwedeln stößt er überall dagegen.«

»Hast du ein Bild von ihm?«

»Irgendwo ja.« Audrey nahm ihr Handy und suchte in den Fotos, bis sie das Bild ihres Hundes fand. Sie zeigte es Grace.

»Er ist hinreißend. Kein Wunder, dass du ihn liebst.«

»Ich vermisse ihn sehr.«

Der Kellner brachte ihr Essen. Teller mit weichem, luftigem Rührei und knusprigem Speck. Golden getoastete englische Muffins. Grace schob die Teller in Audreys Richtung.

»Bedien dich.«

Audrey spießte einen Streifen Speck auf und sah den Reiseführer neben Grace' Teller. »Du wolltest den Tag damit verbringen, Paris zu erkunden. Da passt es nicht, wenn ich hier herumlungere.«

Grace hörte den Bruch in ihrer Stimme und spürte, dass sie auf die Probe gestellt wurde. »Einer der Vorteile vom Alleinsein besteht darin, dass ich flexibel bin in dem, was ich tue. Ich werde noch viel Zeit haben, Paris zu erkunden.«

»Nur um dich zu warnen: Mich zu unterrichten wird weder Spaß machen noch bereichernd sein. Ich bin nutzlos. Wenn man den Lehrern an meiner Schule glaubt, ist mein Leben praktisch vorbei.«

Grace dachte an Sophie. Sie kannte sich gut genug mit Teenagern aus, um zu wissen, dass das Zusammenleben mit ihnen wie eine Fahrt auf der Achterbahn sein konnte. In der einen Minute waren sie oben und in der nächsten unten. Man konnte sich nur gut anschnallen und die Fahrt mitmachen. »Du hattest einen schlechten Start in den Tag. Es ist völlig normal, sich schlecht zu fühlen, wenn die Dinge nicht laufen.«

Audrey griff nach einem Muffin, und Grace bemerkte, dass ihre Fingernägel völlig abgebissen waren.

Mit achtzehn hatte sie ebenfalls keine Fingernägel gehabt. Sie hatte ihrer Mutter helfen wollen, es aber nicht gekonnt.

»Möchtest du, dass ich mit dir zum Buchladen gehe? Vielleicht kann ich übersetzen, damit du mit Elodie sprechen kannst.«

Audrey schenkte ihr ein Lächeln, aus dem sämtliches Misstrauen gewichen war. »Wer bist du, meine gute Fee?«

»Einigen wir uns auf Freundin. Ich möchte helfen, das ist alles.«

»Okay.« Audrey machte sich über das Rührei und den Schinken her und nahm dann einen weiteren Muffin. »Was, wenn du mich unterrichtest und ich etwas nicht kapiere?«

Grace erkannte die Unsicherheit hinter Audreys Flapsigkeit. Sie war ihr viele Male begegnet. Bei Schülern und Schülerinnen, die Schwierigkeiten hatten, aber Angst hatten, es zuzugeben. Als Teenager, der dazugehören wollte und versuchte, seinen Platz in der Welt zu finden, war das besonders schwierig. »Dann versuchen wir es auf eine andere Weise. Es gibt nicht nur eine Art, etwas beizubringen. Wir können uns auf die Dinge konzentrieren, die du nützlich findest.«

»Okay, aber ich kann dir jetzt schon sagen, dass die Idee mit dem Buchladen Zeitverschwendung ist. Elodie ist ein Drache.«

»Warum sprechen wir nicht trotzdem mit ihr? Ich möchte sie zur Geschichte des Ladens befragen, um zu erfahren, ob sich irgendjemand an meine Großmutter erinnert.« Grace schenkte Audrey heiße Schokolade nach.

Audrey fuchtelte mit ihrer Gabel herum. »Sie ist noch wegen etwas anderem wütend.«

»Weshalb?«

Audreys Wangen färbten sich rot. »Sie glaubt, dass ich Geld gestohlen habe.«

Grace erinnerte sich an das Geld, das Audrey in ihr Portemonnaie gesteckt hatte. »Hast du?«

»Nein.« Audrey fing ihren Blick auf. »Ja, irgendwie schon, aber nicht wirklich. Ich habe es geliehen, das ist alles. Ich habe jetzt einen neuen Job, bei dem ich aber erst ein paar Nachmittage gearbeitet habe. Sie bezahlen mich in ein paar Wochen, deswegen war ich knapp bei Kasse.« Sie stocherte in den Überresten des Rühreis herum. »Ich habe versucht, es zu erklären. Ich hatte Geld gespart, aber dann … na ja, dann ist etwas passiert, und jetzt habe ich keine Ersparnisse mehr als Reserve. Aber bald werde ich die wieder haben. Ich bin gut im Haarewaschen, also wird das Trinkgeld großzügig ausfallen. Ich habe versucht, Elodie zu sagen, dass ich es ihr zurückzahle, doch sie wollte nichts davon hören.«

Grace wollte fragen, was mit dem ersparten Geld passiert war, doch Audrey war so bleich, dass sie sich dagegen entschied. Sie stand auf. »Bist du fertig mit dem Frühstück? Dann lass uns nach oben gehen, damit du dich ein bisschen frisch machen kannst, und wir gehen zusammen hin.«

Audrey rührte sich nicht. »Was, wenn sie mich verhaften lässt?«

»Das wird sie nicht.«

»Hoffentlich hast du recht. Sonst kannst du mich im Gefängnis besuchen.«

Sie gingen hinauf zur Suite, und Grace öffnete die Tür. Irgendetwas an diesem Hotelzimmer deprimierte sie. Vielleicht lag es daran, dass David nicht da war.

Doch als sie jetzt das Zimmer betrat, fing sie an zu lachen. »Ich glaube es nicht.«

Audrey lugte ihr über die Schulter. »Was?«

»Ich habe versucht, nicht so organisiert und ordentlich zu sein. Ich habe ein paar Sachen rumliegen lassen, auch wenn es mich fast umgebracht hat, das zu tun. Und sie haben es aufgeräumt. Wieder. Sie machen das jeden Tag. Immer wenn ich etwas liegen lasse, räumen sie es weg. Ich habe Schuhe auf dem Boden und eine Bluse auf dem Bett liegen gelassen.«

Audrey sah sie verwirrt an. »Du möchtest unordentlich sein?«

»Nicht unbedingt unordentlich. Aber ein bisschen weniger fixiert, alles an mir zu kontrollieren.«

»Ich verstehe dich nicht.«

»Da bist du nicht allein«, sagte Grace traurig. Sie machte eine Handbewegung in Richtung Badezimmer. »Fühl dich wie zu Hause. Geh unter die Dusche, wenn du möchtest. Dort sind jede Menge Handtücher.«

»Soll ich sie zusammengeknüllt auf dem Boden liegen lassen, wenn ich fertig bin?« Audrey stupste sie in die Seite. »Sieh mal. Vielleicht verstehe ich dich doch.«

Grace lachte. »Vielleicht tust du das. Also los, und mach mit den Handtüchern, was du willst.«

»Das werde ich. Und wenn du Unterstützung bei der Unordentlichkeit brauchst, kann ich vermutlich helfen. Wenn du dir mein Zimmer ansiehst, verstehst du, was Unordentlichkeit wirklich bedeutet.«

Während Audrey im Badezimmer verschwand, suchte Grace die Sachen für den Tag zusammen.

Sie steckte das Handy in ihre Tasche, dazu Bargeld und andere Dinge, die sie vielleicht brauchen würde. Ihr Reisepass war sicher im Hotelsafe eingeschlossen.

Sie hörte das Plätschern der Dusche, also schrieb sie Sophie eine Nachricht und warf einen Blick in ihr E-Mail-Postfach.

Mimi hatte ihr eine Mail geschickt, mit zwei Bildern vom Garten als Anhang.

Ein Anflug von Heimweg ergriff Grace, bis sie sich daran erinnerte, dass es das Zuhause, das sie liebte, so nicht mehr gab.

Audrey kam aus dem Badezimmer, mit feuchtem Haar und ohne Make-up im Gesicht. »Ich bin in der Dusche fast ertrunken. Da sind ja siebenunddreißig verschiedene Wasserdüsen, die alle auf einmal losgehen.«

»Du siehst toll aus«, sagte Grace. »Lass uns gehen.«

Sie verließen gemeinsam das Hotel und spazierten im Sonnenschein über die Seine-Brücke.

Als sie den Buchladen erreichten, blieb Audrey hinter ihr. Grace hatte den Eindruck, dass sie sich bereit hielt zum Weglaufen.

Eine Frau, die vermutlich Elodie war, saß hinter dem Tresen und sprach mit einem jungen Mann.

»Auf keinen Fall«, murmelte Audrey. »Wir machen das nicht. Das ist Etienne. Ich will nicht, dass er meine Demütigung mitbekommt.«

»Wir machen das.« Grace nahm ihre Hand und zog sie zur Tür.

Elodie blickte auf, als die Klingel ertönte. Ihr Begrüßungslächeln erlosch, sobald sie Audrey hinter Grace bemerkte.

»Ich bin Grace.« Sie streckte die Hand aus und wechselte zu Französisch. Sie erklärte, dass sie Audrey Französisch-Unterricht geben würde, und fragte, ob Elodie vielleicht eine zweite Chance in Erwägung ziehen würde.

Während sie sprach, bemerkte sie, dass Etienne Audrey zulächelte. Offenbar lächelte Audrey zurück, denn er wurde plötzlich verlegen und ließ die Bücher fallen, die er in der Hand hielt, was ihm einen ungeduldigen Blick von Elodie eintrug.

Elodie hatte den Austausch zwischen ihnen entweder nicht bemerkt, oder er interessierte sie nicht. »Sie hat mich bestohlen.«

Grace erklärte die Sache mit dem fehlenden Bargeld. »Sie hätte es mit Ihnen besprechen sollen, und Sie hätten Ihr sicher ein bisschen Geld vorgestreckt, doch das wollte sie nicht. Vielleicht hatte es auch mit der Sprachbarriere zu tun. Auf jeden Fall garantiere ich, dass sie es nicht wieder tun wird.« War sie verrückt, eine solche Garantie abzugeben? Es war ja nicht so, dass sie das Mädchen gut kannte. Aber sie wusste, dass sie ohne Audrey vermutlich ohne Papiere und Geld dastehen würde. Und sie mochte das Mädchen. Trotz der Sache mit David weigerte sie sich zu glauben, dass ihre Menschenkenntnis sie völlig verlassen hatte. »Ich übernehme die Verantwortung.«

»Ich bin nicht sicher.«

Zu ihrer Überraschung schaltete sich Etienne ein. In einem schnellen Französisch sagte er: »Kannst du dich an deine Zeit als Studentin erinnern? Es ist schwer, wenn man kein Geld hat und bei der Arbeit erst nach einer gewissen Zeit Geld bekommt. Sie hat einen Job im Haarsalon. Ich habe sie gestern dort gesehen.«

»Wenn sie Geldprobleme hat, hätte sie nach einem Vorschuss fragen sollen.«

Etienne runzelte die Stirn. »Das ist gar nicht so einfach. Zum einen ist da der Stolz.«

»Dann ist Stehlen also besser?«

»Sie hat es geliehen«, sagte Etienne nachdrücklich, und Grace war erleichtert, Unterstützung von ihm zu bekommen.

»Ein bisschen Übersetzung wäre ganz schön«, murmelte Audrey, doch Grace spürte, dass Elodie schwankte, und appellierte ein letztes Mal an sie.

»Sie ist achtzehn. Haben Sie nie etwas getan, was sie bereut haben, als Sie achtzehn waren?«

Elodie begegnete ihrem Blick, und in ihren Augen flackerte etwas auf. Sie lächelte widerstrebend. »Vielleicht. Aber auch wenn ich über die Sache mit dem Geld hinwegsehe, ändert das nichts an der Tatsache, dass sie mit den Kunden nicht kommunizieren kann. Selbst wenn sie einen Französischkurs belegt, kann ich sie nicht im Laden allein lassen.«

Grace überlegte rasch. »Wenn ich bei ihr bin, wäre sie nicht allein.«

»Ich kann es mir nicht leisten, zwei Leute zu bezahlen.«

»Ich wäre eine Praktikantin.« Sie musste verrückt geworden sein. Wer entschied sich schon, im Urlaub zu arbeiten? Andererseits war dies der merkwürdigste Urlaub, den sie je gehabt hatte, und vielleicht war es gut, etwas zu tun, was sie normalerweise nie tun würde. »Ich kann Audrey helfen, wenn Kunden kommen, und wenn keine Kunden da sind, bringe ich ihr Französisch bei.«

Elodie sah sie neugierig an. »Woher kennen Sie sich?«

Grace erzählte Elodie von dem Vorfall. Die war offenbar überrascht von der Geschichte. Etienne ebenfalls.

Er lächelte Audrey zu. »Das hast du gemacht? *Incroyable*.«

Elodie schien etwas weniger fasziniert. Sie musterte Audrey lange abwägend. »Wir versuchen es noch einmal.«

Grace war erleichtert und wandte sich Audrey zu, um endlich zu übersetzen. »Es ist alles in Ordnung. Wir werden ab jetzt vormittags beide hier sein, und ich bringe dir Französisch bei.«

Audrey wirkte unbehaglich. »Du darfst deine Vormittage nicht hier verbringen. Du bist im Urlaub. Du willst Paris erkunden.«

Das hatte sie mit David so geplant, doch Grace wollte nicht die Dinge unternehmen, die sie mit ihm unternommen hätte.

»Ich habe schon immer davon geträumt, in einem Buchladen zu arbeiten.«

Audrey murmelte etwas davon, dass manche Menschen merkwürdige Träume hätten. »Aber danke. Das meine ich wirklich. Danke.« Sie sah Elodie an. »Tut mir leid wegen des Geldes.«

Elodie presste die Lippen zusammen. »Wir vergessen das und fangen neu an, okay?«

Damit hätte sie auch Grace' Leben beschreiben können. Auch sie fing neu an.

»Ich starte direkt jetzt.« Grace legte ihre Tasche hinter den Tresen. »Ich werde mir den Laden erst einmal ansehen, damit ich ein Gefühl dafür bekomme, in welchen Regalen welche Bücher stehen.«

Es war ein gutes Gefühl, eine Aufgabe zu haben, und der Buchladen war zweifellos bezaubernd.

»Unsere älteren Bücher befinden sich in den hinteren Räumen. Belletristik auf der linken, Sachbücher auf der rechten Seite.« Elodie stand auf und strich ihren Rock glatt. »Neuere Bücher sind vorn. Einige Erstausgaben sind im Schrank verschlossen. Sie sind wertvoll, weshalb wir sie nur unter Aufsicht ansehen lassen.«

Grace schlenderte durch die kleinen Räume und musterte die Regale, die sich auf Augenhöhe oder tiefer befanden. Sie waren sorgfältig beschriftet, und alle Bücher waren alphabetisch geordnet.

Sie versuchte sich vorzustellen, wie ihre extravagante Großmutter hier Stunden verbrachte, doch es gelang ihr nicht. Es wirkte einfach nicht wie ein Ort, in den Mimi sich verlieben würde. Sie verstand es nicht. Was entging ihr?

»Sagt Ihnen der Name Mimi Laroche etwas, Elodie?«

Die Frau schüttelte den Kopf. »Sollte er?«

Es wäre zu schön gewesen. »Meine Großmutter wurde in Paris geboren. Sie hat viel Zeit in diesem Buchladen verbracht, vor allem nach dem Krieg.«

»In dem Fall hätte sie meine Großmutter Paulette kennengelernt. Bis eine Woche vor ihrem Tod kam sie immer noch her und verbrachte den halben Tag mit den Büchern. Sie starb vor fünf Jahren.« Elodie deutete auf ein altes Foto an der Wand. »Das hier wurde 1960 aufgenommen.«

Grace betrachtete es und holte ihr Handy hervor. »Darf ich es fotografieren? Ich würde es gern Mimi schicken.«

»Sicher. Und wenn sie Geschichten über den Buchladen zu erzählen hat, würde ich sie gerne hören. Liest sie immer noch gern?«

Das war das Merkwürdige. Grace hatte ihre Großmutter noch nie mit einem Buch gesehen. »Ihr Augenlicht ist nicht mehr so gut wie früher.«

»Meine Großmutter hatte dasselbe Problem. Zum Glück hat sie weiterhin gut gehört, sodass sie auf Hörbücher umstieg.« Elodie griff nach ihrer Tasche. »Sind Sie sicher, dass Sie heute Vormittag hierbleiben wollen? Ich würde mich gern weiter unterhalten, doch ich versuche die Wohnung oben zu vermieten, was sich als größere Herausforderung als gewöhnlich entpuppt. Ich habe ein nettes Paar, das sie ab Ende August nehmen will, doch bis dahin kann ich sie nicht leer stehen lassen. Ich werde losgehen und mit ein paar Wohnagenturen sprechen. Wenn Sie irgendwelche Fragen haben, können Sie mich immer anrufen.«

»Wir kommen zurecht.« Grace kam eine Idee, unvermittelt und völlig untypisch für sie. Konnte sie wirklich etwas so Ungeplantes tun? Etwas so Impulsives? »Ihre Wohnung – würden Sie sie auch mir vermieten?«

Elodie sah sie überrascht an. »Sie suchen nach einer Wohnung?«

Eigentlich nicht, doch nun, da ihr die Idee gekommen war, erkannte sie, wie sehr sie das wollte. Bislang war sie einer Zukunft hinterhergelaufen, die sie mit David geplant hatte. Sie spürte seine Abwesenheit überall. Wenn sie neu starten wollte, musste sie einen Weg finden, damit zurechtzukommen. Sie war nicht mehr länger die Hälfte von Grace und David. Sie war jetzt zu hundert Prozent Grace.

Mimi würde stolz sein.

»Ich wohne derzeit in einem Hotel und … na ja, es ist nicht ganz so, wie ich es mir vorgestellt habe.« Grace ging nicht in die Details. »Ich würde die Freiheit einer Wohnung vorziehen, und ich kann mir nichts Besseres vorstellen, als über dem Buchladen zu wohnen.«

Elodie stellte ihre Tasche wieder auf den Tresen. »Können Sie Ihr Hotel stornieren?«

Sie dachte an die Reservierungsbedingungen. Möglicherweise würden sie ihr eine weitere Nacht berechnen, doch das war alles. »Ja. Wann wäre die Wohnung fertig?«

»Sie ist bereits fertig. Ich habe alles für eine kurze Zwischenmiete vorbereitet. Das Bett ist frisch bezogen, und im Badezimmer liegen frische Handtücher.«

»Perfekt. Dann ziehe ich heute Nachmittag ein.«

Elodie wirkte überrascht. »Sie sollten sie vielleicht vorher anschauen? Die Wohnung ist vermutlich ganz anders als Ihr Hotel.«

Gott sei Dank.

Grace dachte an das Personal, das ständig fragte, wann ihr Ehemann eintreffen würde. »Es wird genau das sein, was ich brauche.«

Dennoch schloss sie sich Elodie für einen kurzen Rundgang durch die Wohnung an. Das Apartment war reizend, mit hohen Decken und großen Fenstern, von denen aus man auf die Straße sah.

Elodie öffnete ein Fenster. »Wer auch immer hier wohnt, muss sich um die Pflanzen auf dem Balkon kümmern.«

Es gab einen Balkon?

Grace folgte Elodie in die kleine Küche, und es stellte sich heraus, dass dort tatsächlich ein Balkon war, auf dem sich ein Pflanzendschungel um einen kleinen schmiedeeisernen Tisch mit aufwendigen Verzierungen rankte. Sie stellte sich vor, wie sie hier morgens einen Kaffee oder abends etwas Kühles trinken würde.

»Es ist perfekt.« Grace holte ihr Handy hervor. »Ich werde jetzt das Hotel anrufen und meine Reservierung stornieren. Außerdem bitte ich sie, meine Sachen einzupacken.« Und es wäre das letzte Mal, dass das Hotelpersonal eins ihrer Shirts zusammenfaltete.

Nachdem sie angerufen hatte, einigten sie sich über die Finanzen, und Elodie reichte ihr die Schlüssel.

Grace fühlte sich ein bisschen schwindlig. Vor ein paar Stunden hatte sie noch überlegt, wie sie ihre Zeit in Paris verbringen sollte. Jetzt hatte sie eine Wohnung und arbeitete freiwillig in einem Buchladen.

Sie konnte kommen und gehen, wie es ihr beliebte.

Audrey näherte sich. »Dann … ähm … wohnst du hier jetzt?«

»Ja, und ich habe dir dafür zu danken. Wenn du nicht wärst, wäre ich nie auf die Idee gekommen, eine Wohnung zu mieten.«

»Äh, bitte schön. Auch wenn ich glaube, dass ich nicht viel dazu beigetragen habe.«

»Du hast alles dazu beigetragen. Und jetzt arbeiten wir an deinem Französisch, damit du mit dem Wichtigsten zurechtkommst. Wir fangen mit Begrüßungen an, damit du die Kunden vom ersten Augenblick an mit einem warmen Empfang bezaubern kannst.«

Elodie lächelte Audrey endlich an. »Ich warte darauf, bezaubert zu werden.« Sie tätschelte ihre Schulter. Seit sie Grace' Zuneigung zu der jungen Frau bemerkt hatte, wirkte sie etwas entspannter. »Wir versuchen das noch einmal, nicht wahr?«

Nachdem sie die Tür hinter sich geschlossen hatte, stand Audrey mit verschränkten Armen und argwöhnischer Miene da. »Also, was jetzt? Ich schätze, ich soll jetzt Stift und Papier holen oder so etwas.«

»Kein Stift. Kein Papier. Kein Schreiben oder Lesen, zumindest nicht am Anfang.«

»Ich dachte, du willst mir Französisch beibringen.«

»Das tue ich. Doch das wird nichts mit Schreiben, Lesen oder mit irgendwelchen anderen Dingen zu tun haben, die dir schwerfallen. Wir gehen das auf eine andere Weise an.«

Audrey sah sie argwöhnisch an. »Auf welche Weise?«

»Bist du immer so argwöhnisch?«

»Ja, das nennt man auf Zack.«

Grace fragte sich, wie ihr Leben wohl aussah, dass sie ständig das Gefühl hatte, auf der Hut sein zu müssen. »Wir werden miteinander sprechen. Und erzähl mir nicht, dass du das nicht kannst, denn beim Sprechen habe ich noch keine Zurückhaltung bei dir bemerkt. Für den Rest des Vormittags werden wir nur noch Französisch reden.«

»Dann wird das ein ruhiger Vormittag werden.«

Grace hatte das Gefühl, dass Audrey sich noch selbst überraschen würde. »Als Erstes wirst du lernen, jemanden zu begrüßen und die Person zu fragen, wie es ihr geht.«

»Was, wenn es mir egal ist, wie es ihr geht?«

Grace lachte. Seit sie Audrey getroffen hatte, lachte sie mehr als in den ganzen sechs Monaten zuvor. »Du wirst so tun, als ob.«

»Was, wenn sie mir antwortet und ich es nicht verstehe?«

»Dazu kommen wir noch. Ich werde jetzt sprechen, und du wirst wiederholen, was ich gesagt habe.«

Normalerweise plante sie eine Unterrichtsstunde vorher, doch nichts in ihrem Leben war so wie früher. Später konnte sie über Methoden nachdenken, die Audrey möglicherweise helfen würden, doch im Moment schien es das Beste zu sein, einfach anzufangen.

AUDREY

»Oh, mein Gott, der Blick ist der Wahnsinn, auch wenn ich nicht kapiere, was das alles mit Französischlernen zu tun hat.«

Es war fünf Tage her, dass sie beinahe ihren Job verloren hätte. Sie und Grace standen auf der Aussichtsplattform des Eiffelturms.

Grace machte ein Foto. »Du hast die Tickets auf Französisch gekauft.«

»Stimmt. Das habe ich vergessen. Und meins war billiger, weil ich *jeune* bin.« Es ist merkwürdig, dachte Audrey. Bei Grace lernte sie, ohne überhaupt zu merken, dass sie lernte.

Sie schaute hinunter. Ganz Paris lag ihr zu Füßen. »Was meinst du, wie lange es dauert, bis man unten aufschlägt?«

»Audrey!«

Audrey grinste. »Wollte nur sehen, ob ich dich schockieren kann.«

»Ich bin leicht zu schockieren.«

Das stimmte, und deshalb hatte Audrey entschieden, dass es ihre neueste Lieblingsbeschäftigung war, Grace zu schockieren. Sie hätte nie gedacht, dass es ihr so viel Spaß machen könnte, eine Sprache zu lernen, doch Grace machte es ihr leicht.

»Kann man abends hier raufkommen?«

»Ja. Es ist wunderschön.«

»Hast du das schon gemacht?« Audrey sah sie an und bemerkte einen entrückten Ausdruck in Grace' Augen. »Hast du ihn hier geküsst?«

»Das geht dich nichts an.«

»Das heißt, dass es so war.«

Grace trat zurück. »Zeit, wieder hinunterzugehen.«

»Was machen wir als Nächstes?«

»Wir fahren in einem offenen Bus durch Paris.«

»Die können sich kein Dach dafür leisten? War nur ein Witz.« Sie zögerte und hakte sich dann bei Grace ein. »In London haben wir die auch.«

»Ich werde dir ein paar Dinge zeigen und dir die Worte auf Französisch beibringen.«

»Es gibt immer einen Haken.« Audrey jammerte oft, dass Grace sie ständig Vokabeln lernen ließ, doch insgeheim machte es ihr Spaß. Abgesehen von dem kleinen Moment im Hotel war Grace immer verlässlich, was eine angenehme Abwechslung darstellte.

Grace war freundlich und geduldig und machte ihr das Lernen leichter als sonst.

Audrey saß nicht schwitzend über Büchern und schmierte sich mit Tinte voll, während sie versuchte, Buchstaben zu schreiben. Stattdessen versuchte es Grace auf die praktische Art. Sie brachte ihr Begrüßungen bei und ließ sie sie ständig wiederholen, vor allem dann, wenn ein Kunde den Laden betrat. *Bonjour, ça va? Comment allez-vous?* Wenn jemand etwas erwiderte, was Audrey nicht verstand, übersetzte Grace es ihr. Dann nahm sie all die neuen Wörter auf Audreys Handy auf und ermunterte sie, sie sich bis zum nächsten Tag anzuhören und zu wiederholen.

Grace griff zu ungewöhnlichen Methoden, damit Audrey sich die Wörter besser merken konnte. Sie verteilte kleine Klebezettel in Audreys Apartment. Bett: *le lit*. Stuhl: *la chaise*. Audrey machte sich einen Spaß daraus, sie zu vertauschen und so zu tun, als würde sie die Wörter durcheinanderbringen, auch wenn es nicht so war.

Am lautesten lachte sie, wenn Grace ein Wort pantomimisch erklärte und sie raten musste, was es war.

»Äh … ich weiß es nicht.« Sie hatte zugesehen, wie Grace eine merkwürdig pickende Bewegung gemacht hatte. »Was auch immer passiert, tu das nie in der Öffentlichkeit.«

Grace hatte es noch einmal versucht, und Audrey war in schallendes Gelächter ausgebrochen. »Bist du ein Kamel? Nein,

du hast mir das Wort für ›Kamel‹ noch nicht beigebracht.«
Audrey dachte an die Wörter, die sie gelernt hatte. »Ähm …
bist du ein Huhn?«

»*En français!*«, forderte Grace, und Audrey zuckte mit den
Schultern.

»Ich weiß es nicht. Du musst mir ein Huhn kaufen und einen
Zettel draufkleben, damit ich das Wort behalte.«

»Du kennst es. Hier ist ein Hinweis …« Grace tat, als ob sie
schwamm, und Audrey grinste.

»Ist es ein schwimmendes Huhn? Oh, warte, ich hab's:
Pool – *poulet*.«

»Ja! Sehr gut.«

Beide lachten. Den Anblick von Grace als Huhn würde
Audrey bestimmt nicht so bald vergessen.

»Ich glaube, du solltest mir das Wort für ›Kuh‹ beibringen.«

»Fändest du das nützlich?«

»Nein, aber ich möchte gerne sehen, wie du einen ganzen
Bauernhof darstellst.«

Zwischen all dem Gelächter lernte sie. Grace freute sich so
sehr über ihre Fortschritte, dass sie langsam glaubte, dass sie
vielleicht doch kein so hoffnungsloser Fall war.

Einige Tage später steckte Grace ihr einen goldenen Stern
ans T-Shirt. »Herzlichen Glückwunsch. Du hast hundert Wörter gelernt.«

Audrey sah sich den Stern an. »Was? Bin ich etwa sechs?« Es
war einer dieser Sterne, die man im Kindergarten bekam, nur
dass sie nie einen bekommen hatte. Sie hatte überhaupt nie eine
Auszeichnung bekommen. Sie entschied sich, ihn dranzulas-
sen, und sagte sich, dass sie Grace nicht vor den Kopf stoßen
wollte. »Das ist die Art von Belohnung, die sie einem geben,
weil man den Zahnarzt nicht gebissen hat.«

»Kennst du das französische Wort für ›Zahnarzt‹?«

»Nein, und ich werde es auch nicht brauchen. Du wirst mich
nie dazu bewegen, zu einem Zahnarzt zu gehen, also verschwende nicht deine Zeit, mir das Wort dafür beizubringen.«

»Einhundert Wörter, Audrey! Du hast einhundert Wörter gelernt.«

»Toll! Bleiben noch neun Millionen andere zu lernen.«

»Das ist ein Marathon, kein Sprint. Du machst das großartig! Und deine Aussprache ist perfekt.«

»Im Nachahmen war ich schon immer gut. Ich wette, ich kann deine Stimme imitieren.« Sie lieferte eine perfekte Imitation von Grace und freute sich, dass diese darüber herzhaft lachte.

Schon nach ein paar Tagen fühlte sie sich viel sicherer, wenn die Tür aufging, die Glocke bimmelte und ein Kunde hereinkam.

Inzwischen hatten sie eine Routine entwickelt. Audrey begrüßte die Kunden, und Grace übernahm allmählich das Gespräch, sodass die Person gar nicht bemerkte, dass Audrey nichts mehr sagte.

Nachmittags arbeitete sie in dem Haarsalon die Straße runter, doch wenn sie fertig war, wartete Grace immer schon auf sie, um ihr etwas Neues beizubringen. Sie war so umgänglich, und es fühlte sich völlig natürlich an, Zeit mit ihr zu verbringen.

Gemeinsam fuhren sie mit dem Bus oder mit der Metro herum, die sich – soweit Audrey das beurteilen konnte – nicht allzu sehr von der Londoner Untergrundbahn unterschied.

Grace bestand darauf, alles zu bezahlen, womit sich Audrey ein bisschen unbehaglich fühlte. Sobald sie genug Trinkgeld aus dem Haarsalon gespart hatte, wollte sie es ihr zurückgeben. Oder vielleicht kaufte sie ihr ein Geschenk. Abgesehen von Essen und Eintrittsgeldern schien Grace überhaupt kein Geld für sich selbst auszugeben.

Sie waren zweimal essen gegangen, und jedes Mal hatte Grace darauf bestanden, dass Audrey auf Französisch bestellte.

Beim ersten Mal war Audrey fast weggelaufen. »Ich werde es vermasseln.« Sie war auf dem Stuhl zusammengesunken, als der Kellner kam. »Ich werde aus Versehen Tintenfisch bestellen.«

»Kennst du das Wort für Tintenfisch?«

»Nein.«

»Wie kannst du ihn dann versehentlich bestellen? Was möchtest du essen?«

»Hühnchen und Pommes.«

»Und für beides kennst du die Wörter, denn wir haben sie gestern gelernt.« Grace war auf freundliche Weise hartnäckig geblieben. »Wenn du nicht bestellst, stehe ich auf und mache meine Huhn-Imitation.«

»Das tust du nicht.« Audrey war kurz davor, unter den Tisch abzutauchen.

»Wenn du auf dem Eiffelturm über Körperfunktionen reden kannst, kann ich meine Huhn-Imitation vorführen. Bestell dein Essen. Hab Vertrauen. Was kann im schlimmsten Fall passieren?«

»Abgesehen davon, Tintenfisch zu bestellen? Die Liste ist endlos.« Doch unter Grace' wachsamer Aufsicht stammelte sie sich durch die Worte und bestellte Hühnchen mit Pommes als Beilage. Beide waren überrascht und entzückt, als genau das Essen kam, das sie sich ausgesucht hatten.

»Wow, super – nichts mit acht Beinen.« Audrey, die lächerlich stolz auf sich gewesen war, hatte mit der Gabel in das Hühnchen gestochen und Grace lächeln sehen.

Das war am Vorabend gewesen, und nun saßen sie in einem anderen Restaurant, diesmal näher am Fluss.

Da sie gestern Abend Erfolg gehabt hatte, bestellte Audrey das Gleiche noch einmal. Sie liebte dieses Bistro mit seinen Tischdecken und den Kellnern, die alle Schürzen trugen. »Dann gefällt dir die Wohnung besser als das Hotel?«

»Eindeutig ja. Sie ist zauberhaft.« Grace hatte einen Salat bestellt, der allerdings aufwendiger war als jeder Salat, den Audrey bislang gesehen hatte.

Audrey kippte die Pommes aus der Schüssel auf ihren Teller neben das Hühnchen und streute Salz darüber. Dabei bemerkte sie, wie Grace zusammenzuckte. »Was?«

»Das ist viel Salz. Und du hast das Gleiche schon gestern gegessen.«

»Ich weiß. Lecker. Oder *délicieux*, wie du vermutlich von mir hören willst.«

»Möchtest du ein bisschen von meinem Salat?«

»Nein danke. Zu viel Grün.«

»Grünes ist gut für dich.«

»Nicht alles, was grün ist, ist gut für einen. Raupen sind grün, aber vermutlich sagst du mir gleich, dass die Franzosen sie essen.« Audrey nahm den ersten Bissen. »Heute habe ich im Salon fünf neue Wörter gelernt, und morgen habe ich ein Date, weshalb du mir dafür noch ein paar besondere Wörter beibringen musst.«

»Du hast ein Date? Das ist aufregend. Mit wem?«

»Das ist privat, Grace. Ich frage dich ja auch nicht nach deinem Liebesleben.«

»Ich habe kein Liebesleben. Ich bin eine traurige, bald geschiedene Frau, erinnerst du dich? Aber ich hoffe, du hast Spaß bei deinem Date. Auch wenn du meine Meinung nicht hören möchtest, aber ich finde Etienne ziemlich süß.«

Audrey legte ihre Gabel beiseite. »Woher weißt du, dass es Etienne ist?«

»Ich hoffe, dass es Etienne ist.« Sie fing Audreys Blick auf. »Ich habe gesehen, wie du ihn anschaust. Und wie er dich anschaut. Wenn ihr beide zusammen im Buchladen seid, ist das wie bei einem Experiment.«

»Er sieht mich an?«

»Du weißt, dass er das tut. Und dann ist da noch die Tatsache, dass er sich auf deine Seite gestellt hat, als Elodie dich feuern wollte.«

»Sie hat mich gefeuert.« Audrey fuchtelte mit ihrer Gabel herum. »Er hat mich verteidigt? Was hat er gesagt? Du hast mir das nie erzählt.«

»Er hat sie daran erinnert, wie es ist, als Studentin zu wenig Geld zu haben. Mich hat es beeindruckt, dass er bereit war, seine eigene Beziehung zu Elodie aufs Spiel zu setzen, um dich zu unterstützen.«

»Ja, ich bin auch beeindruckt.« Sie fragte sich, wie weit Etienne gegangen wäre. »Meinst du, er würde die Leiche verstecken, wenn ich jemanden umbringen würde?«

»Lass uns das nicht auf die Probe stellen«, sagte Grace. »Wo geht ihr hin? Essen? Tanzen?«

Audrey quittierte den Generationenunterschied mit einem Grinsen. »Du meinst Tango und so was? Ich glaube nicht.« Auch wenn ihr mehrmals in der Woche die Vorstellung von einem nackten Tango durch den Kopf gegeistert war. Grace hatte recht, dass sie und Etienne einige lange, bedeutungsvolle Blick getauscht hatten. Sie war ziemlich sicher, dass er interessiert war, und sie hatte eindeutig ebenfalls Interesse. So hatte sie sich noch nie gefühlt. Grace hatte sie mehrmals dabei ertappt, wie sie ohne Grund vor sich hin lächelte, was peinlich gewesen war, aber irgendwie auch wieder nett. Grace bemerkte Dinge an ihr.

Sie fragte sich, was Etienne für ihr Date geplant hatte. Würden sie etwas trinken gehen und danach wilden Sex in seiner Wohnung haben? Und was war mit Alkohol? Sie trank keinen, aber sie wollte nicht, dass Etienne sie für uncool hielt.

Langsam begannen ihre Nerven zu flattern. Ihr bisheriges Liebesleben umfasste einige zutiefst unbefriedigende Begegnungen auf einem Haufen Klamotten bei Hauspartys. Insgeheim hatte sie furchtbare Angst, dass vielleicht irgendwas mit ihr nicht stimmte. Was, wenn ihre verkorkste Kindheit auch andere Teile von ihr verkorkst hatte? Sie konnte nie loslassen und sich entspannen. Sie war so schlecht darin, dass es immer damit endete, dass sie an etwas anderes dachte oder sich Sorgen machte. Die Angst um ihre Mutter begleitete sie ständig. »Ich denke, wir gehen in einen Klub. Oder vielleicht zu ihm.«

Auf der anderen Seite könnte das merkwürdig werden, wenn der Sex schrecklich war.

Doch der Gedanke, dass sie endlich tun konnte, was sie wollte, ohne an ihre Mutter oder irgendjemand anderen denken zu müssen, überwältigte sie regelrecht. Dies war die Art von Freiheit, nach der sie sich gesehnt hatte. Sie hatte ein Apartment. Einen Job. Fast einen Freund. Sie war in Paris.

Was konnte schon schiefgehen?

»Er hat eine eigene Wohnung?«

»Sie gehört seinen Eltern, doch die sind im Sommer in Südfrankreich.«

»Warte ...« Grace legte ihre Gabel ab. »Dann werden sie nicht da sein.«

»Nein, und das ist gut. Ich kenne ihn ja erst seit Kurzem. Wir sind nicht in dem Stadium, in dem man einander den Eltern vorstellt.« Wenn sie nicht die Eltern von anderen kennenlernte, würde auch niemand erwarten, ihre kennenzulernen.

»Nun, er scheint ein netter Junge zu sein. Ich bin sicher, dass er dich hinterher nach Hause bringt, aber falls nicht, kannst du mich jederzeit anrufen, und ich hole dich ab.«

Audrey war überrascht. Niemand hatte ihr je zuvor angeboten, sie abzuholen. Sie stellte sich vor, wie Grace sie vom besten Sex ihres Lebens abholen wollte und auf dem Weg ausgeraubt wurde.

»Tust du das, weil ich dich an deine Tochter erinnere?«

Grace runzelte die Stirn. »Nein. Das tue ich, weil du eine Freundin bist. Hier ist meine Nummer.« Sie kritzelte sie auf eine Papierserviette. »Ruf mich an, falls irgendwas passiert. Egal, wie spät es ist.«

Audrey tippte die Nummer in ihr Handy. Nicht dass sie sie brauchen würde, doch wenn es Grace glücklich machte ...

»Es ist ein Date. Ich hoffe, dass etwas passiert.«

»Ich meine etwas Schlechtes. Du bist eine junge Frau, und Paris ist eine große Stadt.«

»Machst du dir auch um deine Tochter so viele Sorgen?«

»Noch mehr.« Grace griff wieder nach ihrer Gabel. »Das ist der Fluch der Mutterschaft.«

Audrey war ziemlich sicher, dass ihre Mutter nicht unter dem gleichen Fluch litt. Die Erkenntnis versetzte ihr einen Stich. »Deine Tochter hat Glück, dich zu haben. Wenn du mir helfen willst, kannst du mir ein paar ganz spezielle Wörter auf Französisch beibringen. Nur das Wesentliche. Die Art von Sachen, die eine Frau bei einem Date gebrauchen könnte.«

»Du meinst Small Talk? Das Wetter und ›Das war ein schöner Abend‹, so etwas?«

»Nein. Ich meine das französische Wort für ›Kondom‹. So etwas.« Sie blickte auf, als Grace sich an ihrem Salat verschluckte. »Was? Kennst du das Wort für ›Kondom‹ nicht?«

»Doch, aber …« Grace atmete tief durch. »Du kennst ihn nicht richtig, Liebes.«

»Nach heute Abend hoffentlich schon. Ich meine, Sex ist eine großartige Art, jemanden kennenzulernen, oder?«

»Ich … vielleicht solltet ihr euch erst einmal ein paarmal treffen. Was, wenn ihr euch gar nicht so gut versteht? Was, wenn du feststellst, dass ihr beide nicht das Gleiche wollt?«

»Ich will Spaß haben. Das ist alles. Aber ich möchte sicheren Spaß haben, weshalb ich die Übersetzung für ›Kondom‹ brauche. Ich treffe Vorkehrungen. Das ist etwas Gutes.« Plötzlich hatte sie das Gefühl, sich rechtfertigen zu müssen. Normalerweise war sie anderen Menschen gegenüber nicht so offen. »Vergiss es.«

»Ich hätte das nicht sagen sollen. Tut mir leid.« Grace nahm ihr Glas. »Ich mache mir Sorgen um dich, das ist alles. Ich möchte nicht, dass dir jemand wehtut. Aber vielleicht bin ich einfach nur ein bisschen abgestumpft, was die Liebe angeht. Du solltest nicht auf mich hören.«

Audrey entspannte sich. »Du musst dir um mich keine Sorgen machen. Ich passe schon lange auf mich auf. Ich bin ziemlich unabhängig.«

»Ich schätze, deine Mutter macht sich jede Menge Sorgen um dich.«

Audrey dachte an all die Male, die sie allein zur Schule gegangen war, allein mit den Lehrern gesprochen hatte, sich etwas zu essen gemacht und sich um ihre betrunkene Mutter gekümmert hatte.

Sie leckte sich das Salz von den Lippen. »Ja. Vermutlich muss sie immer an mich denken.«

»Nun, du hast meine Nummer und kannst mich anrufen, wenn du in Schwierigkeiten gerätst.«

Audrey hatte noch nie in ihrem Leben jemanden zu Hilfe gerufen. Sie hatte nie jemanden gehabt, den sie hätte zu Hilfe rufen können. Natürlich war da Meena, doch normalerweise beschützte Audrey sie und nicht umgekehrt. Sie musterte Grace und sah die Güte in ihr. Einen kurzen Moment war sie versucht, ihr die Wahrheit über ihr Leben zu erzählen, doch etwas hielt sie zurück. War die Wahrheit erst einmal heraus, konnte sie sie nicht mehr zurücknehmen, und Audrey hatte sie noch niemandem gesagt. Sie wollte nichts offenbaren, was sie bereuen könnte.

»Sicher«, entgegnete sie. »Ich rufe an, wenn ich in Schwierigkeiten stecke.«

»Gut. Dann brauche ich mir keine Sorgen um dich zu machen. Aber nimm ein Taxi nach Hause. Und benutz dein Handy nicht auf offener Straße.«

»Du rätst mir, wie ich mich draußen auf der Straße verhalten soll? *Mir* wurde nicht die Handtasche gestohlen.«

Grace war peinlich berührt. »Der Punkt geht an dich. Tut mir leid.«

»Das muss es nicht. Du bist ein guter Mensch. Wenn du mich fragst, ist dein Ehemann total bescheuert, dich zu verlassen.« Weshalb eigentlich? Grace war nett und loyal und all das, was eine Mutter sein sollte, wenn man dem Fernsehen glauben konnte. Sie war der Typ, der einem aufhalf und einen umarmte, wenn man hinfiel, der einem nahrhafte Mahlzeiten bereitete und einen tröstete. »Und ist deine Tochter durcheinander wegen eurer Scheidung?«

»Wir sind noch nicht geschieden, aber ja, sie ist ziemlich aufgelöst. Sie steht ihrem Dad sehr nahe. Du deinem auch?«

»Klar.« Audrey verzog keine Miene. »Wir sind unzertrennlich.«

»Was macht er?«

»Ach, du weißt schon …« *Vögelt Frauen und verlässt sie, wenn sie schwanger sind.* »Dies und das. Was ist mit deinem bescheuerten Ehemann? Was macht er?«

»Er ist Zeitungsredakteur. Er arbeitet schon sein ganzes Leben für denselben Verlag.«

»Dann ist das der Grund.« Audrey trank aus.

»Welcher Grund?«

»Warum er eine Affäre hat. Er hat zugelassen, dass sein Leben langweilig geworden ist. Warum machst du so ein Gesicht?«

»Weil du ihm die Verantwortung zuschiebst.«

»Wem sonst?« Audrey zuckte mit den Schultern. »Was ist mit Abenteuern? Reisen? Wolltest du so etwas nie?«

»Ich wollte Stabilität.« Grace hielt inne. »Ich bin unter etwas chaotischen Umständen aufgewachsen. Ich wollte, dass Sophie eine stabile Kindheit hat. Aus dem Grund bin ich Lehrerin geworden. Die Arbeitszeit entsprach ihren Schulzeiten und gab mir die Freizeit, die ich brauchte.«

»Das verstehe ich.« Audrey wünschte sich ebenfalls Stabilität, doch sie war nicht sicher, ob sie überhaupt wusste, wie sich die anfühlte. »Ich wette, du bist eine tolle Mutter. Eine, die zu ihrem Geburtstag einen Mutter-Tochter-Wellness-Tag buchen würde. Und wenn sie Schwierigkeiten mit der Schule hätte, würdest du ihr verdammt noch mal Nachhilfe besorgen.«

Grace hob die Augenbrauen. »Wenn du schon fluchst, könntest du das dann bitte etwas leiser machen? Die Leute an den Tischen neben uns drehen sich schon um.«

»Die sollen sich um ihre eigenen Angelegenheiten kümmern und uns nicht zuhören.«

»Sie können es nicht vermeiden – du hast eine laute Stimme.«

»Fluchst du nie?«

»Ich versuche, mich anders auszudrücken.«

Audrey grinste. »Also wenn du deinen Finger in der Tür einklemmst oder eine Flasche Rotwein auf einen weißen Teppich fallen lässt – was sagst du dann?«

»Ich versuche, nicht die Kontrolle zu verlieren, aber wenn es wirklich ärgerlich ist, sage ich manchmal ›verflixt‹.«

»Verflixt? Wirklich verflixt?« Audrey schnaubte vor Lachen. »Und wenn du was getrunken hast? Fluchst du dann?«

»Ich trinke nicht.«

Audrey hörte auf zu lachen. »Was, nie?«

»Nein.«

»Also du fluchst nicht, du trinkst nicht, du rauchst nicht. Ich gehe davon aus, dass du auch keine Drogen nimmst. Was machst du also, wenn du ausgehen willst?«

»David und ich sind normalerweise essen gegangen. Oder manchmal haben wir mit Freunden gegrillt. Ich nehme an, das fällt nicht wirklich unter ausgehen, aber …« Grace schob ihren Teller fort. »Für dich muss sich mein Leben ziemlich langweilig anhören. Wenn wir jetzt darüber sprechen, hört es sich auch für mich langweilig an. Aber ich bin natürlich viel älter als du.«

»Was hat das Alter damit zu tun? Alter hält einen nicht davon ab, Spaß zu haben.«

»Du klingst genauso wie Mimi.«

»Sie ist deine Großmutter, richtig? Und sagt sie auch ›verflixt‹, wenn sie sich den Finger eingeklemmt hat?«

»Nein. Ihre Wortwahl ist deutlich ausdrucksstärker. Und sie sagt es oft auf Französisch.«

»Dann gehst du also essen und zum Grillen. Nichts für ungut, aber das haut mich nicht gerade um, Grace.«

»Du hast recht. Vielleicht ist David gar nicht durchgedreht. Unser Leben ist zu vorhersehbar geworden. Abgesehen von den Urlauben, die ich jedes Jahr zu unserem Hochzeitstag gebucht habe, haben wir selten etwas anderes getan. Das lag vermutlich an mir.« Sie war aufgewühlt, weil sie zum ersten Mal etwas begriff.

Audrey beugte sich vor. Sie wusste nicht viel über Beziehungen, aber sie wusste, wie man mit Menschen umging, die aufgewühlt waren. »Ihr wart zu zweit. Wie kann es da deine Schuld sein?«

»Ich bin ziemlich starr in meiner Lebensanschauung. Etwas unflexibel.« Grace sagte es leise, und Audrey sah sie ungläubig an.

»Machst du Witze? Du bringst mir Französisch auf dem Eiffelturm bei. Du spielst mir Worte pantomimisch vor. Glaub mir, du bist die flexibelste und am wenigsten langweilige Lehrerin, die ich je gehabt habe.«

»Beim Unterrichten ist das etwas anderes. Dafür muss man auf die Bedürfnisse der anderen Person eingehen. Eine andere Schülerin wäre vielleicht mit Büchern und einem konventionelleren Lernprogramm besser bedient, aber ich glaube nicht, dass ich deine Aufmerksamkeit damit erlangen würde.«

»Genau. Siehst du? Flexibel. Wenn du das in dem einen Teil deines Lebens sein kannst, dann auch in dem anderen.« Audrey trommelte mit den Fingern auf dem Tisch. »Vielleicht ist es nur dein Blick auf dich selbst, der unflexibel ist. Du siehst nicht, was ich sehe.«

»Ich mag Ordnung.«

»Ach ja? Nun, Ordnung ist gut. Ordnung bringt dich rechtzeitig und in der richtigen Kleidung zur Arbeit.« *Und vermutlich nüchtern.* »Mach sie nicht schlecht.«

»Ich muss aufhören, ständig alles reparieren zu wollen. Ich mache alles selbst, statt Dinge zu delegieren. Und ich muss daran arbeiten, spontaner zu sein. Zumindest manchmal.«

Audrey fand, dass es an der Zeit war, die Stimmung aufzuheitern. »Das planen wir ein. Spontan zu sein.«

Grace lächelte. »Ein Plan, spontan zu sein? Das klingt nach einem Oxymoron.«

»Keine Ahnung, was das ist, aber wir sollten auf den Champs-Élysées tanzen. Unsere Klamotten ausziehen und in der Seine baden.«

Grace lachte. »Nein, ich werde mich nicht ausziehen und in der Seine baden.«

Für sich dachte Audrey, dass Grace zumindest ein paar Schichten abstreifen konnte. Sie war immer bis oben zugeknöpft und trug Hosen, die keinerlei Haut sehen ließen. »Wie auch immer – es ist an der Zeit, dass du über dich nachdenkst. Dass du dich an die erste Stelle setzt. Wann hast du das letzte Mal etwas für dich getan?«

»Ich bin hier, in Paris.«

»Aber du bist nur gekommen, weil deine Tochter sonst ihre Sommerreise nicht angetreten hätte. Du schaust ständig aufs Handy, für den Fall, dass sie dich braucht, und jetzt wirst du auch noch ständig aufs Handy schauen, falls ich dich brauchen sollte, was übrigens nicht der Fall sein wird. Du rufst deine Großmutter an, du hast eingewilligt, im Buchladen zu arbeiten und mich zu unterrichten, um mir aus der Patsche zu helfen. Mir scheint, dass du viel für andere Menschen tust, aber dich selbst vergisst.«

»Mir geht es gut.« Sie wirkte so verunsichert, dass sie Audrey leidtat.

»Hey, wenn du mich neue Dinge tun lässt, die mir Angst machen, dann musst du da auch durch.«

»Das ist etwas anderes.«

»Ist es nicht. Ich baue hier ein neues Leben auf, und das solltest du ebenfalls tun. Ansonsten erwartet dich zu Hause der gleiche Scheiß – Entschuldigung, ich meine die gleiche Situation –, und nichts wird sich verändert haben. Das hier ist deine Chance, etwas für dich zu tun.« Sie schob ihren Teller von sich. »Ich schätze, du magst keine Nachtklubs, aber es muss andere Wege geben, Menschen kennenzulernen. Museumsabende oder so etwas. Kunstausstellungen.« Was würde jemand wie Grace mögen? »Als du zum ersten Mal in Paris warst, hast du da irgendwelche Jungs kennengelernt? Oh, warte … du kanntest ja den älteren Bruder.« Sie konnte sich Grace nicht als Teenager vorstellen. Hatte sie je kurze Röcke getragen, und war sie je erst am nächsten Morgen nach Hause gekommen? Nur weil sie zufällig aufsah, bemerkte sie, dass Grace rot geworden war. »Wie hieß er noch mal?«

»Ich weiß nicht, was du …?«

»Grace!«

Sie seufzte. »Sein Name war Philippe.«

Für einen kurzen Moment erhaschte sie den Blick auf eine andere Grace. Eine weniger perfekte und kontrollierte Grace. »Was macht er jetzt?«

»Seit ich das letzte Mal in Paris war, was noch vor deiner Geburt war, habe ich nichts mehr von ihm gehört.«

»Du hast nie recherchiert, wo er ist?«

»Nein. Ich habe versucht, ihn zu vergessen.«

»Hm, na gut, wir sollten ihn überprüfen. Vielleicht ist er Single.« Audrey zog ihr Handy hervor. »Wie heißt er mit Nachnamen?«

»Es spielt keine Rolle, ob er Single ist. Ich bin verheiratet.«

Audrey fragte sich, ob sie auf das Offensichtliche hinweisen sollte. Grace mochte sich ja als verheiratet betrachten, aber David tat es offenbar nicht.

Wer zum Teufel würde eine Frau verlassen, die so freundlich und loyal war wie Grace? Audrey hätte David schlagen können, wenn er vor ihr gestanden hätte. Sie entschied, dass sie grausam sein musste, um Gutes zu bewirken. »Nichts für ungut, Grace, doch aus meiner Sicht wirkst du nicht sehr verheiratet. Man braucht mehr als einen Ring und ein Stück Papier. Es braucht einen Mann, der da ist. Er ist nicht da, und das ist sein größter Fehler.«

»Guter Punkt. Brutal, aber gut.« Grace schniefte. »Du siehst die Dinge sehr klar.«

Durch all das, was sie im Haarsalon schon gesehen und gehört hatte, konnte Audrey vermutlich mehr Erfahrung aufweisen als die meisten Paartherapeuten.

Außerdem hatte sie ihre Mutter schon mit mehreren Männerbekanntschaften erlebt. Sie alle hatten eines gemeinsam: Sie blieben nicht. Panik stieg in Audrey auf. David und Grace trennten sich nach fünfundzwanzig Jahren, also gab es offenbar keinen sicheren Punkt. Würde sie je in der Lage sein, sich zu entspannen? Was, wenn Ron nicht bei ihrer Mutter blieb? Was, wenn ihre Mutter ihn genau jetzt zum Wahnsinn und aus dem Haus trieb? Audrey schaute noch immer einmal in der Stunde auf ihr Handy. Sie konnte die Nervosität und das Unbehagen, das sich in ihrem Bauch eingenistet zu haben schien, nicht abschütteln. Und dann war da noch das Schuldgefühl. Das Gefühl, dass sie ihre Mutter im Stich gelassen hatte.

Beklommenheit ergriff sie, und sie entschied, dass sie im Interesse von ihnen beiden lieber das Thema wechselte. »Wie ist sein Nachname? Der von Philippe? Ich werde ihn in den sozialen Medien suchen.«

»Das wirst du nicht.«

»Ach, komm schon. Wo ist das Problem?«

Grace winkte nach der Rechnung, und Audrey fragte sich, warum sie sich so dagegen wehrte. Schließlich war es offensichtlich, dass ihr Mann nicht zurückkehren würde. Je früher sie neu anfing, desto besser.

Dieser Philippe klang nach einem guten Neuanfang.

»Lass uns nachsehen, was er tut. Du musst ihn nicht kontaktieren.«

Grace bezahlte und stand auf. »Lass uns gehen.«

Audrey fragte sich, was genau zwischen Grace und Philippe vorgefallen war. »Wo gehen wir hin?«

»Auf den Markt. Wir lernen die Vokabeln für Obst und Gemüse.«

»Warum? Ich hasse Obst und Gemüse«, murrte Audrey. »Warum können wir nicht die französischen Wörter für Junkfood lernen? Hamburger, Pommes, doppelt frittierte Sachen. Warum bringst du mir das nicht bei? Ich dachte, du wärst meine Freundin.«

»Ich bin deine Freundin, und genau deshalb gebe ich dir nicht die Vokabeln, um deinen Körper weiter zu misshandeln.«

»Bedeutet das, dass du mir das französische Wort für ›Kondom‹ nicht sagst?«

»Nein. Das gebe ich dir. Tatsächlich setzen wir noch einen drauf – wir gehen in eine Apotheke, und du fragst selbst danach.«

Audrey wich zurück. »Nur über meine Leiche.«

»Wenn du weiter so viel Junkfood mit Salz und kein Obst oder Gemüse isst, wird das vermutlich tatsächlich über deiner Leiche passieren.«

»Nörgelst du an deiner Tochter auch so viel herum?«

»Noch viel mehr.«

»Ach verdammt – ich meine, *verflixt*. Kein Wunder, dass sie auf Reisen gegangen ist.« Doch Audrey hakte sich bei Grace ein. »Okay, wir gehen in die Apotheke, aber wenn wir schon da sind, kaufen wir für dich auch Kondome.«

Grace entfuhr ein Laut, der zwischen Entsetzen und Lachen lag. »Ich habe keine Verwendung für Kondome.«

»Wenn es nach mir geht, schon.«

»Aber es geht nicht nach dir.«

Audrey lächelt süffisant. »Wir werden sehen.«

GRACE

Grace stellte den Strauß Blumen, den sie gekauft hatte, in eine Vase und platzierte diese auf dem Tisch am offenen Fenster. Wie versprochen hatte sie bereits die Pflanzen auf dem kleinen Balkon gewässert. Eine grüne Oase über den Straßen von Paris.

Kräuter wuchsen in duftendem Überfluss, versteckt in kleinen Terrakotta-Töpfen, daneben rote Geranien und wuchernde Lobelien.

Es war spät am Abend, und sie hatte die Balkontüren offen gelassen, um den kühlen Windhauch zu genießen, der in die Wohnung drang. Gegenüber hörte sie jemanden Klarinette üben, das Stampfen und Springen von Spitzentanz von der Ballettschule nebenan und etwas entfernter das Summen und Rauschen von Paris.

Auch wenn sie erst einige Tage hier war, fühlte sich die Wohnung wie ein Zuhause an. Mit ihren hohen Decken und dem zurückhaltenden Dekor strahlte sie einen Frieden aus, den Grace unendlich viel beruhigender fand als die Üppigkeit im Hotel. Das Beste war natürlich, dass niemand sie wegen David nachfragte. Es war unmöglich gewesen, ihn zu vergessen, als hinkte man mit einem verstauchten Knöchel herum.

In der Privatheit hier, wo sie die einzige Bewohnerin war, trat ihr altes Leben in den Hintergrund.

Sie hatte am Nachmittag eine neue Galerie erkundet und war dann verschwitzt und mit schmerzenden Füßen in die Zuflucht ihrer Wohnung zurückgekehrt. Sie hatte eine erfrischende Dusche genommen, dabei die luxuriösen Toilettenartikel aus ihrem Hotelzimmer benutzt und sich dann ein Kleid angezogen. Ihr feuchtes Haar hatte sie hochgesteckt.

Da sie die Wohnung nicht mehr verlassen wollte, legte sie kein Make-up auf.

Von oben hörte sie Schritte und das Knarren von Dielen. Audrey machte sich fertig zum Ausgehen.

Heute war ihr Date mit Etienne.

Besorgnis erfasste sie. Nicht weil Audrey sie an Sophie erinnerte, sondern weil Audrey sie an sie selbst erinnerte.

Sie war genauso alt gewesen wie Audrey, als sie zum ersten Mal nach Paris gekommen war. Zugegeben, sie war nicht so auf Zack gewesen, hatte aber die gleiche trunkene Freude verspürt, endlich von zu Hause fort zu sein. Es hatte sich wie eine Flucht angefühlt. Endlich Freiheit.

Und dieses Gefühl von Freiheit konnte zu Problemen führen. Es war, als ließe man einen Welpen zum ersten Mal von der Leine. Warum machte sie sich um Audrey mehr Sorgen als um Sophie?

Vermutlich, weil Sophie fast alle Charaktereigenschaften von David geerbt hatte. Sie war vernünftig, praktisch und verlässlich.

An der Oberfläche war Grace das auch alles. Sie allein wusste, dass sich unter der Oberfläche jemand ganz anderes verbarg. Sie hatte diesen Teil von sich begraben, doch das Zusammensein mit Audrey beförderte ihn wieder zutage.

Sie ging in die kleine Küche und wickelte den Käse aus, den sie gekauft hatte.

Da sie allein aß, hatte sie keinen Sinn darin gesehen, Stunden in der Küche zuzubringen, und stattdessen eine kleine Auswahl an gutem französischen Käse gekauft, ein Baguette mit einer perfekten goldenen Kruste, ein paar Weintrauben, eine reife Birne und eine Flasche guten Rotwein.

Wein.

Sie trank normalerweise nicht, aber heute genehmigte sie sich eine Ausnahme.

Noch etwas, was sie nicht getan hätte, wenn David hier wäre.

Es war der endgültige Abschied von ihrem alten Leben.

Sie legte Käse auf ihren Teller und brach ein Stück Baguette ab. Dann schenkte sie sich ein halbes Glas Wein ein und nahm es mit zum kleinen Bistrotisch, der im dunstigen Abendlicht stand.

Von oben erklang ein Scheppern, gefolgt von einem gedämpften Fluch.

Grace blickte zum geöffneten Fenster und fragte sich, ob sie nach ihr sehen sollte.

Nein, Audrey war nicht ihre Verantwortung. Sie wollte sie nicht erdrücken.

Sie schnitt ein Stück Käse ab und legte es auf das Brot. Es schmeckte himmlisch.

Als sie den ersten Schluck Wein nahm, erinnerte sie sich an einen Tag aus längst vergessenen Zeiten.

Sie hatten ein Picknick am Fluss gemacht. Philippe hatte eine Decke ausgebreitet und aus seiner Tasche ein Festmahl hervorgeholt. Würstchen aus der Region, frische Feigen, noch warmes Brot. Obwohl sie ihm gesagt hatte, dass sie nicht trank, hatte er ihr ein Glas Wein in die Hand gedrückt. Bis dahin hatte sie noch nie Alkohol probiert.

»Das ist kein Trinken«, hatte er gesagt und mit ihr angestoßen. »Das ist Leben. Du musst leben, Grace. Nicht nur ein bisschen, sondern viel.«

Sie hatte nicht widersprochen.

Sie entdeckte, dass das Essen in Frankreich anders schmeckte, und Philippe war es, der sie mit allen möglichen Geschmäckern bekannt machte. Als er sie das erste Mal küsste, wusste sie nicht, ob der Aufruhr in ihr mit dem Wein oder mit dem Kuss zu tun hatte.

Er lud sie zu einem Leben ein, das weit entfernt von ihrem bisherigen war.

Für eine kurze Zeit hatte sie sich in der von ihm erschaffenen Welt verloren.

Mit Philippe entdeckte sie das verborgene Paris. Nicht die Sehenswürdigkeiten, die die Leute anzogen, wie den Louvre oder den Eiffelturm, sondern die versteckten Juwelen, über die die Einheimischen nur tuschelten und die in den Reiseführern kaum erwähnt wurden. Sie schlenderten Hand in Hand am Seine-Ufer entlang, frühstückten in Künstlercafés, lagen gemeinsam im Sonnenschein auf den Wiesen am Ufer. Sie erkundeten verborgene Gassen und wenig bekannte Kunstgalerien.

Es war, als hätte sich ein Vorhang gehoben und ein anderes Leben enthüllt. Sie hatte plötzlich Möglichkeiten gesehen und eine Welt, nach der sie sich so sehr sehnte, dass es sich wie der allerschlimmste Hunger anfühlte.

Jetzt, Jahre später und nach einem Schluck Rotwein, war dieses Gefühl wieder da.

Sie nahm einen weiteren Schluck Wein und aß den Käse. Wenn Paris einen speziellen Geschmack hatte, dann diesen. Der fruchtige Hauch von Rotwein und die samtig-cremige Textur von gutem Ziegenkäse, der bei Zimmertemperatur gegessen wurde, während die Sonne durch die geöffneten Fenster schien.

Sie war entschlossen gewesen, nicht an Philippe zu denken, doch nun konnte sie ihre Gedanken nicht mehr von ihm losreißen. Die Vergangenheit lebte in ihrer Erinnerung auf und überwand alle Hindernisse, die sie errichtet hatte.

Grace starrte auf ihren Laptop.

Sie musste nur ein paar Worte eintippen, und sie hätte die Antwort. Sie hatte Audrey gesagt, dass er vermutlich nicht in den sozialen Medien unterwegs sei, doch sie wusste, dass er es war. Solche Plattformen waren für Menschen wie ihn erfunden worden. Sein Leben war voller Menschen gewesen. Freunde von der Schule, Freunde vom College. Freunde seiner Eltern, seiner Schwester. Freunde, die er durch seine Liebe zur Musik kennengelernt hatte. Er war ein begabter Pianist und hatte mehrmals für Grace gespielt. Er ging leichtfüßig durchs Leben und begrüßte jeden Tag mit Zuversicht und freudiger Erwartung, um die Grace ihn beneidete.

Kein Wunder, dass sie sich in ihn verliebt hatte. Sie war verloren gewesen – und verzweifelt. Da war er wie ein helles Licht am Ende des Tunnels.

Hatte er je an sie gedacht?

War sie einfach das Mädchen, auf das er an jenem Abend auf der Brücke gewartet hatte?

Ein Klopfen an der Tür riss sie aus ihren Gedanken, und sie erhob sich rasch. Sie schloss das alles fort – die Vergangenheit, ihre Gedanken, Philippe – und ging durch das Wohnzimmer.

Audrey stürzte ins Zimmer, ein Wirbel von Farbe, Parfüm und überschwänglicher Jugend. Sie hatte ein grünes kurzes Kleid an, das in einem schönen Schwung von den dünnen Trägern bis zur Mitte der Oberschenkel fiel. Es war die Art von Kleid, die man trug, wenn man jung, mutig und perfekt in Form war. »Was meinst du? Ich habe es auf dem Nachhauseweg auf dem Markt gefunden und auf Französisch danach gefragt. Bist du beeindruckt?« Sie drehte sich um, wobei das Kleid sich hob und ihren Körper umspielte.

»Ich bin beeindruckt.« Sie konnte sich gut vorstellen, wie Audrey die Worte zusammengesucht hatte, mit vor Entschlossenheit leuchtenden Augen. »Dein Haar sieht großartig aus.«

»Im Salon war heute wenig los, sodass meine Kollegen es für mich gemacht haben.« Ihr Haar war immer schön, doch heute fiel es ihr in Korkenzieherlocken über die Schultern, wie ein lodernder Sonnenuntergang, der sich flammend rot von der blassen Haut ihrer Schultern abhob. Eyeliner und Mascara ließen ihre Augen riesig wirken. Sie sah großartig aus, und Grace wurde kurz von Sorge übermannt.

Nein. Sie würde ihr nicht sagen, dass sie vorsichtig sein sollte. Sie war nicht Audreys Mutter.

Und sie wusste, dass ihre Reaktion eher auf ihr eigenes Bedürfnis nach Kontrolle zurückzuführen war als auf irgendeinen tatsächlichen Grund für Vorsicht. Sie hatte Etienne kennengelernt. Er schien ein guter Kerl zu sein. Natürlich jung, aber das musste nicht unvorsichtig oder rücksichtslos bedeuten. Die beiden gemeinsam zu sehen erinnerte sie daran, wie es sich anfühlte, achtzehn Jahre alt und zum ersten Mal verliebt zu sein.

Allerdings war sie damals im Gegensatz zu Audrey nicht gerade gerissen gewesen.

Grace versuchte nicht daran zu denken, dass sie trotz allem auch Verletzlichkeit in Audreys Miene hatte aufblitzen sehen.

»Holt er dich hier ab? Hast du alles, was du brauchst? Geld? Dein Handy? Ist es aufgeladen?« *Sei still, Grace.*

»Ich habe alles. Und er holt mich nicht ab. Wir treffen uns in einer Bar.«

Welche Bar? Um wie viel Uhr? Was machst du, wenn er nicht kommt? Hast du Geld? Trink nicht zu viel.

Sie verbarg ihre Sorgen hinter einem Lächeln. »Viel Spaß. Wenn du irgendwas brauchst, ruf mich an.«

Audrey blickte sich in Grace' Wohnung um. »Was machst du heute Abend?«

»Ich werde lesen, die Blumen gießen, Sophie schreiben und meine Großmutter anrufen.«

»Du lebst wirklich gefährlich, Grace. Sei vorsichtig – und brich dir nicht den Knöchel, oder fall beim Blumengießen nicht vom Balkon.« Audrey boxte ihr spielerisch gegen den Arm. »Wenn du in Schwierigkeiten kommst, ruf mich an.«

»Sehr lustig.«

»Du solltest nach diesem Typen suchen.«

Grace hoffte, dass sie nicht rot wurde. »Gibst du jemals auf?«

»Nie. Tu es! Nur ein kurzer Blick. Ein winziger geheimer Blick. Er wird nie davon erfahren.«

Grace verdrehte die Augen. Was Audrey an Lesefähigkeiten zu fehlen schien, machte sie mit verbissener Entschlossenheit wett.

Sie sah auf die Uhr und war überrascht, wie spät es war. Sie hatte Mimi früher anrufen wollen, doch eine gute Stunde verloren, als sie im Sonnenschein Wein getrunken und an die Vergangenheit gedacht hatte.

Mit den Jahren waren die Konturen ihrer Erinnerung undeutlicher geworden, die Bilder verschwommen. Fragen waren aufgetaucht und alternative Szenarien.

Was, wenn ... Was, wenn...?

Als Audrey ging, blieb ihr Duft von Zitrone und Verbene in Grace' Wohnung zurück. Ihre Absätze klapperten auf den Stufen, dann das Quietschen der Tür, die offenbar niemand ölte, und ihr Zuschlagen.

Grace setzte sich wieder an den Tisch und klappte den Laptop auf. Gleich würde sie Mimi anskypen, doch zuerst ...

Ihre Finger schwebten über der Tastatur.

Würde sie das wirklich tun?

Würde sie nachschauen?

Alle vorgetäuschte Kontrolle schien sie verlassen zu haben. Sie nahm einen weiteren Schluck Wein und tippte seinen Namen ein.

Wie erwartet, war er nicht schwer zu finden. Sie brauchte weniger als eine Minute, um Bilder von ihm zu entdecken und zu erfahren, dass er inzwischen ein gefeierter Pianist war. Er hatte eine professionelle Website mit einer Liste von Konzertdaten, einer Biografie und einer Diskografie.

Sie klickte auf eines der Bilder. Nicht eines von den in Szene gesetzten Porträts mit einem Zahnpastalächeln, sondern eines, das während eines Konzerts aufgenommen worden war und ihn mit den Händen auf dem Klavier und einem konzentrierten Gesichtsausdruck zeigte.

Musik war seine größte Leidenschaft, aber daneben gab es noch viele andere. Essen. Wein. Literatur. Philippe war ein Mensch, der das Leben mit beiden Händen packte und es ausquetschte, bis nichts mehr drin war.

Sie ging auf seine Facebook-Seite, um nach persönlicheren Informationen zu suchen. Die Seite war privat, sodass sie nur ein paar Bilder sehen konnte, die er auf seinem Profil gepostet hatte.

Philippe mit bloßem Oberkörper, einen Hut tief ins Gesicht gezogen, wie er an einem endlos wirkenden Strand stand.

Philippe, wie er in der Carnegie Hall in New York spielte und in der Wigmore Hall in London.

Gab es eine Ehefrau? Hatte er geheiratet?

Sie ging auf ihr eigenes Profil und versuchte es aus der Perspektive von jemandem zu betrachten, der sie nicht kannte. Das Bild hatte Mimi bei einem Grillfest im Garten aufgenommen, das David alljährlich für die Nachbarn veranstaltete. Ihre Frisur saß, ebenso das Make-up. Ihr Lächeln wirkte verkrampft. Kontrolliert. Woran hatte sie gedacht, als das Bild aufgenommen wurde?

Sie sah nicht aus wie eine Frau, die einst am Seine-Ufer zu viel Rotwein getrunken und einen Franzosen geküsst hatte.

Sie kehrte auf Philippes Seite zurück. Es wäre einfach, ihm eine Freundschaftsanfrage zu schicken. Würde er sie beantworten?

Besser spät als nie.

Oder vielleicht würde er sie ignorieren.

Ihre Finger zögerten, und dann klappte sie den Laptop zu. Sie griff stattdessen nach ihrem Buch und umklammerte es fest, um sich daran zu hindern, das zu tun, was sie vermutlich nicht tun sollte.

Draußen wurde der Himmel dunkler, die roten Streifen wichen allmählich dem Mitternachtsblau.

Sie fragte sich, was Audrey gerade tat.

Also sah sie auf ihr Handy, doch dort waren keine Nachrichten, nur eine Mail von Sophie mit ein paar Fotos von Rom. Das Kolosseum. Der Trevi-Brunnen.

Ich habe eine tolle Zeit, Mom. Wie ist Paris?

Sie schrieb zurück:

Paris ist großartig.

Zum ersten Mal fühlte es sich nicht wie eine Lüge an. Seit sie in die Wohnung gezogen war, lebte sie auf. Es war, als hätte sie einen Teil ihres Lebens im Hotel zurückgelassen.

Gähnend stand sie auf und brachte ihr leeres Glas und den Teller in die Küche.

Sie würde Mimi anrufen und dann früh zu Bett gehen.

Sie machte sich einen Kaffee, wie Philippe es ihr beigebracht hatte, und nahm ihn mit zurück zum Tisch. Allein der Duft ließ sie einen dauerhaften Umzug nach Paris in Betracht ziehen. So musste Kaffee schmecken.

Normalerweise ging Mimi sofort ran, wenn sie per Skype anrief, doch heute Abend gab es eine Verzögerung, und als ihre Großmutter sich meldete, wirkte sie nervös.

»Grace! Wie geht es dir?«

»Wie geht es dir?« Grace stellte den Bildschirm richtig ein. »Bist du außer Atem? Sag nichts – du hattest wilden Sex mit einem früheren russischen Spion, den du in deiner Zeit als Tänzerin kennengelernt hast.« Sie hörte ein Geräusch im Hintergrund. »Ist jemand bei dir?«

»John, der Gärtner, hat mir frische Pfirsiche gebracht, doch er wollte gerade gehen. Erzähl mir von dir. Lässt du dich im Luxushotel verwöhnen?«

»Besser.« Grace zog die Beine unter sich und machte es sich auf dem Sofa gemütlich. Es war schön, endlich wieder etwas Gutes berichten zu können. Sie hatte das Gefühl, in den letzten Monaten nur noch geweint und geklagt zu haben. »Ich wohne in einem Apartment und lebe wie eine echte Pariserin. Bist du beeindruckt?« Die Frage war überflüssig. Ihre Großmutter würde begeistert sein, dass Grace so etwas in Angriff genommen hatte.

»Ein Apartment? Grace!« Mimi strahlte. »Was ist mit dem Hotel passiert?«

»Ich habe einen französischen Liebhaber gefunden, und das Hotel hat sich wegen des Lärms beschwert. Sie waren auch nicht gerade begeistert, dass wir uns am Kronleuchter hin- und hergeschwungen haben. Offenbar war er antik.«

Mimis Lachen war schriller als gewöhnlich. Ihr Blick wanderte kurz jenseits des Bildschirms.

Grace erstarrte vor Peinlichkeit. War John noch da? Falls ja, würde sie in der Seniorenresidenz Rushing River nie wieder jemandem in die Augen sehen können. Sie würde ihre Französischkurse mit einer Tüte über dem Kopf geben müssen. »Mimi? Bist du allein?«

»Ja. Ich bin nur ein bisschen abgelenkt, das ist alles. Dein Anruf hat mich überrascht.«

Ihre Großmutter liebte doch eigentlich Überraschungen.

»Ich wollte mit dir sprechen.«

»Erzähl mir von dem Apartment. Bedeutet das, dass du länger in Paris bleiben willst?«

Die Mimi, die Grace kannte, hätte zuerst nach dem französischen Liebhaber gefragt.

Oder vielleicht wusste ihre Großmutter, dass sie nur scherzte.

»Ich kann nicht länger bleiben, wegen Sophie.« Aber wenn Sophie erst einmal ausgezogen war, konnte sie alles tun. Vor ein paar Monaten hätte ihr der Gedanke Angst eingejagt, aber jetzt? Sie erkundete vorsichtig ihre Gefühle, wie jemand, der nach einem bösen Sturz langsam aufstand. Die beklemmende Panik, die sie seit jenem schrecklichen Valentinstags-Dinner im Griff hatte, war fort. Sie hatte keine Angst mehr. Sie war traurig, ja, doch Angst vor der Zukunft? Nein. Vielleicht lag es am Wein. Oder vielleicht einfach daran, dass sie ihr altes Leben zurückgelassen hatte. Dieses neue Leben, das sie jetzt führte, hatte niemals David enthalten. Hier war der Verlust eher ein leichter Schmerz als ein Stich. Sie spürte, wie ihre Kraft zurückkehrte. »Es ist vorübergehend. Ich schicke dir die Adresse. Ich glaube, es würde dir gefallen. Ich wohne über dem Buchladen.« Warum sah ihre Großmutter sie nicht an? »Mimi?«

»Ja?« Mimis Augen wanderten wieder zum Bildschirm. »Erzähl mir davon.«

Grace versuchte, die Miene ihrer Großmutter zu deuten, doch der Empfang war nicht der beste und das Bild ein wenig verschwommen. »Stimmt etwas nicht?«

»Was sollte nicht stimmen? Ich lebe im Paradies. Jetzt erzähl mir vom Buchladen. Ist die Tür noch blau? Haben Sie immer noch eine Glocke, die so klingt wie ein Schiff, das kurz vorm Untergang steht?«

»Allerdings. Ich glaube nicht, dass sich in den letzten hundert Jahren viel verändert hat. Wir waten vermutlich durch denselben Staub wie du damals. Der Laden gehört einer Frau namens Elodie. Sie erwähnte ihre Großmutter Paulette. Hast du sie je kennengelernt?«

»Ich bin nicht sicher …« Mimi sah unsicher aus. »Vielleicht. Oder vielleicht auch nicht. Die Vergangenheit ist schemenhaft.«

Grace wusste genau, dass ihre Großmutter ein hervorragendes Erinnerungsvermögen besaß. Wenn die Vergangenheit schemenhaft erschien, lag es daran, dass sie etwas nicht erzählen wollte.

Es war frustrierend. Sie wollte unbedingt mehr über Mimis Verbindung zum Buchladen erfahren.

»Ich liebe es, dass er so viele verschiedene Räume hat. Fast wie ein Labyrinth. Was gefiel dir am meisten an dem Laden?«

»Die Atmosphäre.«

Zumindest tat ihre Großmutter nicht so, als wären es die Bücher gewesen.

Grace hatte noch immer Schwierigkeiten, sich ihre freigeistige, temperamentvolle Großmutter in einem Buchladen vorzustellen. Es war, als würde man einen Vogel in einen Käfig sperren.

»Ich habe eine neue Freundin. Sie heißt Audrey und ist in Sophies Alter. Du würdest sie mögen. Sie erinnert mich ein bisschen an dich. Sie arbeitet im Buchladen.«

»Das ist gut. Ich bin gern mit jungen Menschen zusammen, auch wenn für mich inzwischen jeder ein junger Mensch ist.«

Grace atmete tief durch. »Ich habe heute Abend etwas getan.« Wenn ihr jemand einen Rat geben konnte, dann ihre Großmutter. »Etwas, was mir nicht ähnlichsieht. Ich habe

Philippe aufgespürt. Er ist jetzt Konzertpianist. Er spielt auf der ganzen Welt. Ich überlege, ob ich ihm eine Freundschaftsanfrage schicken soll. Was meinst du?«

»Ich finde, das klingt nach einem exzellenten Plan.«

»Es ist nicht wirklich ein Plan. Derzeit habe ich nicht viele Pläne. Ich wache auf und überlege, worauf ich Lust habe, aber ich habe mich gefragt …« Sie biss sich auf die Lippen. »Erinnerst du dich, wie ich Philippe damals erwähnt habe?«

Mimi strahlte. »Natürlich! Er war deine erste Liebe. Gut aussehend, charmant, klug – und ein hervorragender Liebhaber.«

Grace fiel fast vom Stuhl. »Ähm …«

»Alle Pariser sind hervorragende Liebhaber. Sie behandeln Frauen so, wie sie auch Essen behandeln – als etwas, was man würdigen und genießen sollte. In Paris ist die Liebe etwas, was man nicht überstürzt. Du solltest ihn auf jeden Fall kontaktieren. Ich habe immer schon vermutet, dass du eines Tages zurückgehen und ihn heiraten würdest.«

»Ich habe David geheiratet.«

»Ja. Schade. Aber wir alle treffen Entscheidungen, die wir manchmal bereuen.«

Mimi betete David an. Seit wann hielt sie die Hochzeit mit ihm für einen Fehler? Und warum war sie plötzlich so entschlossen, Grace in die Arme von jemand anderem zu treiben?

Sie wollte sagen, dass sie es nicht bereute, David geheiratet zu haben, doch Mimi setzte schon nach.

»Ruf ihn an, Grace! Kontaktiere ihn.«

»Du sagst doch immer, dass wir nicht in die Vergangenheit zurückkehren können.«

»Das hängt davon ab, was in der Vergangenheit geschehen ist. In diesem Fall solltest du es tun. Du musst dein Leben leben. Schließlich ist das nichts anderes, als David getan hat. Kontaktiere Philippe.«

»Er könnte verheiratet sein.«

»Ach, na und? In Paris ist das allen egal.«

»Mir nicht, aber wenn er nicht verheiratet ist, könnte es nett sein, ihn zu treffen. Auf einen Drink oder zum Essen.«

»Abendessen. Romantik. Sex. Paris ist wie für dich geschaffen, nicht wahr? Du ahnst gar nicht, wie froh ich darüber bin, dass du hier nicht rumsitzt und dich nach David verzehrst.«

»Na ja, eigentlich …«

»Guter Sex heilt alles, finde ich.« Mimi straffte sich. »Ich habe in zehn Minuten Yoga und sollte gehen. Ruf bald wieder an.«

Grace war so verblüfft von dem ganzen Gespräch, dass sie nicht fragte, warum ihre Großmutter sich so kurzfasste.

»Mach's gut.«

Verwirrt klappte sie den Laptop zu.

Dann starrte sie ins Leere.

Irgendetwas stimmte mit ihrer Großmutter nicht.

MIMI

Mimi klappte ihren Laptop zu und musterte den Mann, der in ihrem Türrahmen stand. »Du solltest gehen!«

»Ich war auf dem Weg, aber dann habe ich ihre Stimme gehört.« David kam zurück ins Zimmer und setzte sich aufs Sofa. »Ich hatte das nicht erwartet. Sie klang so … so …«

»So was? So fröhlich? Du möchtest, dass es ihr schlecht geht, ist es das?«

»Nein!« Er fuhr sich mit der Hand über den Nacken. »Du weißt, dass das nicht so ist.«

»Ich weiß nur, dass du meiner Enkelin das Herz gebrochen hast und jetzt plötzlich an meine Tür klopfst.«

Er war ihr ausgewichen, vermutlich weil er sich für sein Verhalten zu sehr schämte, um ihr gegenüberzutreten. Aber heute war er hier, was bedeutete, dass sich etwas geändert haben musste.

»Ich kenne dich seit Ewigkeiten, Mimi. Grace ist außer Landes, und ich wollte nach dir sehen.«

Hielt er sie für so dumm, ihm zu glauben? Vielleicht hätte sie ihn rauswerfen sollen, doch er war wie ein Sohn für sie, und es war ihr unmöglich, ihn aus ihrem Leben zu verbannen.

David war ein guter Kerl, der etwas Schlechtes oder zumindest etwas Dummes getan hatte.

»Es geht mir gut. Könnte nicht besser sein.« Sie entschied, ihre Theorie auf die Probe zu stellen. »Wie geht es dir? Wo ist Lissa heute Nachmittag?«

»Sie ist mit ihren Freundinnen in der Mall. Shoppen.«

»Es ist sicher gut für sie, mit Menschen ihres Alters unterwegs zu sein.«

David zuckte zusammen. »Das ist sehr hart, Mimi.«

War es das? Sie verspürte einen Anflug von Schuldgefühl und dachte dann daran, was er ihrer Enkelin angetan hatte. Ihrer Grace.

»Erwartest du von mir, dass ich Rücksicht auf deine Gefühle nehme?«

»Nein, das erwarte ich nicht.« Er wirkte gestresst. Müde. Wie ein Mann, der seit Monaten keine ganze Nacht mehr geschlafen hatte.

Zu viel Sex, dachte Mimi. Oder vielleicht nicht. Vielleicht war es etwas anderes.

Konnte es sein, dass die Dinge zwischen Lissa und David nicht so gut standen wie einst?

»Möchtest du einen Kaffee?«

»Ja. Ich mache ihn.« Er ging in die Küche, denn er fühlte sich bei ihr ebenso zu Hause wie bei sich. Bevor er und Grace sich trennten, hatte er Mimi mindestens einmal pro Woche auf dem Weg von der Arbeit nach Hause besucht. Er hatte sie mit albernen Geschichten unterhalten und zum Lachen gebracht. Das vermisste sie.

Sie vermisste ihn.

Es war sechs Monate her, dass er Grace verlassen hatte, und sie bemerkte die Veränderung an ihm. Sein Haar war kürzer. Das Hemd, das er trug, war schmal geschnitten. Offensichtlich besuchte er regelmäßig ein Fitnessstudio. Sie stellte sich vor, wie Lissa ihn in einen Laden zog und so einzukleiden versuchte, dass er nicht aussah wie ein Mann, der ihr Vater sein könnte.

»Wer ist Philippe?« Seine Stimme klang rau. »Sie hat nie einen Philippe erwähnt.«

»Nein? Nun, das liegt natürlich in der Vergangenheit. Bevor ihr zwei euch kennengelernt habt.«

Mimi fühlte ihr Herz schlagen. Sie hatte nie ein gutes Händchen für Beziehungen gehabt, weder für ihre eigenen noch für die anderer Menschen. »Als sie in Paris war, hat sie viele Menschen kennengelernt. Das war der Zweck ihrer Reise. Ihre

Sprachkenntnisse zu verbessern.« Und zu entkommen. Mimi hatte sie gedrängt: Fahr, fahr, hau ab aus diesem Leben, um zu sehen, wie schön die Welt jenseits dieses dunklen Ortes ist.

Hatte sie es für sich selbst getan? Um ihr Schuldgefühl zu besänftigen?

Spielte es überhaupt eine Rolle?

Letztlich war es nicht genug gewesen. Grace war nach Hause gekommen. Und sie war geblieben.

David bereitete den Kaffee mit einer French Press zu, so wie sie es mochte. Er trug die Kanne zu dem kleinen Sofatisch, dazu zwei Porzellantassen, die sie aus Paris mitgebracht hatte und die die Jahre überlebt hatten. Durch die geöffnete Terrassentür wehte ein Lüftchen, und Mimi saß in ihrem Lieblingssessel, von dem aus sie in ihren Garten schaute.

»Er ist ein Pianist? Grace hört beim Kochen Sonaten von Mozart.«

»Tut sie das?« Mimi versuchte, sich nichts anmerken zu lassen.

»War sie in ihn verliebt? Warum hat sie nie von ihm gesprochen?«

»Sie hat dich geheiratet, David.« Mimi drückte den Stempel der Kanne hinunter und schenkte den Kaffee ein. Für einen kurzen Augenblick roch ihr kleines Apartment wie ein Pariser Café. »Sie hat dich gewählt.« Sie drehte das Messer in der Wunde und sah, wie er errötete.

»Ich mache mir Sorgen, dass sie im Moment sehr schutzlos sein könnte.«

»Ach ja?« Mimi nippte an ihrem Kaffee. »Klang sie schutzlos?«

»Nein.« Er fuhr sich mit der Hand über die Wange. »Sie klang … gefasst. Freudig. Und was meinte sie damit, dass sie keinen Plan hat? Grace hat immer einen Plan. Das klang gar nicht nach ihr.«

Mimi dachte an das Bild ihrer Enkelin, das eben auf dem Computerbildschirm erschienen war. Grace hatte auch nicht wie sie selbst ausgesehen. Sie hatte ein weites luftiges Kleid getragen. Neben ihr standen ein leeres Glas und eine Flasche Wein.

Wenn David gesehen hätte, was sie gesehen hatte, würde er noch mehr Fragen stellen, als er es schon tat.

Sie stellte sich selbst ein paar Fragen.

»Es macht dich sicher froh, dass sie neu anfängt und ihr Leben neu aufbaut.« Sie bemerkte, dass er ganz und gar nicht froh wirkte. Seinen Kaffee hatte er noch nicht angerührt. »Du musst dir keine Sorgen machen, dass Philippe ihr wehtut. Du kannst dich entspannen. Ich weiß, dass er sehr achtsam mit Grace umgehen würde.«

David wirkte nicht entspannt. Er wirkte, als würde er am liebsten etwas schlagen wollen.

Er schien gerade etwas sagen zu wollen, als sein Handy klingelte.

Er sah auf das Display und verzog verlegen das Gesicht. »Es ist Lissa …«

»Geh nur ran«, sagte Mimi zuckersüß. »Das arme kleine Ding könnte sich in der Mall verirrt haben.«

Er warf ihr einen strafenden Blick zu und wandte sich ab. »Hallo, Liss. Was gibt's?«

Mimi neigte den Kopf und hörte zu. Was sollte sie auch tun? Er führte das Gespräch hier bei ihr zu Hause. Er konnte schließlich nicht von ihr erwarten, dass sie hinausging, oder?

»Ja. Wenn es dir gefällt, kauf es.« David senkte die Stimme. »Ich gebe dir das Geld zurück, wenn du nach Hause kommst.«

Aufs Bezahlen reduziert, um das Mädchen bei Laune zu halten, dachte Mimi, während sie ein nicht vorhandenes Staubkorn von ihrem Rock strich. So geschmacklos.

»Wann? Diesen Samstag? Was für eine Party? Wer genau ist dort?« Seine Schultern sackten nach unten. »Ich weiß … ich weiß, dass du es im Apartment langweilig findest … Ja, ich weiß, dass du deine Freunde vermisst … Natürlich gehen wir, wenn du das möchtest.«

Noch ein bisschen Beschwichtigung und ein bisschen Schmeichelei. Dann legte er endlich auf. Er sah Mimi verlegen an.

»Tut mir leid.«

»Du musst dich nicht entschuldigen. Sugardaddy zu sein ist ein Vollzeitjob.«

Sein kurzes Lachen klang eher müde als amüsiert. »Du gibst nie auf, nicht wahr? Es geht nicht ums Geld, weißt du. Tatsächlich hat sie viel für mich aufgegeben, und ich habe wohl das Bedürfnis, das zu kompensieren.«

Mimi sah nicht eine Sache, die Lissa aufgegeben hätte. Aber sie sah, was sie gewonnen hatte. Einen attraktiven, anständigen Mann. Etwas, was sie schon immer vermisst hatte, seit ihr Rabenvater die Familie verlassen hatte.

David wiederum hatte viel aufgegeben.

Er hatte ihre Grace aufgegeben.

Enttäuscht und wütend holte sie zu einem weiteren Schlag aus. »Es muss nett sein, zu deinen wilden Teenager- und Partyzeiten zurückzukehren. Grace' romantisches Abendessen in Paris wirkt dagegen ziemlich gewöhnlich.«

»Meinst du wirklich, dass Grace …?« David hielt inne. »Grüßt du sie bitte, wenn du sie das nächste Mal sprichst? Obwohl, wenn ich darüber nachdenke … vergiss es. Sag ihr nichts.«

»Ich bezweifle, dass ich in nächster Zeit mit ihr sprechen werde. Sie amüsiert sich viel zu gut in Paris, um sich um mich zu kümmern.«

Mischte sie sich etwa ein?

Und was wäre, wenn sie das tat?

Mimi stand auf und schenkte sich ein Glas Wasser ein. Ihre Hand zitterte ein wenig. Sie fühlte sich alt. Müde.

Sie hörte, wie er seinen Stuhl zurückschob und durch den Raum lief.

»Klemmt das Schloss an deiner Hintertür noch?«

»Glaub ja nicht, dass du mich rumkriegst, indem du hier Reparaturen erledigst. Meinst du, ich mache mir wirklich Gedanken wegen einer Tür?«

Sie war krank vor Sorge wegen der Tür.

»Ich habe meinen Werkzeugkasten im Auto. Ich kann es rasch reparieren.«

Sie sollte ihn fortschicken, doch jeden Morgen an der Tür zerren zu müssen, ging ihr auf die Nerven. Am Morgen hatte sie sogar dagegengetreten und war erleichtert gewesen, dass niemand ihre kindische Reaktion beobachtet hatte. »Tu, was du tun musst.«

Sie hörte, wie er die Vordertür öffnete und sah, wie er zu seinem Wagen ging.

Ihre Schultern sanken nach unten. Sie hatte das vermisst. Hatte seine Besuche, die Gespräche und seine Freundlichkeit vermisst.

Sie fühlte sich hin- und hergerissen. War es illoyal, sich von ihm Kleinigkeiten in ihrem Zuhause reparieren zu lassen? Da war auch noch die quietschende Schranktür.

Doch sie war wütend auf ihn. So wütend.

Und dann war er zurück. Seine aufgerollten Ärmel entblößten seine starken Arme. Stark. Fähig. Lügner.

Sie straffte die Schultern. »Das bedeutet nicht, dass ich dir vergebe.«

»Ich weiß.« Er öffnete den Werkzeugkasten und holte etwas heraus. Sie hatte keine Ahnung, was es war. Sie war gut darin, Dinge kaputt zu machen, aber hoffnungslos darin, sie zu reparieren.

Aufmerksam sah sie ihm bei der Arbeit zu.

Er holte das neue Schloss aus der Verpackung und baute es sorgsam ein. »Sie wird diesen Philippe kontaktieren, oder?«

»Du kennst die Bedeutung des Wortes ›Scheinheiligkeit‹, David?«

»Ich sorge mich um sie, das ist alles.«

»Du hast das Recht, dich um sie zu sorgen, vor sechs Monaten verloren.« Warum war sie so hart? Vielleicht weil sie selbst ebenfalls schlechte Entscheidungen getroffen hatte. Auch sie hatte Dinge getan, auf die sie nicht stolz war.

Er prüfte den Türgriff. Öffnete und schloss mehrmals die Tür und packte dann sein Werkzeug wieder zusammen. »Ich weiß nicht, was geschehen ist, Mimi. Ich weiß nicht genau, wann und wo was schiefgelaufen ist. Es ist lange her, dass ich das Gefühl hatte, dass Grace mich braucht.«

»Von allen Menschen hättest du am besten wissen sollen, wie sehr Grace dich braucht.«

»Wie? Wann? Sie hat alles organisiert. Alles durchgeplant.«

»Natürlich. Grace hasst Chaos.«

»Und ich habe das irgendwann aus den Augen verloren.« Er seufzte. »Ich war heute Morgen in der Bäckerei, um Brot zu kaufen. Clemmie gab mir ein altes Brot.«

Gut für Clemmie.

»Clemmie mag Grace sehr gerne.«

David ging zum Fenster von Mimis kleinem Apartment und sah hinunter zum Fluss.

»Im Sommer ist es hier sehr schön.«

»Solltest du nicht gehen? Du darfst ein orientierungsloses Kind nicht unbeaufsichtigt in der Mall zurücklassen. Das wäre nicht richtig.«

Er lachte matt. »Du hast recht. Ich sollte gehen.« Er ging zu ihr und küsste sie auf die Wange. »Ich komme bald wieder vorbei, Mimi.«

»Mach dir keine Sorgen um mich. Du wirst zu viel mit den Partys zu tun haben und all diesen Dingen, die Teenager heutzutage gerne tun.«

Er ignorierte den Seitenhieb. »Sagst du Grace, dass ich da war?«

»Nein. Warum sollte ich? Du bist ihre Vergangenheit, und sie sollte sich jetzt auf ihre Zukunft konzentrieren.«

»Was, wenn sie sich mit ihm einlässt?«

»Ich hoffe, dass sie das tut. Sie verdient es, ebenso glücklich zu sein wie du.« Nie hatte sie einen Mann gesehen, der elender aussah. »Und jetzt, da du weißt, dass sie ihr Leben neu anfängt und sich mit anderen Männern trifft, brauchst du dich nicht mehr schuldig zu fühlen und kannst dein neues Leben genießen.«

Er wirkte nicht, als ob er sein neues Leben genoss. Er wirkte traumatisiert. Er stolperte zur Tür. »Ich werde ... Auf Wiedersehen, Mimi.«

»Auf Wiedersehen.«

Als er die Tür hinter sich zugezogen hatte, schloss sie die Augen.

Sie musste jetzt eine Entscheidung treffen.

Sollte sie Grace sagen, dass er da gewesen war?

Oder sollte sie diese Information für sich behalten?

AUDREY

Audrey drehte sich im Bett um und stellte fest, dass sie allein war. Doch die zerknitterten Laken und die Mulde im Kissen neben ihr zeigten ihr, dass sie sich die vergangene Nacht nicht eingebildet hatte.

Übernächtigt setzte sie sich auf. Da lag ihr Kleid auf dem Boden. Ihre Schuhe neben der Tür. Ihre restliche Kleidung, die die Geschehnisse des vergangenen Abends anzeigte.

Letztlich waren sie in eine Bar gegangen. Er hatte Bier einer populären Marke bestellt und darauf bestanden, dass sie es auch probierte. Die Musik war so laut, dass sie Nase an Nase sitzen mussten, um sich zu unterhalten. Um ehrlich zu sein, hatten sie mehr geküsst als geredet. Sie waren so miteinander beschäftigt gewesen, dass er nicht bemerkt hatte, dass sie ihr Getränk gar nicht anrührte.

Etienne hatte viele Menschen dort gekannt. Sie waren vorbeigekommen und hatten in schnellem Französisch gesprochen, doch er hatte immer auf Englisch geantwortet, damit Audrey sich nicht ausgeschlossen fühlte.

Sie rollte sich auf den Rücken und sah nach oben an die Decke. Sie mochte ihn. *Sie mochte ihn.*

Und mit ihr war alles in Ordnung.

Als sie daran dachte, lächelte sie.

Dann hörte sie eine Tür und sah, wie er mit einem Tablett ins Zimmer kam. Er blieb im Türrahmen stehen und lächelte. »Du bist noch da.«

»Warum sollte ich nicht?«

Er zuckte mit den Schultern auf eine Art, die ebenso süß wie linkisch war. »Der Morgen danach. Die Dinge sehen im Tageslicht anders aus, nicht wahr?«

Wenn überhaupt sah er sogar noch besser aus als am Abend zuvor.

Sie wünschte, sie wäre rasch ins Badezimmer gelaufen und hätte sich zumindest die Haare gekämmt. »Ich hatte Spaß gestern Nacht.«

»Ich auch. Ich weiß nicht, was du zum Frühstück isst, deswegen habe ich etwas zusammengestellt.« Sein Oberkörper war nackt, doch er hatte eine kurze Hose angezogen. Sie saß knapp über seinen Hüften, und sie fühlte, wie ihr Mund trocken wurde.

Sie hatten am Abend zuvor nicht viel geredet, doch was, wenn er plötzlich mit ihr sprechen wollte? Was, wenn er ein Thema wählte, von dem sie nichts verstand? Sie wollte nicht dumm wirken. Bei einem Gespräch würde sie sich unsicherer fühlen als beim Sex.

Sie setzte sich auf und bedeckte ihre Brüste mit dem Laken.

»Deine Wohnung ist ja wie ein Hotel.«

»Die Wohnung meiner Eltern.« Er stellte das Tablett auf den Tisch. Der Duft von frisch gebrühtem Kaffee vermischte sich mit dem Duft warmer Croissants. Sein Haar fiel ihm in die Stirn, und er hatte einen Bartschatten.

Er war so unglaublich süß, dass sich ihr Magen zusammenzog.

»Dann sind sie wohl wahnsinnig erfolgreich, schätze ich.« Sie griff nach einem Croissant. »Soll ich einen Teller benutzen? Ich möchte nicht überall Krümel hinterlassen.«

»Wenn doch, lecke ich sie von dir ab.« Er beugte sich vor und küsste sie auf den Mundwinkel. »Du bist unglaublich. Dein Haar sieht aus, als stünde es in Flammen.«

Niemand hatte ihr je zuvor gesagt, dass sie unglaublich sei.

Wie er sie ansah, gab ihr das Gefühl, unglaublich zu sein.

Das Croissant war das Beste, was sie je gegessen hatte. Butterig, knusprig und noch warm. »Wo hast du das gekauft?«

»In der Bäckerei nebenan.« Er zog die Shorts aus und schlüpfte zu ihr ins Bett, wobei er rasch nach ihrem Kaffee griff, damit er nicht umkippte. »Bist du müde? Wir haben nicht viel Schlaf bekommen.«

»Mir geht's großartig. Sind deine Mum und dein Dad den ganzen Sommer fort?«

»Sie flüchten aus Paris an den Strand.« Er sagte es ganz beiläufig. »Mein Dad ist Investor und arbeitet von zu Hause aus.«

Sie hatte keine Ahnung, was das für ein Job war, doch nach dieser Wohnung zu schließen war er offenbar gut bezahlt. »Das klingt gut.«

»Was ist mit deinen Eltern? Was arbeiten sie?«

Seine Familie war offenbar ganz normal. Wenn sie ihm die Wahrheit über ihre sagte, würde er vermutlich aufhören, sie für unglaublich zu halten.

»Meine Mum ist Sekretärin. Sie arbeitet für einen Haufen Rechtsanwälte. Sie hat gerade wieder geheiratet.« Das war eine Halbwahrheit. Ihr Leben war gespickt mit Halbwahrheiten. Einen Teil seines Lebens zu verschweigen führte zu einer Art von Isolation, die schwer zu beschreiben war. Dass niemand sie wirklich kannte, erzeugte eine sehr spezielle Einsamkeit.

»Du hast einen Stiefvater? Schlägt er dich?«

Bei dem Gedanken, dass Ron jemanden schlagen könnte, musste sie lächeln. »Nein. Tatsächlich ist er ziemlich cool. Ich wette, deine Eltern sind seit Ewigkeiten verheiratet.«

»Ja, aber das reicht jetzt mit dem langweiligen Gerede über Eltern.« Er nahm ihr den Kaffeebecher aus der Hand und stellte ihn auf den Nachttisch. »Ich möchte nicht über meine Eltern nachdenken, bevor ich all das gemacht habe, was ich mit dir vorhabe.«

»Ich wollte den trinken!« Sie kreischte vor Lachen, als er sie zurück aufs Bett warf. »Wie spät ist es?«

»Ich weiß nicht. Ich bin ein fauler Student, erinnerst du dich? Ich sehe morgens nie auf die Uhr.«

»Aber ich muss arbeiten.« Aus der Nähe sah sie seine kleinen

Bartstoppeln und die Schläfrigkeit in seinen Augen, als er sie anlächelte. Sie spürte sein Gewicht auf ihrem Körper, seinen rauen Oberschenkel an ihrem. Ihr Herz schlug höher, und das Begehren verschlug ihr fast den Atem.

Sie hatte das noch nie zuvor getan. Hatte nie während des Sex gelacht. War nie im Bett von jemandem aufgewacht mit dem Gefühl, hier hinzugehören. Sex war für sie immer eine eigene Angelegenheit gewesen. Nie Teil von etwas anderem. Sie war nie im Arm gehalten worden. Hatte nie gekuschelt und gestreichelt. Es fühlte sich gut an.

Er senkte den Kopf, und sein Kuss war so sanft, dass sie am liebsten geweint hätte. Ihm ging es nicht nur um sich selbst. Er nahm sich die Zeit herauszufinden, was ihr gefiel. Es ging nicht nur um Leidenschaft, es ging um Gefühl.

Er murmelte etwas auf Französisch, öffnete mit seinen Lippen ihren Mund und vertiefte seinen Kuss. Sein Geschmack und die erotische Berührung seiner Zunge in ihrem Mund machten sie ganz schwindlig.

Seine Hände waren erfahren und sicher, so ganz anders als die ungeschickte Fummelei, die sie bislang erlebt hatte. Etienne beeilte sich nicht. Er wollte »es« nicht einfach nur tun und dann möglichst schnell abhauen, um vor seinen Freunden damit anzugeben.

»Ich mag dich.« Er küsste ihr Kinn und ihren Hals. »Ich mag dich sehr.«

Das zu hören gab ihr das Gefühl, jemand Besonderes zu sein.

Sie ignorierte den Umstand, dass er sie nicht kannte. Kannte überhaupt jemand irgendjemanden? Sie wusste zum Beispiel, dass es sehr viel gab, was Ron nicht über ihre Mutter wusste.

»Ich mag dich auch.« Es fühlte sich ein bisschen merkwürdig an, es laut zu sagen. Was bedeutete das genau? Mögen war nicht lieben. Es war viel zu früh für Liebe.

Doch mögen war nett. Es fühlte sich besonders an.

Er verlagerte das Gewicht über ihr. »Bin ich zu schwer?«

»Nein.« Sie mochte das. Mochte das Gefühl von ihm auf ihr. Er war eine feste muskulöse Barriere zwischen ihr und dem Leben.

Hinterher schlief sie wieder ein und wachte ohne Orientierung und voller Panik wieder auf.

»Mist. Ich wollte nicht einschlafen. Wie spät ist es?« Sie griff nach ihrem Handy und fluchte erneut. »Ich bin zu spät dran. Verdammt – ich meine, *verflixt*.«

»Verflixt?« Etienne gähnte. »*Mist* kenne ich und *verdammt* auch, aber was ist *verflixt*?«

»Verflixt. Du weißt schon … ach, egal.« Sie schälte sich aus dem Bett und griff nach ihrer Kleidung.

Etienne erhob sich auf die Ellenbogen und sah sie aus schläfrigen Augen an. »Du kannst hier duschen, wenn du möchtest.«

»Keine Zeit. Ich bin schon zu spät. Ich werde meinen Job verlieren. Und wenn ich meinen Job verliere, verliere ich mein Apartment.«

»Du könntest hier bei mir einziehen.«

»Lass uns nichts überstürzen.« Sie zog ihr Kleid an. Am Abend zuvor hatte sie sich darin hübsch gefühlt. Nun fühlte es sich zerknittert und falsch an. Die Schuhe waren zu hoch, um über das Kopfsteinpflaster zu gehen. Wie konnte sie nur die Zeit vergessen haben? Wie lange würde sie von hier zum Buchladen brauchen? Sie wusste nicht einmal genau, wo sie war.

Sie hatte keine Zeit, in den Spiegel zu schauen, doch sie wusste, dass ein Großteil ihres Make-ups unter ihren Augen verschmiert war.

Rasch schnappte sie sich ihre Tasche und drehte sich zu ihm um. »Danke.« War es falsch, das zu sagen? Sie hatte keine Ahnung.

Er schenkte ihr dieses schiefe sexy Lächeln, dem sie nicht widerstehen konnte. »Einer meiner Freunde gibt morgen Abend eine Party. Kommst du mit?«

Sie hielt mit der Hand am Türgriff inne. Eine Party bei jemand anderem war etwas anderes als ein Drink an der Bar. Aber Etienne war nett, und die Freunde, die sie gestern Abend kennengelernt hatte, wirkten ebenfalls nett.

»Klar«, sagte sie. »Um wie viel Uhr?«

»Ich hole dich um acht ab.«

Audrey sprengte ihr Budget und nahm ein Taxi zum Buchladen. Die ganze Fahrt verkroch sie sich auf dem Rücksitz.

Sie sah, wie der Fahrer sie im Rückspiegel musterte, und las Missbilligung in seiner Miene.

Als er vor dem Buchladen anhielt, schob sie ihm ein paar Scheine zu und rannte hinein.

Bitte, bitte, lass Elodie nicht da sein.

Kein Zeichen von Elodie. Nur Grace, die mit dem weißhaarigen alten Mann sprach, der rasch Audreys Lieblingskunde geworden war. Er hieß Toni und kam jeden Tag zur selben Zeit in den Buchladen. Er wählte sich ein Regal und blätterte ein Buch nach dem anderen durch. Audrey hatte noch nicht herausbekommen, was er da tat. Sicherlich konnte niemand so rasch ein Buch lesen?

Gerade jetzt tätschelte er besänftigend Grace' Schulter. Er schien sie wegen irgendwas beruhigen zu wollen.

»Hallo Toni.« Audrey strahlte ihn an und versuchte so zu tun, als sei es normal, im zerknitterten Kleid und in den High Heels vom gestrigen Abend bei der Arbeit aufzutauchen. »Wie geht es Ihnen?«

»Danke, gut.« Er nahm seine Hand von Grace' Schulter und lächelte auf eine Weise, als hätte er wegen irgendwas recht behalten.

Grace ließ sich auf den Stuhl fallen. »Geht es dir gut?«

»Ja. Warum auch nicht?« Sie sah, wie Grace ihr Kleid musterte, und wünschte, sie hätte sich auf dem Weg nach Hause ein neues Outfit gekauft.

Normalerweise lächelte Grace viel, doch heute bildete ihr Mund eine strenge Linie.

Mist.

Normalerweise war es Audrey egal, was die Menschen von ihr dachten, doch aus irgendeinem Grund wollte sie nicht, dass Grace ein schlechtes Bild von ihr hatte. »Es tut mir leid, dass ich zu spät bin …«

»Geh duschen, und zieh dich um. Ich halte die Stellung.« Grace erhob sich und nahm einen Stapel Postkarten vom Tisch. »Lassen Sie uns diese mal durchgehen, Toni. Dies hier muss von der gegenüberliegenden Straßenseite aus aufgenommen worden sein, meinen Sie nicht?«

Toni nahm die Karte und betrachtete sie. »Ja. Dort war früher ein Café.«

Audrey zögerte. Sie wollte ihren guten Ruf retten, wusste aber nicht, was sie sagen sollte. Das Beste wäre, so schnell wie möglich die Klamotten des gestrigen Abends loszuwerden. Sie rannte nach oben in ihr Apartment, duschte innerhalb von zwei Minuten und zog eine Jeans und ein sauberes T-Shirt an. Würde Elodie auftauchen und bemerken, dass sie nicht da war, wenn sie sich jetzt noch die Zeit nahm, die Haare zu föhnen? Bei ihrem Glück vermutlich ja.

Sie schlang das Haar zu einem Knoten am Hinterkopf, riss das Fenster auf, um zu lüften, und rannte hinunter.

Sie stieß die Tür auf und erstarrte.

Elodie stand da.

Ihr Magen drehte sich um.

Auf Wiedersehen, Apartment. Wahrscheinlich auf Wiedersehen, Paris, denn sie konnte sich von dem, was sie im Salon verdiente, nichts anderes leisten. Auf Wiedersehen, Etienne.

Der Teil bekümmerte sie mehr als alles andere.

Audrey wappnete sich innerlich, gefeuert und öffentlich gedemütigt zu werden, doch statt zu explodieren wie beim letzten Mal, strahlte Elodie sie an.

»Danke!« Sie streckte beide Hände nach Audrey aus. »Grace hat mir erzählt, dass du den halben Vormittag damit verbracht hast, die Bücherkisten im Hinterzimmer auszupacken. Sie stehen seit Ewigkeiten da. Ich scheine nie die Zeit zu haben, sie zu sortieren. Kein Wunder, dass du voller Staub warst und eine Dusche gebraucht hast. Ich bin so dankbar.«

Grace stand steif neben ihr. »Ich habe Elodie erzählt, dass du sie nach Belletristik und Sachbuch geordnet und dann in Kategorien eingeteilt hast. Wir werden sie nachher zusammen in die Regale stellen.«

Audrey starrte sie an.

Grace hatte für sie gelogen? *Grace?*

War sie überhaupt imstande zu lügen?

Es musste sie halb umgebracht haben, doch für Audrey hatte sie es getan.

»Ja, diese Bücher waren … ziemlich schmutzig.«

Elodie wedelte mit der Hand. »Die Arbeit wollte ich schon seit mindestens zwei Jahren erledigen, deshalb bin ich froh, dass du endlich einen Anfang gemacht hast. Danke, Audrey.«

Audrey spürte, wie ihr Röte in die Wangen stieg. Sie fühlte sich wie eine Betrügerin, vermutlich, weil sie tatsächlich eine Betrügerin war. Sie würde nie wieder zu spät kommen. »Gern geschehen.« Sie wartete, bis Elodie den Laden verließ, und wandte sich dann an Grace.

»Danke. Das musstest du nicht tun.«

»Ich wollte nicht, dass du deinen Job verlierst.«

»Ja, na ja, also noch mal vielen Dank. Ich habe dich in eine schwierige Lage gebracht. Ich weiß, dass du nicht lügen möchtest, und kann es dir nicht vorwerfen, wenn du wütend auf mich bist.«

Sie sollte inzwischen daran gewöhnt sein. Ihre Mutter schrie sie oft an. Auch ihre Lehrer waren an ihr verzweifelt.

»Ich bin nicht wütend, weil ich für dich lügen musste. Ich bin wütend, weil ich mich fast zu Tode gesorgt habe um dich. Audrey, du bist letzte Nacht nicht nach Hause gekommen.« Grace' Stimme wurde lauter. »Hast du eine Ahnung, wie es sich angefühlt hat, heute Morgen an deine Tür zu klopfen und keine Antwort zu bekommen? Ich habe dich auf dem Handy angerufen, doch es war ausgeschaltet. Ich hab dich schon irgendwo in der Gosse liegen sehen und hatte keine Ahnung, wo ich überhaupt nach dir suchen sollte. Ich habe gerade überlegt, wie ich Elodie nach Etiennes Telefonnummer fragen könnte, als du hereinkamst. Toni hatte mich überzeugt, noch zu warten.« Sie ließ sich auf den Stuhl fallen und atmete schwer durch. »Es tut mir leid. Ich wollte dich nicht anschreien, aber ich hatte solche Angst.«

Audrey öffnete den Mund und schloss ihn wieder.

»Du bist wütend, weil … du dich um mich gesorgt hast?«

»Natürlich! Warum sonst?«

»Ich dachte, du wärst wütend, weil ich mich verspätet habe und du für mich lügen musstest.«

»Ich war so erleichtert, dich gesund zu sehen, dass ich tausendmal für dich gelogen hätte.« Grace fuhr sich mit den Händen über das Gesicht. »Du denkst vermutlich, dass ich überreagiere, und vielleicht stimmt das. Ich schätze, das gehört dazu, wenn man Mutter ist. Man stellt sich immer das Schlimmste vor.«

Audrey stiegen Tränen in die Augen. Sie war nicht auf die Idee gekommen, dass Grace sich sorgen könnte. »Mir ging es gut. Wir haben rumgemacht, und ich bin die Nacht bei ihm geblieben. Und habe verschlafen.« Es war vermutlich besser, den morgendlichen Sex nicht zu erwähnen. »Seine Wohnung liegt weiter entfernt, als ich dachte, weshalb es länger gedauert hat. Ich verspreche, es kommt nie wieder vor.«

Grace drehte an dem Ring an ihrem Finger. »Ich sollte mich bei dir entschuldigen. Du bist erwachsen. Zu Hause muss deine Mutter es sich vermutlich verkneifen, dich alle fünf Minuten anzurufen, und hier führe ich mich wie eine Glucke auf und bemuttere dich, wo ich es nicht sollte.«

Niemand hatte Audrey je bemuttert, am wenigsten ihre eigene Mutter.

»Ich … ich bin froh, dass du dich um mich kümmerst.« Sie hatte einen Kloß im Hals. Grace musste der freundlichste

Mensch sein, den sie je kennengelernt hatte. »Wie war dein Abend? Hast du Philippe kontaktiert?«

»Habe ich nicht.« Doch der Hauch eines Lächelns lag auf ihrem Gesicht.

»Warum nicht? Schick ihm eine Freundschaftsanfrage. Keine Widerrede.«

»Du darfst dich nicht in mein Liebesleben einmischen.«

»Warum nicht? Du mischst dich auch in meines ein.« Audrey verschränkte die Arme. »Ich mache dir einen Vorschlag. Ich schicke dir das nächste Mal, wenn ich ausgehe, eine Nachricht, dass ich in Sicherheit bin. Vorausgesetzt, du schickst ihm die Freundschaftsanfrage.«

»Du bist sehr manipulativ.«

»Danke.«

»Das war kein Kompliment.«

»Das Leben ist hart, Grace. Wie bist du überhaupt so lange zurechtgekommen? Du bist wie diese …« Sie fuchtelte mit den Händen. »Wie dieser perfekte Mensch. Du fluchst nicht, du trinkst nicht –«

»Ich hatte gestern Abend ein Glas Rotwein.«

Audrey schlug sich mit der Hand auf die Brust. »Ich bin schockiert! Jetzt aber los! Heute ein Glas Wein. Morgen Küsse mit einem heißen Kerl unter den Lichtern des Eiffelturms.«

»Du hast eine wilde Fantasie.«

»Schick die Freundschaftsanfrage.«

Grace seufzte und holte ihr Handy hervor. »Wenn das schlecht ausgeht, zahle ich es dir heim.«

»Mach das.« Sie sah zu, wie Grace schließlich die Freundschaftsanfrage abschickte. »Wow! Fühlt sich das nicht toll an?«

»Es fühlt sich beängstigend an.«

»Das ist ein ganz neuer Anfang.«

»Oder der größte Fehler meines Lebens.« Grace holte ein Stück Papier aus ihrer Tasche. »Das ist für dich.«

»Was ist das?«

»Das ist eine Liste mit Hörbüchern, von denen ich glaube, dass sie dir gefallen könnten. Ich habe sie ausgewählt, weil ich denke, dass dir die Geschichten gefallen, aber auch weil die Erzähler gut sind. Wenn man einer Stimme lange zuhören will, muss es eine sein, die man mag.«

»Ja, das verstehe ich. Ich meine, Etienne hat diese wirklich sexy Stimme.« Sie warf Grace einen Seitenblick zu. »Tut mir leid. Zu viel Information. Ich schwöre, dass ich aufgepasst habe.«

»Habe ich gefragt?«

»Ja, wenn auch nicht mit dem Mund. Die Frage stand in deinen Augen.« Audrey las langsam die Liste durch. »Du hast eine schöne Schrift. Leichter zu entziffern als die von den meisten anderen.«

»Du kannst einen Teil der Bücher umsonst herunterladen, um es auszuprobieren, sodass du am Anfang noch kein Geld ausgeben musst.«

»Cool. Ich mag Sachen, die umsonst sind.« Sie verstaute den Zettel in ihrer Tasche. »Danke.«

»Hast du in deinem Kühlschrank etwas für heute Abend? Hättest du Lust, mit mir zu essen? Du könntest gegen sechs herunterkommen, wenn du magst.«

»Klar, gerne.« Sie war überrascht, wie sehr sie es genoss, Zeit mit Grace zu verbringen. Ihre Gesellschaft war beruhigend. Besänftigend. Als schwimme man in einem großen Pool und wüsste, dass der Rettungsring in Reichweite war.

Sie war außerdem eine gute Köchin, trotz ihrer Obsession mit Obst und Gemüse.

»Gut. Ich koche uns was. Und wir können Vokabeln lernen, um nach dem Weg zu fragen.«

Audrey überdachte das Essen noch einmal. »Selbst wenn ich die Wörter für links und rechts lerne, werde ich immer noch nicht wissen, wo ich hinmuss. Ich bin hoffnungslos mies mit Richtungen. War ich schon immer.«

»Mir kam diesbezüglich eine Idee.« Grace wühlte wieder in ihrer Tasche herum. »Ich habe dir das hier gekauft. Ich hoffe, es gefällt dir.« Sie überreichte ihr eine kleine blaue Schachtel, die Audrey verblüfft anstarrte.

»Was ist das?«

»Mach sie auf, und sieh nach.«

Sie klappte den Deckel auf und spürte, wie sich ein Kloß in ihrem Hals bildete. Der Silberring sah aus, als wäre er aus feiner Spitze gefertigt. »Er ist schön. Ich kann nicht glauben, dass du mir den schenken willst.«

»Trag ihn an deiner rechten Hand. Ring. Rechte Hand. Nach rechts. Auf die Art kannst du das nicht vergessen und dich verirren.«

Der Kloß in ihrem Hals wurde immer größter. Niemand hatte ihr je so etwas Hübsches geschenkt. Selbst ihre Mum kaufte ihr keinen Schmuck. »Ich weiß nicht, was ich sagen soll.«

»Versuch es auf Französisch.«

»*Merci beaucoup.*«

Der Ring war hübsch, doch was sie wirklich rührte, war der Gedanke dahinter. Grace hatte sich Gedanken um sie gemacht. Hatte überlegt, wie sie ihr helfen könnte.

Noch nie zuvor hatte jemand versucht, ihr das Leben zu erleichtern. Und niemand hatte ihr je etwas so Hübsches gekauft wie diesen Ring.

Um ihre Dankbarkeit zu zeigen, ging sie ins Hinterzimmer, um die Arbeit fortzuführen, die Grace begonnen hatte. Sofort fing sie an zu niesen. Sie wollte schon losfluchen, und besann sich dann. Grace verabscheute Fluchen, nicht wahr? »Dieser ganze Raum ist eine einzige Staubwolke. Woher kommen diese Kisten überhaupt?«

Die zum großen Teil ungeöffneten Kisten waren mannshoch gestapelt.

»Die Leute bringen sie. Spenden sie. Manchmal misten sie aus, doch manchmal ist jemand gestorben.« Grace deutete auf den Stapel Bücher, die sie schon geordnet hatte. »Ich werde diese in die Regale einsortieren. Nimm dir Zeit. Wenn du sie in

Belletristik und Sachbuch unterteilen kannst, übernehme ich den Rest. Und wenn du bei einigen nicht sicher bist, mach einen Extrastapel.«

»Sind einige davon wertvoll?«

»Unwahrscheinlich, aber Elodie wird das überprüfen, bevor wir sie einsortieren.«

Audrey verbrachte den Rest des Vormittags mit alten Büchern und Staub und dachte an Etienne. Als sie zur Mittagszeit die Türglocke hörte, beschleunigte sich ihr Herzschlag, doch sie blieb im Hinterzimmer. Wie sollte sie sich verhalten? Anders als einige ihrer Freundinnen war sie nie der Typ gewesen, der sich rettungslos in einen Jungen verliebte, doch sie mochte Etienne. Sehr sogar. Aber wollte sie, dass er das wusste?

Sie entschied, die Gleichgültige zu spielen, strich sich die Haare aus dem Gesicht und stand auf.

Sie hörte, wie er mit Grace sprach. Sie lachten zusammen.

Betont locker schlenderte sie aus dem Hinterzimmer in den kühlen Schatten des Ladens. »Na du!«

»Hallo.« Er schenkte ihr ein Lächeln, das nur für sie bestimmt war. Ein Lächeln, das voller Erinnerung war und zugleich etwas versprach. *Morgen. Ich denke schon daran.*

Ihr Herz hüpfte und tanzte, während ihr Kopf ihre Hoffnungen in Schach hielt. Sie war allein, oder? Menschen trafen dumme Entscheidungen, wenn sie allein waren. Sie trafen Entscheidungen, die sie später bereuten. »Ich habe Bücher sortiert, aber da du jetzt da bist, kann ich gehen. Sie haben heute viel zu tun im Salon.« Der Blick, den er ihr zuwarf, gab ihr aus irgendeinem Grund ein Gefühl der Schwerelosigkeit. Sie schwebte durch den Nachmittag, wusch Haare und massierte Köpfe. Das fiel ihr leicht. Es war, als wüssten ihre Finger ohne ihr Zutun, was sie erledigen mussten. Vielleicht fand sie einen Salon, der sie ausbildete. Manche von ihnen taten das schließlich. Sie konnte lernen, wie man Haare schnitt. Sich hocharbeiten. Vielleicht würde sie eines Tages sogar ihren eigenen Salon betreiben. Sie wusste, dass sie gut darin wäre.

Es war später, viel später, als sie schließlich an die Tür von Grace' Apartment klopfte.

Als Grace die Tür öffnete, bemerkte Audrey sofort, dass etwas nicht stimmte.

Grace hatte geduscht und sich umgezogen – und ihre Bluse ungleichmäßig zugeknöpft.

Wenn man Grace kannte, war das ein Zeichen dafür, dass die Welt zusammenbrach.

Audrey trat ein. »Was ist passiert?« Aus der Küche drangen köstliche Düfte, immerhin etwas.

»Er hat geantwortet!«

»Deinem panischen Blick nach zu urteilen, meinst du Philippe? Und?«

»Er hat meine Freundschaftsanfrage angenommen und mich sofort zum Abendessen morgen Abend eingeladen.«

»Das ist toll!«

»Das ist nicht toll.« Grace lief in der Wohnung auf und ab, wobei sie die Hände unaufhörlich nervös zu Fäusten ballte und wieder löste. »Warum habe ich diese Freundschaftsanfrage geschickt?«

»Weil ich dich dazu ermuntert habe, und ich weigere mich, mich dafür zu entschuldigen. Ich habe dich vor dir selbst bewahrt. Beruhig dich. Es ist ein Abendessen, das ist alles. Wo geht ihr hin?«

»Nirgendwo! Offensichtlich kann ich nicht hingehen.«

»Du musst etwas essen. Er muss etwas essen. Ihr esst zusammen. Keine große Sache.«

»Wir wissen beide, dass es viel komplizierter ist.«

»Tun wir das?« Audrey setzte sich aufs Sofa und musterte den Teller mit den Häppchen. »Sind die zum Essen? Mein Hirn funktioniert besser, wenn es satt ist.«

»Bedien dich.«

»Danke.« Sie nahm etwas, was wie ein winziges Quadrat Baguette aussah und mit etwas bestrichen war, was köstlich duftete. »Erzähl mir, warum es kompliziert ist.«

»Zum einen, weil ich fünfundzwanzig Jahre mit demselben Mann zusammen war. Ich habe keine Ahnung von Dates.«

»Kein Problem. Ich weiß vielleicht nichts über französische Verbformen, aber ich weiß alles über sexy Unterwäsche. Das hier ist übrigens köstlich …« Audrey fing die Krümel in ihrer Hand auf. »Ich hätte nie gedacht, dass ich Oliven mag, bevor ich nach Frankreich gekommen bin.«

»Meine Unterwäsche ist kein Thema. Wenn ich gehe, und ich habe noch nicht entschieden, ob ich das tue, werde ich meine Kleidung nicht ausziehen.«

»Warum nicht?«

»Es ist ein Abendessen. Ein Wiedersehen mit einem alten Freund.«

»Nicht Abendessen und Sex?«

»Eindeutig nicht Abendessen und Sex.«

»Warum bist du dann so gestresst?«

»Ich weiß es nicht. Vielleicht weil ich achtzehn war, als ich ihn das letzte Mal gesehen habe.« Grace strich ihren beigen Rock über den Oberschenkeln glatt. »Das ist lange her.«

Dann war es also eine Sache des Selbstvertrauens.

Audrey kaute. Das war merkwürdig. Grace musste mindestens … ähm … wie alt sein? Sie war furchtbar schlecht darin, das Alter von Menschen zu schätzen.

Sie tastete sich vor. »Wie lange ist es her, dass du ihn gesehen hast?«

»Fragst du mich nach meinem Alter? Ich verstecke das nicht. Ich bin siebenundvierzig.«

Siebenundvierzig?

Audrey hätte sie für mindestens fünfzig gehalten. Vierzig war auch alt, natürlich, aber nicht so alt wie fünfzig.

»Gut, also ich sage es, wie es ist, und du wirst bitte nicht sauer auf mich.« Audrey nahm sich noch eines der köstlichen Häppchen vom Teller neben ihr. »Du bist erst siebenundvierzig, aber du ziehst dich an …« Sie fuchtelte mit der Hand. »… wie du es eben tust. Was soll das?«

»Ich kleide mich meinem Alter entsprechend.«

»Nein. Du kleidest dich wie eine Großmutter. Das müssen wir ändern.«

»Wir ändern gar nichts. Ich mag diesen Stil.«

Audrey biss in ihr Häppchen. Sie wollte Grace' Gefühle nicht verletzen, aber manchmal musste man grausam sein, um freundlich zu sein. »Ich sage nur, dass wir meiner Meinung nach ein paar kleine Änderungen vornehmen sollten. Ich meine, die Strumpfhosen müssen weg, ganz klar. Wer zum Teufel trägt Strumpfhosen im Sommer?«

»Ich.«

»Nicht mehr. Zieh sie aus.«

Grace presste die Hände auf ihre Oberschenkel, als hätte sie Angst, dass Audrey ihr die Strumpfhosen vom Leib reißen würde. »Ich mag sie.«

»Niemand mag Strumpfhosen, Grace. Sie sind eine Abscheulichkeit. Soll ich erst lernen, das auf Französisch zu sagen?«

»Nein. Und ich sehe das anders. Frauen eines gewissen Alters sollten ihre Beine nicht zeigen.«

»Vielleicht wenn du Krampfadern und so etwas hast, aber die hast du nicht.« Audrey musterte Grace' Beine. »Du brauchst nur ein bisschen falsche Bräune, und dann los.«

»Ich färbe meine Beine nicht orange.«

Audrey seufzte. »Sie werden nicht orange sein. Und wenn du willst, dass ich eine Tonne neuer Vokabeln lerne, dann musst du diese Strumpfhosen loswerden. Das ist der Deal.«

»Die neuen Vokabeln sind für dich. Um dir zu helfen.«

»Und der neue Kleidungsstil ist für dich. Um dir zu helfen. Wir müssen deinem Look ein bisschen Farbe verpassen. Du trägst viel Beige und Schwarz. Ich meine, du siehst klasse aus, versteh mich nicht falsch, aber es macht dich älter, als du bist.«

»Beige und Schwarz sind klassisch, eine sichere Wahl.«

»Vielleicht wenn du in einem Begräbnisinstitut arbeitest. Wir müssen dafür sorgen, dass du Philippe beim Abendessen überwältigst.«

»Ich treffe mich nicht mit ihm zum Abendessen.«

»Doch, das tust du.« Audrey erhob sich. Wo sollte sie anfangen? »Ich glaube, dass du deine Kleidung eine Nummer größer trägst, als du solltest.«

»Enge Kleidung sieht an einer Frau meines Alters nicht gut aus.«

Audrey dachte an ihre Mutter. Hervorquellendes Fleisch. Enge Gürtel. »Du hast recht. Aber es gibt einen Unterschied zwischen enger Kleidung und Kleidung, die gut sitzt.« Sie ging um Grace herum und musterte sie aus jedem Blickwinkel. »Heb dein Rock hoch.«

»Wie bitte?«

Audrey streckte die Hand aus und zog es selbst hoch. »Warum trägst du immer Kleider, die bis zur Wade reichen?«

»Ich hasse meine Knie.«

»Trägst du deshalb Strumpfhosen? Deine Knie sehen völlig normal aus, wenn du mich fragst, aber wir können etwas nehmen, was bis übers Knie reicht, wenn du dich damit wohler fühlst.«

»Du willst mich bei der Auswahl meiner Kleidung beraten?«

»Nicht beraten. Ich brauche keine Beratung. Ich wähle sie aus. Ich kümmere mich außerdem um dein Haar und dein Make-up.« Audrey löste die Klammer aus Grace' Haar. Nun fiel es ihr offen über die Schultern. Es juckte sie in den Fingern, nach der Schere zu greifen. »Du siehst gut aus. Du bist die Art von Mensch, der das Haus nie ohne Sonnencreme und Hut verlässt, deshalb hast du großartige Haut. Und dein Haar ist kein bisschen grau. Wie lange trägst du dein Haar schon so wie jetzt?«

»Dreißig Jahre.«

»Du hast seit dreißig Jahren dieselbe Frisur? Verd… verflixt, meine ich.« Audrey nahm sich rasch eine Kirsche aus der Schale auf dem Tisch. Wenn sie sich Kirschen in den Mund stopfte, bestand kein Risiko, all das zu sagen, was sie sagen wollte. »Zeit für ein Neu-Styling.« Sie spuckte den Kirschkern in ihre Hand und wollte ihn gerade auf einem Buch ablegen, das Grace las, als sie ihren Blick auffing.

»Der Mülleimer ist in der Küche, Audrey.«

»Gut. Das wusste ich. Danke.« Sie schlenderte in die Küche, warf den Kern in den Müll und kam zurück ins Wohnzimmer. »Ich bin fast erzogen. Bist du beeindruckt? Jetzt setz dich hin, und beweg dich nicht.« Sie zog einen der Esszimmerstühle hervor. »Ich flitze nach oben, um ein paar Dinge zu holen, bin aber gleich wieder zurück.«

Sie rannte in ihr Apartment, griff sich, was sie brauchte, und lief zurück zu Grace' Wohnung, wo sie Grace wie festgewurzelt an ihrem Platz vorfand.

»Was genau hast du vor?«

»Ein paar Dinge zu verändern, das ist alles.«

»Ich hasse Veränderung.«

»Diese Veränderung wirst du nicht hassen.« Audrey deutete auf den Stuhl. »Ich werde dir ein paar Farben und Stile zeigen. Wenn du sie nicht magst, bin ich nicht beleidigt.«

»Du wirst mein Haar nicht abschneiden?« Grace griff danach, als wollte sie es beschützen. Mit dem offenen Haar und der falsch geknöpften Bluse wirkte sie verletzlich.

»Noch nicht. Aber ich zeige dir, wie es kürzer aussehen würde.« Sie öffnete das Kosmetikköfferchen, das Meena ihr zum Geburtstag geschenkt hatte, und holte ihre Haarklammern heraus. »Schließ die Augen.«

»Ich möchte sehen, was du tust.«

»Sage ich dir, wie du mir Französisch beibringen sollst? Hab ein bisschen Vertrauen. Ich bin gut darin, ich verspreche es dir.« Audrey kämmte Grace' Haar und studierte die Farbe und die Textur. »Du hast schöne Haare. Sie sind in gutem Zustand. Das macht es einfacher.«

»Ich verwende regelmäßig Conditioner.«

Natürlich tat sie das. Grace wäre niemals so leichtfertig, ihre Haare sich selbst zu überlassen.

Audrey stellte sich vor sie, hielt ihr das Haar aus dem Gesicht und ließ es dann ein bisschen herunter, um verschiedene Längen zu prüfen. »Ich will etwas probieren.« Mit den Haarnadeln zwischen den Zähnen kämmte sie, zupfte und klemmte fest, bis sie einen Stil kreiert hatte, der einen Kurzhaarschnitt imitierte. »Wenn es richtig geschnitten wäre, würde es natürlich noch besser aussehen.«

»Darf ich sehen?«

»Noch nicht. Wo ist dein Make-up?«

»Im Badezimmer.«

»Beweg dich nicht.« Audrey war in Windeseile zurück mit dem Schminkköfferchen in der Hand. »Du hast teures Make-up.«

»David schenkt es mir zu Weihnachten und zum Geburtstag.«

»Er kauft dir Make-up?«

»Nein. Ich kaufe es.«

»Oh, ach so. Ich verstehe. Du kaufst es, und er verpackt es.«

»Normalerweise verpacke ich es auch selbst.«

»Verdammt, Grace – ich meine, doppelt verflixt!« Audrey griff nach einer getönten Feuchtigkeitscreme. »Überreichst du es dir auch selbst und wünschst dir herzlichen Glückwunsch? Was ist mit Sex? Machst du dir das selbst, oder hilft er gelegentlich?«

»Das werde ich nicht mit einer Antwort würdigen.«

»Ist er der einzige Mann, mit dem du je geschlafen hast?«

»Solche Fragen kannst du nicht stellen.«

»Habe ich gerade. Also war David der einzige?«

Grace zögerte. »Nein.«

Audrey grinste und stupste sie in die Seite. »Wer war's? Nein, sag es nicht. Es ist Philippe, oder? Darum bist du so aufgeregt, ihn zu treffen. Du warst in ihn verliebt. Und wer noch?«

»Sonst niemand.«

»Das ist alles? Zwei Männer? Mist, Grace, du bist ja praktisch Jungfrau.« Audrey wischte mit einem winzigen Schwamm über Grace' Wangen. »Warum kaufst du dir selbst Geschenke?«

»Als ich klein war, verliefen Geburtstage und Weihnachten sehr chaotisch. Für mich ist es wichtig, dass ich ein Geschenk mag, wenn ich es öffne, weshalb ich es normalerweise selbst auswähle.«

Sie war nicht die Einzige, deren Kindheit sehr chaotisch verlaufen war.

Was genau war Grace zugestoßen?

Sie hielt ihre Reaktion neutral. Wenn Grace darüber sprechen wollte, würde sie darüber sprechen. »Das ist echt fies, Grace.«

»Ich weiß, dass es fies ist. Viele Dinge im Leben sind fies.«

»Wem sagst du das!« Geschickt trug sie Rouge und Highlighter auf. »Du hast schöne Wangenknochen.«

»Hat dir deine Mutter das Schminken beigebracht?«

»Auf gewisse Weise.« Zählte es, wenn man lernte, die äußeren Spuren einer durchzechten Nacht zu verdecken? »Deine Lippenstiftfarben sind alle zu dunkel.« Audrey öffnete einen nach dem anderen, drehte sie auf, prüfte die Farbe und drehte sie wieder zu. »Du brauchst etwas Blasseres. Nude, vielleicht mit einem Hauch von Pink. Und Gloss. Es ist Sommer. Aber mach dir keine Sorgen. Das können wir später erledigen.« Sie trat zurück. »Geh und sieh in den Spiegel.«

Grace stand auf und ging ins Schlafzimmer.

Audrey hörte sie aufkeuchen.

Ein gutes Keuchen? Ein erschrockenes Keuchen? Ein Was-hast-du-getan-Keuchen?

»Oh Audrey …« Grace tauchte mit leuchtenden Augen im Türrahmen auf. »Ich liebe es. Du bist so geschickt.«

Niemand hatte sie je zuvor geschickt genannt. Audrey fühlte sich gleich ein paar Zentimeter größer. »Ich bin froh, dass es dir gefällt.«

»Kannst du das morgen Abend noch einmal machen?«

»Ich dachte, du gehst morgen Abend nicht aus?«

Grace hob die Hand zu ihrem Haar. »Ich könnte meine Meinung dazu geändert haben.«

»Es würde nicht so bleiben. Die Haarnadeln fallen heraus.«

Grace zögerte und reckte dann das Kinn. »Dann schneid es ab.«

Audrey war überrascht. »Ernsthaft?«

»Wie du sagst, es ist Zeit für eine Veränderung.«

War dies ein guter Moment, um zu gestehen, dass sie eigentlich keine Haare schnitt? Nein. Wenn sie das tat, würde Grace den Mut verlieren. Und sie war sicher, dass sie es konnte. Sich selbst hatte sie schon tausendmal die Haare geschnitten. Und Meenas hatte sie auch geschnitten. »Hast du Lust auf ein paar goldene Strähnen? Nicht viele. Nur ein paar, um ein bisschen Kontur reinzubringen und deine Gesichtszüge zur Geltung zu bringen. Es wird toll aussehen, das verspreche ich.«

»Muss ich dafür nicht in den Salon gehen?«

»Ich habe alles, was ich dafür brauche. Meine alte Chefin hat mir die Sachen gegeben, damit ich meiner Mutter die Haare färben kann.«

»In dem Fall, nur zu. Was auch immer du für richtig hältst. Ich gebe mich voll und ganz in deine Hände.«

Audrey brauchte eine Stunde, um die Strähnen zu machen, und eine weitere, um Grace' Haar zu waschen und zu schneiden. Sie verwendete die Schere, die ihre Freundinnen im Salon in London ihr als Abschiedsgeschenk überreicht hatten.

Als das Haar büschelweise zu Boden fiel, wurde sie ein bisschen nervös.

Was, wenn es Grace nicht gefiel?

Aber jetzt war es zu spät. Sie konnte es schwerlich wieder ankleben.

Sie kämmte das Haar sorgfältig und prüfte den Schnitt. Sie hatte die Seiten ein bisschen länger gelassen und rollte sie beim Föhnen leicht ein, damit sie Grace' Gesicht umrahmten.

»So.« Sie schaltete den Föhn aus. »Fertig.« Ihre Handflächen waren etwas feucht. Die Veränderung war größer, als sie erwartet hatte. Was, wenn es Grace nicht gefiel?

»Darf ich es sehen?« Grace nahm das Handtuch von ihren Schultern und ging ins Schlafzimmer.

Audrey schloss die Augen und kreuzte die Finger.

Es war still. Und blieb still. Und dann hörte sie einen Laut.

»Grace?« Weinte sie? Verdammt. Verdammter Mist. Voller Angst schleppte sich Audrey zum Schlafzimmer.

Grace stand vor dem Spiegel, Tränen liefen ihr über die Wangen.

Audreys Magen zog sich zusammen. »Es tut mir leid. Ich dachte ... ich mache es wieder gut. Ich mache irgendwas, was –«

»Mach gar nichts! Ich liebe es.« Grace wischte sich über die Wangen und drehte sich zu Audrey um. »Ich liebe mich. Zum ersten Mal seit Monaten. Vielleicht länger. Du hast ja keine Ahnung.« Sie ließ sich aufs Bett fallen und schluchzte. Nicht nur ein zartes Seufzen, sondern lautes, bebendes Schluchzen. »Als er gegangen ist, hat er nicht nur seine Sachen mitgenommen, sondern mein ganzes Selbstvertrauen. Jeden kleinsten Fitzel. Sie ist so jung, und das alles war so brutal. Immer wenn ich in den Spiegel geschaut habe, sah ich nur die Gründe, warum er gegangen war. Deshalb habe ich nicht mehr in den Spiegel geschaut.«

Erstarrt stand Audrey da. Sie war es gewohnt, dass ihre Mutter weinte. Aber Grace so zu sehen, das war etwas komplett anderes. Am liebsten hätte Audrey auch geweint. Sie hatte einen großen Kloß im Hals und legte Grace die Hand auf die Schulter. »Ich finde dich schön. Äußerlich und innerlich. Das ist die Wahrheit. Du bist der beste Mensch, den ich je kennengelernt habe.«

Grace stand auf und umarmte sie fest. »Ich habe mich so sehr bemüht, neu anzufangen. Nicht ich selbst zu sein. Anders zu sein.«

»Du musst nicht anders sein.« Audrey war in ihrem ganzen Leben noch nie so fest umarmt worden. »Du bist großartig so, wie du bist.«

»Nein. Mein wirkliches Ich ist langweilig und macht alles wie immer, weil es nach Sicherheit strebt. Meine Frisur war all diese Jahre die gleiche, weil ich zu viel Angst hatte, sie zu ändern. Aber was du gemacht hast, ist wunderbar. Es lässt mich begreifen, dass Veränderung etwas Gutes sein kann. Ich brauche mehr davon. Ich muss meinem ganzen Leben eine neue Frisur verpassen.«

Audrey spürte, wie ihr Tränen in die Augen schossen. Verdammt. Wenn sie jemals Grace' Mann kennenlernte, würde sie ihm eine reinhauen. »Du verschmierst dein Make-up. Schlimmer noch, du lässt meines verschmieren.« Sie schniefte. »Wir werden wieder von vorn anfangen müssen, das weißt du?«

Grace gab einen gurgelnden Laut von sich, der fast wie ein Lachen klang. Dann ließ sie Audrey los und ging wieder zum Spiegel. Probeweise drehte sie den Kopf hin und her. Bei jeder Bewegung schwang ihr Haar mit, sanft und seidig.

»Wie oft hast du diesen Schnitt schon gemacht?«

Jetzt hatten sie also den peinlichen Teil erreicht.

Audrey trat von einem Bein aufs andere. »Das könnte das erste Mal gewesen sein.«

»Du schneidest Haar normalerweise nicht kurz?«

»Ich schneide normalerweise gar keine Haare.« Hmm. *Vermutlich hättest du lieber lügen sollen, Audrey.*

Grace runzelte die Stirn. »Aber du hast gesagt, du arbeitest als Friseurin.«

»Ich habe gesagt, ich arbeite in einem Friseursalon. Ich wasche die Haare. Mache Anwendungen. Farbe. Kopfmassagen. Diese Sachen.«

»Dann ist das also dein erster richtiger Haarschnitt?«

»Ja.« Sie wartete darauf, dass Grace ausrastete.

Doch das tat sie nicht. »In dem Fall wissen wir wohl beide, welche Karriere du einschlagen solltest. Du hast wirklich Talent, Audrey. Morgen gehen wir gemeinsam zu deinem Salon, damit du ihnen zeigen kannst, was du geschaffen hast.«

»Ich kann hier in Frankreich keine Haare schneiden. Ich spreche kein Französisch.«

»Frisuren sind eine universelle Sprache.« Grace schwang ihren Kopf von einer Seite zur anderen. »Was soll ich also zu meinem Date anziehen?«

Audrey entspannte sich. »Du willst wirklich hingehen?«

»Darauf kannst du wetten.« Grace drehte sich zu ihr um. Auf ihrem Gesicht lag ein Ausdruck, den Audrey noch nie an ihr gesehen hatte. »Ich muss mit meiner neuen Frisur angeben.«

GRACE

Grace drehte ihren Kopf von einer Seite zur anderen, um ihr Haar im Spiegel zu bewundern.

Sie freute sich, war aber auch nervös, was natürlich verrückt war. Weshalb sollte sie nervös sein?

Sie traf sich schließlich nur mit einem alten Freund zum Essen.

Nur dass Philippe mehr als das gewesen war.

Die erste Liebe.

Als sie Paris damals verließ, ohne sich von ihm verabschieden zu können, hatte sie den ganzen Flug über geweint. Geweint um das Leben, das sie verließ, und um das Leben, zu dem sie zurückkehrte. Das Flugpersonal hatte sie mit Taschentüchern versorgt.

Sie hatte das Flugzeug verlassen und war direkt in das Chaos und die Konflikte ihres Lebens hineingetreten. Als ob man aus einem tropischen Ozean kam und in kaltes Wasser geworfen wurde. Das einzig Verlässliche in dieser Welt war David gewesen. Und sie hatte sich an ihm festgehalten wie an einem Baum, während die Fluten des Lebens über sie hinweggerollt waren.

David hatte sie zusammengesetzt, Stück für Stück.

Und mit der Zeit hatte er den Platz eingenommen, der Philippe gehört hatte. Es war, als hätte er nie existiert.

»Grace?« Sie hörte das Hämmern an ihrer Schlafzimmertür und Audreys Stimme. »Was machst du da drin? Du solltest deine Frisur lieber nicht verderben! Bist du fertig?«

»Ja.« Sie warf einen letzten Blick auf ihr Spiegelbild.

Sie sah nicht Davids Frau. Sie sah sich selbst.

Vielleicht konnte man Schönheit nicht im Spiegel sehen. Man fühlte sie in sich.

Die Frau in dem Spiegel hatte keine Pläne. Sie schaute nie auf Listen. Sie ging, wohin auch immer der Moment sie trug.

Sie öffnete die Tür, und Audrey pfiff anerkennend.

»Dieses Outfit ist perfekt. Umwerfend. Und diese goldenen Sandalen liegen voll im Trend.«

Die goldenen Riemchensandalen waren nur einer von vielen ausgefallenen Einkäufen gewesen.

Grace hatte befürchtet, dass Audrey ihr Kleidung aussuchen wollte, die für halb so alte Frauen wie sie entworfen war, doch so war es nicht gewesen. Sie hatten eine kleine Boutique gefunden, und als Erstes suchte Audrey ein wunderschönes Kleid in Azurblau aus. Das Oberteil war ärmellos und lag eng an, während der Rockteil in winzigen Falten nach unten floss. Audrey hatte sie außerdem überredet, ein Paar goldene Riemchensandalen und einen Sonnenhut mit weißer Krempe und Band zu kaufen. Während Grace alles anprobierte, hatte Audrey ein paar Oberteile, eine gut geschnittene Jeans und einen weiß geblümten Rock ausgesucht, der direkt unter dem Knie endete. Er war hell und sommerlich und dennoch elegant.

»Du solltest Stylistin sein.« Grace drehte sich in dem blauen Kleid. Ihr gefiel, wie es sich anfühlte und wie es aussah. War das wirklich sie im Spiegel? Sie hatte keine Ahnung, dass sie sich durch Kleidung so gut fühlen konnte. Einige ihrer Freundinnen kauften jede Woche neue Outfits, doch Grace hatte in eine minimalistische Garderobe investiert, deren einzelnen Teile sie für jede Gelegenheit kombinieren konnte.

Dies war das erste Mal, dass sie sich für ein Abendessen mit einem früheren Liebhaber kleiden musste, und dafür hatte nichts aus ihrer Garderobe gepasst.

Es war ihr ein Rätsel, wie ein Kleid einem Selbstvertrauen verleihen konnte, doch dieses tat es zweifellos.

»Wie findest du es?«

Audrey verschränkte die Arme. »Wie findest du es denn?«

»Ich liebe es!«

»Das ist gut. Ich nämlich auch. Jetzt probier mal diese …«
Audrey drückte ihr einen Haufen anderer Kleider an die Brust,
und Grace nahm sie entgegen. Sie ignorierte den Teil von ihr,
der sie ermahnte, dass sie keine völlig neue Garderobe brauchte.

Wenn die Kleidung nicht zu ihrem Leben passte, würde sie
eben ihr Leben ändern.

Bei diesem Einkaufsbummel hatte sie mehr Geld für Kleidung ausgegeben als in ihrem ganzen bisherigen Leben, doch
sie bedauerte es nicht.

Nun stand sie mit der Handtasche unter dem Arm da und
musterte Audrey. »Du siehst auch gut aus.«

»Ich wusste nicht, was ich anziehen sollte.« Audrey blickte
hinunter auf ihre Jeans und das glänzende Top. »Es ist eine
Party bei einem seiner Freunde. Meine untere Hälfte könnte
underdressed sein und meine obere Hälfte overdressed, aber
ich gehe davon aus, dass zumindest eine Hälfte von mir passend
sein wird.«

»Was für eine Art von Party ist es?«

»Die Art, bei der die Leute sich betrinken, tanzen, sich im
Badezimmer übergeben und manchmal Sex haben. Nicht alles
gleichzeitig. Mit anderen Worten, eine ganz normale Party.
Glücklicherweise keine Motto-Party. Meine Freundin Meena
und ich sind mal als Katzen zu einer Party gegangen, und die
Maske hat gejuckt. Aber es war lustig, einen Schwanz zu haben.
Jetzt siehst du besorgt aus. Du musst dir keine Sorgen um mich
machen, Grace.«

»Wo ist die Party?«

»Ich weiß nicht. Ich habe keinen guten Orientierungssinn,
wie du weißt. Etienne holt mich ab, insofern ist das glücklicherweise nicht mein Problem.«

»Kennst du den Freund, bei dem ihr seid?«

»Äh, nein. Was möchtest du denn? Referenzen?« Audrey
sah sie spöttisch an, und Grace kam sich dumm vor.

»Entschuldige. Du hast recht. Ich sollte mich um mich selbst
sorgen und nicht um dich.«

Audrey tätschelte ihr die Schulter. »Bleib nicht zu lange aus. Falls du in Schwierigkeiten kommst, ruf mich an. Hast du ein Kondom in der Tasche?«

»Ich werde kein Kondom brauchen.«

»Das weiß man nie.« Audrey strich Grace eine Haarsträhne aus dem Gesicht. »Ich finde diesen Look toll. Waren sie leicht zu föhnen heute Morgen?«

»Ja. Ich wünschte, ich hätte sie vor Jahren abgeschnitten.« Bis vor Kurzem hatte sie das Gefühl gehabt, dass ihr Leben einfach geschah. Dass sie keine Kontrolle darüber hatte. Sie hatte keine Wahl in der Sache mit David gehabt. Doch nun hatte sie ein paar kleine Entscheidungen für sich getroffen – die Wohnung, den Haarschnitt, das Abendessen mit Philippe –, und es fühlte sich gut an.

»Nur eine Sache fehlt.« Audrey überreichte ihr eine kleine Tüte, und Grace öffnete sie.

»Du hast mir einen Lippenstift gekauft?«

Audrey nahm ihn ihr aus der Hand und drehte ihn auf, damit Grace die Farbe sehen konnte. »Teste ihn.«

Die Farbe war kaum dunkler als ein leichter Glanz, doch sie war perfekt. »Danke. Das ist unglaublich lieb. Aber du musst mich ihn bezahlen lassen.«

»Auf keinen Fall.« Audreys Wangen waren rot. »Ich habe dieses Wochenende gutes Trinkgeld bekommen, und du lädst mich immer ein. Wo triffst du dich mit ihm?«

»In einem Café am Fluss. Er hat draußen einen Tisch reserviert, was es mir vermutlich leichter macht abzuhauen, falls der ganze Abend ein Desaster wird.« Ihr Handy klingelte, und sie griff danach. »Es ist Sophie, ich sollte drangehen.«

»Wir sehen uns später. Oder vielleicht morgen. Ich verspreche, nicht zu spät zu kommen.« Sie verschwand, und Grace sah ihr einen Moment nach, bevor sie den Anruf ihrer Tochter entgegennahm.

»Sophie! Wie geht es dir, Liebes?«

»Großartig! Mom, du wirst kaum glauben, was wir alles in

Rom machen. Es ist so cool …« Sie plapperte vor sich hin, fröhlich und aufgeregt, während Grace zuhörte. Sie war erleichtert, dass ihre Tochter so viel Spaß hatte.

Wann hatte Audrey das letzte Mal mit ihrer Mutter gesprochen? Grace versuchte sich daran zu erinnern, sie je am Handy gesehen zu haben.

»Wie geht es dir, Mom? Wie fühlst du dich?«

»Mir geht es großartig.« Seit David sie verlassen hatte, hatte sie diese Worte schon mehrmals gesagt, doch zum ersten Mal meinte sie sie auch.

»Was machst du heute Abend?«

»Ich habe vor, Paris zu genießen. Ich gehe zum Abendessen und mache danach vielleicht einen Spaziergang an der Seine.« Und sie würde sich nicht schuldig fühlen. David hatte entschieden, ihre Ehe zu beenden, nicht sie.

Sie hob die zerbrochenen Stücke ihres Lebens wieder auf, das war alles.

Sie war in Paris, trug ein Kleid, das sie liebte, und sie hatte ein Date in einem Straßencafé.

Das Handy zwischen Wange und Schulter geklemmt, drehte sie den Ehering an ihrem Finger hin und her.

Sie erinnerte sich an den Tag, an dem David ihn ihr angesteckt hatte. Sie war besorgt gewesen, dass er ihn verlieren oder vergessen könnte und dass die Hochzeit niemals stattfinden würde.

Sie war ein Wrack gewesen. Trauerte immer noch um ihre Eltern. War verwirrt und voller Schuldgefühle. Stets Schuldgefühle. Stets die Gedanken an andere.

Sophie redete immer noch. »Ich sollte jetzt los, Mom. Chrissie hat diesen tollen Klub aufgetan.«

Noch ein Klub? Sophie hatte es immer mit Museen und Kunstgalerien gehabt, doch seit Neuestem schien sie nur noch von Partys zu reden und den Leuten, die sie kennengelernt hatte.

Grace wollte ihrer Tochter schon sagen, dass sie vorsichtig sein solle, stellte sich dann aber vor, wie Audrey die Augen verdrehte und würgende Geräusche von sich gab. Sie fühlte sich immer noch nicht wohl damit, keine Details über das Leben ihrer Tochter zu kennen. Solange sie jung waren, kontrollierte man fast ihre ganze Welt. Man arrangierte die Spieltreffen und die Ausflüge ins Kino. Man musste sich nie sorgen, wo und bei wem sie waren. Die Zügel loszulassen war nicht leicht. »Viel Spaß. Bis bald.« Sie beendete das Gespräch und war stolz auf sich, dass sie Sophie nicht ins Kreuzverhör genommen hatte, wohin genau sie ging.

Sie zog den Ehering ab und legte ihn auf den Tisch.

Ohne zurückzuschauen, schloss sie das Apartment ab.

Das Restaurant lag nicht weit entfernt vom Buchladen, sodass sie sich entschied, zu Fuß zu gehen.

Der Sommer in Paris hatte neben Sonnenschein auch Scharen von Touristen gebracht. Sie drängten durch die Straßen, breiteten sich am Ufer aus, sahen Straßenkünstlern bei der Arbeit zu, fotografierten ständig. Die Hitze war drückend, kein Lüftchen regte sich.

Dankbar für den Sonnenhut lehnte sich Grace einen Moment an das Brückengeländer und sah zu, wie sich das Sonnenlicht auf der Oberfläche des Wassers brach. Die Seine schlängelte sich gemächlich durch Paris, und die Gebäude an ihren Ufern spiegelten sich auf der Oberfläche.

Ihr hatte davor gegraut, allein zu verreisen, doch nun war sie froh, dass sie es getan hatte. Es war genau das Richtige gewesen.

Sie hatte keine Ahnung, wie der Abend enden oder wie es morgen aussehen würde, doch ausnahmsweise hatte sie nicht das Bedürfnis, es wissen zu müssen. Das allein war schon ein Fortschritt.

Sie hörte Musik und Gelächter und sah ein Ausflugsboot unter der Brücke durchfahren. Als sie das erste Mal in Paris gewesen war, hatte sie gedacht, dass das Spaß machen müsse, doch Philippe hatte es als etwas für Touristen abgetan.

Das Restaurant, das er für heute Abend ausgesucht hatte, lag versteckt in einem gepflasterten Innenhof. Als sie dort ankam, war es bereits so belebt, dass weder drinnen noch draußen ein freier Tisch zu finden war.

Sie spürte einen Anflug von Nervosität. Würde Philippe sauer auf sie sein wegen der Art, wie sie die Beziehung beendet hatte?

Sehr sauer sicherlich nicht, sonst hätte er sie nicht um ein Treffen gebeten. Es sei denn, er suchte nur nach einer Gelegenheit, ihr zu sagen, was er von ihr hielt.

Sie erkannte ihn sofort. Er saß an einem kleinen Tisch, im Schatten einer Weinranke. Er las. Nicht wie alle anderen auf dem Handy, sondern in einem Buch. Er saß mit gebeugtem Kopf da, völlig vertieft in die Geschichte. Bei allem, was er tat, gab er sich vollkommen hin. Was Philippe anging, gab es keine halben Sachen. Sein tintenschwarzes Haar zeigte nicht die Spur von Grau. Seine Haut war sonnengebräunt. Seine Kleidung war lässig und dennoch auf mühelose Weise elegant.

Sie hatte ihn das letzte Mal vor Jahrzehnten gesehen, doch es kam ihr vor, als wäre es erst gestern gewesen, wenn sie ihn jetzt in sein Buch vertieft dort sitzen sah.

Philippe hatte immer ein Buch unter dem Arm gehabt, mit markierten Seiten und Eselsohren. Sie hatten sich darüber gestritten, ob es richtig war, Bücher zu beschmutzen. Er hatte geglaubt, dass Bücher ein Leben leben, Alters- und Gebrauchsspuren zeigen sollten. Verschleiß war gut, weil er bedeutete, dass jemand es gelesen hatte. Am besten waren Notizen, über dem Text und daneben. Er hatte ganze Abschnitte, Zeilen und Wörter hinzugefügt …

Sie hatte neben ihm im Gras gelegen und zugesehen, wie er schrieb.

»Schreibst du Shakespeare neu?«

Er hatte gegrinst. »Nur die Stellen, an denen er falschlag.«

Die Erinnerung war so lebhaft, dass sie nach Luft schnappte. Obwohl er sie nicht gehört haben konnte, sah er in genau diesem Moment auf.

Sein Blick traf ihren, und für einen kurzen Augenblick lag pulsierende Spannung in der Luft. Dann legte er sein Buch zur Seite und stand auf.

Er war größer als David. Nicht so breit gebaut. Athletischer. *Hör auf, Grace. Hör auf, Vergleiche anzustellen.*

David hatte sie aus seinem Leben verbannt, und es war höchste Zeit, dass sie ihn aus ihrem Kopf verbannte.

Sie überlegte noch, ob sie Philippe die Hand geben oder ihn küssen sollte, als dieser ihr die Entscheidung abnahm und sie in eine feste Umarmung an sich zog.

Die Begrüßung ließ sie an diese ersten berauschenden Tage denken, als sie überall zusammen hingegangen waren.

Sie hatte bei seiner Familie gewohnt und sollte Zeit mit seiner Schwester verbringen, doch die hatte sich das Bein gebrochen, sodass Philippe die Aufgabe erhielt, den amerikanischen Gast zu unterhalten. Einen Abend hatte sie mit angehört, wie sie laut darüber diskutierten und er protestierte.

»Sie ist die Freundin meiner Schwester. Was soll ich mit ihr machen?«

Sie hatten vieles entdeckt, was sie machen konnten. Sie waren beide überrascht gewesen von der Verbindung zwischen ihnen.

Und hier standen sie sich nun wieder gegenüber. Sie hatte nicht geglaubt, dass das geschehen würde.

Es fühlte sich wie ein erstes Date an.

Er nahm ihr Gesicht in seine Hände und betrachtete sie auf eine Weise, bei der sich ihr Inneres zusammenzog. »Ich habe monatelang überlegt, was ich sagen würde, wenn ich dich je wiedersehe.«

Grace schluckte. Schuld überwältigte sie. »Wirst du mich anschreien?«

»Ich bin nicht so der Schrei-Typ, erst recht nicht wegen etwas, was vor fast dreißig Jahren geschehen ist.« Er lächelte und fuhr mit dem Daumen über ihre Wange. »Es ist schön, dich zu sehen, Grace.«

Er sprach Französisch. Darauf hatte er immer bestanden. *»Du bist hier, um zu lernen. Wie willst du lernen, wenn du Englisch sprichst?«*

»Dreißig Jahre ist eine lange Zeit.«

»Du hast dich kein bisschen verändert. Du bist immer noch schön.«

Er setzte seinen Charme ein, um jeglichen Widerstand aufzulösen.

Sie musste lächeln und war gleichzeitig erleichtert, dass er keinen Groll ihr gegenüber zu hegen schien, aufgrund der Art, wie sie die Dinge damals beendet hatte.

»Du bist noch immer ein Charmeur.«

»Und das hat mir oft geholfen.« Er zog einen Stuhl für sie hervor. »Ich hoffe, du hast Hunger, denn das Essen hier ist das beste in Paris.«

»Deiner Meinung nach?«

»Vielleicht.« Er warf ihr ein Lächeln zu. »Aber wenn es um Essen geht, zählt nur meine Meinung.«

Grace griff zu der Speisekarte, doch er hielt ihren Arm fest.

»Darf ich bestellen? Ich bin kein Macho, der alles kontrollieren will. Ich möchte nur, dass du die besten Dinge von der Karte probierst. Dieser Ort ist eine Erfahrung, die man nicht versäumen sollte.«

Die Tatsache, dass sie nickte und einwilligte, zeigte, wie weit sie gekommen war. Sie legte die Speisekarte beiseite. »Nur zu.«

Er wandte sich an den Kellner, der in der Nähe wartete, und bestellte mehrere Gerichte mit einer genauen Beschreibung, wie sie serviert werden sollten.

Sie hörte fasziniert zu. »Hast du je daran gedacht, Koch zu werden?«

»Nein, aber ich koche gern.« Als ihr Wein kam, stieß er sein Glas leicht an ihres. »Auf alte Freunde.«

»Alte Freunde.«

»Also …« Er stellte sein Glas ab. »Ich werde das Gespräch mit einer Frage eröffnen.«

»Schieß los.«

»Warum hast du fast dreißig Jahre gewartet, um Kontakt aufzunehmen? Ich verstehe es nicht. Als du gingst, habe ich auf eine Nachricht von dir gewartet. Sechs Monate lang, dann ein Jahr, und nach achtzehn Monaten zwang ich mich zu akzeptieren, dass ich nie wieder von dir hören würde.«

Wie konnte sie ihm erklären, dass die einzige Möglichkeit für einen Neuanfang in einem klaren Bruch bestanden hatte? »Die Umstände waren schwierig, als ich nach Hause kam. Meine Eltern waren ums Leben gekommen.«

»Das tut mir leid.« Seine Stimme wurde weicher. »Warum hast du mir das nicht gesagt?«

»Ich war ein Wrack. Es war … kompliziert.« Sie wollte nicht über die Einzelheiten sprechen. Sie wollte den Abend nicht mit diesem Teil ihres Lebens beflecken.

Stattdessen erzählte sie ihm, wie sich ihr Leben verändert hatte, erzählte ihm von Mimi und auch von David.

Philippe war ein guter Zuhörer, der nicht nur auf das achtete, was sie sagte, sondern auch auf das, was sie nicht sagte.

»Er war für dich da. Dein Felsen. Ich kann verstehen, warum du mich vergessen hast.«

Sie hatte ihn nicht vergessen. Stattdessen war es ihr gelungen, ihn an einem Ort in ihren Erinnerungen einzuschließen, den sie niemals öffnete.

»Ich habe David schon mein ganzes Leben gekannt, doch unsere Beziehung begann erst in jenem Sommer, nachdem ich aus Paris zurückkehrte.«

»Du hattest deine Eltern verloren. Du brauchtest einen vertrauten Menschen, auf den du dich stützen konntest.«

Er ging davon aus, dass sie hilfsbedürftig gewesen war, und das stimmte, doch das war nicht der Grund, warum sie sich in David verliebt hatte.

»Wir haben geheiratet, und wir haben eine Tochter bekommen. Sophie.«

»Und ist Sophie hier mit dir in Paris?«

»Nein. Sie ist achtzehn. Sie ist mit einer Freundin auf Reisen.«

»Und David?« Er stellte die Frage ganz beiläufig, doch sie spürte eine unterschwellige Schwingung, die sie nicht ganz deuten konnte.

»Wir sind getrennt. Er hat mich vor ein paar Monaten verlassen.«

»Dann ist er ein Idiot.« Er sah sie an. »Und das beantwortet meine Frage, warum du ausgerechnet jetzt mit mir in Kontakt trittst.«

»Bei dir klingt das furchtbar! Ich war sowieso in Paris, dies ist mein erster Besuch, seit ich mit achtzehn hier war und …«

»Halt.« Er griff nach ihrer Hand. »Ich bin froh, dass du mich kontaktiert hast, Grace. Erzähl mir, was du in Paris bislang gemacht hast.«

Sie erzählte ihm die ganze Geschichte, und falls er es merkwürdig fand, dass sie aus einem Fünfsternehotel ausgezogen war, um in ein kleines Apartment zu ziehen, ließ er es sich nicht anmerken.

»Ich kenne den Buchladen, er ist zauberhaft.«

Bei dem Gespräch über den Buchladen musste Grace an Audrey denken. Sie fragte sich, wie die Party lief.

Ihr Essen kam und verströmte einen Duft nach Kräutern und Knoblauch. Gegrilltes Hähnchen, ein Salat mit Walnussöl, ein leckeres Kartoffelgericht.

Sie dachte zurück an den Abend im Bistro Claude. Das war ein Abklatsch davon gewesen.

Sie und Philippe aßen und unterhielten sich dabei. Das Gespräch floss genauso leicht wie der Wein, doch es gab eine Grenze. Eine Fremdheit.

»Ich habe mir deine Website angesehen.« Grace nahm sich noch Salat. »Du hast einen vollen Kalender.«

»Den habe ich.« Er füllte ihr etwas von dem Hühnchen auf. »Probier das. Sie marinieren es in Kräutern und Zitronensaft, und es ist köstlich zart.«

Sie schnitt ein Stück ab. »Ich hatte Glück, dass du gerade hier in Paris bist.«

»Ich bin zwei Wochen hier, danach fahre ich nach Budapest, Prag und Wien.«

»Vermisst du dein Zuhause nicht?«

»Für mich ist mein Zuhause die Konzerthalle. Wie findest du das Hühnchen?«

»Es ist köstlich. Nachdem ich fort war … hast du jemand anderen gefunden? Sag mir, dass du dich verliebt hast.«

»Das habe ich, wenn auch nicht in eine Frau.« Er musste ihre Überraschung bemerkt haben, denn er lachte. »Auch nicht in einen Mann. Ich habe mich in die Musik verliebt. Das Klavier. Das Leben eines Musikers.«

Sie schluckte. »Willst du sagen, dass du nach mir niemanden mehr geliebt hast?« Das war nicht das, was sie hören wollte. Sie wollte hören, dass er die Liebe seines Lebens geheiratet und zwei wunderbare Kinder hatte.

»Natürlich gibt es Frauen, aber niemand Besonderes.« Er lächelte schief und erhob sein Glas. »Wenn du einmal das Echte hattest, erscheint alles andere nur noch wie ein Imitat.«

Ihr Herz zog sich zusammen. »Es tut mir leid …«

»Muss es nicht.« Er stellte sein Glas ab. »Du hast mir einen Gefallen getan. Deinetwegen habe ich das Leben, das ich jetzt lebe.«

»Was ist mit Familie? Kindern? Ein Job sollte nicht alles sein.«

»Musik ist kein Job für mich.«

Sie fühlte sich mies. »Also willst du sagen, dass ich dir das Herz gebrochen habe und du es nie wieder gewagt hast, jemanden zu lieben? Das ist furchtbar. Ich fühle mich schrecklich.«

»Musst du nicht.« Seine Stimme war weich. »Du hast mir einen Gefallen getan, Grace. Ich war untröstlich, das stimmt, aber genau deshalb habe ich mich auf meine Musik konzentriert. All die Dinge, die mir vorher Spaß gemacht hatten wie Partys, Dating oder Trinken, interessierten mich nicht mehr.

Nur das Klavier. Ich spielte sieben, acht Stunden am Tag, um die Leere zu füllen.«

»Du warst immer schon talentiert.«

»Talent ohne echte Arbeit ist wie ein Kuchenguss ohne Kuchen. Man braucht beides. Deinetwegen habe ich mich von einem mittelmäßigen Pianisten zu einem guten entwickelt.« Seine Augen leuchteten. »Du bist zu einem Teil für das Leben verantwortlich, das ich habe, also geht das Abendessen auf mich.«

Wie konnte er darüber scherzen? »Du sagst, dass du dich meinetwegen so schlecht fühltest, dass du stundenlang geübt hast. Wie soll mir das ein gutes Gefühl geben?«

»Es war mehr als nur stundenlanges Üben.« Er lehnte sich zurück. »Vor dir hat meinem Spiel etwas gefehlt. Nicht Technik, sondern Leidenschaft. Ich war jung. Ich hatte großartige Lehrer, und sie alle sagten das Gleiche – dass mein Spiel technisch brillant sei, ihm aber die emotionale Tiefe fehle. Zu lieben und zu leiden hat meinem Spiel mehr gegeben, als jede Meisterstunde es hätte tun können.«

Grace lächelte gequält. »Ich rechne den Liebeskummer nach Stunden ab.«

Er griff nach seinem Glas. »Fühl dich nicht schuldig, Grace. Das ist alles Teil des Lebens. Jede Erfahrung lehrt uns etwas anderes und bringt uns an einen anderen Ort. Nichts ist verschwendet.«

War das die Wahrheit?

»Ich habe die Rezensionen zu deinem letzten Konzert gelesen. ›Guter Pianist‹ tauchte da nicht auf. Eher ›mitreißend‹, ›aufregend‹ und ›einer der talentiertesten Musiker des Jahrzehnts‹.«

»Komm zu einem Konzert, und du kannst dir dein eigenes Urteil bilden.«

»Ernsthaft?«

»Warum nicht?« Er schob ihr den Korb mit Brot zu. »Probier das.«

»Ich esse kein Brot.«

»Das ist kein normales Brot. Es ist mit Rosmarin und Meersalz gewürzt. Probier es.«

Sie nahm sich ein Stück und stöhnte fast auf vor Genuss.

Er war ein Mann mit vielen Leidenschaften, und Essen gehörte dazu. Das mochte sie an ihm. Er hatte ihr beigebracht, dass es beim Essen immer um Qualität und nicht Quantität gehen sollte. Ein perfekter reifer Brie, ein saftiges Steak. Ein Glas vollmundigen Rotweins. Er hatte ihr die Tür zu einem Leben geöffnet, das sie nie zuvor gesehen hatte. In ihrer Kindheit war Essen nur ein weiterer Anlass für Chaos im Haushalt gewesen, niemals Genuss.

Während sie aßen, spürte sie, wie die Vergangenheit wieder auflebte.

Philippe war gesten- und ausdrucksreich und leidenschaftlich. Die Zeit, die sie mit ihm verbracht hatte, stand in einem schockierenden Kontrast zu der emotionalen Armut ihrer Kindheit. Zu Hause hatte niemand wissen wollen, wie es ihr ging. Niemand kümmerte sich darum. Niemand erzählte voller Begeisterung von Büchern, Kunst oder Musik. Niemand sagte: »Das musst du lesen« oder »Hör dir das an, das ist grandios« oder »Probier das, du wirst nie etwas Besseres kosten als das«.

Philippe hatte all das getan. Er hatte sie mit Erfahrungen überflutet und ihre Sinne überwältigt. Er hatte alles wissen wollen, was sie dachte, und das war zunächst so fremdartig gewesen, dass sie nicht in der Lage gewesen war, die richtigen Worte zu wählen. Und als sie sie gefunden hatte, hatte sie ihre Meinung hervorgestammelt und darauf gewartet, dass er sagte, dass sie unrecht hätte. Dass das, was sie fühlte, nicht richtig war. Doch das hatte er nie. Es war ihm egal gewesen, dass sie wenig über Musik wusste. Er hatte wissen wollen, ob sie ihr gefiel, ob die Musik sie in irgendeiner Weise berührte.

Selbst als sie ängstlich war und besorgt, was zu Hause geschah, hatte er sie zum Lachen gebracht. »Das ist morgen«,

»Lass uns jeden Tag genießen«, »Probier dies, hör dir das an …«

Sie nahm ihr Glas und nippte an dem Wein. »Er ist köstlich.«

»Er ist von einem Weingut in der Nähe vom Haus meines Onkels in Bordeaux. Das Klima ist perfekt für die Traube.« Er erzählte von dem Weingut und den wenigen Wochen, die er dort nach einer langen Konzerttour im Frühling verbracht hatte. Und die ganze Zeit sah er sie an, musterte sie mit diesen blauen Augen und diesem Blick, dem nichts entging.

Sie war wieder achtzehn und stand am Rand von etwas Neuem und unglaublich Aufregendem.

Sie erzählte ihm von einem Urlaub im kalifornischen Weingebiet, und sie sprachen über Klima und Rebsorten. Sie berichtete ihm von den Kochkursen, die sie besucht hatte, und sie lachten über ihre ersten Versuche, Macarons selbst zu backen.

»Sie sahen wie Raumschiffe aus. Und ich habe so eine Schweinerei veranstaltet!«

»Trotzdem, ich bin beeindruckt.« Er nahm einen Schluck Wein. »Ich habe Desserts bisher immer nur gekauft.«

»Wegen dieses Konzerts –«

»Ich spiele Mozart.«

»Kann ich jemanden mitbringen? Sie heißt Audrey«, fügte sie hastig hinzu für den Fall, dass er dachte, sie wolle einen Mann mitbringen. »Ich habe sie hier in Paris kennengelernt.«

»Ich werde vier Tickets reservieren. Bring mit, wen du möchtest. Gib mir deine Adresse, und ich schicke dir einen Wagen. Und danach gehe ich mit dir abendessen. Aber versprich mir eines …«

»Was?«

»Dass du dieses Kleid tragen wirst.«

Er sah sie auf eine Weise an, wie ein Mann eine attraktive Frau betrachtete, die ihm sehr gefiel – so offenkundig interessiert, dass sie verlegen wurde. Sie spürte die unterschwelligen Schwingungen, die erotische Spannung.

Vor sechs Monaten hätte sie sich das nicht vorstellen können, aber jetzt? Ihr Leben hatte sich verändert. Alles war anders.

»Ich werde es tragen.«

Sie bemerkte, dass die Frau vom Nebentisch zu ihnen herübersah. Vielleicht erkannte sie Philippe. Wie mussten sie wirken? Wie zwei Menschen bei einem Date. Die sich miteinander amüsierten. Alles an der Szenerie implizierte Romantik. Das Kerzenlicht, die Musik im Hintergrund. Wie er gelegentlich über den Tisch griff und seine Hand auf ihre legte. Wie er ihr seine Aufmerksamkeit schenkte, wie er sie aus seinen blauen Augen anblickte.

»Erinnerst du dich an den Abend, als ich dich auf dem Motorrad durch Paris fuhr?«

»Wie könnte ich das vergessen? Es regnete, und ich hatte eine Mordsangst. Du warst unberechenbar, unzuverlässig, furchtbar leichtsinnig – ich habe noch immer Albträume davon. Auch davon, wie wir über die Mauer des Palastes geklettert sind – wir hätten beide festgenommen werden können.«

»Du warst so vorsichtig und zaghaft.« Er nahm einen Schluck Wein und sah sie unverwandt an. »Bist du immer noch so, Grace?«

»Lad mich auf den Rücksitz deines Motorrads ein, und ich zeige es dir.«

Er lachte. »Ich habe mein Motorrad vor langer Zeit verkauft. Inzwischen reise ich gern komfortabler. Aber dass du danach gefragt hast, verrät mir, dass du dich verändert hast.«

»Niemand wird siebenundvierzig und verändert sich nicht.«

»Das Leben gibt einem eine bestimmte Form, das ist wahr, doch fast immer wird sie besser. Genauso wie Weine besser sind, wenn sie Zeit zum Reifen haben. Das ist vermutlich der Grund, warum ältere Frauen immer interessanter sind als junge.«

David hatte das anders empfunden. Er hatte die jüngere gewählt.

»Manche Menschen finden die Jugend attraktiv.«

»Die mit gewöhnlichem Geschmack. Es gibt nichts Attraktiveres als eine selbstbewusste erfahrene Frau.« Sein liebkosender Blick ließ sie sich auf köstliche Art ihres Körpers bewusst werden. Sie spürte ein Prickeln auf ihrer Haut, ein Ziehen tief in ihrem Bauch und wie sich ihr Herzschlag beschleunigte.

Nach so vielen Jahren mit David war sie überrascht, dass sie sich so sehr zu einem anderen Mann hingezogen fühlen konnte.

»Dir gefällt also mein Kleid.«

»Ich mag, was in dem Kleid drinsteckt. Das Alter verhilft einem zu einer gewissen Freiheit, oder?« Sein Blick blieb an ihrem Mund haften. »Man kann mehr Chancen ergreifen. Man hat weniger zu verlieren.«

Sie hatte nichts zu verlieren.

Ihr ganzer Körper schien aufgeladen und unter Spannung zu sein, als hätte man sie an eine Kraftquelle angeschlossen. Sie musste vorsichtig sein. Davids brutale Zurückweisung hatte sie bedürftig zurückgelassen, und die Runderneuerung durch Audrey gab ihr ein Gefühl des Leichtsinns. Das war eine gefährliche Kombination.

Zwischen ihr und Philippe war die Spannung fast greifbar. Eine Anziehung, die sie als sehnsuchtsvolles Verlangen spürte.

Sie redeten, bis die Kellner den Tisch abgeräumt hatten, bis die Sonne untergegangen war und die meisten anderen Gäste gegangen waren.

Erst als sie die kalte Abendluft an ihren Armen fühlte, bemerkte sie, dass es spät war.

»Ich sollte wohl gehen.«

»Warum? Gibt es eine Ausgangssperre?«

»Nein.«

»Warum dann die Eile?«

»Gewohnheit, schätze ich. Wohnst du in der Nähe?«

»Ziemlich dicht. Meine Wohnung liegt zehn Minuten entfernt. Begleite mich auf einen Kaffee.« Er sagte es beiläufig, doch der Blick, mit dem er sie bedachte, war alles andere als beiläufig.

Und sie wusste, dass er ihr keinen Kaffee anbot.

»Gerne.« Das hatte nicht zum Plan gehört, doch sie hatte keinen richtigen Plan mehr. Sie hatte immer Angst davor gehabt, das Leben einfach geschehen zu lassen. Spontaneität war für sie ein Mangel an Kontrolle gewesen. Doch jetzt begriff sie, dass sie das ganz und gar nicht sein musste. Sie hatte noch immer die Kontrolle. Traf noch immer Entscheidungen. Sie hatte gedacht, es wäre wichtig, alles, was auf sie zukam, zu kennen, und hatte nie den Spaß zu schätzen gewusst, es einfach auf sie zukommen zu lassen.

Seine Augen verdunkelten sich, und sie gestand sich endlich ein, dass es hier nie um ein Abendessen gegangen war. Als sie die Freundschaftsanfrage verschickte, hatte sie gewusst, dass es so enden könnte.

Tief in sich hatte sie sich eine Frage gestellt, die sie nie zuvor gestellt hatte: Was wäre zwischen ihr und Philippe gewesen, wenn sie nicht gegangen wäre?

Auf eine gewisse Weise stand Philippe für das Leben, das sie nicht gewählt hatte.

Er erhob sich und bestand trotz ihrer Widerrede darauf, die Rechnung zu übernehmen.

Er legte ihr die Fingerspitzen an seine Lippen. »Du darfst nächstes Mal zahlen.«

Grace gab nach und war überrascht, wie sehr sie sich ein Wiedersehen mit ihm wünschte.

Als sie das Restaurant verließen, legte er ihr den Arm um die Schultern. Sie lehnte sich gegen ihn und schlang ihren Arm um seine Taille. Es kam ihr vor, als wäre ihr Körper nach einem langen Schlaf plötzlich aufgewacht.

»Hier ist es.« Er hielt vor einem hohen eleganten Gebäude. »Ich wohne im obersten Stock. Ich halte alle mit meinem Klavierspiel wach.«

Die Spannung war kaum auszuhalten. Sie blickte ihn an, weil sie sich fragte, ob es ihm ebenso ging. Er zog sie an sich.

»Grace.« Er murmelte ihren Namen in ihr Haar, während er sie fest an sich zog. »Grace, Grace.« Sein Körper war schlank und fest, und Begehren erfasste sie. Wie lange war sie nicht mehr von einem Mann umarmt worden? Zu lange. Sie war ausgehungert nach Zuwendung. Seine Aufmerksamkeit brach ihre emotionale Fastenzeit. Es war wie eine Sturzflut, die sich in ein ausgetrocknetes Flussbett ergoss.

Sie klammerte sich an ihn und sog ihn förmlich ein. Die letzten sechs Monate war sie taub gewesen. Sie hatte nichts gefühlt außer Schmerz und Angst. Und jetzt fühlte sie alles.

Lag es daran, dass sie bedürftig und verzweifelt war, oder daran, dass sie und Philippe immer eine besondere Verbindung gehabt hatten?

Sie legte die Wange an seine, bis er seinen Kopf drehte, um sie zu küssen.

Dort auf der Straße, im sanften Licht, das aus den Fenstern drang, küsste er sie, und sie ertrank in ihm, erfasst von purer Leidenschaft.

Sie schlang die Arme um seinen Hals, was er mit einem kurzen Stöhnen quittierte. Dann vertiefte er den Kuss, indem er ihren Kopf zwischen seine Hände nahm und gierig ihren Mund erkundete. Sein Kuss war erfahren, sinnlich und fordernd. Voller Leidenschaft, als wollte er jeden Tropfen Lust auskosten.

Als er schließlich den Kopf hob, fühlte sie sich schwindlig und orientierungslos.

Das Piepen ihres Handys machte den Moment zunichte.

»Lass es.« Seine Stimme bebte. Er griff nach seinem Schlüssel und öffnete die Tür. »Wer auch immer es ist, kann warten.« Er sah ihr in die Augen, und ihr war so schwindlig von dem, was sie in seinem Blick erkannte, dass sie das Handy beinahe ignoriert hätte. Doch ihr Mutterinstinkt war zu stark, um so leicht überrollt zu werden.

»Es könnte wichtig sein.«

Sie fummelte in ihrer Tasche herum und fand das Handy. Sie las die Nachricht und spürte, wie ihr Herz raste. Das Begehren wurde von Angst abgelöst. »Ich muss gehen. Es tut mir so leid.« Vor einer Sekunde noch hatte sie an nichts anderes denken können, als Sex mit ihm in seiner Wohnung zu haben. Nun konnte sie an nichts anderes denken, als möglichst schnell ein Taxi zu bekommen.

Philippe lehnte im Türrahmen und musterte sie unter seinen dichten dunklen Wimpern. »Verlässt du mich wieder, Grace?«

Enttäuschung überkam sie, dass das Leben so ungerecht sein konnte, doch das Gefühl wurde sofort von Angst abgelöst.

»Es geht um Audrey«, sagte sie. »Meine Freundin. Das Mädchen, von dem ich dir erzählt habe, das mit mir im Buchladen arbeitet. Sie steckt in Schwierigkeiten.«

AUDREY

Der Abend hatte gut angefangen.

Das ganze letzte Jahr hatte sie zu Hause davon geträumt. Die Freiheit zu haben, zu kommen und zu gehen, wie es ihr gefiel. Sich zu verabreden. Zu lachen. Zu tanzen. Für niemanden anders verantwortlich zu sein als sich selbst. Nicht darauf aufpassen zu müssen, was sie sagte, sich nicht verstellen zu müssen.

Jung zu sein.

Sie hatte aufgehört, eine Lüge zu leben, und angefangen, die Wahrheit zu leben.

Und hier war sie auf einer Party in Paris. Nicht in irgendeinem namenlosen Nachtklub, sondern auf einer richtigen Party in einem richtigen Haus mit richtigen Franzosen.

Sie und Etienne waren mit dem Taxi gefahren und hatten sich auf dem Rücksitz eng aneinandergepresst. Er hatte den Arm um ihre Schultern gelegt, und das sanfte Streicheln seiner Finger über ihren bloßen Arm fühlte sich gut an.

Er erzählte von seinen Freunden, seinen Schwestern, von Paris.

Über Bücher sprach er nicht mehr, was eine Erleichterung war.

Als er sie küsste, erwiderte sie den Kuss, und als sie sich endlich voneinander lösten, hielt das Taxi vor einem großen Haus in einer schmalen Straße.

Dröhnende Rockmusik und Gelächter drangen aus dem offenen Fenster. Die Luft roch süßlich, auch wenn sie den Duft nicht identifizieren konnte. Rosen und Geißblatt vielleicht. Das war etwas, was Grace vermutlich gewusst hätte.

Audrey fühlte sich erwachsen und weltgewandt. Sie hätte Meena gern eine Nachricht geschickt, wollte aber nicht uncool wirken. Dafür würde später noch Zeit sein.

Die Tür öffnete sich, und sie wurden in das Gewühl hineingezogen. Zu viele Menschen für das Haus. Alle drängten sich dicht an dicht, und die Temperatur in der unbarmherzigen Sommerhitze stieg.

Audrey hatte befürchtet, dass ihr Outfit zu lässig sein könnte, doch die Leute trugen alles Mögliche. Oder nichts. Sie sah ein Mädchen mit nackten Brüsten, das die Treppen hochrannte und von einem Mann gejagt wurde.

Außer ihr schien niemand Notiz davon zu nehmen.

Der Geruch von Parfums und Zigarettenrauch lag in der Luft. Und noch ein Geruch, den sie wiedererkannte. Gras. War das legal in Paris? Was, wenn sie alle verhaftet wurden?

Etienne bahnte sich einen Weg durch die Menge und blieb dabei immer wieder stehen, um zu lachen und mit jemandem zu sprechen. Er schien fast jeden hier zu kennen, und Audrey bemerkte, wie Mädchen ihn anlächelten. Einige schlängelten sich zu ihm durch und küssten ihn auf beide Wangen. Audrey blieb an seiner Seite und versuchte cool und zugehörig auszusehen, doch sie verstand kein Wort von den Unterhaltungen um sie herum. Alles fühlte sich fremd an, von der Sprache bis zum Verhalten. Die Franzosen waren so offen und demonstrativ, ständig küssten und umarmten sie einander.

Etienne legte den Arm um sie und zog sie enger an sich. »Etwas zu trinken?«

Durstig nickte sie. Sie hätte jetzt gern eine Limonade oder so etwas.

Er ließ sie nicht los. Stattdessen küsste er sie auf die Wange und wanderte weiter zu ihrem Mundwinkel.

Audrey spürte wieder dieses sehnsüchtige Ziehen in ihrem Bauch. Er war so sanft und küsste wie ein Gott. Sie mochte ihn wirklich und wünschte jetzt, sie wären zu ihm gegangen und nicht zu dieser Party.

Ein Mann erschien auf der Bildfläche, Audrey fielen seine geschmeidigen Bewegungen und funkelnden Augen auf. Er wirkte unruhig und ein bisschen gefährlich. Betrunken oder high? Audrey war nicht sicher.

Er und Etienne redeten und lachten einen Augenblick, bevor Etienne sie vorstellte.

»Mmh.« Marc beugte sich vor und küsste sie auf beide Wangen. »Du bist Engländerin? Willkommen. Du hast nichts zu trinken? Was kann ich dir bringen?« Er stand ein bisschen zu dicht, weshalb sie zurückwich.

»Eine Limonade wäre toll, danke.«

Marc sah sie belustigt an. »Soda?« Er warf Etienne einen Blick zu. »Du datest ein Schulmädchen, was? Musst du sie auch um neun zu Hause abliefern?«

Audreys Wangen brannten vor Verlegenheit.

»Ich habe Durst, das ist alles. Ich nehme auch einen Wodka«, sagte sie rasch. »Wodka mit Tonic.« Das bedeutete nicht, dass sie ihn trinken musste. Sie würde eine Möglichkeit finden, ihn zu verschütten oder irgendwohin zu kippen. Auf keinen Fall würde sie zugeben, dass sie keinen Alkohol trank. Sie wäre sozial geächtet und würde Etienne vor seinen Freunden blamieren.

Marc strich ihr mit einem Finger über die Wange. »Du hast einen ganz süßen Akzent. Wenn du Etienne satthast, ruf mich an.«

Sie ballte ihre Hände zu Fäusten, um sich davon abzuhalten, ihm eine runterzuhauen.

Etienne sagte etwas zu ihm, was Audrey nicht verstand, und Marc grinste anzüglich.

»Ich hol deine Drinks.« Marc machte auf dem Absatz kehrt und verschwand in der Menge, lachend und immer wieder mit jemandem ein paar Worte wechselnd.

»Beachte ihn einfach nicht.« Etienne zog sie an sich. »Du bist so hübsch, dass jeder wissen will, wer du bist. Sollen wir tanzen?«

»Ja.« Dabei konnte sie wenigstens vergessen, dass sie die Einzige war, die keine Fremdsprache beherrschte. Aber spielte das überhaupt eine Rolle? Die Musik war sowieso zu laut für ein Gespräch. Eine Party war eine Party, egal wo auf der Welt. Überall sah sie Menschen, die lachten, tranken und küssten.

Allerdings schienen viele der Gäste älter zu sein als sie. In den späten Zwanzigern?

Etienne hielt sie fest an der Hand, und sie schlängelten sich durch das Gewühl zu dem Raum, wo alle tanzten.

Audrey gab sich dem Rhythmus der Musik hin. Wenn sie tanzte, waren alle Probleme vergessen. Sie hob die Arme über den Kopf und bewegte sich zu dem dröhnenden Rhythmus.

Etienne war ebenfalls ein guter Tänzer, seine Bewegungen waren geschmeidig und sexy.

Sie tanzte, bis jemand ihren Arm berührte. Marc stand vor ihr und reichte ihr einen Drink.

»Danke.« Sie nahm ihn dankbar entgegen, trank einige Schlucke und verschluckte sich fast.

Es war reiner Wodka. Tränen traten ihr in die Augen. Sie nahm an, dass er sowohl das Tonic als auch ihren Wunsch nach einer Limonade vergessen hatte, doch dann bemerkte sie das Funkeln in seinen Augen und wusste, dass er es nicht vergessen hatte.

Er wartete darauf, was sie tun würde.

Audrey nahm einen weiteren großen Schluck und übergab sich beinahe. Es war widerlich. Es schmeckte wie mit Wasser verdünntes Benzin. Wie brachte ihre Mutter das bloß runter? Wie brachte das überhaupt irgendjemand runter?

Da sie Alkohol nicht gewohnt war, spürte sie die Wirkung sofort. Wärme breitete sich in ihrem Körper aus, und ihr wurde schwindlig, doch es gelang ihr, Marc einen coolen Blick zuzuwerfen.

»Köstlich. Danke.«

Marc lachte auf. »Ich hole dir noch etwas.«

Sie wollte ihm sagen, dass er sich nicht die Mühe machen solle, doch Etienne schickte ihn mit einer Handbewegung fort.

Durch den Alkohol wirkte alles leichter und heller.

»Gibt es irgendwo etwas zu essen?«

»Nein. Nur Getränke.« Etienne schien amüsiert über ihre Frage, und weil sie keine Spielverderberin sein wollte, lachte sie ebenfalls. Zugleich verfluchte sie sich, dass sie zu Hause nichts Richtiges mehr gegessen hatte.

Es war ja nicht so, dass sie keine Erfahrung im Umgang mit Alkohol hatte. Sie versuchte immer, ihre Mutter dazu zu bringen, etwas zu essen, um die Wirkung abzumildern.

Etienne hob ihr Haar, küsste sie seitlich am Hals und sagte etwas auf Französisch zu ihr.

Sie schloss die Augen. »Ich habe keine Ahnung, was du sagst, aber es klingt gut.« Jemand streifte sie, sodass sie noch enger aneinandergeschoben wurden.

Etienne zog sie an sich, um sie abzuschirmen. »Ich sage dir, dass du schön bist.«

Als noch mehr Menschen in den Raum drängten, wurden sie gegen die Wand gequetscht. »Ich muss mich vollkommen auf dein Wort verlassen.« Sie schlang die Arme um ihn. »Du könntest alles sagen. Du könntest auch sagen: ›Dein Hintern sieht in der Jeans dick aus‹, und ich wüsste es nicht.«

Er umfasste ihr Gesicht mit den Händen. »Du siehst unglaublich aus in dieser Jeans.«

Sein Mund berührte ihren, und alles um sie herum verschwamm. Da war nur ihr Puls, der rhythmisch durch ihren Körper pumpte, die Berührung seiner Zunge und das Streicheln seiner Hände.

Als er schließlich den Kopf hob, fühlte sie sich benommen.

Die Sommerhitze wallte durch die offenen Fenster, und sie spürte, wie ihr der Schweiß über die Haut lief. Ihr Mund war trocken, und sie war durstiger, als sie es je zuvor im Leben gewesen war.

Marc tauchte mit weiteren Drinks auf.

Er runzelte die Stirn, als er sah, dass sie immer noch das Glas in der Hand hatte. »Trink aus!«

Sie trank, und aus irgendeinem Grund schmeckte es nicht so schlecht wie beim letzten Mal. Immerhin war es Flüssigkeit.

Marc tauschte ihr leeres Glas gegen ein volles.

Audrey nahm es. Sie hatte nicht darum gebeten, doch was machte es schon? Einen Abend lang zu trinken würde nicht schaden, oder?

Sie fragte sich, was Grace tat und ob ihr Abendessen gut verlief.

Dann dachte sie an ihre Mutter. Doch der Gedanke verdarb ihre gute Laune, weshalb sie ihn zur Seite schob.

Sie würde sie morgen anrufen, und falls sie sich nicht meldete, würde sie Ron anrufen. Technisch gesehen war er jetzt ihr Stiefvater. Sie hatte das Recht, ihn anzurufen.

Sie trank und tanzte, und dann gingen sie nach hinten in den Raum, wo es nicht ganz so voll war. Eine Terrassentür öffnete sich zu einem kleinen Hinterhof. Lichterketten rankten sich um Pflanzen und Töpfe.

»Das ist wie eine Szenerie aus dem ›Sommernachtstraum‹, findest du nicht?« Etienne trank einen Schluck Bier.

Audrey hatte den »Sommernachtstraum« weder gesehen noch gelesen, doch ausnahmsweise schien das keine Rolle zu spielen. Ihr Gehirn war vermutlich betäubt vom Wodka. Immer wenn sie versucht hatte, nur zu nippen, war Marc an ihrer Seite aufgetaucht und hatte ihr nachgeschenkt.

»Das ist ein hübscher Garten.«

»Möchtest du ein bisschen spazieren gehen?«

Nein, sie wollte nicht spazieren gehen. In ihrem Kopf drehte sich alles, und ihre Füße schmerzten. Sie wünschte allmählich, dass ihr die Eitelkeit nicht über die Bequemlichkeit gegangen wäre. Ihre Schuhe ließen ihre Beine länger wirken, doch nach einer Stunde Tanzen fühlten sich ihre Füße an, als hätte ein weißer Hai darauf herumgekaut.

Andererseits war der Garten klein, und frische Luft würde ihr vielleicht guttun. »Klar. Aber ich habe ziemlichen Durst nach dem Tanzen. Gibt es irgendwo Wasser? Ich habe Marc mehrmals darum gebeten, und er bringt mir immer nur mehr Wodka.«

»Marc ist ein Idiot«, sagte er, als würde er seinen Freund ziemlich gut kennen. »Ich bring dir was. Warte hier.« Er verschwand, und sie stand betreten da, während sie versuchte, so auszusehen, als fühlte sie sich wohl allein in einem Haus voller Menschen, deren Sprache sie nicht verstand.

Sie hatte gedacht, wenn sie London verließe, würde sie auch den Druck und die Unsicherheit verlassen, doch die schienen ihr zu folgen. Sah sie gut aus? Sagte sie die richtigen Dinge? Hielten die Leute sie für dumm, weil sie kein Französisch sprach?

Sie fühlte sich ausgesprochen merkwürdig, als ob ihr Hirn sich langsam drehte. Vermutlich lag es an dem Wodka. Sie hätte ihn irgendwie wegschütten sollen, doch wenn sie das getan hätte, hätte Marc nur einen weiteren geholt.

Wo war Etienne? Warum brauchte er so lang?

Sie drehte sich um, um nach ihm zu suchen, und jemand lief in sie hinein. Sie ließ ihre Tasche fallen, und der Inhalt verteilte sich über den Boden.

Mist. Audrey bückte sich, um Lippenstifte, alte Kassenzettel und ihr Kleingeld einzusammeln. Durch das Bücken fühlte sie sich noch schlechter.

Übelkeit überkam sie plötzlich.

Marc erschien mit einem weiteren Drink, doch dieses Mal nahm sie ihn nicht.

»Ich muss auf die Toilette.« Sie sagte es laut, und er deutete in Richtung Treppe.

»Auf der rechten Seite.«

Rechts. Links. Audrey sah hinab auf ihre Hand mit dem Ring, den Grace ihr geschenkt hatte, und bemerkte, dass ihre Finger zitterten.

Warum fühlte sie sich so schlecht? So viel hatte sie nicht getrunken, oder? Ihre Mutter trank das Zeug flaschenweise, und ihr war nie übel. Es musste an etwas anderem liegen.

Sie stolperte die Treppe hinauf und klammerte sich am Geländer fest, während sie sich durch die Menge bahnte und immer *Excusez-moi!* murmelte. Die Tür zum Badezimmer war geschlossen. Sie schien sich vor ihren Augen zu bewegen. Sie rüttelte am Türgriff und fühlte sich mit jeder Minute schlechter.

Hatte man ihr etwas in den Drink getan? Jeder wusste, dass man in Klubs und solchen Orten seinen Drink im Auge behalten sollte. Doch das hier war eine private Party. Konnte Marc etwas in ihren Drink getan haben?

Ein Paar kam an ihr vorbei, und sie versuchte, sie zu fixieren. »Habt ihr Etienne gesehen?«

Sie schüttelten den Kopf und gingen die Treppe hinunter.

Endlich öffnete sich die Badezimmertür und ein zerzaustes Paar taumelte heraus.

Audrey wankte ins Badezimmer und schlug dabei mit ihrem Arm hart gegen die Tür. Der Schmerz trieb ihr die Tränen in die Augen. Seit wann war sie so ungeschickt? Mit einer letzten Anstrengung gelang es ihr, den Riegel vorzuschieben, bevor sie sich auf den Boden sinken ließ.

Wenn sie sich eine Minute einfach hinlegte, würde der Schwindel sich vielleicht beruhigen. Doch er beruhigte sich nicht. Stattdessen wurde es schlimmer. Ihr war schummerig, und plötzlich brach ihr der Schweiß aus. Übelkeit stieg in ihr auf wie eine Flut und sie schaffte es gerade noch zur Toilette, bevor es aus ihr herausbrach.

Sie würgte wieder und wieder, bis nichts mehr in ihrem Magen war, legte sich auf den Badezimmerboden und fragte sich, ob sich so sterben anfühlte. In ihrem Kopf hämmerte es, und jede kleine Bewegung schmerzte.

Wer würde es mitbekommen, wenn sie hier zusammenbrach?

Wen würde es kümmern?

Grace.

Grace hatte sie gefragt, wohin sie ging, und sie hatte es ihr nicht einmal sagen können.

Sie griff nach ihrem Handy, wobei sie versuchte, sich möglichst wenig zu bewegen, und schickte Grace eine Nachricht. Vermutlich war sie zu beschäftigt mit dem Wiedersehen mit ihrem Musikerfreund, um auf ihr Handy zu schauen, aber wenn sie es schließlich tat, würde sie wenigstens wissen, wo sie Audreys Leiche finden konnte.

Sie lag bewegungslos da, den Kopf auf einem Handtuch, und ignorierte die Leute, die an die Tür klopften und hereinwollten.

Warum hatte sie den Drink nicht abgelehnt?

Sie war genau wie ihre Mutter.

Das Nächste, was sie mitbekam, war ein noch stärkeres Hämmern an der Tür, das sie diesmal nicht ignorieren konnte, weil plötzlich die Tür aufbrach und Grace vor ihr stand. Sie hielt ein Küchenmesser in der Hand, mit dem sie das Schloss geöffnet hatte.

Audrey hatte noch nie so viel nackte Angst bei jemandem gesehen.

»Hi Grace. Mir geht's nicht so gut.« Ihre Worte flossen irgendwie ineinander.

»Ach Liebes …« Grace ließ sich neben ihr auf die Knie nieder.

Audrey fühlte ihre kühle beruhigende Hand auf der Stirn. »Zu viel getrunken. Tut mir leid …«

»Schschsch. Nicht reden. Du bist jetzt in Sicherheit. Ich bringe dich nach Hause.«

Audrey dachte vage, dass sie ja gar kein richtiges Zuhause hatte, doch das Wort klang so gut, dass sie nicht widersprach. Zuhause klang nach einem Ort, wo sie in Sicherheit war und geliebt wurde.

Grace tauchte die Ecke eines Handtuchs in kaltes Wasser und wischte Audrey Gesicht und Hals ab. »Kannst du aufstehen?«

»Etienne …«, murmelte sie. »Weg.« Sie konnte ihre Gedanken nicht lange genug festhalten, um einen vollständigen Satz zu formen. Die Worte flackerten in ihrem Kopf auf und erloschen wieder. Sie hatte das Gefühl, als gäbe eine Rockband in ihrem Schädel ein Konzert.

»Mach dir jetzt keine Gedanken um ihn. Wir werden das später alles klären. Kannst du aufstehen?«

Audrey glaubte nicht, dass sie das konnte, doch mit Grace' Hilfe, die ihr zuredete und sie nach oben zog, kam sie taumelnd auf die Füße. Es stellte sich heraus, dass Bewegung nicht gut für sie war. »Mir wird wieder übel.« Sie schaffte es zur Toilette und übergab sich. Ihr Magen brannte, ihre Kehle ebenfalls. Sie hasste es, wenn ihr übel war.

Und dann war Grace bei ihr, strich ihr das Haar aus dem Gesicht, streichelte beruhigend über ihren Rücken und murmelte Worte des Trostes.

Noch nie hatte irgendjemand Audrey beigestanden, wenn ihr schlecht war. Irgendwie machte das die ganze Sache ein bisschen besser. Sie ließ sich wieder auf den Boden sinken und schloss die Augen.

»Kann nicht laufen.« Sie wusste, dass sie verwaschen sprach. »Lass mich allein.«

»Ich lass dich nicht allein.« Grace öffnete die Badezimmertür, und Audrey hörte ihre Stimme, kühl und befehlend.

Im nächsten Moment kamen zwei Typen ins Badezimmer und halfen Audrey hoch.

Gemeinsam trugen sie sie hinunter und nach draußen, wo ein Taxi wartete.

Audrey stellte fest, dass Alkohol offenbar die Scham betäubte.

Sie wusste immer noch nicht, wo Etienne steckte, doch sie konnte wohl davon ausgehen, dass er abgehauen war, und wer konnte ihn dafür schon tadeln? Sie wäre ebenfalls abgehauen, wenn sie in der Lage gewesen wäre, einen Fuß vor den anderen zu setzen.

Sie sank auf dem Rücksitz des Taxis in sich zusammen und hörte Grace' Anweisungen nur mit halbem Ohr.

»Woher wusstest du, wo ich bin?«

»Dein Standort war in deiner Nachricht.«

Audrey hielt die Augen geschlossen. »Dann bist du jetzt ein Technik-Genie.«

»Bin ich. Hör auf zu reden. Wir sind bald zu Hause.«

»Grace?«

»Ja?«

»Bist du sauer auf mich?«

»Nie. Aber ich könnte sauer auf Etienne sein.«

»War nicht seine Schuld.« Audrey lehnte sich an ihre Schulter. »Lass mich nicht allein.«

»Ich werde dich nicht allein lassen, Liebes. Ich bin hier.«

Die Fahrt verlief wie im Nebel, doch irgendwie kamen sie zu Hause an, und Grace half Audrey die Treppen hinauf. Sie hielt sich an der Wand fest, um nicht hinzufallen.

»Nicht mein Apartment.« Sie hatte Schwierigkeiten, gerade zu gehen. Auf keinen Fall würde sie die letzte Stiege zu ihrem Apartment schaffen. So wie sie sich fühlte, würde sie auch im Treppenhaus schlafen.

»Du wirst die Nacht bei mir verbringen, damit ich dich im Auge behalten kann. Ich mache dir einen starken Kaffee, und du wirst duschen und viel Wasser trinken.«

»Muss mich hinlegen.«

»Erst duschen.« Grace begleitete sie ins Badezimmer, wo Audrey sich an der Wand festhielt, während Grace ihr die Sachen auszog.

»Ich werde ertrinken.«

»Du wirst nicht ertrinken.« Grace drehte das Wasser auf und schob Audrey unter die Dusche.

Eiskaltes Wasser ergoss sich über sie. Sie keuchte auf, doch ihr Kopf wurde ein bisschen klarer.

Danach wickelte Grace ein großes weiches Handtuch um sie und führte sie zum Sofa.

»Setz dich einen Moment hin.«

Audrey setzte sich und zitterte am ganzen Leib.

Sie fühlte sich mieser als je zuvor im Leben.

Aber Grace war da und ermutigte sie, ein großes Glas Wasser zu trinken und danach eine kleine Tasse Kaffee, der so stark war, dass Audrey beinahe wieder würgte.

»'tschuldigung. Wollte nicht trinken.«

»Denk jetzt nicht drüber nach.« Grace nahm ihr die Tasse aus der Hand und legte ein paar Kissen aufs Sofa. »Kannst du dich hinlegen, oder dreht sich alles?«

Audrey versuchte es und entschied, dass das Drehen auszuhalten war. Sie schloss die Augen, und einen Moment später war sie in eine weiche wohlige Wärme eingehüllt, als Grace sie zudeckte.

»Grace?«

»Ja, Liebes.«

»Ich weiß, dass du mitten im Sommer Strumpfhosen trägst und dich wie eine Großmutter kleidest, doch du bist sehr nett.«

Das war das Letzte, woran sie sich erinnerte.

Als sie erwachte, drangen Sonnenstrahlen durch die Ritzen der Fensterläden. Grace saß ihr gegenüber. Sie sah blass aus und hatte dunkle Ringe unter den Augen.

Audrey stöhnte und hob den Kopf. »Wie spät ist es?«

»Zehn Uhr.«

»Zehn!« Audrey wollte sich aufsetzen, doch ihr Kopf explodierte fast, und sie legte sich wieder hin. »Ich komme schon wieder zu spät zur Arbeit. Elodie wird mich feuern.«

»Es ist Sonntag. Wir machen erst um zwölf auf.«

»Oh.« Sie schloss die Augen, öffnete sie aber wieder, weil ihr sonst noch schwindliger wurde. »Ich erinnere mich, dass du mir in der Nacht Wasser gegeben hast. Warst du die ganze Zeit hier?«

»Ich dachte, du könntest mich brauchen. Wie fühlst du dich?«

»Als ob mein Kopf zerquetscht wird.« Sie manövrierte sich vorsichtig in eine aufrechte Lage, wobei sie sich bemühte, alle Bewegungen auf das Minimum zu reduzieren. »Ich erinnere mich an alles. Ich erinnere mich an Marc und den Wodka. Ich erinnere mich an das Badezimmer dort und dass du ein Küchenmesser in der Hand hattest.«

»Marc?«

Audrey stöhnte und strich sich das Haar aus dem Gesicht. »Es war seine Party. Er hat mir immer Drinks aufgedrängt.«

Und wie sich herausstellte, war sie genau wie ihre Mutter. Wie oft hatte ihre Mutter auf dem Sofa geschlafen, weil sie es nicht mehr nach oben ins Schlafzimmer geschafft hatte?

Wieder strich sie sich das Haar aus dem Gesicht. Ihre Hände zitterten. Wie eine Flutwelle stiegen die Emotionen in ihr auf, und sie konnte sie nicht mehr zurückhalten.

»Es tut mir so leid.« Sie schluchzte laut auf, und Tränen rollten ihr über die Wangen. »Es tut mir alles so leid. Dass ich betrunken war. Dass ich dir die Nachricht geschickt habe. Dass du dir so viele Sorgen gemacht hast, dass du die ganze Nacht wach geblieben bist. Das alles.«

»Das ist keine große Sache, Liebes. Vergiss es.«

»K…kann ich nicht.« Sie hatte einen Schluckauf. »Du wirst mir vermutlich nicht glauben, aber ich war noch nie zuvor betrunken. Ich trinke keinen Alkohol. Gestern habe ich was getrunken, weil alle anderen es auch taten und ich nicht auffallen wollte. Marc hat mich angesehen, als wäre ich ein Kind oder so was, und ich dachte, dass es Etienne peinlich sein könnte, mit mir da zu sein, deshalb sagte ich Ja, obwohl ich sonst nie Ja sage.«

»Das nennt man Gruppendruck, Audrey. Das passiert.«

»Nicht mir. Du verstehst das nicht. Ich war außer Kontrolle. Das, was mir niemals passieren sollte, ist mir passiert. Und ich war so sicher, dass es das nicht würde. Ich bin genau wie sie.« Genau wie ihre Mutter. Genau wie ihre Mutter hatte sie auf dem Badezimmerboden gelegen. Sie hatte sich übergeben. Panik überkam sie. Ihre Mutter musste so angefangen haben. Erst ein Drink, dann ein weiterer. Sie hatte schon immer befürchtet, dass ihr das eines Tages auch geschehen könnte. Sie wollte das nicht. Sie wollte nicht dieser Mensch sein.

Sie wischte sich mit dem Handrücken über die Wange, doch die Tränen liefen und mit ihnen das Schluchzen, und dann nahm Grace sie in den Arm. Wiegte sie hin und her.

»Du bist durcheinander, weil du nicht geschlafen und schreckliche Kopfschmerzen hast. Du solltest jetzt nicht darüber nachdenken.«

»Du verstehst es nicht.« Audrey schluchzte in Grace' Armen. Warum hatte sie keine Mutter wie Grace? Warum? »Du weißt nicht, wie es zu Hause ist. Niemand weiß das.«

»Ist ja gut, Liebes.« Grace strich ihr das Haar aus dem Gesicht. »Möchtest du mir sagen, wie es ist?«

Audrey schniefte. Sie konnte gar nicht alles erzählen, was ihr im Kopf herumging. Es war zu schrecklich. »Ich habe nie darüber gesprochen.«

Grace drückte ermutigend ihre Schulter. »Du musst nichts sagen, wenn du nicht möchtest, aber wenn du reden möchtest, bin ich hier.«

Audrey atmete tief ein. »Meine Mum trinkt.« So. Sie hatte es ausgesprochen. Endlich. Sie fühlte sich, als hätte jemand das schwere Gewicht angehoben, das schon immer auf ihr lastete. Und diese drei Worte öffneten die Schleusen für mehr. »Sie trinkt viel. Ich weiß nicht mal, wie sie ihrer Arbeit nachgeht, denn die meiste Zeit ist sie betrunken, aber sie kann es verbergen. Sie ist wie diese beliebten Partylöwen. Jeder hält sie für so amüsant, aber sie sehen nicht, wie sie den Rest der Zeit ist. Ich weiß nie, woran ich mit ihr bin. In der einen Minute umarmt sie mich und erzählt mir, dass sie mich liebt, und in der nächsten schreit sie mich an. Und wenn ich ihr vorschlage, dass sie vielleicht mal mit jemandem sprechen oder einen Abend nichts trinken sollte, erzählt sie mir, dass alles in Ordnung ist und ich diejenige mit einem Problem bin.« Sie blickte auf und erwartete, Überraschung oder sogar Ekel in Grace' Gesicht zu entdecken, doch sie sah nichts außer Mitgefühl und Güte.

»Deine Mutter ist Alkoholikerin?«

Audrey nickte unglücklich. »Ich sage es ungern. Ich liebe sie, ehrlich. Aber es ist schwer. Ich habe das noch nie jemandem erzählt.« Sie nahm ein Taschentuch aus der Schachtel, die Grace neben sie gestellt hatte, und schnäuzte sich die Nase. »Ich hätte es dir vermutlich auch nicht sagen sollen. Sag es niemandem weiter, ja? Keiner Menschenseele.«

»Ich verspreche es.« Grace umarmte sie. »Gerade sagtest du, du wärst genauso wie sie, aber du weißt, dass das nicht stimmt, oder?«

Audrey fuhr sich mit der Hand über das Gesicht. »So fängt es schließlich an. Jeder Alkoholiker fängt mit einem Glas an. Und dann folgt das nächste.«

»Bist du deshalb so aufgelöst? Weil du glaubst, du wärst jetzt auch eine Trinkerin?«

Für andere klang es vermutlich lächerlich. Niemand würde verstehen, wie sich das anfühlte.

Abwehrend machte sie sich von Grace los. »Vergiss es. Ich erwarte nicht, dass du es verstehst.«

»Ich verstehe es vollkommen.«

»Ja, richtig.« Sie nahm das Glas Wasser, das neben ihr stand, und trank es aus. »Du versuchst nur, mich aufzuheitern. Wie kannst du überhaupt verstehen, wie ich mich fühle?«

Grace nahm ihr das leere Glas ab. »Weil meine Mutter auch Alkoholikerin war. Ich verstehe genau, wie du dich fühlst.«

GRACE

Grace verquirlte die Eier in einer Schüssel. Sie gab Kräuter vom Balkon hinzu, ein bisschen Salz und Pfeffer und goss die Mischung dann in eine Pfanne. Es zischte, und sie stieß die Seiten leicht an, wobei sie die Pfanne hin- und herrüttelte, bis der Boden des Omeletts goldbraun war. Die Alltagsarbeit beruhigte sie.

Sie schob das Omelett auf einen Teller und fügte getoastetes Sauerteigbrot und einen Klecks Ketchup hinzu.

Audrey saß auf dem Balkon am Tisch, hatte eine Sonnenbrille auf und litt an einem heftigen Kater. Ihr Haar war noch feucht von der Dusche, und sie trug eines von Grace' Shirts. Ihre Beine und Füße waren nackt.

Sie wirkte jung und verletzlich und tat Grace einfach leid.

Sie wusste genau, wie es in Audrey aussah. Sie verstand alles, inklusive der furchtbaren Scham, jemandem außerhalb der Familie die Wahrheit zu erzählen.

»Hier.« Grace stellte den Teller mit dem Omelett vor sie hin. »Als Erstes musst du etwas Richtiges essen. Dann geht es dir schon besser.«

Audrey sah zweifelnd auf das Omelett. »Ich möchte nicht, dass mir wieder übel wird.«

»Das wird es nicht.« Grace gab ihr eine Gabel, und Audrey stach vorsichtig in das Essen auf ihrem Teller.

»Hast du so etwas auch für deine Mutter gemacht?«

»Ständig. Machst du es für deine?«

»Ja, wenn etwas zu essen im Haus ist. Meistens mache ich Toast.« Audrey nahm einen kleinen Bissen und dann einen weiteren. Sie aß wie ein Vogel, mit winzigen Bissen, die sie langsam kaute. »Ich habe immer gesagt, dass ich nie so werde wie sie. Dass ich nie trinken werde. Dass ich Kontrolle über mich habe.«

Grace verstand ihre Angst. »Du bist nicht wie sie, Audrey.«

»Das fühlt sich im Moment aber anders an.« Sie spielte mit ihrem Essen. »Du trinkst auch nichts, oder? Ich habe das bemerkt, aber ich dachte nie, dass es einen Grund dafür geben könnte.«

Grace setzte sich ihr gegenüber mit dem Kaffeebecher zwischen den Händen. »Ich habe seit Jahrzehnten keinen Tropfen Alkohol angerührt. Genau wie du hatte ich Angst, dass ich es nicht kontrollieren könnte. Und das Trinken war nur eines von vielen Dingen, die ich zu kontrollieren versuchte. Ich dachte, das wäre die einzige Möglichkeit, ein sicheres Leben zu führen. Ich habe mir selbst nicht getraut. Ich dachte, dass ein kleiner Ausrutscher dazu führen könnte, so zu werden wie sie. Einen Elternabend zu versäumen, schmutzige Wäsche auf dem Fußboden, Milch vergessen zu haben …«

Audrey legte die Gabel beiseite. »Bei mir war es ein Ausrutscher.«

»Du hattest ein paar Gläser Alkohol. Ein paar Gläser machen dich nicht zu einer Alkoholikerin.« Doch auch sie hatte genau das befürchtet. »Ich habe gestern zum Dinner ein Glas Wein getrunken. Und am Abend zuvor auch. Als ich hier allein war.«

Audrey hob die Augenbraue. »Ich denke, du verspürst nicht gerade Gruppendruck, also warum? Hattest du Lust drauf, oder wolltest du etwas beweisen?«

»Beides.« Grace verlagerte das Gewicht. »Ich war so rigide und starr mit mir und meiner Familie. Theoretisch wusste ich, dass mich ein Glas Wein nicht zur Alkoholikerin macht, aber ich hatte Angst davor. Ich hatte in meinem Leben vor vielen Dingen Angst. Seit meine Ehe vorbei ist, habe ich viel nachgedacht. Tatsächlich war ich so damit beschäftigt, mir zu beweisen, dass ich ein sicheres, geordnetes Leben führen kann, dass ich nicht darüber nachgedacht habe, ob es auch ein gutes Leben ist. Ein Leben, das mir gefällt. Ich glaube, ich habe in meiner Vorstellung Spontaneität mit Chaos verwechselt.«

»Bist du mit Chaos aufgewachsen?« Audrey hatte ihr Essen vergessen. »Ich auch. Bei mir zu Hause gibt es jeden Tag neue Regeln. Versprechen werden nicht eingehalten. Ich lade meine Mum nicht mehr zu Schulterminen ein, weil ich nie weiß, ob sie auftaucht oder nicht oder ob sie betrunken auftaucht.«

»Ja, das verstehe ich.« Grace hörte die Stimme ihrer Mutter. *»Ich verspreche, wir werden etwas ganz Besonderes zu deinem Geburtstag machen, Gracie.«*

»Also bei deiner Mum … wann hat das angefangen? Und du hattest einen Dad, oder? Warum hat er nichts dagegen unternommen?«

Sie sprach nie darüber, nicht einmal mit Sophie.

Aber Sophie war ihr Kind, und man hatte immer den Drang, das eigene Kind zu beschützen – egal, wie alt es war. Audrey war ihre Freundin.

Das war ein Unterschied.

Sie musste sich keine Sorgen machen, was Audrey denken würde oder welchen Einfluss es auf die Familie haben könnte. Audrey und sie hatten eine unglaublich tiefe Verbindung zueinander aufgebaut.

»Ich kann mich nicht erinnern, dass meine Mutter je nicht getrunken hätte.« Hoffentlich half es Audrey ein bisschen, wenn sie von ihren Erfahrungen berichtete, und sei es auch nur, weil sie sich nicht mehr so allein fühlte. »Sie war die perfekte Gastgeberin. Der Mittelpunkt jeder Party.« Sie sah vor sich, wie ihre Mutter in einem neuen Kleid durchs Haus wirbelte. *Sieh mich an!*

»Klingt genau wie meine Mum.«

»Als ich jung war, dachte ich, dass Menschen eben so lebten, dass es normal war. Doch dann bemerkte ich, dass andere Mütter nicht so tranken wie sie. Ich versuchte mit meinem Vater zu reden, doch er sagte mir immer nur, dass alles in Ordnung sei. ›Deiner Mutter geht es gut, Grace.‹« Der Schmerz und die Verwirrung von damals waren immer noch da, und sie erkannte beides auch in Audreys Augen.

»Ja, das ist der schwere Teil. Man fängt an zu glauben, dass mit einem selbst was nicht stimmt.«

»Als ich größer wurde, erkannte ich, dass es ihr keineswegs gut ging. Ich verstand nicht, warum mein Vater das nicht sah. Dann begriff ich, dass er es zwar sah, aber lieber ignorierte. Das war das größte Mysterium von allen. Ich dachte, wenn er sie liebt, würde er wollen, dass es ihr gut geht. Er war Arzt …«

»Mist. Aber wenn er nichts dagegen tun konnte, welche Hoffnung gibt es dann für uns andere?«

»Genau. Ich begreife es noch immer nicht richtig.« Sie sah in die Ferne, ihre Gedanken wanderten zurück. »Er liebte sie sehr. Ich denke, er glaubte sie zu beschützen. Sie war ein wichtiges Mitglied der Gemeinde. Sie war bei jeder Wohltätigkeitsveranstaltung und saß in jedem Komitee. Ich denke, dass es dort angefangen hat, das Trinken. Aber da niemand bei uns zu Hause das als Problem ansah, hörte es nie auf. Er hat ihr nie Hilfe geholt. Er fand Entschuldigungen für sie. Man nennt das Co-Abhängigkeit. Als ich es erwähnte, weil ich mich um ihre Gesundheit sorgte, wurde er wütend. Mir wurde gesagt, dass wir Familienangelegenheiten niemals außer Haus tragen, und so musste ich nicht nur mit dieser schrecklichen Situation leben, sondern konnte auch nie mit jemand anderem darüber sprechen.«

Audrey sah schockiert aus. »Ich habe mich immer irgendwie selbst bemitleidet, weil ich allein damit umgehen musste, doch du hattest es noch schwerer. Du hattest einen Erwachsenen an deiner Seite, und er hat sich nicht darum gekümmert. Und so musstest du irgendwie mit beiden umgehen.«

Mit Audrey zu sprechen fiel so leicht.

»Wie bist du so klug geworden?«

Audrey lächelte leicht. »Vermutlich so zur Welt gekommen. Aber ich versuche es zu verbergen. Ich möchte nicht, dass die Menschen um mich herum sich minderwertig fühlen.«

Grace lachte. »Aber du hast recht. Diese Situationen erzeugen eine spezielle Art von Isolation. Ich wollte nur eine normale Familie. Am schlimmsten war es, wenn wir in Gesellschaft waren. Weil sie ihr Problem gut verbergen konnte, dachte jeder nur, sie wäre laut und lustig, doch ich konnte mich nie entspannen, weil ich Angst hatte, dass sie die Kontrolle verlor.«

»Musstest du auch die ganze Hausarbeit machen?«

»Ja, weil Dad immer arbeitete. Meine Noten wurden schlechter.«

Audrey lehnte sich zurück. »Was ist passiert? Du bist Lehrerin, also kannst du nicht rausgeflogen sein.«

»Meine Großmutter kam zu Besuch. Sie und meine Mutter hatten eine schwierige Beziehung. Meine Großmutter war eine sehr unabhängige Frau.« Wo wäre sie heute, wenn Mimi nicht vor all diesen Jahren bei ihnen hereingeplatzt wäre? »Sie war alleinerziehend, was damals wohl sehr ungewöhnlich war. Meine Mutter warf ihr immer vor, dass sie nicht viel da gewesen wäre, als sie klein war. Ich glaube, meine Großmutter machte sich selbst Vorwürfe. Darum wollte sie unbedingt helfen. Sie zog bei uns ein und übernahm das Haus. Ab da änderten sich die Dinge. Mimi ist wie eine Naturgewalt. Sie kümmerte sich um meine Mutter und ermutigte mich, mein Leben zu leben. Sie war der Grund, warum ich mit achtzehn nach Paris ging. Ich glaube, sie hoffte, ich würde hierbleiben.«

»Aber das tatest du nicht.«

Grace stand auf und sah über die Dächer. »Ich wollte gerade Philippe treffen, als ich einen Anruf erhielt, dass meine Eltern auf dem Rückweg von einer Party umgekommen waren. Ihr Auto fuhr in einen Baum.«

Stille machte sich breit. »Es tut mir so leid, Grace.« Audrey flüsterte die Worte. »Waren sie …? War deine Mutter …?«

»Betrunken? Höchstwahrscheinlich. Saß sie am Steuer? Das weiß keiner. Sie kamen von der Straße ab, prallten gegen einen Baum und wurden beide durch die Windschutzscheibe geschleudert. Keiner von beiden war angeschnallt. Ich habe mich wieder und wieder gefragt, ob mein Vater sie hätte fahren lassen. Ich hoffe nicht, doch er tat sein ganzes Leben so, als ob nichts von alldem passierte, insofern ist es nicht unmöglich. Und ich fühlte mich schuldig. Ich dachte, dass ich mich vielleicht mehr hätte bemühen müssen, Hilfe für sie zu finden. Dass es vielleicht nicht passiert wäre, wenn ich nicht nach Paris gegangen wäre.«

»Es war nicht deine Schuld.«

Grace nickte. »Mit den Jahren habe ich das verstanden, doch es hat lange gebraucht, und ein kleiner Teil von mir fragt sich noch immer, ob ich mehr hätte tun können.«

»Und der einzige Mensch, der von der Trinkerei wusste, war deine Großmutter?«

»Und David.« Grace dachte zurück an die Zeit. »David war mein bester Freund. Wir gingen zusammen in den Kindergarten. Später auf die Highschool. Wir brachten zusammen die Schülerzeitung heraus, auch wenn wir damals nicht zusammen waren. Er war der einzige Mensch, dem ich mich anvertraut habe. Als ich den Anruf bekam und von Paris zurückflog, wartete er am Flughafen auf mich. Die ganze Sache war wie ein schlechter Traum. David blieb die ganze Zeit bei mir.« Sie setzte sich. »Da war noch etwas ... etwas, was ich niemandem erzählt habe, nicht einmal Mimi.«

»Du musst mir nicht alles erzählen, wenn du das nicht möchtest.«

»Ich möchte es.« Es war eine Erleichterung, es sich endlich einmal von der Seele zu reden. »David arbeitete damals bei der lokalen Zeitung. Ein Sommerjob vor dem College. Er arbeitete in der Nacht, als meine Eltern den Unfall hatten, und weil sein Chef von der persönlichen Bekanntschaft mit mir wusste, schickte er ihn an den Unfallort. Er sollte die menschliche Tragödie herausarbeiten. Ein bisschen rumschnüffeln.«

Audrey kniff den Mund zusammen. »Du meinst, er sollte schmutzige Wäsche waschen.«

»Und das hätte er tun können. David wusste, dass meine Mutter Alkoholikerin war. Das hätte er ihnen sagen können, doch er tat es nicht.« Bei der Erinnerung daran bildete sich ein

Kloß in ihrem Hals. David hatte sich immer gerühmt, dass er die Wahrheit berichtete, doch in diesem Fall hatte er sie beiseitegeschoben. Das hatte er für sie getan. Weil er sie liebte. »Man berichtete also von einem tragischen Unfall, und dafür war ich ihm immer sehr dankbar.«

»Aber es war tatsächlich ein tragischer Unfall.«

Grace sah sie an. »Ja, das war es.«

»Und was hätte es genützt, wenn die Leute die Wahrheit erfahren hätten? Nichts. Das hat nichts mit öffentlichem Interesse zu tun, sondern mit Katastrophengeilheit. So wie bei Unfällen, wo die Leute anhalten, um zu glotzen. Das habe ich nie verstanden.«

»Ich auch nicht.«

Die gegenseitige Aufrichtigkeit hatte sie einander nähergebracht.

»Ich werde das nie weitersagen, Grace, also mach dir keine Sorgen deswegen.« In diesem Moment wirkte Audrey mindestens ein Jahrzehnt älter als ihre achtzehn Jahre. »Und ich verstehe vollkommen, warum du dich schuldig fühlst, auch wenn nichts davon deine Schuld war. Ich fühle mich ständig schuldig. Und zornig.«

»Insgeheim glaubt man, dass sie aufhören würden, wenn sie einen genug lieben würden. Aber sie hören nicht auf, also bedeutet das, dass sie einen nicht lieben.«

Audrey starrte sie an. »So ist es. Genau das ist es.«

Grace wurde von Mitleid erfasst. »Glaub mir, ich habe all diese Dinge auch empfunden. Es hilft, sich daran zu erinnern, dass es eine Krankheit ist, keine freie Entscheidung. So einfach ist es eben nicht. Mit wem hast du darüber gesprochen?«

»Mit dir.«

»Mit niemandem sonst? Du hast das all diese Jahre für dich behalten?«

Audrey zuckte mit den Schultern. »Du weißt, wie es ist. Man will nicht, dass die Leute es erfahren. Es ist peinlich. Und man fühlt sich schlecht. Illoyal. Und man glaubt: Wenn sie die Fassade aufrechterhalten kann, solltest du das auch tun. Aber ich fühle mich für meine Mum verantwortlich, weißt du? Und das ist furchtbar. Das ist das Schlimmste daran.«

Grace hatte jahrelang die gleichen Gefühle gehabt. »Aber du bist nicht verantwortlich für sie. Das weißt du, oder? Sie ist die Erwachsene.«

»Das ist leicht gesagt.«

Grace nickte und dachte an die vielen Male, die sie ihre Mutter in eine stabile Seitenlage hatte bringen müssen. Doch immerhin hatte sie ihren Vater gehabt, auch wenn er in der Situation ebenso nützlich gewesen war wie ein Kaminfeuer im Hochsommer.

»*Deiner Mutter geht es nicht gut, Grace.*«

»Was ist mit deiner Freundin? Die, die du ein paar Mal erwähntest?«

»Meena? Ich liebe sie, aber ich kann ihr nicht von meiner Mum erzählen.«

»Warum nicht?«

»Ich weiß nicht. Vielleicht, weil ihre Familie perfekt ist. Vielleicht, weil ich in ihrer Gegenwart immer tue, als sei alles normal.« Audrey hielt inne. »Meine Mutter hat letzten Monat geheiratet. Mein Stiefvater heißt Ron.«

»Magst du ihn nicht?«

»Ich mag ihn sehr. Das ist das Problem.« Audrey rutschte unbehaglich auf ihrem Stuhl herum. »Ich mache mir Sorgen, dass er geht. Und das könnte sie umbringen. Sie hatte schon vorher einige Männer. Sie war sogar einige Male verheiratet, doch es hat nie gehalten. Ron ist anders.«

»Glaubst du nicht, dass er es weiß?«

»Er weiß, dass sie trinkt, doch er weiß nicht, wie groß das Problem ist. Und ich habe nichts gesagt. Ich erwarte jeden Tag einen Krisenanruf.« Audrey schluckte. »Ist es falsch, dass ich meine eigenen Träume habe? Ist das egoistisch? Manchmal liege ich da und denke: Bitte, bitte, lass mich Paris nicht verlassen müssen.«

Grace hatte einen Kloß im Hals. Wie hatte sie überlebt? Grace hatte zumindest ihren Vater und Mimi gehabt. Schon seit dem Tag, als Audrey ihre Tasche gerettet hatte, hielt Grace viel von ihr, doch nun war ihre Meinung von ihr noch höher. Sie bewunderte diese mutige, leidenschaftliche, warmherzige und liebevolle junge Frau. »Du hast ein Recht auf mehr als Träume. Du hast das Recht, dein Leben so zu leben, wie du möchtest.« Eine Träne rann ihre Wange hinunter, und Audrey sah sie bestürzt an.

»Scheiße. Ich habe dich zum Weinen gebracht.«

»Fluchen ist nicht notwendig.« Peinlich berührt, dass sie ihre Gefühle nicht unter Kontrolle hatte, wischte sich Grace über die Augen.

»Okay, verflixt, ich habe dich zum Weinen gebracht.« Audrey verzog das Gesicht. »Tut mir leid, aber das Wort funktioniert einfach nicht für mich. Gibt es noch eine Alternative?«

Grace musste trotz allem lachen. »Du könntest versuchen, gar nicht zu fluchen.«

»Ich würde platzen. All diese Worte würden sich in mir ansammeln und schließlich rausplatzen. Das wäre nicht schön. Vermutlich noch schlimmer, als wenn ich betrunken bin.« Aber auch Audrey lächelte. »Warum habe ich dich zum Weinen gebracht?«

»Weil ich finde, dass du ein sehr besonderer Mensch bist.« Grace schnäuzte sich. »Und trotz allem bist du weiter fröhlich und lachst.«

Audrey wurde rot im Gesicht. »Das Leben scheint leichter, wenn man Scherze darüber macht. Und du bist ebenfalls ziemlich besonders. Du warst mir gestern Nacht eine gute Freundin. Ich wusste nicht, wen ich anrufen soll.«

»Ich bin so froh, dass du mich angerufen hast.« Sie hatte geglaubt, dass gute Freundschaften über Jahre entstünden. Dass die Länge der Beziehung darüber entschied, wie tief sie waren. Sie hatte sich geirrt. Sie kannte Monica seit fast zwei Jahrzehnten und betrachtete sie als gute Freundin, doch sie hatte sich ihr nie so nah gefühlt wie Audrey, die sie erst seit etwas über einer Woche kannte.

Es war ermutigend zu sehen, dass in jeder Phase des Lebens neue Freundschaften entstehen konnten – eine Erinnerung daran, dass ein Schritt heraus aus dem sicheren, vorhersehbaren Kreis des eigenen Lebens fast immer belohnt wurde.

Audrey japste nach Luft und schlug sich die Hand vor den Mund. »Oh, mein Gott, dein Date! Wie konnte ich das vergessen? Wie ist es gelaufen?«

»Es lief gut.«

»Ja? Hattest du wilden wunderbaren Sex?« Audreys Miene wurde ängstlich. »Bitte sag mir, dass meine Nachricht dich nicht mitten beim …«

»Nein, hat sie nicht.« Obwohl sie keinen Zweifel hegte, dass es genauso gekommen wäre, wenn Audrey keine Nachricht geschickt hätte. »Wir waren auf dem Weg zu ihm, als deine Nachricht kam.«

Audrey stöhnte. »Also habe ich tatsächlich deinen Abend ruiniert.«

»Nein. Ich hatte einen tollen Abend.«

»Wirst du ihn wiedersehen?«

Grace dachte an die Chemie zwischen ihnen. Das angeregte Gespräch. Die Blicke, die sie getauscht hatten. Die leichten Berührungen. »Ich bin sicher, dass ich ihn wiedersehen werde. Er hat mich zu einem Konzert eingeladen, das er gibt.«

»Cool.« Audrey nahm die Gabel und aß einen Bissen ihres inzwischen kalt gewordenen Frühstücks. »Ich übernehme die Verantwortung. Es lag an deiner Frisur. Und dem Kleid natürlich.«

»Ich habe auch für dich ein Ticket, wenn du mitkommen möchtest.«

»Ich? Bei einem Klassikkonzert? Was, wenn ich es nicht mag? Ich weiß überhaupt nichts über Musik. Wirst du mich dann hassen?«

»Natürlich nicht. Solange du keine merkwürdigen Geräusche während des Konzerts machst. Du musst nichts darüber wissen, um es genießen zu können. Was ist mit dir? Wirst du Etienne anrufen?«

»Auf keinen Fall. Es ist peinlich. Ich bin so wütend auf mich selbst.« Audrey nahm den Teller in die Hand. »Warum habe ich mich gestern unter Druck setzen lassen? Warum habe ich nicht einfach ›Ich trinke nicht‹ gesagt?«

»Ich schätze, weil du ihn wirklich magst.«

»Ja, das ist das eine. Und die Leute urteilen über einen, wenn man nichts trinkt. Sie halten einen für merkwürdig oder für einen Spaßverderber. Ich kapiere es nicht. Ich kapiere nicht, warum man Alkohol trinken muss, um cool zu sein. Aber egal, offenbar hält er mich nicht für cool, denn ich habe ihn nicht mehr gesehen, seit er losging, um mir etwas zu trinken zu holen. Er kam nie zurück. Also waren diese entsetzlichen Kopfschmerzen und die ganze Kotzerei völlig umsonst. Vermutlich ist er mit einem Mädchen abgehauen, das perfekt Französisch spricht und die Drinks bei sich behält.« Sie stand auf und brachte ihren Teller in die Küche.

Grace sah die Anspannung in ihren Schultern und folgte ihr.

»Du weißt nicht, was passiert ist.«

»Das ist doch das, was Männer tun, oder? Sie laufen weg, wenn es schwierig wird. Ich meine, dein Typ ist nicht wirklich weggelaufen, sondern hat dich verlassen. Das ist einfacher, als zu bleiben.«

Grace prüfte die Worte, um die tiefere Bedeutung zu verstehen. »Hast du das oft erlebt?«

»Ja.« Audrey spülte ihren Teller ab. »Ich mache ihnen keinen Vorwurf. Es ist nicht leicht, mit meiner Mutter zu leben. Liebe ist nicht immer eine glänzende Sache, oder?«

»Nein.« Grace setzte neuen Kaffee auf. »Das ist sie nicht. Was machen die Kopfschmerzen?«

»Fast weg. Du bist ein Genie.« Audrey sah sich um. »Scheiße – ich meine: Verflixt! Ich habe meine Tasche gestern Nacht verloren.«

»Ich habe sie in Sicherheit gebracht.« Grace stellte den Kaffee vor sie und toastete Baguette-Scheiben. Sie stellte sie mit frischer Butter und einem kleinen Schälchen Aprikosenmarmelade auf den Tisch. »Du hast deine Eier kaum angerührt. Versuch ein bisschen mehr zu essen.«

»Du hast meine Tasche gefunden?«

»Sie lag auf dem Badezimmerboden.«

»Ich erinnere mich nicht daran, aber danke.« Audrey setzte sich wieder an den Tisch und strich Butter und Marmelade auf den Toast. »Ich schätze, damit sind wir quitt. Eine Tasche gegen eine Tasche. Hey, ich klinge wie Shakespeare!«

Grace lachte und reichte ihr die Tasche. »Es sieht nicht so aus, als hätte jemand damit herumhantiert.«

»Dieser Toast ist übrigens köstlich.« Audrey hielt den Toast mit der einen Hand und zog mit der anderen ihr Handy aus der Tasche. »Oh, ich habe sechzehn verpasste Anrufe. Scheiße. Sechzehn?« Sie fing Grace' Blick auf. »Tut mir leid. Kein Grund, hier herumzufluchen, aber es ist mir irgendwie so entwischt. Was kann ich sagen? Ich werde Shakespeare wohl nicht allzu bald Konkurrenz machen. Ich hoffe, die Anrufe sind nicht von meiner Mum.«

»Und – sind sie es?«

Audrey prüfte die Anrufliste und schüttelte den Kopf. »Sie sind alle von Etienne. Sechzehn verpasste Anrufe.«

»Ich denke, dann ist er nicht weggelaufen.« Während sie sprach, klopfte es an der Tür.

Grace sah Audrey an.

Audrey erwiderte den Blick und schluckte. »Glaubst du, dass er es ist?«

»Wenn er einen Funken Anstand hat, dann ist er es. Und wenn er es ist, vergebe ich ihm vielleicht, dass er dich allein gelassen hat. Soll ich aufmachen?«

»Du würdest für mich das Klopfen ignorieren?«

Grace merkte, dass sie für Audrey fast alles tun würde. »Wenn du das möchtest.«

»Echt?« Audrey grinste. »Würdest du auch eine Bank ausrauben?«

»Ich habe Grenzen.«

»Gut zu wissen. Nun, vermutlich ist es besser, das hinter uns zu bringen.« Audrey rieb sich über die Wangen und strich ihr Haar nach hinten. »Wie sehe ich aus?«

»Umwerfend, was ehrlich gesagt gemein ist angesichts der Nacht, die hinter dir liegt.« Grace ging zur Tür und öffnete. Etienne stand da und sah aus, als hätte er eine schlimmere Nacht hinter sich als Audrey. Sein Haar war zerzaust und sein Gesicht bleich.

»Mrs. Porter.« Er sprach Französisch in dem verzweifelten Versuch, förmlich zu sein. »Es tut mir leid, Sie zu stören, aber ich suche Audrey. Sie ist nicht in ihrem Apartment und geht nicht an ihr Telefon. Ich weiß nicht, wo sie ist. Ich mache mir Sorgen um sie, und es ist alles meine Schuld …« Er wirkte so verängstigt, dass er Grace fast leidtat, doch dann dachte sie an Audrey, wie sie auf dem Badezimmerboden gelegen hatte. Schutzlos. Allein.

Was, wenn sie ihr Handy verloren hätte oder Grace nicht hätte stören wollen?

Was, wenn sie zu betrunken gewesen wäre, um anzurufen?

Sie strafte ihn mit demselben Blick, den sie in ihrer Klasse mit Elfjährigen einsetzte, wenn sie Unfug machten. »Wie kannst du nicht wissen, wo sie ist? Wart ihr nicht zusammen?«

Er errötete voller Scham. »Ich wollte ihr einen Drink holen und bin jemandem über den Weg gelaufen, den ich kannte. Es war nur eine Minute, doch als ich zurückkam, war Audrey verschwunden.«

»Eine Minute?«

Er sah sie argwöhnisch an. »Es war vielleicht länger als eine Minute. Ich mache mir Sorgen, Mrs. Porter. Als ich zurückkam, konnte ich sie nirgends finden. Irgendjemand sagte, sie hätten sie mit einer älteren Frau gesehen. Ich weiß, dass Sie und Audrey sich nahestehen, deswegen dachte ich, Sie wären es …« Sein Gesicht verlor jede Farbe. »Wenn sie nicht bei Ihnen ist, muss ich die Polizei benachrichtigen.« Er wirkte so verstört, dass Grace sich erweichen ließ.

»Sie ist bei mir.« Sie öffnete die Tür weiter. »Komm herein, aber – oh! –« Etienne umarmte sie und schnitt ihr dadurch das Wort ab. Sie spürte seinen schlaksigen Körper und wurde daran erinnert, dass er selbst kaum älter als ein Teenager war. Es war so ein kompliziertes Alter.

»Danke, dass Sie sich um sie gekümmert haben.« Ungeschickt und verlegen gab er sie frei. »Tut mir leid, ich hatte mir nur die ganze Zeit vorgestellt …«

»Hallo Etienne.« Audrey stand auf. Ihre wilden rostroten Locken betonten ihre bleiche Haut und die dunklen Schatten unter ihren Augen.

»Audie!« Etienne machte zwei Schritte auf sie zu und hielt dann unsicher inne. »Es tut mir so leid. Ich wollte etwas zu trinken holen, und als ich zurückkam, warst du weg.«

»Es hat ewig gedauert.«

»Ich weiß.« Er sah betreten aus. »Ich habe mit ein paar Freunden gesprochen und die Zeit vergessen.«

Grace gab ihm innerlich Pluspunkte für seine Ehrlichkeit.

Sie wusste, dass sie nicht zuhören sollte, und räumte daher den Tisch ab. Sie brachte die Frühstücksutensilien in die Küche und schloss die Tür hinter sich.

Einen Moment später öffnete sich die Tür. Audrey stand da und wirkte unbehaglich und verlegen.

»Ich gehe zu mir, um mich umzuziehen, und danach machen Etienne und ich einen kurzen Spaziergang, bevor er den Buchladen öffnet.«

Grace unterdrückte den Impuls, ihr zu sagen, dass sie vorsichtig sein solle. »Viel Spaß. Ist dein Handy aufgeladen? Nimm es mit.«

Audrey zögerte. »Geht es dir gut? Ich meine, weil wir über vieles geredet haben und …«

»Ich komme klar.« Aber sie war gerührt, dass Audrey die Frage stellte.

»Du bist nicht durcheinander? Was machst du heute?«

»Ich weiß nicht.« Und das, dachte sie, ist nicht ansatzweise so ein beängstigendes Gefühl, wie ich es erwartet habe. Ihr kam eine Idee. »Ich könnte heute Nachmittag den Buchladen übernehmen. Dann kannst du Zeit mit Etienne verbringen.«

Audrey schüttelte den Kopf. »Das darfst du nicht tun.«

»Ich möchte es. Ich kann weiter diese Bücherkisten sortieren, die schon seit Jahrhunderten Staub sammeln. Das macht mir Spaß.«

Audrey schluckte. »Du bist der netteste Mensch, der mir je begegnet ist. Ernsthaft. Ich habe nicht geglaubt, dass es Menschen wie dich im wirklichen Leben gibt.«

Keinerlei Anzeichen mehr von der kratzbürstigen, defensiven jungen Frau, die sie an ihrem ersten Tag in Paris kennengelernt hatte.

Grace zog sie hoch und umarmte sie. »Es wird alles gut zwischen euch.«

Sie spürte, wie Audrey sie enger umfasste. »Du bist die Beste. Ich bin so froh, dass ich dich getroffen habe. Und ich bin so froh, dass wir Freundinnen sind.«

»Ich bin ebenfalls froh, dass wir Freundinnen sind.«

Audrey schniefte und trat zurück. »Schei… ich meine, verflixt. Du bringst mich zum Weinen.«

Grace nickte. »Du mich auch. Der Unterschied besteht darin, dass du toll aussiehst, wenn du weinst, während ich wie eine überreife Tomate aussehe.«

Sie sah den beiden hinterher, wie sie Hand in Hand davongingen.

Ohne Audrey wirkte die Wohnung ruhig.

Grace ging mit ihrem Kaffee zurück auf den Balkon.

Sich Audrey anzuvertrauen hatte eine therapeutische Wirkung gehabt, mit der sie nicht gerechnet hatte. Anfangs hatte sie es getan, um Audrey zu ermuntern, über ihre Mutter zu sprechen, doch dann hatte sie es für sich selbst getan. Sie fühlte sich jetzt leichter. Wie nach einer großen Entrümpelungsaktion von Kleidung, die man viel zu lange aufbewahrt hatte. Kleidung, die einem früher einmal gepasst hatte, nun aber nicht mehr saß. Kleidung, die man in einer Million Jahre nicht mehr anziehen würde.

Sie trank ihren Kaffee aus und prüfte ihre E-Mails.

Sophie hatte ihr ein paar Bilder aus Sienna geschickt und Mimi noch mehr Bilder aus dem Garten.

Grace antwortete beiden und starrte einen Moment auf den Bildschirm.

Nichts von David. Keine E-Mail. Kein Anruf. Er schien sie aus seinem Leben verbannt zu haben.

Sie klappte den Laptop zu und stand auf.

Vermutlich sollte sie erleichtert sein, dass er keinen Kontakt suchte. Das machte es leichter, neu anzufangen.

Sie verließ die Wohnung und ging nach unten in den Buchladen. Etwas von der stillen Ruhe schien in sie einzusickern. Jenseits des Buchladens ächzte Paris unter einer Hitzewelle, doch die Dicke der Wände hielt die Räume kühl.

Kurz darauf ertönte die Türglocke, und Toni kam herein. Sonntags öffnete der Laden nur ein paar Stunden am Nachmittag, doch er kam jeden Tag.

Grace freute sich, ihn zu sehen. Sie mochte seine altmodischen Manieren und sein freundliches Lächeln.

Ob er allein lebte? War das der Grund, warum er so viel Zeit im Buchladen verbrachte? Vielleicht war er verwitwet und füllte so seine Zeit.

Schließlich war vieles im Leben Gewohnheit, oder? Man gewöhnte sich daran, auf eine bestimmte Art zu leben, mit einem bestimmten Menschen, und wenn es aufhörte, musste man eine neue Art finden. Neue Gewohnheiten entwickeln.

»Ich wollte mir gerade eine Tasse Tee machen«, sagte sie. »Würden Sie mir Gesellschaft leisten?«

»Wenn Sie die Zeit haben, sehr gerne.«

»Sonntags ist es normalerweise ruhig.« Grace betrat die winzige Küche im hinteren Bereich und kochte Tee, während sie sich durch die offene Tür unterhielten. »Ich wollte noch mehr von den Büchern im Hinterzimmer sortieren. Dort stehen Kisten über Kisten. Elodie sagte, dass einige schon Jahrzehnte alt sind.«

»Allein? Wo ist Audrey? Ist sie mit Etienne unterwegs?«

Toni sah offenbar mehr, als er sich anmerken ließ.

»Ja.«

»Und Sie sind besorgt.«

»Verrückt, nicht wahr?« Sie stellte zwei Teetassen auf den alten Lederschreibtisch, den Elodie für Papierkram benutzte. »Ich mache mir um sie ebenso viele Sorgen wie um meine eigene Tochter.«

»Sie haben eine Tochter?«

»Sophie. Sie ist achtzehn. Sie reist im Moment durch Europa.«

»Also sorgen Sie sich, lassen sie aber trotzdem los.«

»Man darf sich nicht an Menschen klammern.« Sie hatte versucht, sich an David zu klammern, und das hatte auch nicht funktioniert. »Wohnen Sie in der Nähe, Toni?«

Er nannte ihr seine Adresse, und sie überschlug die Entfernung rasch im Kopf. »Sie müssen mindestens eine halbe Stunde laufen, um zu Fuß hierherzukommen.«

»Fünfundzwanzig Minuten.«

»Das scheint ganz schön weit.«

Warum hierher? Warum dieser Buchladen, wo es in Paris doch so viele Alternativen gab?

Er konzentrierte sich auf seinen Tee. »Ich mag den Spaziergang.«

Sie hatte das Gefühl, dass mehr dahintersteckte. »Nun, wir freuen uns, Sie jeden Tag zu sehen.«

Er lächelte sie an. »Sie sehen besser aus, Grace.«

»Besser?«

»Am ersten Tag, als ich Sie sah, stand sehr viel Schmerz in Ihrem Blick.« Er nippte an seinem Tee. »Dieser Schmerz ist fort.«

»Mein Leben war ein bisschen kompliziert.« Die Untertreibung brachte sie fast zum Lachen. Sie überkam das plötzliche Bedürfnis, ihm alles zu erzählen, konnte sich aber rechtzeitig bremsen. Man konnte sich öffnen, und man konnte sich aufdrängen. Toni war warmherzig und reizend, doch das bedeutete nicht, dass er die schmutzigen Details ihres Lebens hören wollte. »Glücklicherweise haben sich die Dinge beruhigt. Wie ist es mit Ihnen, Toni? Haben Sie Familie?«

»Ich bin Witwer. Und Sie können sich nicht vorstellen, wie sehr ich dieses Wort verabscheue. Es ist eine Einladung für Mitleid, und das hasse ich.« Er stand auf. »Danke für den Tee. Ich lasse Sie jetzt die Bücher sortieren, während ich mich ein wenig umsehe.« Mit einem freundlichen Lächeln ging er in eine der kleinen Kammern hinten im Laden und nahm sich ein Regal vor.

Grace konnte sich die Frage einfach nicht länger verkneifen. »Suchen Sie nach etwas Bestimmtem, Toni? Kann ich Ihnen dabei helfen? Vier Augen sind besser als zwei.«

Sein Blick wurde weich. »Danke, aber ich mache das besser allein.«

Wenn sich jemand umsah, nahm er dann jedes Buch von jedem Regal? Für sie sah das nicht nach Stöbern aus. Es wirkte, als würde er ganz methodisch nach etwas Speziellem suchen.

Aber das ging sie nichts an. Wenn er ihre Hilfe wollte, würde er sich melden.

Sie ging in das Hinterzimmer, wo all die Kisten standen, und begann sich durchzuwühlen.

Sie prüfte jedes Buch, sortierte sie in Stapeln zum Einräumen und stellte sicher, dass nichts von besonderem Wert darunter war. Elodie hatte ihr erzählt, dass sie in den letzten Jahren zwei Erstausgaben gefunden hatte.

Nach einer halben Stunde verabschiedete Toni sich und ging. Der Laden war leer, und ihre Gedanken wanderten zu Philippe. Hätte sie mit ihm geschlafen, wenn Audrey nicht angerufen hätte?

Sie stand auf und starrte auf das Buch in ihren Händen.

Ja. Vermutlich hätte sie das. Ihr hatte der Abend gefallen, die Chemie zwischen ihnen war außergewöhnlich, und irgendwann musste sie sich neu orientieren. Vielleicht war Philippe genau das, was sie brauchte.

Hätte sie sich schuldig gefühlt? Es gab nur einen Weg, das herauszufinden.

Sie beugte sich vor und griff nach ihrer Tasche. Sie war zu alt für Spielchen. Nur weil er sie nicht anrief, bedeutete das nicht, dass sie ihn nicht anrufen konnte.

Bevor sie es sich anders überlegen konnte, schickte sie ihm eine Nachricht.

Es hat mir viel Spaß gemacht gestern Abend. Sorry, dass ich früher gegangen bin. Musste Audrey helfen, aber jetzt ist alles gut. Freue mich aufs Konzert.

So. Geschafft.
Seine Antwort kam fast sofort.

Ich hatte auch viel Spaß. Hinterlege Konzertkarten an der Kasse. Bring deine Freunde mit.

Benommen holte sie ein weiteres Buch aus der Kiste. Als sie es auf den Stapel zum Einräumen legte, flatterte eine Fotografie zu Boden. Sie hob sie auf, wischte mit dem Finger den Staub ab und betrachtete sie. Ein ineinander verschlungenes Paar. Das Bild war schwarz-weiß und hatte ein paar Risse auf der Oberfläche, als hätte es jemand zusammengefaltet in der Tasche getragen. Etwas an der Frau kam ihr bekannt vor. Grace betrachtete sie näher, und ihr Herz machte einen Satz.

Sie lief mit dem Foto nach vorn in den Laden, wo das Licht besser war.

Es war ihre Großmutter. Sie hatte Bilder von Mimi gesehen, auf denen sie in den frühen Zwanzigern war, und würde sie überall wiedererkennen. Sie hatte die elegante biegsame Figur einer Tänzerin.

Auf dem Foto hielt sie die Hand des Mannes neben ihr fest umklammert. Es bestand kein Zweifel, dass die beiden sich liebten.

Doch ihre Großmutter hatte nie jemanden geliebt, oder?

Grace musterte noch einmal das Foto. Die Frau auf dem Bild war eindeutig verliebt.

Wer war der Mann, und warum hatte jemand das Bild in einem Buch versteckt?

Sie ging nach hinten und holte das Buch, doch es schien nichts Besonderes daran zu sein. Es war ein Sachbuch über die Alpen. Es gab keinerlei Hinweis, warum das Foto ausgerechnet in diesem Buch versteckt war.

Sie legte es zur Seite und starrte lange auf das Foto.

Wer war bloß der Mann, den ihre Großmutter mit solcher Hingabe ansah? Und warum hatte sie ihn nie erwähnt?

AUDREY

In ihrem ganzen Leben war ihr noch nie etwas so peinlich gewesen.

Sie hatte Etienne beeindrucken wollen und es völlig vergeigt. Was musste er von ihr denken?

Als sie die Stufen zum Fluss hinuntergingen, schob sie die Hände in die Hosentaschen und entschied, das Gespräch hinter sich zu bringen.

»Du, wegen gestern Abend, das tut mir leid, okay?«

»Dir tut es leid?« Etienne blieb stehen und umfasste ihren Arm. »Ich bin derjenige, dem es leidtut. Ich bin derjenige, der dich allein gelassen hat. Ich wollte nicht so lange wegbleiben, das schwöre ich dir.«

»Es war ja nicht deine Aufgabe, auf mich aufzupassen. Ich kann auf mich selbst aufpassen.« Technisch gesehen war es Grace gewesen, die auf sie aufgepasst hatte, doch die Nachricht würde sie nicht herumposaunen.

»Du warst mein Gast. Also …« Er zuckte hilflos mit den Schultern. »Ich weiß, wie Marc ist. Er kennt keine Grenzen. Weiß nie, wann Schluss ist.«

»Er hat mir immer nachgeschenkt …« Sie brach mitten im Satz ab. Das tat ihre Mutter auch immer, oder? Nach Ausflüchten suchen. *Das verstehst du nicht. Ich hatte einen schlechten Tag.*« Als ob die Flasche Wein sich selbst geöffnet und ohne jede Beteiligung ihrerseits ihr in die Hand gesprungen wäre.

Marc hatte ihr nachgeschenkt, aber er hatte es ihr nicht reingezwungen, oder? Sie hatte es getrunken. Sie hätte Nein sagen können. Marc die Schuld zu geben war ein leichter Ausweg, doch tatsächlich hätte sie einfach nur sagen müssen: »Ich trinke keinen Alkohol.« Doch das hatte sie nicht. Sie hatte dazugehören wollen. Cool sein wollen.

Sie war feige gewesen.

»Ich weiß nicht, was als Nächstes passiert, Etienne, aber wenn wir noch mal verabredet sind, werde ich nicht trinken. Das musst du wissen.«

»Ich verstehe. Du hast Kopfschmerzen, es ist der Morgen danach ...« Er fuchtelte bedeutungsvoll mit der Hand. »Und du willst nie wieder trinken.«

Er verstand es nicht. Und warum sollte er? Er war kein Gedankenleser, und sie hatte nichts Persönliches von sich erzählt. Das war mit ein Grund, warum sie jetzt in dieser Patsche steckte.

Wenn sie es nicht auflöste, würde so etwas wieder passieren, und sie wollte es nicht noch einmal durchleben.

»Du verstehst es nicht. Ich trinke nicht.« Sie sagte es klar und fest. »Keinen Alkohol.«

Er sah sie erstaunt an. »Aber gestern Abend sagtest du, du magst am liebsten Wodka.«

»Gestern Abend war ich dumm. Ich hätte Nein sagen sollen, als Marc mir etwas anbot, aber ...« Oh, das war so peinlich. »Ich mag dich wirklich, aber ich kann das nicht noch einmal machen, nicht mal für dich. Nächstes Mal sage ich Nein. Wenn dich das stört, dann sag es besser jetzt.«

Er sah verwirrt aus. »Du hast es meinetwegen getan?«

»Jeder hat getrunken. Das ist das, was man auf Partys tut. Wenn man nicht trinkt, halten die Leute einen für langweilig oder für einen Spielverderber. Das waren deine Freunde. Ich wollte einen guten Eindruck machen. Ich wollte, dass sie mich mögen. Erbärmlich, nicht wahr?« Tränen stiegen ihr in die Augen, und sie zwinkerte rasch mehrmals hintereinander. Großartig. Zusätzlich zu allem anderen fing sie auch noch an zu weinen. Sie hätte nie mit ihm spazieren gehen sollen. »Ich gehe besser zurück.«

»Warte ...« Er hielt sie am Arm fest. »Willst du sagen, du hast meinetwegen getrunken?«

»Ich wollte dich vor deinen Freunden nicht blamieren.«

Wenn sie es laut aussprach, klang es furchtbar dumm.

Er schwieg so lange, dass sie davon ausging, dass er sie ebenfalls für dumm hielt. Vermutlich dachte er darüber nach, was er dazu noch sagen konnte.

Sie entzog ihm ihren Arm. »Wie ich sagte, ich sollte gehen.«

»Nein.« Er gab ihren Arm frei, doch nur um sie in seine Umarmung zu ziehen. »Es gibt so viele Dinge, die ich sagen möchte, dass ich nicht weiß, wo ich anfangen soll.« Er hielt sie einen Moment ganz fest, dann löste er sich etwas und umfasste ihr Gesicht mit beiden Händen. »Zuerst einmal: Wie kann man dich nicht mögen? Du bist witzig, klug, schön und wirklich interessant.«

»Ich bin nicht klug. Ich kann kaum glauben, dass ich dir das jetzt sage, aber du solltest wissen, dass ich Bücher nicht wirklich mag. Ich bin Legasthenikerin.«

»Ich weiß.«

»Wie kannst du das wissen?«

»Weil meine jüngere Schwester ebenfalls Legasthenikerin ist. Du erinnerst mich an sie. Und ich habe deinen verängstigten Gesichtsausdruck bemerkt, als wir über Bücher sprachen. Sie sieht mich auch immer so an.«

Er wusste es? »Warum hast du nichts gesagt?«

»Weil du nichts gesagt hast! Ich dachte, wenn du darüber sprechen möchtest, dann tust du das schon. Ich mag dich ebenfalls. Ich hatte Angst, es zu verderben und dich zu verscheuchen.«

»Deshalb hast du also aufgehört, über Bücher zu reden?«

»Ja. Ich habe gemerkt, dass du dich dabei unbehaglich fühlst.«

»Aber du liebst Bücher.«

»Ich liebe auch viele andere Dinge. Der Punkt ist doch, dass du nicht die Einzige bist, die Angst hatte, es zu vermasseln. Komm, setzen wir uns. Wir versperren den Weg.« Er nahm ihre Hand, und sie ließen sich am Ufer der Seine nieder. »Meine Freunde mochten dich wirklich, aber selbst wenn sie das nicht täten, wäre es egal, denn ich mag dich. Sehr.«

»Okay.« Sie hatte all das durchgemacht, um ihn nicht zu blamieren, und ihm war es egal, was seine Freunde dachten? Am liebsten hätte sie sich vor lauter Scham in die Seine gestürzt. Sie war ja so dumm.

»Es tut mir leid, dass ich gestern Abend so lange gebraucht habe, um zurückzukommen. Ich fühle mich schrecklich deswegen.«

»Vergiss es.«

»War es das erste Mal, dass du betrunken warst?«

»Es war das erste Mal, dass ich überhaupt Alkohol getrunken habe.« Und dann erzählte sie es ihm. Alles. Sie fing stockend an und erzählte ihm von ihrer Mum. Von ihrem Trinken. Den Stimmungsschwankungen. Dass sich zu Hause ihr ganzes Leben um den Alkohol drehte.

Etienne hörte aufmerksam zu und sog jedes Wort auf.

An einem Punkt ergriff er ihre Hand, als ob er damit verhindern könnte, dass sie sich an jenem dunklen, beängstigenden Ort verlor.

Die Worte purzelten ungefiltert aus ihr heraus, und sie wusste, dass sie vermutlich den Mund halten sollte, doch nun, da sie angefangen hatte, konnte sie nicht mehr aufhören. Als sie eine Entschuldigung stammelte, fasste er ihre Hand nur fester und drängte sie weiterzuerzählen. Das tat sie. Sie erzählte ihm sogar mehr, als sie Grace erzählt hatte. Sie erzählte ihm von dem einen Mal, als sie ihre Mutter bewusstlos auf dem Badezimmerboden gefundenen und gedacht hatte, sie sei tot. Sie erzählte ihm von den wirren Gesprächen, in denen nichts einen Sinn zu ergeben schien und die in ihr das Gefühl hinterließen, als wäre sie diejenige mit einem Problem. Sie erzählte ihm, wie verantwortlich sie sich fühlte und wie allein und dass es jetzt Ron gab, sie aber Angst hatte, dass alles schieflaufen würde und die Dinge noch schlimmer wurden.

Irgendwann musste sie wieder angefangen haben zu weinen, doch sie bemerkte es gar nicht, bis er sie wieder in seine Arme zog. Seine Umarmung fühlte sich sicher und geborgen an. Nie zuvor hatte sie einen Freund gehabt, dem etwas an ihr lag. Gefühle hatten nie eine Rolle gespielt. Dass sie ihm alles sagen konnte, machte ihre Beziehung zu etwas Besonderem. Sie hätte nie geglaubt, dass sie sich besser fühlen könnte, wenn sie es anderen Menschen erzählte.

»Schschsch.« Er strich ihr mit der Hand übers Haar und zog sie auf seinen Schoß. Er sprach Französisch, leise Worte, die sie nicht verstand, aber durch die sie sich trotzdem besser fühlte.

Tief in ihrem Innern wusste sie, dass es jetzt vorbei war. Wenn es eine Sache gab, die ein Junge mehr hasste als ein Mädchen, das sein Herz ausschüttete, dann war es ein Mädchen, das ihn vollschluchzte. Wer wollte schon eine Beziehung mit jemandem, der so kompliziert war wie sie? Es war Sommer in Paris. Das sollte etwas Leichtes und Fröhliches sein, und sie hatte ihn gerade mit ihrer ganzen Lebensgeschichte überfallen. Als ob man eine Mülltonne ausschüttete. Sie hätte ihm einfach ein paar Tiefpunkte schildern können, aber nein, sie ließ ihn in schmutzigen Details baden.

Sie hatte den Kopf an seine Halsbeuge geschmiegt und schämte sich furchtbar. Sie wusste nicht, was sie sagen sollte. In Anbetracht der Tatsache, dass sie schon mehr als genug gesagt hatte, schwieg sie. Sie spürte die Wärme seiner sonnengebräunten Haut und das Kratzen dort, wo er sich nicht rasiert hatte. Mit geschlossenen Augen sog sie seinen Duft ein. Etienne roch immer so gut. Sie wünschte, es könnte für immer so bleiben.

Menschen gingen an ihnen vorbei und genossen den Sonnenschein, doch Etienne schien das nicht zu kümmern.

Er verlagerte sein Gewicht etwas, doch statt sie von seinem Schoß zu stoßen, zog er sie enger an sich.

»Möchtest du, dass wir zu mir gehen?«

Sie hatte erwartet, dass er Schluss mit ihr machte. Vielleicht machte er noch Schluss mit ihr, wollte das aber nicht in der Öffentlichkeit am Ufer tun für den Fall, dass sie sich dann in eine Wasserfontäne verwandelte.

Sie hob den Kopf und sah ihn an.

Seine Miene war ernst. Mit seinem zerzausten dunklen Haar und den ausgeprägten Wangenknochen sah er aus wie ein launischer Schauspieler. Kein Wunder, dass ihn alle Mädchen bei der Party angesehen hatten. Er war wirklich sehr attraktiv.

»Es ist okay.« Sie krächzte die Worte hervor. »Du brauchst nicht taktvoll zu sein. Sag es einfach, ich komme schon zurecht.«

»Was sagen?«

»Dass du nicht glaubst, dass es funktionieren kann. Dass du nicht glaubst, wir sollten uns wiedersehen.« Sie versuchte, sich von ihm zu lösen, doch er verstärkte seinen Griff um sie.

»Willst du das? Willst du, dass es aufhört?«

»Nein. Aber ich habe gerade meinen ganzen persönlichen Mist vor dir ausgeschüttet und dein T-Shirt nass geweint. Deshalb nehme ich an, dass du dir den schnellsten Weg hier raus überlegst. Eine Beziehung sollte einfach sein und Spaß machen. Du hältst mich vermutlich für zu kompliziert.«

»Das tue ich nicht. Mit alldem umzugehen …« Er strich ihr über die Wange und drehte sanft ihren Kopf zu sich. »Und du hast dir diesen Job ganz allein besorgt und bist hierhergereist – ich finde dich erstaunlich.«

»Wirklich?« Sie schniefte. »Du findest mich erstaunlich?« Abgesehen von Grace hielt sie niemand für erstaunlich. Nicht einmal ihre Mutter, und Mütter sollten eigentlich darauf programmiert sein, das zu denken, oder? »Du magst meine Beine. Und meinen Hintern.«

»Das auch. Aber ich mag auch dich.« Er lächelte und legte seinen Mund auf ihren. »Ich finde dich unglaublich.«

»Das bin ich wirklich nicht.«

Er schob sie von seinem Schoß, damit sie beide aufstehen konnten. »Wir gehen zu mir, damit ich dir zeigen kann, wie unglaublich du bist.«

Audrey bemerkte, wie ein Paar sie missbilligend ansah. »Ich glaube, das hast du gerade ganz Paris gezeigt.«

»Ist mir egal. Mir bist nur du wichtig.« Er nahm ihre Hand, und sie gingen den kurzen Weg zu seiner Wohnung.

Drinnen war es kühl und ruhig, und Audrey war plötzlich verlegen. »Es tut mir leid – also alles. Ich bin ein bisschen verkorkst, um ehrlich zu sein.«

»Hör auf, dich zu entschuldigen. Wir sind alle ein bisschen verkorkst.« Er lächelte dieses schiefe Lächeln, das Schmetterlinge in ihrem Bauch flattern ließ. »Was? Glaubst du, du bist die Einzige mit einer komplizierten Familie?«

»Deine ist es nicht. Du hast diese perfekte Familie, und da ist es irgendwie peinlich zuzugeben, dass meine total kaputt ist.«

»Ich habe keine perfekte Familie. Das ist hier kein Wettbewerb, aber ich wette, dass meine Familie viel kaputter ist als deine. Oder vielleicht auf eine andere Weise kaputt.« Er ging zur Küche und nahm zwei Gläser.

»Was? Machst du Witze? Ihr habt diese Wohnung, die wie aus einem Magazin aussieht, und sie sind in ihrem Haus an der Côte was auch immer.«

»Meine Mum ist dort, aber mit meinen zwei kleinen Schwestern. Ich weiß nicht, wo mein Dad ist, aber ich bin sicher, dass er irgendwo mit einer Frau zusammen ist.« In seiner Stimme lag eine Bitterkeit, die sie nie zuvor gehört hatte.

»Deine Eltern sind nicht zusammen?«

»In der Öffentlichkeit sind sie zusammen. Sie sind sehr gut darin, die Fassade aufrechtzuerhalten, doch hinter den Kulissen sieht das Bild anders aus. Ich wünschte, sie würden tatsächlich getrennt leben, denn was sie zueinander sagen, ist furchtbar. Sie machen immer die Tür zu – als ob das einen Unterschied machen würde.« Er öffnete den Kühlschrank und holte einen Krug mit eisgekühltem Wasser hervor. »Sie hassen einander so sehr, dass ich mich frage, wie sie überhaupt einmal zusammengekommen sind. Ich meine, haben sie sich jemals geliebt, oder war es schon immer ein Fehler?«

Audrey sah ihn erstaunt an. Sie hatte keine Ahnung gehabt. Und sicher sollte gerade sie wissen, dass das, was man an der

Oberfläche sah, nicht immer das spiegelte, was darunter geschah.

Sie erkannte jetzt, dass er ebenfalls litt. Dass er hinter diesem unbefangenen Lächeln seine eigenen Probleme verbarg, über die er gewöhnlich nicht sprach. Sie kannte das.

»Es tut mir leid.« Audrey strich ihm über den Arm. »Warum hast du mir das nicht an dem ersten Abend in deiner Wohnung erzählt?«

»Vermutlich aus dem gleichen Grund, warum du mir nichts über deine Mum erzählt hast. Das erzählt man jemandem nicht als Erstes, oder? Das ist schwere Kost, und wir wollten es leicht miteinander haben.«

»Es fühlt sich nicht schwer an. Es fühlt sich …« Audrey versuchte es auszudrücken. Wie fühlte es sich an? »Es fühlt sich gut an, aufrichtig zu jemandem zu sein. Alles gesagt zu haben. Es wirklich teilen zu können. Das ist eine Erleichterung.«

Sie nahm das Glas Wasser, das er ihr gab.

»Meine Mum wollte, dass ich diesen Sommer mit ihnen fahre, doch ich konnte es nicht ertragen. Deshalb habe ich den Job im Buchladen angenommen. Das war meine Flucht.«

»Für mich war es auch eine Flucht. Nur mit dem Unterschied, dass ich keine Bücher mag.«

Er lachte. »Das werden wir ändern.«

Ihr Herz sank. »Du kannst mich nicht ändern.«

»Ich will dich auch nicht ändern. Du bist gut so, wie du bist. Ich möchte es ändern, dass du glaubst, keine Bücher zu mögen. Warum schaust du zur Tür?«

»Ich überschlage meine Fluchtroute. Das tut man, wenn man weiß, dass jemand einen foltern will.«

Er beugte sich vor, um ihren Hals zu küssen. »Gib mir eine Stunde. Das ist alles. Eine Stunde, um dir zu beweisen, dass du Bücher magst. Dass du sie nur nicht unbedingt selbst lesen willst. Eine Stunde. Einverstanden?«

»Ich denke schon.«

Sie hätte lieber etwas anderes mit der Stunde angestellt, doch sie würde sich nicht mit ihm streiten.

Er führte sie ins Schlafzimmer und nahm ein Buch von dem Regal, das an einer der Wände stand. »Leg dich hin, und schließ die Augen.«

Sie zog die Schuhe aus und legte sich hin und blickte an die Decke. »Und jetzt?«

»Du hast deine Augen nicht geschlossen.«

»Ich sehe gern, was passiert.«

»Alles, was passiert, wird sich in deinem Kopf abspielen. Schließ die Augen.«

Sie seufzte und kniff die Augen zu. »Okay, Was jetzt?« Sie spürte die Bewegung der Matratze, als er sich neben sie legte, hörte das Rascheln von Papier und dann seine tiefe samtige Stimme, als er ihr vorlas.

Zu Beginn war es ihr unmöglich, sich zu entspannen. Es fühlte sich völlig falsch an. Doch dann geschah etwas, und statt ihn zu hören und sich unsicher zu fühlen, glitt sie in die Geschichte und erlebte die Handlung gemeinsam mit den Figuren. Sie vergaß die Zeit, und als er schließlich mit Lesen aufhörte, öffnete sie unwillig die Augen.

»Warum hörst du auf? Ich will wissen, wie es weitergeht.«

»Deshalb höre ich auf.« Er legte das Buch zur Seite und rückte näher heran. »Darf ich sagen, dass ich es ja gesagt habe?«

»Nein.«

Er rollte sich auf sie und küsste sie. »Du magst vielleicht Lesen nicht, aber du magst Bücher und Geschichten.«

»Na und? Willst du mir jedes Buch, das je geschrieben wurde, vorlesen? Das wird eine Weile dauern.«

Sein Mund war dicht an ihrem. »Hast du es eilig?«

»Nein.«

Sie könnte den Rest ihres Lebens damit verbringen, hier zu liegen und ihm zuzuhören, doch sie wartete verzweifelt auf seinen Kuss.

Sie wand sich vor Erwartung. Ihr Herz klopfte. Als er ihr in die Augen sah, erkannte sie plötzlich, dass er alles wusste, was es über sie zu wissen gab. Sie musste nichts mehr verbergen.

Sie hatte immer geglaubt, dass Intimität etwas Körperliches wäre, doch nun begriff sie, dass es so viel komplizierter war. Es ging darum, jemanden zu kennen. Jemanden wirklich zu kennen. Nicht nur seinen Körper, sondern auch das, was in seinem Kopf vorging.

Er senkte den Kopf und küsste sie sanft. Sie erwiderte den Kuss, tastend, suchend, forschend. Er zog ihr die Kleidung aus und sie ihm ebenso. Seine Schultern waren breit und braun gebrannt, und sie fragte sich, ob sie oberflächlich war, weil sie sein Aussehen so mochte.

»Ich liebe deinen Körper.« Er fuhr mit dem Mund über ihre Haut, und sie war froh, dass sie bereits lag, denn sonst hätte sie eindeutig die Balance verloren. Wenn er sie berührte, schien in ihrem Kopf alles zu verschwimmen – nicht als würde sie Alkohol trinken, sondern auf eine schwindelerregende Weise, die sie unmöglich beschreiben konnte. Er gab ihr das Gefühl, zerbrechlich zu sein, obwohl sie seit Jahren überzeugt war, unzerbrechlich zu sein. Sie hielt sich selbst für hart, und doch schmolz sie bei Etienne dahin. Ihre Gedanken entglitten ihr, bis sie nur noch seinen Mund an ihrem spürte, die Berührung seiner Hände und die Worte, die er ihr ins Ohr flüsterte.

Mit ihm zusammen zu sein ließ sie etwas fühlen, was sie noch nie zuvor gefühlt hatte.

Es war perfekt, nicht nur, weil er zärtlich und geschickt war, sondern weil er Etienne war. Sie schlang die Arme um ihn und schenkte ihm nicht nur ihren Körper, sondern ihr Herz. Zum ersten Mal im Leben war sie mit jemandem zusammen, der sie wirklich kannte und dem sie etwas bedeutete.

Zum ersten Mal im Leben war sie wirklich glücklich.

Wenn dieses Gefühl doch für immer halten könnte!

GRACE

»Ich war nie zuvor in einem Konzert. Ich meine, abgesehen von Schulkonzerten, aber die zählen nicht.« Audrey rutschte auf ihrem Sitz hin und her, und Etienne reichte ihr eine Flasche Wasser.

Grace bemerkte, dass Etienne und sie kaum die Finger voneinander lassen konnten. Schultern, Arme, Hände, sie fassten sich ständig an. Als ob sie in körperlichem Kontakt bleiben mussten. Etwas hatte sich verändert, das begriff sie.

»Als Sie sagten, sein Name wäre Philippe, wusste ich nicht, dass es der Philippe ist.« Etienne setzte sich seine Brille auf und las das Programm. »Ich habe ihn vor ein paar Jahren in Paris spielen sehen. Meine Mutter liebt ihn. Ich habe ihr seine Mozart-Aufnahmen zu Weihnachten geschenkt.«

»Wer hätte gedacht, dass du so ein Kulturfanatiker bist?« Audrey nahm einen Schluck Wasser. »Grace liebt ihn auch, stimmt's?«

Grace ignorierte ihr vorwitziges Grinsen. »Ich liebe sein Klavierspiel.«

»Das meinte ich nicht.«

»Ich weiß, dass du das nicht meintest.« Sie sah auf, als das Orchester seine Plätze einnahm. Sie hatte Philippe als Studentin spielen gehört, und damals war er gut gewesen. Doch sie wusste, dass dies eine völlig andere Erfahrung werden würde.

»Bist du sicher, dass du nur sein Klavierspiel liebst? Denn seit eurem Abendessen lächelst du ziemlich viel. Und ich stelle fest, dass du wieder das blaue Kleid trägst.« Audrey stupste sie in die Seite und verrenkte sich den Hals. »Ist er das? Warum kommt er zuletzt? Er ist zu spät. Werden sie ihn feuern?«

»Er ist nicht zu spät. Er ist der Solist, deswegen kommt er zuletzt.«

»Ach, ich verstehe, damit er die meiste Aufmerksamkeit bekommt. Ein bisschen, wie wenn man unangekündigt bei einer Party auftaucht und seinen großen Auftritt hat. Eines der Mädchen aus meinem Jahrgang macht das. Tatsächlich ist das supernervig. Dürfen wir winken?«

»Nein.« Grace klatschte gemeinsam mit dem Publikum Beifall, als Philippe zum Klavier schritt, sich kurz vor dem Publikum verbeugte und sich dann setzte.

»Er ist eindeutig ein heißer Typ.« Audrey flüsterte und fing Etiennes Blick auf. »Ich meine natürlich, für einen älteren Typen. Was machst du da? Du kannst mich hier nicht küssen. Das ist hier nicht die letzte Reihe im Kino.«

»Ich halte dich vom Reden ab.«

»Ich höre auf zu reden, wenn die Musik anfängt.«

Trotz des missbilligenden Gemurmels der Menschen hinter ihr musste Grace lächeln. Sie waren so verzaubert voneinander, dass es fast wehtat, das mit anzusehen.

Waren David und sie je so gewesen? Ja, das waren sie. Sie erinnerte sich an ein Konzert, das sie in der Pause verlassen hatten, weil sie einfach nicht die Hände voneinander lassen konnten.

Was hielt die Zukunft für Audrey und Etienne bereit?

Grace atmete tief durch.

Das würde sie nicht tun. Sie würde sich nicht in eine verbitterte Geschiedene verwandeln, die alle Beziehungen dem Untergang geweiht hielt. Man musste dem Leben mit Optimismus und Hoffnung begegnen, wo bliebe sonst die Freude? Wo der Spaß? Besser, man hoffte auf das Beste und ging mit dem Schlechtesten um, als das Schlimmste zu erwarten und das Beste zu verpassen.

Philippes Finger flogen über die Tasten, sie streichelten und schmeichelten jede Note aus dem Piano. Sie wusste, dass er nicht an sie dachte. Er dachte an gar nichts. Er war vertieft in die Musik und sich seiner Umgebung gar nicht bewusst. Auch sie war vertieft.

Ihre Gedanken wanderten mit der Musik. Sie hatte dieses Konzert schon tausendmal in ihrer Küche gehört, doch sie hatte vergessen, welchen Unterschied es machte, Musik live zu hören. Plötzlich konnte sie den Gedanken, in ihre Kleinstadt in Connecticut zurückzukehren, nicht mehr ertragen. Die Heimat fühlte sich nicht länger sicher und geborgen an, sondern erdrückend. Der Ort war verbunden mit einem Leben, das in der Vergangenheit lag. Es fühlte sich nicht länger wie ihres an. Der Gedanke, einfach zu gehen und irgendwo anders zu leben, war ihr nie gekommen, doch jetzt war er da. Warum nicht? Wenn sie und David erst einmal das Haus verkauft hatten, konnte sie machen, was sie wollte. Sophie war fort und auf dem College, und sie wusste, dass Mimi sich freuen würde, wenn Grace einen Neuanfang wagte. Sie würde ihre Freundinnen an der Schule vermissen, doch sie konnte überall unterrichten. Vielleicht sogar hier, in Paris.

Belebt von der Musik, straffte sie die Schultern.

Warum wartete sie darauf, dass David das Thema »Scheidung« anschnitt? Warum konnte nicht sie diejenige sein, die das tat?

Das Konzert verging wie im Nu, und als der Applaus im Publikum losbrach, beugte Audrey sich zu Grace.

»Das klang wie die Musik, die du beim Kochen hörst.«

»Das ist die Musik, die ich beim Kochen höre.«

Noch immer applaudierend zwinkerte Audrey ihr zu. »Dann hattest du Philippe also nicht ganz vergessen, auch wenn du mit David verheiratet warst.«

Die Menschen um sie herum standen auf und stampften mit den Füßen. Audrey erhob sich ebenfalls und zog Grace mit sich.

»Das macht Spaß. Und tatsächlich mag ich diesen Mozart-Typen. Ja, das überrascht mich am meisten. Schade, dass man nicht dazu tanzen darf, denn das hätte ich gern gemacht. Seine Musik ist ziemlich cool. Ich mag den Rhythmus, und sie ist irgendwie fröhlich.«

»Ich bin sicher, Mozart wäre entzückt und stolz zu wissen, dass er dich überzeugt hat.«

Audrey gluckste vor Lachen. »Na ja, das sollte er, denn ich bin ein schwieriges Publikum, wenn es um Kultur geht.«

»Mach dich nicht klein. Es ist einfach Musik, das ist alles. Man kann sie genauso genießen wie man jede andere Art von Musik genießt.«

»Ist kein Spaß. Wenn ich den Leuten in meiner Schule erzähle, dass ich Mozart mag – weißt du, was sie dann mit mir tun? Es ist schlimm genug, rote Haare zu haben und keinen Alkohol zu trinken. Rote Haare, keinen Alkohol und Mozart? Das ist sozialer Selbstmord.« Audrey klatschte stärker. »Er sucht nach dir, Grace. Siehst du, wie er das Publikum absucht? Hier – sie ist hier –« Sie hörte auf zu klatschen und winkte im selben Augenblick, in dem Philippe Grace anlächelte. Ihre Blicke trafen sich, und er machte eine kleine Verbeugung in ihre Richtung, bevor er vor dem Orchester von der Bühne ging.

Wärme durchflutete sie.

»Okay, das reicht. Meine Hände sind schon wund.« Audrey hörte auf zu klatschen und wedelte mit den Händen, um sie abzukühlen. »Und jetzt? Es ist noch so früh. Die meisten Rockkonzerte würden gerade erst anfangen. Gehen wir noch in einen Klub oder so etwas?«

Grace griff nach ihrem Mantel und ihrer Tasche. »Philippe und ich gehen essen. Ihr beide seid eingeladen, uns zu begleiten.«

»Auf keinen Fall. Wir wollen nicht stören, oder, Etienne?«

Etienne war höflicher. »Treffen Sie ihn im Restaurant, Mrs. Porter? Dann könnten wir Sie erst hinbringen, bevor wir zu meinen Eltern gehen.«

»Danke, aber ich treffe mich mit ihm an einem der ruhigen Hinterausgänge. Er hat einen Fahrer.«

»Okay, in dem Fall sind wir weg.« Audrey beugte sich vor und küsste sie auf die Wange. »Dies ist eine Situation, bei der du keine Gesellschaft brauchen kannst. Viel Spaß, auch wenn ich bereits weiß, dass du den haben wirst, denn dieser Mann weiß wirklich, was er mit seinen Händen tut.«

»Audrey!«

»Was? Sag mir ernsthaft, du wolltest nicht dieses Klavier sein. Natürlich wolltest du das.« Audrey umarmte sie und flüsterte ihr ins Ohr: »Nichts wie ran!«

»Ich weiß nicht, wovon du sprichst.«

Audrey löste sich und grinste. »Ich hab dich lieb, Grace. Und besonders liebe ich dich, wenn du ganz steif und prüde bist. Aber ich habe dich ohne Strumpfhosen gesehen, erinnerst du dich?«

Grace gab ihr einen spielerischen Schubs. »Ihr geht zu Etienne?«

»Ja. Ich muss wissen, wie es mit diesem Mädchen aus dem Buch weitergeht. Ihr ganzes Leben ging den Bach runter. Ich sage dir, dagegen fühlte sich mein Leben fast normal an.«

»Du liest?« Sie musste überrascht ausgesehen haben, denn Audrey zuckte mit den Schultern.

»Er weiß, dass ich Legasthenikerin bin. Er weiß alles. Alle meine kleinen schmutzigen Geheimnisse. Eigentlich lese ich nicht wirklich, mir wird vorgelesen. Ich hätte nie gedacht, dass das etwas ist, was im Bett Spaß macht, aber du wärst überrascht.«

Grace sah Etienne an, der rot wurde und verlegen dastand.

Der junge Mann war wirklich hinreißend.

»Du liest ihr vor?«

»Ich lese gerne laut. Ich belege einen Theaterkurs.«

»Siehst du?« Audrey stupste sie in die Seite. »Geschichten mit Action. Als Nächstes lasse ich ihn Erotik vorlesen, nur um zu sehen, ob er das kann, ohne rot zu werden. Jetzt geh, und schreib deine eigene Geschichte, und vergiss die Action nicht.« Sie und Etienne verschwanden im Menschengedränge, während Grace sich ihren Weg zum Hintereingang bahnen musste.

Als Philippe erschien, hatte sich die Menge verlaufen.

Er zog sie an sich und küsste sie, wobei er alles um sie herum ignorierte. »Und? Hat es dir gefallen?«

»Da musst du fragen? Hast du den Applaus nicht gehört?«

»Ich spreche nicht vom Publikum«, murmelte er an ihren Lippen. »Ich spreche von dir. Ich habe für dich gespielt.«

»Es war fantastisch. Du warst großartig.« Sie schlüpften in den Wagen, der bereits wartete. Philippe zog seine Jacke aus und löste seine Krawatte. Ohne seinen Blick von Grace zu nehmen, schob er die Krawatte in seine Tasche.

»Du siehst wunderschön aus. Und du trägst das Kleid.«

»Du hast mich darum gebeten.«

Und warum nicht? Sie konnte sich nicht vorstellen, es je wieder anzuziehen, wenn sie zu Hause war.

Sie sah Clemmies Gesicht vor sich, wenn sie mit dem blauen Kleid und den goldenen Riemchensandalen ihren Laden betrat.

Hier in Paris war sie die neue Grace. Es gefiel ihr, die neue Grace zu sein. Die neue Grace war nicht eingeschüchtert, dass sie allein in Paris herumlief. Die neue Grace freute sich, nicht jede Sekunde ihres Tages zu verplanen. Die neue Grace ließ gelegentlich ihre Schuhe da herumliegen, wo sie sie ausgezogen hatte, und heute Abend hatte die neue Grace ein Date mit einem Mann.

Die neue Grace hatte der alten Grace einen Haken versetzt und sie bewusstlos geschlagen.

Und sie musste Audrey dafür danken. Wer hätte gedacht, dass ein achtzehnjähriges Mädchen sie dazu inspirieren würde, sich selbst herauszufordern?

Der Wagen glitt leise durch die Straßen, und sie sah aus dem Fenster.

Paris bei Nacht glitzerte wie eine Dame, die sich zum Ausgehen herausgeputzt hatte. Wie schön die Stadt war und wie sehr sie sie vermissen würde, wenn sie nach Hause zurückkehrte!

Schließlich hielten sie in der Nähe des Flusses.

»Gehen wir zu einem anderen Lieblingsrestaurant von dir?«

»Kein Restaurant.«

»Ich dachte, wir würden essen gehen?«

»Das tun wir, aber ich wollte etwas Intimeres. Was hältst du von einem Picknick?«

Sie lachte auf. »Es ist spät. Es ist dunkel …«

»Und es gibt keine schönere Aussicht als diese.«

Sein Fahrer holte einen Korb mit Essen hervor. Sie aßen am Flussufer und ließen die Beine über die Mauer baumeln, während sie den perfekten Blick auf Notre-Dame genossen. Hier mitten in der Stadt waren sie sowohl von Touristen als auch von Einheimischen umgeben.

Und zu einem Picknick mit Philippe gehörten nicht ein paar Schinkenscheiben aus dem Supermarkt, sondern frische Delikatessen aus den besten Läden von Paris.

»Ich schätze, du hast das nicht selbst zusammengestellt.«

»Ich könnte ein bisschen Hilfe gehabt haben.« Er öffnete den Korb und wickelte das Essen aus. »Ich habe Klavier gespielt und es deshalb delegiert.«

Sie würde sich nicht beschweren, denn das Essen war vorzüglich.

Sie aßen köstliche Törtchen, feinste Wurstwaren, Käse und pralle Oliven. Das Brot war knusprig und frisch und der Ausblick unschlagbar.

Es war romantischer als jedes Essen, das sie je in einem Restaurant gehabt hatte.

Oder vielleicht lag es daran, wie sie sich fühlte.

Es war ein perfekter Abend für Verführungen, und Grace war bereit, sich verführen zu lassen. Sie war auch bereit, selbst zu verführen.

Sie stellte sich auf die Probe, in dem sie versuchte an David zu denken, doch sie konnte nicht einmal mehr sein Gesicht vor sich sehen. Es war, als drückte man auf eine alte Wunde und entdeckte, dass sie nicht mal mehr schmerzte.

Als Philippe seinen Arm um sie legte, lehnte sie sich an ihn.

Um sie herum befanden sich Gruppen von jungen Menschen, mit nackten Schultern und braun gebrannten Beinen. Das leichte Plätschern des Wassers, das an das Ufer schlug, ging in den Gesprächen und dem Gelächter fast unter. Neben ihnen spielte jemand leise Gitarre.

Es kam Grace in den Sinn, dass sie diesen Teil ihrer Jugend verpasst hatte.

Sie dachte in zwei Teilen an ihr Leben – vor dem Tod ihrer Eltern und danach. Kein Teil hatte Picknicks an Flussufern enthalten, bei denen man an nichts anderes als an die Perfektion dieses Moments denken musste.

Und es war perfekt.

Als sie sich Philippe zuwandte, war es unausweichlich, dass er sie küsste. Oder vielleicht küsste sie ihn. Sie war nicht sicher.

Als er aufstand und sie an der Hand hochzog, folgte sie ihm, und sie gingen am Fluss entlang zu seiner Wohnung.

Es war so heiß gewesen, dass sie von den ersten Regentropfen überrascht wurden. Die wenigen nassen Tropfen wurden regelmäßiger und dann zu einem Sturzregen, der die ausgetrockneten Straßen überschwemmte. Philippe umfasste ihre Hand fester und lachte, während sie den kurzen Weg zu seiner Wohnung rannten.

Atemlos stolperten sie zur Tür hinein.

Ihr Haar klebte ihr am Kopf, und ihr Kleid war durchnässt.

Sein weißes Hemd klebte feucht an seiner Brust und seinen Schultern, und seine dunklen Wimpern waren feucht vom Regen.

Sie dachte, dass es unmöglich war, ihn mehr zu begehren, als sie es schon tat.

Und dann lächelte er. »Paris brauchte eine Abkühlung.«

Sie brauchte ebenfalls eine Abkühlung, doch nichts schien zu wirken.

Sie strich sich das feuchte Haar aus dem Gesicht. »Wir tropfen auf den Boden. Hast du ein Handtuch?«

»Sicher. Was noch wichtiger ist: Ich habe Champagner im Kühlschrank.«

Champagner.

Das erste und letzte Mal, dass Grace Champagner getrunken hatte, war mit diesem Mann gewesen.

Und nun würde sie es wieder mit ihm tun.

Er verschwand und kam wenige Minuten später mit einer Flasche und zwei Gläsern zurück. »Das Handtuch kann warten.«

Er reichte ihr ein Glas, und sie betrachte die aufsteigenden Champagnerperlen. Sie nahm einen Schluck und schloss die Augen. Er war kühl, trocken und absolut köstlich.

Die Wohnung war eindrucksvoll, mit hohen Fenstern mit Fensterläden und einem polierten Holzboden. Die Wände waren bedeckt mit Bücherregalen und Kunst, doch den Blickfang des Wohnzimmers bildete der große Konzertflügel.

Dort stand er in seiner polierten Pracht und vermittelte Grace den Eindruck, dass die Wohnung allein für dieses eine Stück ausgesucht worden war.

»Wie lange lebst du hier schon?«

»Zehn Jahre.« Er öffnete die Tür zur Terrasse, um kühlere Luft hereinzulassen. Regen fiel auf die Fliesen und den schmiedeeisernen Tisch. Er tropfte von den Blättern und befeuchtete die trockenen Pflanzen.

In der Ferne hörte sie Donnergrollen und rieb sich über die Arme. »Es ist fabelhaft.«

Er blickte sich um, als wollte er ihre Aussage überprüfen. »Ich verbringe weniger als hundert Nächte im Jahr in dieser Wohnung. Erst nach achtzehn Monaten habe ich überhaupt die Kisten ausgepackt.«

Sie versuchte sich ein Leben vorzustellen, in dem man mehr Zeit in Hotels als in der eigenen Wohnung schlief.

»Du musst dein eigenes Bett vermissen.«

Er lächelte verschmitzt. »Das tue ich. Tatsächlich finde ich, dass wir ihm jetzt gleich einen Besuch abstatten sollten.« Er stellte sein Glas ab und hob sie mit beiden Armen hoch. Sie japste auf vor Überraschung und murmelte etwas von zu viel Gewicht für romantische Gesten, doch er trug sie trotzdem, wobei er eine elegante Kurve einlegte, damit sie nicht mit den Beinen gegen die Tür stieß.

Er ließ sie hinunter, und sie sah, dass man von seinem Schlafzimmer aus auf den Fluss sah. Man blickte auf die sanfte Biegung der Seine, auf die der Regen niederprasselte und so die Reflexionen an der Oberfläche hüpfen ließ.

Sie dachte bei sich, wie romantisch das war, und dann küsste er sie.

Daran war nichts Zögerliches. Nichts Zweifelndes oder Vorsichtiges. Dies war ein Kuss, der nur zu einem Ende führen konnte.

Sein Mund auf dem ihren war heiß, und seine Hände wanderten zum Reißverschluss ihres Kleides. Der Stoff klebte feucht an ihr, doch er zog ihn hinunter, sodass sie nur noch in ihrer Unterwäsche dastand.

Sie hatte sich gefragt, ob sie unsicher sein würde, wenn der Moment gekommen war, doch es zeigte sich, dass ihr das als Allerletztes durch den Kopf ging. Ihr blaues Kleid landete gemeinsam mit seinem Hemd und dem Rest seiner Kleidung auf dem Boden.

Er hatte die Fenster in diesem Zimmer nicht geöffnet. Der Regen prasselte gegen die Scheiben, was die intime Atmosphäre noch verstärkte. Es gab nur sie beide, geborgen in diesem Zimmer, geschützt vor dem Wetter. Vor der Welt.

Er küsste sie weiter, tiefer und fordernder, als wollte er all die Zeit aufholen, die sie verpasst hatten. Die Hitze verzehrte sie fast. Mit einer Hand hielt er ihren Hinterkopf umfasst, die andere lag auf ihrem unteren Rücken und presste ihren Körper an sich. Sie spürte die Hitze seiner Haut und den Druck seines Körpers, und dann legte er sie aufs Bett, während sie die Arme um ihn schlang, und sie fühlte die Kraft seiner Muskeln, als er sein Gewicht mit seinen Armen abstützte.

Schließlich löste er seinen Mund von ihrem, doch nur, damit er sie an anderen Stellen küssen konnte. Ihren Kiefer, die Linie ihres Halses, ihre Schulter. Und die ganze Zeit murmelte er Worte auf Französisch, mit denen er ihr sagte, wie sehr er sie begehrte, wie schön sie war, dass sie unglaublich schmeckte.

Er erkundete ihren Körper auf so intime Weise, dass sie sich in den Berührungen verlor. Sie spürte den seidigen Strich seiner Zunge, das erfahrene Gleiten seiner Finger. Sie wand sich hin und her, doch jede Bewegung brachte ihn noch näher und nährte ihren Hunger. Es war ungemein erregend, und sie ahnte, dass er sich der Leidenschaft im Bett mit ebenbürtiger Inbrunst hingab wie seinem Klavierspiel. Er war jemand, der keine Halbheiten kannte, doch wie sich herausstellte, galt das auch für sie. Ihr Begehren wuchs ins Unermessliche, und als er schließlich in sie eindrang, schrie sie lustvoll auf. Er hielt einen Moment inne und gab ihr Zeit, ihn aufzunehmen. Sein Atem ging unregelmäßig, während er sich zurückhielt. Doch dann zog sie ihn weiter in sich, getrieben von einer wilden Lust, die sie bis zu diesem Tag nicht gekannt hatte. Er küsste sie wieder und drang tiefer in sie ein, bis die Lust sie fast besinnungslos machte. Sie konnte keinen klaren Gedanken fassen und gab sich ihren Sinneseindrücken hin. Ihr Inneres zog sich um ihn zusammen, und sie hörte sein raues Aufstöhnen, als die Lust in ihr explodierte. Ihr Orgasmus riss ihn mit, und sie lösten keine Sekunde die Lippen voneinander, die er dauerte, teilten jede Zuckung, jeden Stoß, jedes Aufstöhnen. Hinterher lag sie willenlos in seinem Arm und lauschte dem Regen, der aufs Dach trommelte. Er hatte die Schlafzimmertür offen gelassen, und eine leichte Brise kühlte ihre erhitzte Haut.

Sie liebten sich wieder und wieder, bis sie schließlich einschliefen. Als sie erwachte, fühlte sich die Luft kühler an. Es hatte aufgehört zu regnen, und die Sonne war aufgegangen.

Philippe rührte sich und blickte sie aus verschlafenen Augen an. »Wie spät ist es?«

Sie sah nach. »Kurz nach sechs.«

Er stöhnte und rollte sich auf den Rücken. »Ich habe eine frühe Probe. Aber du musst nicht gehen.«

»Ich mache dir Kaffee. Darf ich deine Dusche benutzen?«

»Das kommt darauf an.« Er drehte sich zu ihr um. »Darf ich dir Gesellschaft leisten?«

»Ich dachte, du hättest es eilig.«

»Heute werde ich zu spät kommen.« Er zog sie aus dem Bett und unter die Dusche.

Sie schloss die Augen, als das Wasser über sie rann, und keuchte auf, als er sich ihren Körper hinunterküsste.

Es dauerte eine weitere halbe Stunde, bis er schließlich die Wohnung verließ, und fünf Minuten später war er zurück, weil er etwas vergessen hatte. »Das Zusammensein mit dir hat mein Hirn vernebelt.«

»Gehst du nach deiner Probe direkt zum Konzert?«

»Nein. Ich komme erst hierher zurück. Bleibst du so lange?«

»Ich muss in den Buchladen. Du kannst mich ja später anrufen!«

»Mache ich. Und vielleicht solltest du heute Abend Kleidung zum Wechseln mitbringen, damit du nicht in einem feuchten Kleid nach Hause musst, falls es wieder regnen sollte.«

Er wollte, dass sie Kleidung zum Wechseln mitbrachte.

Der Vorschlag machte sie auf eine lächerliche Weise glücklich. Sie war froh, dass dies nicht nur eine Nacht war.

Er beugte sich vor und küsste sie lange. »Es tut mir leid, dass ich gehen muss. Ich würde nichts lieber tun, als den Tag mit dir zu verbringen.«

»Das ist kein Problem.« Und das war es wirklich nicht. Sie war es nicht gewohnt, kaum geschlafen zu haben, und wollte wieder ins Bett gehen, sobald er fort war. »Ich könnte uns heute Abend etwas kochen, wenn du magst.«

»Möchtest du wieder zum Konzert kommen oder mich hinterher hier treffen?«

»Hast du Karten?«

»Natürlich.« Er strahlte sie an. »Ich bin der Star.«

»In dem Fall komme ich gern zum Konzert. Ich werde es nie müde, Mozart zu hören.«

»Au.« Er legte die Hand auf die Brust. »Und ich dachte, dass du mich spielen sehen wolltest.«

»Warum solltest du das glauben?«

Er küsste sie erneut. »Geh wieder schlafen. Ich ruf dich später an.«

Sie hörte, wie die Tür zufiel, und lehnte sich lächelnd zurück ins Kissen.

Die neue Grace gefiel ihr. Sie hatte eindeutig mehr Spaß als die alte Grace.

Sie machte sich einen Kaffee und nahm ihn mit ans Bett. Der Himmel hatte sich aufgeklart und war wieder blau. Nach der Arbeit würde sie zum Markt gehen und etwas Besonderes zum Abendessen kaufen. Und sie musste entscheiden, was sie heute Abend anzog, denn das blaue Kleid konnte sie nicht noch einmal anziehen.

Sie lächelte, als sie über die bisherige Lebensgeschichte dieses Kleides nachsann, und lächelte noch immer, als das Telefon klingelte.

Sie kannte die Nummer nicht, ging aber davon aus, dass es Philippe war.

»Hallo. Ich vermisse dich bereits.« Sie sagte es mit rauchiger verführerischer Stimme und hielt inne, als sie keine Antwort erhielt. »Hallo?«

»Grace?«

Es war nicht Philippe.

»David?«

»Hallo Grace. Ich bin in Paris.«

MIMI

»Und? Was hat sie gesagt?« Mimi ging im Hotelzimmer auf und ab, um die Steifheit in ihren Gelenken zu lindern. Sie hatte schon einige schlechte Entscheidungen in ihrem Leben getroffen, doch dies mochte die schlechteste sein. Würde Grace ihr jemals verzeihen, dass sie sich einmischte? Dass sie sie nicht gewarnt hatte? »Klang sie verärgert?«

»Sie sagte, sie hätte mich bereits vermisst. Aber da sie nicht wusste, dass ich am Telefon sein würde, vermisste sie offensichtlich nicht mich.« Sein Tonfall war leichthin, doch seine Stimme zitterte ein bisschen. »Ich hätte sie früher anrufen sollen. Ich hätte nicht so lange warten sollen.«

»Ich meine mich zu erinnern, dass ich das vorgeschlagen habe.« Sie war zu alt für das hier. Ihr Kopf schmerzte, die Knochen taten ihr weh, und sie hatte Herzschmerzen.

»Nach allem, was geschehen war – was ich getan habe –, dachte ich, dass ich, um überhaupt eine Chance zu haben, es wiedergutzumachen, ihr persönlich gegenübertreten muss. Ich hätte bis nach ihrer Rückkehr aus Paris gewartet, doch dann hat sie von diesem Philippe-Typen erzählt und ...« Er fuhr sich mit der Hand übers Gesicht und warf ihr einen verzweifelten Blick zu. »Ich werde das wieder in Ordnung bringen, Mimi. Ich werde einen Weg finden.«

Mimi schwankte und fühlte sich plötzlich schwindlig. Es war lange her, dass sie das letzte Mal geflogen war.

David war sofort bei ihr. »Geht es dir nicht gut?«

»Das solltest du dich selbst fragen.«

»Im Moment mache ich mir aber um dich Sorgen. Ich hätte dich niemals diesen langen Flug antreten lassen dürfen. Allein dafür wird Grace mich umbringen.«

Seine Liebenswürdigkeit war eine seiner vielen Qualitäten, die es einem schwer machten, ihn zu hassen. Trotz allem.

»Ich kann mich nicht erinnern, dich nach deiner Meinung gefragt zu haben, ob ich mitkommen soll oder nicht.« Auf keinen Fall hätte sie ihm erlaubt, ohne sie hierherzukommen. Falls es nötig sein sollte, wollte sie hier sein, um Grace zu unterstützen. »Es geht mir gut. Du machst dir besser Sorgen darum, wie du die Sache angehst.« Sie spürte Davids Arm um ihre Schultern, fest und beruhigend.

»Du musst dich hinlegen, Mimi. Schließ die Augen.« Er half ihr ins Bett und zog ihr die Schuhe aus. »Es gibt eine Verbindungstür zwischen unseren Zimmern. Ich lasse sie einen Spalt auf. Wenn du mich brauchst, ruf mich. Ich achte auf dich.« Er legte ihr die Kissen unter dem Kopf zurecht und zog die Bettdecke hoch.

In den letzten Monaten war er verwirrt gewesen und hin- und hergerissen. Sie war die Starke gewesen. Doch heute nicht. Heute war er es, der Stärke und Entschlossenheit zeigte. Als wüsste er endlich, was er wollte. Sie dagegen fühlte sich wackelig und unsicher.

Vielleicht lag es nicht nur am Flug und der Reise. Sondern daran, hier zu sein, in Paris.

Sie hatte den Deckel zu ihrer Vergangenheit fest geschlossen, doch nun war er wieder geöffnet.

»Kommt sie her?«

»Ja.« David goss ein Glas Wasser ein. »Aber nicht meinetwegen. Deinetwegen. Sie war wütend, dass ich dich mitgebracht habe. Sie ist auf dem Weg und will sehen, wie es dir geht.« Er hob das Glas, und sie bemerkte, dass seine Hand ein wenig zitterte. Er war nicht ansatzweise so gefasst, wie er sich gab.

»Du bist nervös.«

»Ich komme klar.«

Sie griff nach seiner Hand. »Mach sie nicht unglücklich, David.«

»Das habe ich schon. Ich versuche jetzt, das wiedergutzumachen, und das werde ich auch weiterhin versuchen, und sollte es mich den Rest meines Lebens kosten.« Er reichte ihr das Glas. »Ich erwarte nicht, dass du das verstehst. Du hast nie etwas getan und dann im Rückblick festgestellt, dass du ein kompletter Idiot warst.«

»Wir alle treffen schlechte Entscheidungen, David.«

Vielleicht war das der Grund, warum sie bereit war, ihm zu verzeihen. Sie wusste, wie es war, eine Entscheidung anzuzweifeln.

»Was, wenn Grace dich nicht anhören will?«

»Ich werde es weiter versuchen. Ich möchte nicht, dass du dir Sorgen machst.«

»Ich bin aber besorgt.« Am meisten Sorgen bereitete es ihr, dass Grace bereits mit einem anderen Mann zusammen sein konnte. Was, wenn es zu spät war?

Mimi nippte ein paarmal am Wasser und gab das Glas dann wieder David. Die Sorge hatte sich wie ein schweres Gewicht auf ihre Brust gelegt. Sie war wirklich zu alt für all das hier.

Sie hatte gedacht, wieder in Paris zu sein wäre aufregend, doch es fühlte sich einfach nur anstrengend an.

Vielleicht lag es an dem stickigen Hotelzimmer.

»Tu mir einen Gefallen, David. Öffne das Fenster.«

»Bist du sicher?« Er runzelte die Stirn. »Es ist ziemlich laut draußen. Du wirst nicht schlafen können.«

»Ich mag den Lärm.« Sie hörte das ständige Hupen von Autos und schloss die Augen. »Er erinnert mich an damals.«

Er goss Wasser nach und stellte das Glas auf den Nachttisch in ihre Reichweite. »Schlaf jetzt, und ich wecke dich, wenn Grace hier ist.«

Sie wusste, dass sie eigentlich nachfragen sollte, was er vorhatte, doch ihr fehlte die Energie. Sie musste ein bisschen ruhen.

Später erwachte sie, weil es an der Tür klopfte. Vor der Tür hörte sie Stimmen.

Die eine gehörte zu David, tief und gleichmäßig, und die zweite war Grace' leisere Stimme.

Mimi öffnete die Augen. Einen Augenblick lang wusste sie nicht, wo sie war. Sie hatte geträumt und in ihren Träumen andere Entscheidungen getroffen. Wenn das Leben doch nur so einfach wäre!

»Grace?«

Die Zwischentür öffnete sich, und Grace erschien.

Mimi erkannte sie fast nicht wieder.

Sie hatte kurze Haare, die zu einem glatten Bob geschnitten waren. Und sie trug ein weißes Sommerkleid, das sie Jahre jünger aussehen ließ.

Mimi hatte Grace nur einmal in Weiß gesehen, und das war bei ihrer Hochzeit gewesen. Es war keine praktische Farbe, und ihre Enkelin war extrem praktisch veranlagt.

Zumindest war das in der Vergangenheit so gewesen.

An dem Outfit, das Grace heute trug, war jedoch nichts Praktisches. Es schrie geradezu: selbstbewusste Frau, und ihre Wangen hatten einen Schimmer, der Mimi überraschte.

Ach, David, David, dachte Mimi. Du steckst in Schwierigkeiten.

»Mimi.« In einer Wolke von Parfum und mit einem strahlenden Lächeln im Gesicht durchquerte Grace den Raum, ihre Augen glühten vor Freude. »Ich kann nicht glauben, dass du hier bist!« Sie setzte sich auf die Bettkante und schlang die Arme um Mimi, um sie sanft hin- und herzuwiegen. »Ich habe dich so vermisst.«

In ihrer Umarmung lagen eine Stärke und eine Energie, die in den letzten Monaten vor ihrer Abreise gefehlt hatten.

Mimi verspürte ebenso viel Erleichterung wie Besorgnis.

Dies war keine schutzlose, nachgiebige Grace.

Wie würde sie auf das reagieren, was David zu sagen hatte?

»Ich habe dich auch vermisst.« Sie schloss die Augen. »Du riechst herrlich und siehst wunderbar aus. Paris steht dir.«

Grace lachte und löste sich von ihr. »Ich liebe Paris.«

War es Paris oder etwas anderes? Jemand anderes?

Mimi musterte sie. »Ich finde, du siehst besser aus als je zuvor. Ich liebe deine Frisur. Du hast die Haare noch nie kurz getragen.«

»Ich fand, dass es an der Zeit für eine Veränderung ist. Meine Freundin Audrey hat mir die Haare geschnitten. Erinnerst du dich, dass ich von ihr erzählt habe? Warum bist du hier? Ich habe so oft versucht, dich zu überreden, nach Paris zu fahren. Du sagtest immer, es gäbe keinen Grund dafür.«

»Du gabst mir den Grund.«

»Du hättest mir wenigstens sagen sollen, dass du kommst.«

»Das war meine Schuld.« David schaltete sich von der Tür her ein. »Ich wollte dich sehen. Ich muss mit dir sprechen.« Seine Stimme war klar und fest, doch Mimi sah die Verzweiflung in seinen Augen.

Hatte Grace sie ebenfalls bemerkt?

»Du bist den ganzen Weg für ein Gespräch gekommen?« Grace' Ton verwandelte sich von warm zu höflich, an der Grenze zu kühl. »Hättest du nicht zum Telefon greifen oder eine E-Mail schicken können?«

»Was ich sagen muss, sage ich lieber von Angesicht zu Angesicht.«

Grace' Lächeln erlosch. »Also hast du allein aus diesem Grund meine Großmutter um die halbe Welt geschleift?«

»Niemand hat mich je in meinem Leben irgendwohin geschleift.« Mimi setzte sich im Bett auf. Sie hatte keine Ahnung, was geschehen würde, doch sie wollte nicht mit hineingezogen werden. »Ich bin hier, weil ich kommen wollte.«

Sie hatte gedacht, sie könnte Grace unterstützen, doch ihre Enkelin sah nicht wie eine Frau aus, die Unterstützung brauchte. Wo war die Frau, die noch vor ein paar Monaten in ihren Schoß geschluchzt hatte?

Grace ignorierte David und nahm Mimis Hand. »Fühlst du dich nicht gut? Soll ich einen Arzt holen?«

»Ich brauche keinen Doktor. Ich muss mich nur ein bisschen vom Flug erholen, das ist alles. Wenn du mir einen Tee bestellen könntest, kann ich ihn hier trinken, während ihr zwei miteinander sprecht.«

»Ich lasse dich nicht allein, Mimi. Was auch immer David sagen will, kann warten.« Ihre Stärke machte Mimi sowohl froh als auch ängstlich. Froh für Grace. Ängstlich um David.

Mimi kannte diese Version von Grace nicht.

Sie hatte den Eindruck, dass David sie ebenfalls nicht kannte, was nur heißen konnte, dass Ärger bevorstand.

GRACE

Verwirrt von ihren Gefühlen, starrte Grace David quer durch das Hotelzimmer an. Sie hatte nicht erwartet, sich so zu fühlen. Sie wollte sich nicht so fühlen.

Sie hatte ihn vermisst. Sie hatte ihn so sehr vermisst.

Ihn am anderen Ende der Leitung zu hören war ein Schock gewesen. Ihn persönlich zu sehen war ein noch größerer Schock. Es war ihr gelungen, ihn aus ihren Gedanken zu verdrängen oder zumindest weniger an ihn zu denken, und nun war er hier. Breitschultrig und kräftig stand er in dem neutral ausgestatteten Hotelzimmer und sah sie an.

Sein Anblick brachte alles zurück, und sie wappnete sich dagegen, war entschlossen, sich nicht davontragen zu lassen. Es war, als steuerte man ein Boot durch raue See und würde doch gegen die Felsen gezogen. Ihre Gefühle für ihn waren die Felsen. Sie wollte nicht wieder dorthin.

Sie wollte ihn fragen, wie es ihm ging und ob er seine Arzttermine einhielt, doch dann erinnerte sie sich, dass dies nicht mehr ihre Aufgabe war.

Um ihrer selbst willen sollte sie dieses Gespräch so kurz und sachlich wie möglich halten.

»Du siehst …« Er musterte sie von oben bis unten. »Anders aus. Wundervoll.«

Glaubte er, dass sie es für ihn getan hatte? Vielleicht, und das ärgerte sie. Dennoch war sie froh, dass sie sich die Zeit genommen hatte, ihren neuen Lippenstift aufzutragen und in das weiße Kleid zu schlüpfen, das Audrey in einer angesagten Boutique in der Nähe ihres Salons ausgesucht hatte. »Was möchtest du sagen, David?«

Die Atmosphäre knisterte vor Spannung. Mit ihm in einem Zimmer zu sein fühlte sich unangenehm an. Wenn ihr jemand vor einem Jahr gesagt hätte, dass sie sich mit David unwohl fühlen würde, hätte sie gelacht. Man konnte sich nicht unwohl mit jemandem fühlen, der einen so gut kannte wie man sich selbst. Mit jemandem, der all deine Geheimnisse kannte. Nur, dass er ihre Geheimnisse nicht länger kannte. Es gab Dinge, sehr intime Dinge, die er nicht wusste.

Philippe.

Schuld stieg in ihr auf, doch sie wischte sie fort. David hatte ihre Ehe beendet, nicht sie. Sie baute sich nur ein neues Leben auf.

»Es tut mir leid, dass ich ohne Vorwarnung angerufen habe.« Er schob seine Hände ungeschickt in die Taschen. »Vermutlich habe ich deine Pläne für den Tag ruiniert.«

»Ich habe keine Pläne für den Tag.« Sie sah ihm an, dass er ihr nicht glaubte. Und warum sollte er auch? Die Version von Grace, die er kannte, verplante jede Sekunde jedes einzelnen Tages. Die Version, die im Bett lag und den Sonnenaufgang über Paris betrachtete oder die spontan auf den Markt ging, hatte er nie kennengelernt.

Sie sah nur auf die Uhr, wenn sie im Buchladen arbeitete oder Philippe treffen wollte.

»Dann bist du also in eine Wohnung gezogen. Hat dir das Hotel, das du für uns ausgesucht hast, nicht gefallen?«

»Das Hotel war schön.« Sie war nicht in der Stimmung für Small Talk. Sie ahnte schon, warum er hier war. Er wollte die Scheidung. Es war typisch für David, dass er dafür ein persönliches Gespräch suchte. Ironisch, wirklich. Vermutlich glaubte er, dass dies der anständigste und am wenigsten schmerzhafte Weg war, sie zu verletzen. Ausnahmsweise einmal wünschte sie, er hätte es sich leicht gemacht und alles Nötige in einem Telefongespräch oder in einer E-Mail gesagt.

Ihn zu sehen war verunsichernd, und sie wollte nicht verunsichert werden.

»Ich habe den letzten Monat und jeden Moment des Fluges überlegt, wie ich das sagen soll.« Er atmete aus. »Ich habe

327

es auf Tausende Arten probiert, und es hörte sich nie richtig an.«

Da war sie wieder, seine Freundlichkeit. Sie hatte sie einst an ihm geliebt, doch nun erschien sie wie Folter.

»Verschwende keine Zeit, um nach einem taktvollen Weg zu suchen, das zu sagen, was du sagen willst. Ich stimme zu, dass wir uns scheiden lassen sollten. Leg los und setz die Hebel in Bewegung. Ich unterschreibe, was auch immer ich unterschreiben soll.« Sie war stolz, wie forsch und unemotional sie klang, obwohl sie sich innerlich völlig wund fühlte. Dies war ein Nachbeben, das war alles. Das eigentliche Erdbeben in ihrem Leben hatte sich schon vor Monaten ereignet. »Ich beauftrage einen Rechtsanwalt, wenn ich zurück bin. Oder ich kann es wohl auch von hier aus machen, wenn du möchtest, dass es schnell geht.«

»Einen Anwalt beauftragen?« Sein Kopf schnellte zurück, als hätte sie ihn geschlagen. »Du willst die Scheidung?«

»Du doch auch. Deswegen bist du doch hier.«

»Nein! Warum glaubst du, dass ich die Scheidung will?« Er wirkte panisch und verwirrt, und auch sie verstand nun gar nichts mehr.

»Ähm … wenn die Frau, mit der du zusammenlebst, nicht deine Ehefrau ist, deutet das normalerweise daraufhin, dass die Ehe vorbei ist. Hast du Lissa mitgebracht?«

»Natürlich nicht. Ich würde niemals … Wie kannst du auch nur glauben, dass ich das tun würde?«

Grace lenkte fast ein, doch dann stellte sie sich vor, was Audrey in der Situation tun würde. Auf keinen Fall würde sie einlenken.

»Wie ich das glauben kann? Vielleicht weil du unsere Tickets nutzen wolltest, um mit ihr nach Paris zu fahren. Sie war nie hier, soweit ich mich erinnere.« Ihr Ton war scharf und ein bisschen sarkastisch. Was ihr gar nicht ähnlichsah. Sie hatte fast Ehrfurcht vor sich selbst. Innerlich hörte sie Audrey »*Los, Grace*« sagen.

David schien ebenso überrascht wie sie.

»Du bist wütend auf mich.«

»Ich bin nicht wütend. Ich war wütend, das stimmt. Wütend und traurig. Doch das habe ich hinter mir gelassen und denke jetzt kaum noch an dich, wenn ich ehrlich sein soll. Dein Anruf hat mich überrumpelt. Ich verstehe immer noch nicht, warum du hier bist, wenn es nicht um die Scheidung geht.«

»Ich bin mit Mimi hergekommen. Ich habe nach ihr gesehen, während du fort warst.« Er lächelte schief. »Hab die verdammte Hintertür repariert, die immer klemmte. Du weißt, welche?«

Tu das nicht, David. Erinnere mich nicht an all die Gründe, warum ich dich liebe.

»Das musstest du nicht tun. Wir standen in regelmäßigem Kontakt.«

Er atmete tief durch. »Es ist vorbei, Grace.«

»Ich weiß, dass es vorbei ist. Das hast du mir vor sechs Monaten gesagt.« Sie konnte nicht glauben, dass er so weit geflogen war, nur um ihr persönlich den Todesstoß zu versetzen.

»Ich meine, dass es mit Lissa vorbei ist. Wir sind nicht mehr zusammen. Ich bin vor einer Weile ausgezogen.«

Das hatte sie am allerwenigsten erwartet.

Grace hatte das Gefühl, als bebte die Erde unter ihr. »Ihr seid …«

»Ich habe es beendet, Gracie.«

Sie wünschte, er würde sie nicht so nennen. Es rief eine Vertrautheit wach, während sie darum rang, abgeklärt zu sein.

»Ich … da gibt es so viel, was ich dir sagen möchte.« Er trat auf sie zu, und sie wich einige Schritte zurück.

Er hatte eine Affäre gehabt. Er hatte mit Lissa geschlafen. Es gab kein Zurück.

»Du hast mir gesagt, du liebst sie.«

»Eine Zeit lang dachte ich, dass ich das tue. Ich war verrückt. Ich weiß nicht …« Er fuhr sich mit den Fingern durchs Haar. »Ich habe einen dummen schrecklichen Fehler begangen aus all diesen Klischeegründen, von denen man liest. Der Gedanke, dass Sophie aus dem Haus geht. Das Ende einer Ära. Ich fühlte mich alt. Überflüssig. Allein. Du schienst dich nicht so zu fühlen wie ich.«

Grace schluckte. Sie hatte sich auch so gefühlt, aber nicht darüber gesprochen. Sie war entschlossen gewesen, dass Sophie ihr Zuhause fröhlich verlassen sollte, ohne das Gefühl einer Verantwortung gegenüber ihren Eltern. »Du hast bereits klargemacht, dass dies deiner Meinung nach alles meine Schuld ist.«

»Das habe ich nie gedacht.«

»Glaubst du, der Gedanke, dass Sophie aus dem Haus geht, hatte keine Auswirkungen auf mich?« Sicher kannte er sie besser, oder?

»Du bist so gut damit umgegangen. Du warst immer positiv, sprachst von der Zukunft – du zeigtest nicht die geringste Unsicherheit, dass unsere Tochter uns verlässt.«

Sie hatte jede Menge Unsicherheiten gehabt, doch sie hatte sie für sich behalten. Sie hatte versucht, stark zu sein.

Warum hatte sie ihre Gedanken nicht mit ihm geteilt?

Weil ein Teil von ihr befürchtet hatte, dass ihre Gefühle wachsen würden, wenn sie sie laut aussprach.

»Ich hatte auch Gefühle, David, aber ich habe mich dafür entschieden, mich auf die Zukunft zu konzentrieren.«

»Du lässt es so mühelos wirken. Du bist so kompetent, du organisierst alles, und ich fühlte mich nicht gebraucht. Nicht dass ich dir dafür die Schuld gebe«, fügte er hastig hinzu. »Und dann war da eines Tages Lissa …«

Lissa, deren Vater die Familie verlassen hatte, als sie sieben war. Lissa, die niemals einen erwachsenen Mann gekannt hatte, auf den sie sich verlassen konnte.

Grace war überrascht von ihren eigenen Gedanken. Entschuldigte sie Lissa etwa? Nein! Das würde sie nicht tun. Lissa war alt genug, um zu wissen, was sie tat. David war definitiv alt genug.

Sie streckte das Kinn vor. »Ich habe kein Interesse an Details. Ich wüsste nicht, warum du glaubst, dass ich das hätte.«

Ihr Handy klingelte, und sie sah rasch nach, weil sie dachte, es könnte Sophie sein.

Es war Philippe.

Nicht in einer Million Jahren hätte sie sich vorstellen können, dass sie einmal einen Anruf ihres Liebhabers erhalten würde, während ihr Mann vor ihr stand.

Die neue Grace in direkter Konfrontation mit der alten Grace.

Ihr Leben wurde zu einer Schmierenkomödie.

David sah sie unverwandt an. »Wenn du den Anruf annehmen musst, mach das.«

Sie dachte kurz daran, wie ein Gespräch mit Philippe verlaufen würde, wenn David zuhörte.

»Ich rufe später zurück.« Sie wies den Anruf ab. »Ich verstehe immer noch nicht, warum du hier bist. Du bist den ganzen Weg nach Paris geflogen, um mir zu sagen, dass du und Lissa Schluss gemacht habt?« Dass Mimi sie nicht gewarnt hatte, schmerzte. Ihr ganzes Leben lang war Mimi diejenige gewesen, auf die sich Grace hatte verlassen können. Sie wusste, dass sie sich immer noch auf sie verlassen konnte, und doch fühlte es sich ein kleines bisschen wie Verrat an, dass Mimi David begleitet und Grace nicht vorgewarnt hatte.

»Sie musste mir versprechen, es dir nicht zu sagen. Ich wollte es dir persönlich sagen. Und ich wollte dir sagen, dass ich …« Seine Stimme wurde rau und zitterig. »Ich vermisse dich, Gracie. Ich vermisse dich sehr.«

Am Anfang hatte sie diese Worte unbedingt hören wollen, doch da hatte er sie nicht gesagt. Und nun sagte er sie, nachdem sie es endlich geschafft hatte, ein paar Schritte vorwärtszukommen?

Glaubte er, dass sie sich ihm einfach in die Arme werfen und ihm verzeihen würde?

Die Grausamkeit daran zerriss sie fast. »Du hast mir das Herz gebrochen, David. Du hast beinahe mich gebrochen.«

»Ich weiß, und ich werde das nie wiedergutmachen können, aber ich werde es dennoch versuchen.«

Sie wich einen Schritt zurück und fiel fast über einen Stuhl. »Was sagst du da?«

»Ich sage … ich frage, ob du glaubst, dass du mir irgendwie verzeihen könntest. Wenn es irgendeine Chance gibt, dass du dir vorstellen könntest …« Er schluckte. Befeuchtete die Lippen. »Neu anzufangen.«

Grace hatte das Gefühl, als wäre sie in einer Parallelwelt gelandet.

Heute Morgen war sie mit Philippe im Bett gewesen. Und nun fragte David, ob sie neu anfangen könnten.

»Du hast mit jemand anderem geschlafen.« Sie ignorierte die leise Stimme, die ihr sagte, dass sie ebenfalls mit jemand anderem geschlafen hatte. »Du sagtest, unsere Ehe sei vorbei.«

»Es war verrückt. Du bist meine beste Freundin, Grace. Ich weiß nicht, wie ich das aus dem Blick verlieren konnte.«

»Lissas lange Beine dürften etwas damit zu tun haben.« Grace blickte zur Tür und fragte sich, ob Mimi lauschte. Hatte ihre Großmutter gewusst, was David sagen würde? Wenn sie gewusst hatte, dass Davids Beziehung mit Lissa vorbei war, warum hatte sie sie dann nicht vorgewarnt?

David fuhr sich über den Nacken. »Würdest du heute Abend zumindest mit mir essen gehen? Damit wir reden können.«

»Ich kann nicht. Ich habe Pläne.«

»Ich dachte, du hättest keine Pläne.«

»Du hast mich nach meinem Tag gefragt. Für heute Abend habe ich Pläne.« Hatte Philippe deshalb angerufen? Es war ihr unangenehm, hier mit David zu sein, was lächerlich war, denn Philippe hatte nicht das geringste Interesse an ihrem häuslichen Leben gezeigt.

Philippe kannte kein häusliches Leben. Er flog von Land zu Land, von Stadt zu Stadt, und gab sich seiner großen Liebe hin, dem Klavierspielen. Er hatte nie etwas gewollt, was ihn an einem Ort festhielt.

David umfasste eine Stuhllehne. Seine Fingerknöchel waren weiß. »Was machst du heute Abend?«

»Nicht dass es dich etwas angeht, aber ich gehe zu einem Konzert.« Sie sagte es ihm, weil er nicht denken sollte, dass sie zu Hause saß und seinetwegen Tränen vergoss.

Er hielt ihrem Blick stand. »Allein?«

»Nein. Nicht allein.« Sie griff nach ihrer Tasche und ging in Richtung Zwischentür, doch er hielt sie auf und zwang sie, ihn anzusehen.

Sie spürte seine Finger um ihren Arm und sog seinen vertrauten Geruch ein.

»Ist es Philippe? Tut mir leid …« Er ließ ihren Arm los und hob entschuldigend die Hände. »Ich weiß, ich habe kein Recht, zu fragen.«

»Das ist richtig. Du hast kein Recht zu fragen.« Sie fragte nicht, woher er von Philippe wusste. Vermutlich von Mimi. Vielleicht sollte sie sich schuldig fühlen, doch das tat sie nicht. Im Moment war sie nur wütend. Sie hatte David geliebt. Ihn verehrt. Vielleicht tat sie das noch immer, doch er hatte gedankenlos alles zerstört, was sie hatten. Und nun erwartete er von ihr, ihn zurückzunehmen?

Sie wich seinem Blick aus, um nicht in diese blauen Augen sehen zu müssen, die ihr immer weiche Knie machten. Sie war nicht mehr diese Frau.

»Mach dir keine Sorgen wegen Mimi.« Sie riss die Zwischentür mit so viel Schwung auf, dass sie fast das Gleichgewicht verlor. »Ich nehme sie heute Abend mit. Ich bin sicher, dass du eine Beschäftigung für dich finden wirst.«

»Wie wäre es morgen mit einem Mittagessen?«

Er klang so ruhig und vernünftig, so sehr nach dem alten David, dass sie einen Moment lang versucht war einzuwilligen. Nur ein Gespräch. Warum sich nicht anhören, was er zu sagen hatte?

Kaum hatte sich der Gedanke geformt, sah sie Audrey vor sich, wie ihr die Kinnlade hinunterfiel.

»Du hast Ja gesagt? Warum? Bist du ein Fußabtreter oder so etwas?«

Nein, sie war kein Fußabtreter. Und sie war so wütend auf sich selbst, dass sie überhaupt erwogen hatte, Ja zu sagen, dass sich ihr Ärger potenzierte und die ganzen angestauten Gefühle sich entluden.

»Ich möchte nicht mit dir mittagessen, David. Ich möchte nicht, dass wir wieder zusammen sind. Das hier war kein Teenagerstreit. Du hast unsere Beziehung an unserem fünfundzwanzigjährigen Hochzeitstag beendet, und das in aller Öffentlichkeit! Du hast mich verlassen. Du hast Sophie verlassen. Unsere Tochter.« Sie holte alle Gründe hervor, warum sie wütend auf ihn war, und breitete sie vor ihm aus, damit er sie sah. Fast hörte sie Audrey jubeln. »Im Moment möchte ich dich noch nicht einmal sehen. Fahr nach Hause.« Bevor sie ihre Meinung ändern und etwas tun konnte, was sie bereute, drehte sie ab und ging in Mimis Zimmer.

Sie hatte die letzten sechs Monate zu lernen versucht, ein Leben ohne David zu führen, und jetzt wollte er wieder mitmischen?

Sie war zornig und auch ein bisschen ängstlich, denn ein Teil von ihr vermisste ihn, und das machte sie anfällig für schlechte Entscheidungen. Sie waren fast ihr ganzes Leben Freunde gewesen. Das konnte man nicht abschalten.

Vielleicht würden sie eines Tages wieder Freunde sein, aber im Moment konnte sie das nicht einmal in Erwägung ziehen. Sie wagte es nicht.

Sie schloss die Verbindungstür und lehnte sich dagegen.

Mimi sah sie nervös und auch ein bisschen schuldbewusst an. »Nun?«

Grace fühlte sich hin- und hergerissen. Sie vergötterte ihre Großmutter, doch warum hatte sie sie nicht vorgewarnt, dass David kommen würde und dass er mit Lissa Schluss gemacht hatte? Dennoch war dies nicht der richtige Ort für das Gespräch, da David auf der anderen Seite der Tür stand.

»Würdest du gern heute Abend in ein Konzert gehen? Mozart.«

»Wir drei?«

»Wir zwei.« Grace ließ den Türgriff los. »Du und ich. Ich habe zwei Tickets. Du brauchst nur ein Kleid.«

»Ich habe ein Kleid. Aber mir fehlt die Energie.« Mimi streckte die Hand nach ihr aus, und Grace war im Nu bei ihr. Ihr Ärger über David brach aus ihr heraus.

»Er hätte dich nicht mitschleifen sollen, und du hättest das nicht zulassen sollen.«

»Du kennst mich besser. Und du kennst auch ihn besser. Ich wollte dich sehen. Ich wollte Paris sehen. Und ich werde Paris mehr genießen können, wenn ich mich heute Abend ausruhe. Ich werde auf meinem Zimmer früh zu Abend essen, werde früh zu Bett gehen, und vielleicht kannst du mir morgen dein Apartment zeigen. Geh ins Konzert. Wenn du noch ein zweites Ticket hast, kannst du David einladen.«

Grace versuchte sich Philippes Gesicht vorzustellen, wenn sie mit David auftauchte. »Peinlich« würde die Situation nicht ansatzweise beschreiben.

»Ich lade David nicht ein.«

Mimi hielt ihre Hand fest. »Er wollte dich unbedingt sehen und mit dir sprechen.«

»Warum hast du mich nicht vorgewarnt?«

»Weil er mich bat, es nicht zu tun. Er dachte, wenn er in Paris auftaucht, würde es dir schwererfallen, Nein zu sagen. Du bist aufgebracht.« Mimi strich ihr über die Hand. »Und du bist wütend. Ich habe dich noch nie so wütend erlebt.«

»Ich mag es nicht, manipuliert zu werden. Er hat dich benutzt, Mimi. Er wusste, dass ich komme, wenn du hier bist.«

»Ich war diejenige, die darauf bestanden hat mitzukommen. Er liebt dich noch immer, Grace.«

»Verteidigst du ihn?«

»Nein.« Mimi klang müde. »Aber ich möchte sicher sein, dass du weißt, was du tust. Kann es schaden, mit ihm zu sprechen?«

»Das habe ich gerade. Das war's.« Als sie herkam, hatte sie erwartet, dass er ihre Ehe beenden wollte. Dass er sie retten wollte, hatte sie als Allerletztes erwartet.

Sie küsste Mimi. »Möchtest du mit in mein Apartment kommen? Ich würde dir gerne Audrey vorstellen. Sie ist so unterhaltsam.«

»Hast du eine Klimaanlage?«

Grace lächelte. »Nein.«

»Dann bleibe ich hier. Aber ich würde mir dein Apartment gern morgen ansehen. Und den Buchladen. Und dann lerne ich gern Audrey kennen. Vielleicht kann sie mir auch die Haare schneiden.«

»Das macht sie sicher.« Grace stand auf. »Ich arbeite vormittags, also schlafe ich aus und komme morgen Mittag vorbei, um dich abzuholen.«

Mimi griff nach ihrer Hand. »Verbring Zeit mit David.«

»Das kann ich nicht versprechen.« Sie konnte nicht glauben, dass ihre Großmutter sich auf Davids Seite zu schlagen schien. Glaubte sie wirklich, dass es Hoffnung gab, ihre Beziehung zu retten?

Um Himmels willen, er hatte eine Affäre gehabt! Vielleicht war sie vorbei, aber das änderte nichts daran, dass es geschehen war. Er hatte das, was sie hatten, weggeworfen wie eine Papierserviette.

Sollte sie das vergeben?

Was genau durfte man in einer Ehe vergeben?

AUDREY

Audrey hämmerte gegen Grace' Wohnungstür. Sie hatten noch eine Stunde, bis sie den Buchladen öffnen mussten. Wenn sie mit der Arbeit begannen, bestand Grace darauf, dass sie Französisch sprachen, und niemals konnte Audrey all das auf Französisch sagen, was sie ihr erzählen wollte. Sie war nicht mal sicher, dass sie es auf Englisch hinbekommen würde. »Hallo, Grace? Bist du da? Ich habe Frühstück mitgebracht. *Petit déjeuner.*«

Grace öffnete die Tür, sie war im Bademantel.

Audrey grinste. »*Ça va? Vous allez bien?* Schau mal an. Ich spreche praktisch fließend.« Sie freute sich so, mit all den Sätzen anzugeben, die Etienne ihr am Abend zuvor beigebracht hatte, dass sie erst nach einer Minute erkannte, dass Grace ganz verändert wirkte.

Ihr Haar war zerzaust, und sie sah erschöpft aus.

Audrey erstarrte. Sie hatte ihre Mutter einmal beim Sex überrascht, und die Erinnerung war noch sehr lebendig. »Hast du Gesellschaft? Ich hätte daran denken …«

»Ich habe keine Gesellschaft.« Grace öffnete die Tür weiter. »Ich hatte keine besonders gute Nacht, weshalb ich heute Morgen spät dran bin. Mach du Kaffee, und ich dusche rasch.«

Audrey überlegte, was wohl schiefgegangen war. »Ich war beim Bäcker.« Sie ließ die Tüte, die sie dabeihatte, hin- und herbaumeln. »Und ich habe nicht nur auf Französisch nach allem gefragt, sondern ich habe sogar bekommen, was ich haben wollte. Erfolg! Nicht so wie letzte Woche, als ich nach Brot fragte und so einen komischen Käse bekam. Bist du beeindruckt?«

»Ich bin beeindruckt.« Grace lächelte schwach, und Audrey sah sie misstrauisch an.

»Okay, das reicht. Was ist los?«

»Nichts.«

Audrey legte die Tüte auf den Tisch. »Ich weiß, dass etwas nicht stimmt.«

»Es geht mir gut. Warum holst du nicht Teller, und sobald ich aus der Dusche bin, frühstücken wir? Es ist ein herrlicher Tag. Wir können uns auf den Balkon setzen.«

»Warte eine Minute.« Audrey hielt Grace am Arm fest. »Wir machen das nicht, oder?«

»Wir machen was nicht?«

»Wir sagen nicht, mir geht's gut, wenn es uns nicht gut geht. Nicht zueinander. Wir sind richtige Freundinnen. Die Art Freundin, bei der man nicht sagen muss, dass es einem gut geht, wenn es einem nicht gut geht. Als ich in Paris ankam, war ich so angespannt. Manchmal habe ich das Gefühl, dass ich mein ganzes Leben lang angespannt war, doch die Dinge mit dir zu teilen hat dieses Gefühl verschwinden lassen. Wenn ich jetzt merke, dass mich Panik überkommt, denke ich einfach: Ich kann mit Grace reden. Und das beruhigt mich. Hast du eine Ahnung, wie sich das anfühlt? Ich möchte nicht, dass das aufhört, aber es muss in beide Richtungen funktionieren, oder ich bin nicht mehr diese nervige Person, die ihre Probleme bei dir ablädt. Was ist los, Grace? Und sag nicht wieder nichts, denn das kränkt mich.« Sie sah das Glänzen in Grace' Augen.

»Das ist so schön, dass du das sagst.«

»Nun, es ist die Wahrheit. Also erzähl es mir.«

Grace schniefte. »Es ist kompliziert.«

»Kompliziert ist meine Spezialität.« Audrey zog Grace auf den Balkon. »Setz dich hin. Die Dusche kann warten, aber ich weiß, dass du nicht ohne Kaffee funktionierst. Also koche ich Kaffee, und dann kannst du mir erzählen, was passiert ist.«

»Ich kann nicht im Nachthemd auf dem Balkon sitzen. Jemand könnte mich sehen.«

»Wen kümmert's? Sei ein bisschen locker.«

Grace zögerte und setzte sich dann. Audrey hatte den Eindruck, dass sie zu müde war, um zu widersprechen.

Sie setzte rasch Kaffee auf und kam dann mit Tellern und den warmen Croissants zurück.

»Geht es um Philippe? Hier, trink.« Sie goss den Kaffee in eine Tasse und stellte sie vor Grace hin. »Seid ihr nach dem Konzert zu ihm gegangen?«

»Ich war nicht beim Konzert.« Grace nippte an dem heißen Getränk, rührte das Croissant aber nicht an. »Etwas kam dazwischen.«

Audrey verkniff sich die flapsige Bemerkung, die ihr in den Sinn kam. *Nicht der richte Zeitpunkt, Aud.* »Aber du hast das Konzert geliebt. Ihn spielen zu hören.« Sie riss ein Stück von dem Croissant ab. »Was könnte dich davon abgehalten haben?«

»Mein Ex-Mann.«

»Was?« Audrey erstarrte, das Stück Croissant kurz vor ihrem Mund. »Hat er dir eine Mail geschrieben oder so etwas?«

»Er hat angerufen. Er ist hier in Paris.«

»Ach du Scheiße – ich meine, verflixt.« Sie legte das Croissant zurück. »Warum? Wirst du ihn treffen?«

»Ich hab ihn gestern Abend schon getroffen. Ich war in seinem Hotel. Meine Großmutter ist bei ihm. Ich wollte sie sehen, denn ich war wütend, dass er sie mitgebracht hat, doch ehrlicherweise hat noch nie jemand Mimi zu etwas überreden können, was sie nicht wollte, insofern ist es vermutlich nicht sein Fehler.«

»Lass uns so tun, als sei es sein Fehler. Das hilft uns, die Wut zu schüren. Also, was ist passiert?« Audrey tastete sich vorsichtig vor. »Wollte er die Scheidung? Nein, das kann es nicht sein.«

Grace nahm einen weiteren Schluck Kaffee. »Wie kommst du darauf?«

»Weil er dann angerufen oder eine Mail geschickt hätte.« Sie aß das Stück Croissant. »Er ist den ganzen Weg herübergeflogen, weshalb ich annehme, dass er etwas Wichtiges zu sagen hatte. Etwas, wovon er glaubte, du würdest es dir nicht anhören, wenn er dir nicht persönlich gegenüberstünde.« Sie hörte auf zu kauen. »Er möchte, dass ihr wieder zusammenkommt, oder?«

»Ja.« Grace saß zusammengesunken auf ihrem Stuhl. »Es war ... unerwartet.«

»Sag bloß. Was hast du gesagt?«

»Ich kann mich nicht mal dran erinnern. Ich glaube, ich sagte, dass er verrückt sei, und bin gegangen.«

»Aber es hat dafür gesorgt, dass du dich mies fühlst. Und deshalb hast du Philippe abgesagt. Weil du keinen unbeschwerten Spaß haben konntest, nachdem du deinen untreuen Ehemann gesehen hast.«

»Woher weißt du das alles?«

»Weil Friseure wie Priester und Psychologen sind. Wir sind sehr erfahren.« Audrey beugte sich vor. »Wirst du ihm verzeihen?«

»Nein! Eindeutig nein. Ich meine, ich glaube nicht. Nein.« Grace starrte unglücklich auf ihren Teller. »Ich dachte, es ginge mir gut. Ich dachte, ich hätte neu angefangen. Doch als ich ihn dort stehen sah, wollte ich nur zu ihm hinlaufen und ihn umarmen.«

Audrey dachte an ihre Mutter. Wie sehr sie sie trotz allem noch liebte. »Liebe ist nicht so einfach. Zumindest hast du mir das gesagt, und ich glaube dir jedes Wort.« Der Hauch eines Lächelns belohnte sie.

»Klar tust du das. Vor allem wenn ich dir etwas über Mode und Cleverness erzähle.«

»Aber es ist komisch, oder? Man kann Dinge an jemandem hassen und dennoch lieben. So geht es mir mit meiner Mum. Ich hasse es, dass sie trinkt. Ich hasse es, was das mit ihr macht und was sie sagt und tut, wenn sie betrunken ist. Aber es hält mich nicht davon ab, sie zu lieben. Man kann das Verhalten einer Person hassen, ohne die Person selbst zu hassen. Und das ist der harte Teil. Wenn man das abschalten könnte, wäre es einfach, oder?«

Grace rang sich ein Lächeln ab. »Wieso bist du so klug?«

»Weil ich, auch wenn ich aussehe wie achtzehn, innerlich ungefähr tausend und noch was bin.« Audrey schob die Croissants in Grace' Richtung. »Ich habe die auf Französisch gekauft. Du solltest lieber eins essen, sonst bin ich gekränkt.«

»Ich bin nicht hungrig.«

»Wenn ich aufgebracht bin, gibst du mir immer etwas zu essen, also iss.«

Grace legte ein Croissant auf ihren Teller. »Wie konnte er glauben, dass ich ihm so einfach verzeihen würde? Ich hatte nie den Eindruck, dass er unsensibel ist.«

»Vielleicht ist er verzweifelt. Vielleicht will er dich so sehr zurück, dass er bereit ist, alles zu tun. Lass uns ehrlich sein, so ein Gespräch wäre am Telefon nicht gut gelaufen.« Audrey beugte sich vor, brach ein Stück von Grace' Croissant ab und hielt es ihr vor den Mund. »Öffnen und kauen.«

Grace seufzte und gehorchte. »Wie kann er mich in der einen Minute lieben und in der anderen nicht?«

»Vielleicht hat er dich immer geliebt und hatte so etwas wie eine Hirnexplosion.« Audrey fuchtelte mit den Armen. »Ich meine, Leute verkacken – äh, vermurksen ständig was, oder?«

»Das ist wohl so.«

Audrey sah auf die Uhr. »Ich muss los und den Laden öffnen.«

Grace japste nach Luft und sprang auf. »Ich hatte keine Ahnung, dass es so spät ist.«

»Lass dir Zeit. Ich regele das. Ich gehe jetzt runter, damit Elodie dich nicht feuert. Ich habe kein Problem, dir wieder den Hintern zu retten ...« Audrey zwinkerte ihr zu. »Aber das ist deine letzte Warnung.« Sie machte Scherze, doch es gefiel ihr nicht, wie Grace aussah. Verloren und wehrlos. »Warum vergisst du ihn nicht für den Rest des Tages? Komm und sortiere ein paar staubige Bücher, trink einen Tee mit Toni, und nimm dir einen Tag frei vom Grübeln.«

»Philippe hat mich heute Abend zum Essen eingeladen. In seiner Wohnung.«

»Großartig. Ich mache dir die Haare und das Make-up.«

»Es fühlt sich plötzlich falsch an.«

»Es ist nicht falsch, Grace. David ist fortgegangen. Du hast die Scherben deines Lebens zusammengesammelt. Sollst du sie etwa wieder fallen lassen, nur weil er seine Meinung geändert hat?«

»Vielleicht sollte ich Philippe tatsächlich wie geplant sehen. Du findest mich nicht schrecklich?«

»Ich finde dich in jeder Beziehung brillant.« Sie schloss Grace in die Arme, die die Umarmung erwiderte.

Audrey spürte einen Kloß im Hals. Grace war so klug, weise und freundlich. Von jemandem wie ihr geliebt zu werden, gab ihr das Gefühl, als hätte sie in allen Fächern Bestnoten. Und Grace war eine Inspiration. Sie war tief verletzt worden, und dennoch hielt sie mit nichts zurück. »Hey«, sagte sie, während sie Grace auf den Rücken klopfte, »was sprechen wir hier die ganze Zeit? Englisch? Das ist nicht erlaubt.«

Grace löste sich von ihr. »Ich habe dich nicht einmal nach Etienne gefragt! Was ist passiert?«

»Das erzähle ich dir später.«

»Erzähl es mir jetzt. Du siehst glücklich aus, also gehe ich davon aus, dass ihr ein gutes Gespräch hattet.«

»Das hatten wir. Ich habe ihm alles erzählt. Wie sich herausgestellt hat, ist seine Familie auch nicht perfekt.« Mehr sagte sie nicht darüber, weil sie sonst sein Vertrauen missbrauchen würde. »Wir haben einen langen Spaziergang am Flussufer gemacht und Baguette und etwas Käse gekauft. Es war wirklich schön. Dann sind wir zu ihm gegangen. Ich habe drei Wecker gestellt, damit ich mich heute nicht verspäte.«

»Du bist extra hergekommen, um mir alles zu erzählen, und ich habe nur von mir gesprochen.«

»Na ja, die Freundin mit der größeren Krise hat Priorität, oder? Und deine ist größer. Wenn mein Leben das nächste Mal den Bach runtergeht, werde ich alles auf dich abladen. Jetzt muss ich los, oder Elodie gibt mir wieder diesen finsteren Blick.«

Audrey küsste Grace auf die Wange, nahm ihre Tasche und polterte die Stufen hinab, um den Buchladen zu öffnen.

Auch wenn sie sich Sorgen machte um Grace, war Audrey dennoch erleichtert, dass es David offenbar nicht leichtfiel, fünfundzwanzig Jahre Ehe fortzuwerfen. Sie wusste nicht, warum sie das mit ihrer eigenen Situation verband, doch das tat sie. Es ging immer um Hoffnung. Wenn man sah, dass es etwas für jemand anderen gab, konnte man glauben, dass es das vielleicht auch für einen selbst gab.

Von Elodie war nichts zu sehen. Eine halbe Stunde später gesellte sich Grace mit frisch gewaschenem Haar und tadellosem Make-up zu ihr. Sie trug ein ärmelloses Leinenkleid.

»Du siehst toll aus.« Audrey reichte ihr ein Glas eisgekühltes Wasser. »Viel zu gut, um dich mit staubigen Büchern herumzuschlagen.«

»Wir haben ganz schön Fortschritte gemacht. Lass uns sehen, was heute getan werden kann.«

Sie gingen ins Hinterzimmer. Der Kistenstapel wurde allmählich niedriger.

Grace nahm ein Buch und keuchte kurz auf. »Oh!«

»Was?«

»Als ich die Bücher sortiert habe, habe ich ein Foto von meiner Großmutter gefunden. Ich wollte es Mimi zeigen, habe das aber völlig vergessen, als ich gestern da war. Es ist noch immer in meiner Tasche.«

»Du hast in einem der Bücher ein Foto von ihr gefunden?«

»Ja.«

»Das ist merkwürdig und auch ein bisschen gespenstisch, ehrlich gesagt. Ich bin nicht sicher, was ich davon halten soll. Vielleicht hat es ein Geist da reingelegt oder so.«

Audrey kniete sich hin und leerte die offene Kiste, die auf dem Boden stand.

Als die Türglocke ertönte, erschraken sie beide.

»Die verflixte Türglocke ist ein Gesundheitsrisiko.« Audrey kam auf die Füße. »Da wird noch jemand einen Herzinfarkt bekommen. Oder du hast gerade einen heißen Tee in der Hand und verschüttest ihn, und deine ganze Haut ist verbrannt. Oder du springst auf und schlägst dir deinen Kopf irgendwo an. Es gibt viele Wege, in diesem Laden zu sterben, und keiner davon ist glamourös. Du bleibst hier. Ich gehe und mache diese ganze Kundenservicegeschichte, und falls ich dich brauche, rufe ich dich.«

Sie ging in den Laden.

Der Mann, der vor dem Tresen wartete, war ihr fremd.

Die angegrauten Schläfen deuteten darauf hin, dass er auf die fünfzig zuging, doch das änderte nichts an seiner Attraktivität. Er hatte sehr blaue Augen und ausgeprägte Lachfalten.

Sie schenkte ihm ihre wärmste französische Begrüßung. *»Bonjour. Je peux vous aidez, Monsieur?«*

»Ich suche nach Grace.«

David.

Verdammt. Was sollte sie tun? Sollte sie so tun, als wäre Grace ausgegangen? Würde Grace ihn sehen wollen? Warum hatte sie dieses Szenario nicht vorhergesehen?

»Ähm …«

»Sprechen Sie Englisch?«

Audrey versuchte, ausdruckslos und französisch dreinzusehen, während David ihr ein warmes Lächeln schenkte. Sein Lächeln war so unwiderstehlich und attraktiv, dass Audrey fast zurückgelächelt hätte. Doch dann erinnerte sie sich, wie mies er zu Grace gewesen war und dass sie auf keinen Fall auf seiner Seite war.

Sie sah ihn kühl an und orientierte sich dabei an dem kühlen Blick, mit dem Elodie sie gefeuert hatte. Um ehrlich zu sein, war sie ein bisschen verunsichert.

David war ganz anders, als Audrey ihn sich vorgestellt hatte.

Sie hatte sich einen verzweifelten mittelalten Kerl vorgestellt, und David war sicher mittelalt, doch er wirkte nicht wie ein untreuer, rücksichtsloser Mistkerl. Er wirkte solide und verlässlich, ein bisschen wie Meenas Dad. Die Art Mensch, die sich ohne Weiteres um die Probleme aller anderen kümmerte, ohne unter der Last zusammenzubrechen.

»David.« Grace tauchte hinter ihr auf. »Was tust du hier?«

Er steckte die Hände in die Hosentaschen und sah unsicher aus. »Kann ich dich auf einen Kaffee einladen?«

»Ich arbeite.«

»Nur eine halbe Stunde, das ist alles.« Er wandte sich an Audrey. »Könnten Sie einspringen?«

»Nein, kann sie nicht.« Grace straffte die Schultern. »Wir arbeiten gemeinsam hier. Das ist die Abmachung.«

Audrey fühlte sich wie ein Sandwich zwischen zwei heißen Tellern.

Sie wollte gerade etwas sagen, als David einen Schritt auf Grace zuging.

»Bitte. Nur eine halbe Stunde.« Seine Stimme war weich, und er sah Grace an, als wäre sie die einzige Frau auf der Welt.

Audrey schluckte und rief sich in Erinnerung, dass er sie nicht behandelt hatte, als wäre sie das.

Grace warf ihr einen Blick zu, und Audrey zuckte hilflos mit den Schultern.

Sie fühlte sich immer noch unwohl in dieser brenzligen Situation.

»Fünfzehn Minuten«, sagte Grace. »Und wir gehen zu dem Coffeeshop die Straße hinunter. Audrey, wenn du mich brauchst, ruf an.«

»Sicher.« Bedeutete das, dass sie Grace auf jeden Fall anrufen sollte, um sie zu retten? Oder sollte sie wirklich nur im Notfall anrufen?

Ach, verflixt, verflixt, verflixt. Wenn das ein Code sein sollte, hätten sie sich wenigstens vorher darauf einigen sollen.

Audrey sah ihnen hinterher und ließ sich auf den Stuhl fallen.

War es ihre Aufgabe, Grace ein Rettungsseil zuzuwerfen? Im Moment hatte sie den Eindruck, sie hätte sich selbst darin verfangen.

Fünf Minuten später kam Toni herein.

Audrey war so erleichtert, ein freundliches Gesicht zu sehen, dass sie ihn fast umarmt hätte. »Hallo, Hübscher. Wie ist die große böse Welt heute zu Ihnen? Kann ich Sie zu einem kleinen Earl Grey verführen? Oder etwas Stärkerem? Ich glaube, wir haben Darjeeling, wenn Sie heute einen verwegenen Tag haben.«

Seine Augen glitzerten. »Klingt perfekt. Grace ist nicht hier?«

»Ach, wissen Sie ...« Audrey bereitete den Tee zu. »Sie ist kurz draußen.« Um mit ihrem Beinahe-Ex-Mann zu sprechen.

Sie machte sich ebenfalls einen Tee. Der Gedanke daran, was die anderen in der Schule sagen würden, wenn sie sehen würden, wie sie Earl Grey in einem Buchladen trank, brachte sie zum Grinsen.

»Wie geht es Ihnen, Audrey? Wie läuft es mit Etienne?«

Sie saß im Schneidersitz auf einem der Stühle und erzählte ihm von ihrem Date, während er aufmerksam zuhörte.

Sie fand, dass er einen perfekten Großvater abgeben würde. Er wäre geduldig, gütig und würde seinen Enkeln vermutlich vorlesen. Auf jeden Fall liebte er Kinder.

Sie hatte sich inzwischen daran gewöhnt, dass er eine halbe Stunde lang fast jedes Buch auf einem Regal durchstöberte. Vielleicht lernte er die Bücher auswendig.

Sie unterhielten sich, und als er fort war, wusch sie die Tassen ab.

Es dauerte fast eine Stunde, bis Grace zurückkehrte, und Audrey stürzte sich regelrecht auf sie.

»Und? Was ist passiert?« Sie suchte nach Hinweisen, doch Grace sah genauso kühl und elegant aus wie vor dem Treffen mit David. Ihr Lippenstift war nicht verschmiert.

Offenbar haben sie sich nicht geküsst, dachte Audrey.

»Nichts ist passiert.«

»Du wirst dich heute Abend noch mit Philippe treffen?«

»Sicher.« Grace legte ihre Tasche beiseite. »Was soll ich deiner Meinung nach anziehen?«

Wenn sie das fragte, würde sie vermutlich nicht wieder mit David zusammenkommen.

Audrey hatte tausend Fragen an sie, schaffte es aber, sie für sich zu behalten. »Trag das blassgrüne Kleid mit den kleinen Muschelknöpfen.«

»Meinst du?«

»Eindeutig. Ich mache dir die Haare.«

»Würdest du mitkommen und meine Großmutter kennenlernen? Ich sehe sie heute Nachmittag und weiß, dass sie dich lieben würde. Du könntest Französisch üben mit ihr.«

»Ich bin sicher, dass deine Großmutter nicht über Dinge wie Kondome sprechen möchte.«

»Sag das nicht.« Grace lächelte schief. »Meine Großmutter passt in kein Klischee.«

»In dem Fall sollte ich sie eindeutig kennenlernen.« Je mehr Audrey darüber nachdachte, desto klarer wurde ihr, dass ihr wirklich eine verlässliche Familie fehlte. Es war nicht so, dass sie Ron nicht mochte, das tat sie, aber er war nicht mit ihr verwandt, sodass ihn nichts davon abhalten konnte fortzugehen, wenn er das Geheimnis ihrer Mutter entdeckte. Audrey wollte sich nicht zugestehen, ihn zu lieben, für den Fall, dass ihm alles zu viel wurde und er ging. Indem sie ihre Gefühle zurückhielt, ersparte sie sich monatelange Trauer.

Dennoch wollte sie Mimi kennenlernen, weil Grace ihr die ganze Zeit von ihr erzählt hatte.

»Sie war wunderbar«, erzählte sie später Etienne, als sie zusammengerollt auf dem quietschenden Bett in ihrem Apartment lagen. Die Fenster standen offen, und eine leichte Brise wehte durch das Zimmer. »So lebendig und begeisterungsfähig. Und sie war interessant. Sie hat so viel erlebt. Ich hoffe, so werde ich mal, wenn ich neunzig bin.«

Es war jetzt so einfach, mit ihm zusammen zu sein. Nichts zu verbergen zu haben bedeutete, dass sie nicht aufpassen musste, was sie sagte, und das bedeutete, dass sie sich völlig entspannen konnte.

Und er war ebenfalls aufrichtig zu ihr gewesen. Sie hatten viel über seine Situation zu Hause gesprochen.

»Familie ist eine komische komplizierte Sache.« Sie kuschelte sich enger an ihn. »Glaubst du, deine Eltern lassen sich scheiden?«

»Ich hoffe es wirklich. In der Zwischenzeit tun mir meine beiden Schwestern leid, die noch zu Hause wohnen. Erwachsene glauben, dass ihre Probleme keinen Einfluss auf uns haben, als ob ihre Leben irgendwie getrennt wären von unseren.« Er sprach leise. »Sie glauben, sie müssen nur eine Tür schließen oder leise flüstern, und wir wissen nicht, was los ist. Doch all das gibt uns nur das Gefühl, dass wir nicht mit ihnen sprechen können, weil wir nichts davon wissen sollen, und wir spielen das Spiel mit. Und wir können es niemand anderem sagen, weil es sich wie ein Verrat anfühlt, weshalb wir es mit uns selbst ausmachen, und das nervt.«

Sie fuhr mit der Hand über seine Brust. »Es nervt, aber im Moment nervt es nicht mehr ganz so sehr, weil wir es teilen können.«

»Das stimmt. Und deshalb werde ich heute Abend zu der Villa fahren, um zwei Tage mit meiner Mutter und meinen Schwestern zu verbringen. Ich möchte sehen, ob es ihnen gut geht. Ich habe Elodie gefragt, und sie wird nachmittags im Buchladen sein. Ich komme Freitag zurück.« Er verlagerte sein Gewicht, sodass er sie ansehen konnte. »Es tut mir leid, Audie. Ist das okay für dich?«

»Natürlich.« Selbstverständlich würde sie ihn vermissen, aber sie würde nicht egoistisch sein. Und es gefiel ihr, dass er für seine Familie da sein wollte. »Ich wünschte, ich könnte mitkommen, aber Elodie würde mir niemals freigeben, und außerdem möchte ich Grace im Moment nicht allein lassen. Wann fährst du ab?«

»Ich nehme den letzten Flug heute Nacht. Ich habe noch zwei Stunden, bevor ich zum Flughafen muss.«

»Ich habe eine gute Idee, wie wir diese zwei Stunden nutzen können.«

Er grinste und beugte sich hinunter, um sie zu küssen. Sie erwiderte den Kuss und schlang die Arme um seinen Hals. Es waren nur ein paar Tage. Die würden vergehen wie im Flug. Und in der Zeit würde sie vielleicht mehr Französisch lernen. Ihn überraschen.

»Ruf mich an. Sag mir, wie es dir geht. Alles, nicht nur die guten Nachrichten.«

Darum ging es in einer richtigen Beziehung, oder? Dass man alles teilte. Das Gute und das Schlechte.

Sie hatte sich den größten Teil ihres Lebens allein gefühlt, doch jetzt hatte sie Etienne und auch Grace.

Und sie wusste, dass sie Glück hatte. Vielleicht war das das Positive daran, wenn man Schlechtes durchlebte. Man erkannte gute Dinge, wenn man sie sah.

Sie dachte wieder daran, als sie ihm hinterherwinkte, damit er den letzten Flug bekam. Danach lag sie auf dem Bett, lauschte dem nächtlichen Paris und dachte an all die guten Dinge.

Die schlechten Dinge kamen, als morgens um drei Uhr ihr Handy klingelte.

Es war Ron.

GRACE

»Grace?«

Grace blinzelte und bemerkte, dass sie nichts von dem gehört hatte, was Philippe gerade erzählte. Sie hatte an David gedacht. »Es tut mir leid. Was hast du gesagt?«

Sie hatte sich nach dem Konzert mit ihm in seiner Wohnung getroffen, und er trug noch das weiße Hemd, auch wenn er die Ärmel aufgerollt und den Kragen gelockert hatte. Seine schwarze Hose betonte seine schmalen Hüften, und er war barfuß.

Er sah attraktiv und unglaublich sexy aus.

Vor ein paar Tagen hätte sie sich auf ihn gestürzt und vorgeschlagen, dass sie das Essen ausfallen ließen, doch jetzt war alles anders.

»Ich habe dir von meiner Konzerttournee in Budapest und Prag erzählt. Ich habe dich eingeladen mitzukommen. Wirst du noch ein Dressing für diesen Salat zubereiten, oder willst du ihn nur anstarren?«

Salat?

Sie hatte vergessen, dass sie das Dressing für den Salat machen sollte. »Es tut mir leid. Ich war meilenweit weg.«

»Ja, das sehe ich.« Er musterte sie kurz und wendete sich dann wieder den Steaks zu. »Du kannst natürlich zu den Konzerten mitkommen, und wenn ich tagsüber nicht proben muss, kann ich dir die Städte zeigen.«

Budapest. Prag.

Während sie die Vinaigrette zubereitete, versuchte sie, es sich auszumalen, doch immer wieder drängte sich David in ihre Gedanken.

Sie schob ihn beiseite und dachte stattdessen daran, wie sie mit Philippe über die Karlsbrücke spazierte.

Es klang idyllisch, und vielleicht war es das Richtige. Wenn David ohne Vorwarnung in Paris auftauchen konnte, konnte sie eindeutig wegfahren. Vielleicht war das genau das, was sie brauchte. Es gab ihr die Möglichkeit nachzudenken. »Wann fährst du?«

»Morgen.«

»Ernsthaft? Das ist der Vorlauf, den du mir gibst?«

Er drehte die Flamme unter den Steaks kleiner, umfasste ihr Gesicht mit beiden Händen und küsste sie lächelnd. »Meine Grace. So eine Planerin.«

Sein Kuss machte sie schwindlig, doch in einem Winkel ihres Hirns fragte sie sich, warum alle Männer in ihrem Leben Planung für eine Sünde hielten.

»Ohne Planung hättest du kein Flugticket und kein Hotel.«

Er zuckte mit den Schultern und füllte das Essen auf ihre Teller. »Das wird alles von anderen Menschen erledigt.«

Grace widerstand der Versuchung, die Augen zu verdrehen. Begriff er die Ironie nicht?

»Ich denke darüber nach.«

»Denke schnell.«

Sie aßen auf dem Balkon, von dem aus man in den winzigen Privatgarten im Hinterhof der Häuser sah.

Sie bemerkte, dass andere auch draußen saßen.

»Deine Nachbarn verkaufen vermutlich Tickets, wenn du Klavier übst.«

Er schnitt ein Stück Fleisch ab. »Ich bin nicht oft genug hier, um sie zu nerven.«

Sie konnte sich nicht vorstellen, niemals zu Hause zu sein. »Vermisst du es nicht, an einem festen Ort zu leben? Ich stelle mir das hart vor.«

Er zuckte mit den Schultern. »Nicht für mich. Für mich ist es hart, an einem Ort zu sein ohne Abwechslung.«

Sie waren so verschieden. Vielleicht war das ein Teil der Anziehung. Er stand für eine andere Art von Leben.

Sie aßen und flirteten. Dabei blieben sie immer an der Oberfläche des Lebens, berührten nie etwas Ernsthaftes oder Wichtiges.

Er erzählte von einem jungen Pianisten, dessen Mentor er war und dem er eine glänzende Zukunft prophezeite. Nachdem sie fertig waren mit Essen, spielte er ihr einige Lieder vor, die sie hören sollte, weil er glaubte, dass sie sie lieben würde. Und das tat sie. Vor allem aber liebte sie die Leidenschaft, die er in alles legte.

Es wäre ein wunderschöner Abend gewesen, wenn sie hätte aufhören können, an David zu denken.

War sie unfair, wenn sie ihm keine zweite Chance gab? Oder war es dumm, eine solche überhaupt in Erwägung zu ziehen?

Und meinte sie wirklich, was sie sagte, oder bestrafte sie ihn nur ein bisschen?

Philippe hob sein Glas. »Heute Abend bist du mit deinen Gedanken woanders. Möchtest du mir erzählen, wo?«

Sie konnte ihm schwerlich erzählen, dass sie an ihren Ehemann dachte, weshalb sie einfach nur lächelte. »Ich denke daran, wie viel Spaß das hier macht. Das Essen war köstlich, danke.«

Er stellte sein Glas ab, zog sie auf die Füße und küsste sie. Seine Berührungen waren erfahren, geschickt, doch irgendwie hatten sie nicht dieselbe Wirkung auf sie wie beim letzten Mal. Es war, als ob ein Teil von ihr entschlossen war, unbeteiligt zu bleiben.

Egal, wie gerne sie es leugnen würde, ein Teil von ihr würde immer David gehören.

Sie war wütend auf sich selbst. Warum konnte sie nicht einfach ein neues Leben anfangen? Warum war es nicht leicht?

Philippe führte sie zum Schlafzimmer und küsste sie erneut, erst sanft und dann mit mehr und mehr Leidenschaft.

Ohne seine Lippen von ihren zu lösen, schob er ihr die Träger ihres Kleides über die Schultern und zog es bis zu den Hüften hinunter. Sein Mund wanderte von ihren Lippen zu ihrem Kiefer und dann zu ihrem Hals.

Grace schloss die Augen und versuchte sich zu entspannen.

Was tat sie hier? War sie wegen der Anziehung hier, die sie für Philippe empfand, oder war es etwas anderes? Tief in sich befürchtete sie, dass ihre Gründe viel komplizierter sein könnten. Wollte sie sich selbst etwas beweisen?

Als sie das letzte Mal zusammen waren, hatte sie sich erregt und ein bisschen verwegen gefühlt. Es war ihr gelungen, David aus ihren Gedanken zu verbannen, doch jetzt hatte er sich wieder eingeschlichen, und sie wurde ihn nicht los.

Und es lag nicht nur daran, dass sie sich ein bisschen schuldig fühlte. Obwohl sie das tat, war es mehr als das.

Sie kannte Philippe nicht wirklich, oder?

Sie waren intim gewesen, doch sie waren sich nicht nahe.

Als sie ihn mit achtzehn kennengelernt hatte, hatte das keine Rolle gespielt. Ihre Familie war wie Handschellen gewesen, die sie an ein verhasstes Leben ketteten. Als Allerletztes hatte sie darüber sprechen wollen. Aber jetzt?

Irgendwie reichte die Chemie allein nicht aus.

Sie hatten über Kunst gesprochen, über Musik, Reisen, Literatur, doch immer, wenn sie über etwas Persönlicheres sprechen wollte, hatte er das Gespräch beendet. Audrey würde sie zweifellos auslachen und damit aufziehen, dass sie altmodisch sei, und vielleicht war sie das tatsächlich. Doch wenn sie das war, was war falsch daran?

Philippe hob widerstrebend den Kopf. »Irgendwie glaube ich, dass ich nicht deine volle Aufmerksamkeit habe.«

Grace legte die Hand auf seine Brust. Wenn sie ernsthaft erwog, ihn nach Budapest und Prag zu begleiten, dann mussten sie doch wohl eine aufrichtige Beziehung haben, oder? »Können wir reden?«

Philippe hob eine Augenbraue. »Reden war nicht das, was ich im Sinn hatte«, sagte er, »aber wenn du das möchtest, klar, natürlich. Lass uns reden. Worüber möchtest du sprechen?«

»Ich möchte mehr über dich wissen. Erzähl mir von deiner Familie. Deinen Eltern. Deiner Schwester.«

»Ich glaube, das fällt nicht unter erotische Gespräche.«

»Ich habe das Gefühl, dich gar nicht zu kennen.«

Er fuhr mit der Hand durch ihr Haar und küsste sie sanft. »Nach neulich Nacht? Du kennst mich, Grace.«

Sie dachte daran, wie sie das erste Mal Sex mit David gehabt hatte. Es war nach dem Begräbnis ihrer Eltern gewesen, was furchtbar klang, wenn man darüber nachdachte, was es aber keinesfalls gewesen war. David hatte in einem Einzimmer-apartment in der Stadt gelebt, in der sie beide aufgewachsen waren, und dorthin hatte er sie mitgenommen und sich um sie gekümmert wie um ein verwundetes Tier.

Er hatte es ihr auf seinem verschlissenen Sofa gemütlich ge-macht, ihr einen Tee gekocht und zugehört, während sie ihm alles erzählte, was sie dachte und fühlte.

Sie hatten die ganze Nacht geredet, über alles und jeden, und sogar mitten im Schmerz hatte sie auch gelacht. Als der Morgen graute, hatten sie sich geliebt, und es hatte sich eher nach einem Anfang als nach einem Ende angefühlt.

Am selben Tag war sie bei ihm eingezogen.

Zuerst schien dies ein für sie ungewöhnlicher spontaner Akt zu sein, doch dann begriff sie, dass dieser Moment sich seit Langem abgezeichnet hatte. Sie und David waren seit ihrer Kindheit befreundet. Ihre Leben waren miteinander verfloch-ten. Sie liebte ihn schon seit Ewigkeiten, auch wenn es eine Tra-gödie gebraucht hatte, um zu erkennen, dass ihre Liebe über freundschaftliche Gefühle hinausging.

Es waren diese Freundschaft und die Nähe, die sie am meis-ten vermisste. Neben jemandem aufzuwachen, der sie wirklich kannte.

Sie spürte ein Ziehen in ihrem Herzen.

Philippe strich mit seinem Finger über ihre Wange. »Du siehst müde aus.«

»Ich habe nicht geschlafen.« Sie sagte ihm natürlich nicht, warum, weil sie wusste, dass es ihn nicht interessieren würde.

Er lächelte. »Leg dich hin.«

»Philippe …«

»Ich massiere dir die Füße, das ist alles.«

Sie legte sich hin und schloss die Augen. Sie würde sich morgen über all diese Dinge Gedanken machen. Würde morgen entscheiden. Im Moment musste sie sich nur ausruhen. Sie war völlig erschöpft.

Sie schlief innerhalb weniger Minuten ein und wurde von einem Klingeln geweckt. Zuerst dachte sie, es wäre ihr Wecker, doch dann erkannte sie, dass ihr Handy klingelte.

Philippe neben ihr murmelte etwas auf Französisch und zog sie in seine Arme. »Lass. Du kannst zurückrufen.«

Fast hätte sie auf ihn gehört. Wer auch immer es war, konnte eine Nachricht hinterlassen.

Doch was, wenn es Mimi war? Oder Sophie?

Sie entwand sich seinen Armen. Obwohl sie überhaupt nichts getan hatten, fühlte sie sich schuldig. Irgendwann am Abend waren sie beide eingeschlafen. »Ich muss nachsehen. Es könnte wichtig sein.«

Er fuhr mit der Hand über ihre Hüfte. »Wichtiger als das hier?«

»Möglicherweise.« Dies war nicht der richtige Moment, um darauf hinzuweisen, dass nicht jeder immer nur im Augenblick lebte. Dass manche Menschen Verpflichtungen und Verantwortung hatten.

Sie wühlte nach ihrem Handy. Als sie es gefunden hatte, war das Klingeln bereits verstummt.

Sie sah einen entgangenen Anruf von Sophie.

Nur ein kleiner Plausch oder etwas Dringendes?

Ihre Frage wurde beantwortet, als ihr Handy erneut klingelte.

Sie warf Philippe einen entschuldigenden Blick zu. »Ich muss da wirklich rangehen.«

»Kann es nicht warten?«

Fast hätte sie erklärt, dass es ihre Tochter war, doch dann begriff sie, dass das keinen Sinn hatte. Er hatte keine Familie.

Er würde nicht verstehen, warum sie ihre Familie über alles stellte.

Und dafür war sie zumindest teilweise selbst verantwortlich. Sie hatte sein Herz gebrochen.

»Es kann nicht warten. Aber es wird vermutlich nur eine Minute dauern. Und danach entschädige ich dich dafür, dass ich gestern Abend eingeschlafen bin.«

Philippe lächelte träge, und während sie das Lächeln erwiderte, traf sie eine Entscheidung.

Nach dem Gespräch mit Sophie würde sie Ja sagen, würde ihn nach Budapest und Prag begleiten. Nur für ein paar Nächte. Audrey würde jetzt sicher ein paar Tage lang allein klarkommen. Sie kannte genug Wörter und Sätze, und sie konnte Grace immer anrufen, falls es ein Problem gab.

Während sie im Kopf bereits eine Liste erstellte mit den Dingen, die sie einpacken musste, meldete sie sich.

»Hallo, Liebes.«

»Mom?« Sophies Stimme klang schrill und weinerlich durch das Telefon.

Alle Schläfrigkeit verschwand im Bruchteil einer Sekunde. »Was ist los?«

»Mom.« Sophie weinte so sehr, dass sie die Worte kaum herausbrachte, und Grace bemühte sich, ruhig zu bleiben.

»Liebes, beruhige dich. Ich kann nicht hören, was du sagst.« Sie presste das Handy gegen ihr Ohr und drehte Philippe den Rücken zu. »Erzähl es mir langsam.«

»Es ist Chrissie.« Sophie schluchzte und schluckte, und Grace verstand die Worte »Krankenhaus«, »krank« und »Drogen genommen«.

Chrissie hatte Drogen genommen? Chrissie, die mit Biogemüse aufgewachsen war und niemals ein Antibiotikum geschluckt hatte? Nein, das war unmöglich.

Ihr Herz schlug bis zum Hals. »Hat jemand etwas in eure Drinks getan?«

»Nein.« Sophie sprach fast zusammenhanglos. »Chrissie ist

völlig ausgeflippt, seit wir unterwegs sind. Partys, Jungs und Stoff. Sie sagte, sie will Drogen probieren, nur einmal, weil ihre Mom ihr das nie erlauben würde.«

Grace spürte Übelkeit in sich aufsteigen »Warst du bei ihr?«

»Ja. Sie wollte, dass ich es auch nehme, und ich sagte Nein. Aber dann sagte sie, dass ich der langweiligste Mensch überhaupt sei, deswegen habe ich es doch genommen. Es tut mir leid.« Sophie schluchzte. »Es tut mir so leid. Es war dumm, aber sie sagte, ich würde ihr den Spaß verderben. Sie ist meine Freundin, und ich wusste nicht, wie ich es ablehnen sollte. Ich wollte ihr nicht ihren Trip verderben.«

Grace hatte das Gefühl, als hätte sie jemand in Eis getaucht.

Sie erinnerte sich an Chrissie mit sechs Jahren, wie sie mit Sophie gespielt hatte, die Haare zum Pferdeschwanz gebunden. Chrissie, wie sie in einem Planschbecken im Garten mit Wasser herumspritzte.

Chrissie, die ein Stück Schokoladenkuchen ablehnte, weil sie wusste, dass ihre Mutter nicht wollte, dass sie so etwas aß.

Und jetzt hatte Chrissie Sophie dazu gedrängt, Drogen zu nehmen. Und Sophie hatte nicht Nein gesagt.

Konzentrier dich, konzentrier dich.

Grace atmete ihren Ärger weg. »Sag mir als Erstes, wie es dir geht! Bist du in Ordnung? Hast du irgendwelche Symptome?«

»Ich habe es ausgespuckt, als sie nicht hingesehen hat.«

Erleichterung durchflutete sie. »Und Chrissie? Wie schlecht geht es ihr? Was für eine Droge war das, weißt du das? Ist …« Sie wagte kaum, die Frage zu stellen. »… ist noch etwas passiert? Hat jemand die Situation ausgenutzt?« Sie dachte an Audrey, wie sie bei der Party allein im Badezimmer gelegen hatte.

»Nein, so etwas nicht.« Sophies Stimme war zittrig. »Ich habe einen Krankenwagen gerufen und bin mit ihr ins Krankenhaus gefahren.«

»Gutes Mädchen.« Grace schloss die Augen und zwang sich, ruhig zu bleiben. »Hast du Monica angerufen?« Sie saß auf der

Kante des Bettes und erinnerte sich daran, wie besorgt Monica gewesen war. Sie war es gewesen, die sie hatte beruhigen müssen. Sie hatte gesagt, dass sie ja in Europa wäre, wenn irgendwas passieren sollte, doch sie hatte nicht wirklich geglaubt, dass das geschehen würde. Wie würde ihre Freundin darauf reagieren, dass ihre sich vorbildlich ernährende Tochter ihren Körper mit Chemie vollgestopft hatte? Grace spürte Ärger in sich aufwallen, dass Chrissie das nicht nur getan, sondern auch Druck auf Sophie ausgeübt hatte, es ebenfalls zu tun.

»Ich habe erst dich angerufen. Bei Monica habe ich es noch nicht versucht. Mom, was ist, wenn Chrissie stirbt? Monica wird mir die Schuld geben, weil ich nicht versucht habe, sie davon abzuhalten …« Sophie sprach weiter, doch der Rest war abgehackt und zusammenhanglos.

Grace zitterte. Ihr war übel.

»Dich trifft keine Schuld.«

»Könntest du Monica bitte anrufen, Mom? Ich weiß nicht, was ich sagen soll.«

»Natürlich. Überlass das mir, Liebes.« Es war ein gutes Gefühl, etwas tun zu können, um zu helfen.

Sie spürte, dass sich Philippe hinter ihr im Bett bewegte, und hörte, wie er aus dem Zimmer ging.

Unwillkürlich dachte sie, dass David neben ihr auf dem Bett sitzen und sie unterstützen würde, wenn er hier wäre. Er wäre ebenso besorgt wie sie. Er hätte mit Sicherheit den Arm um sie gelegt.

Sie vermisste ihn so sehr, dass sie einen stechenden Schmerz in ihrer Brust spürte.

Er hatte mit ihr reden wollen. Und was hatte sie getan?

Sie hatte ihn zurückgewiesen. Zweimal.

Sie hatte ihn nicht einmal angehört. Sie hatte ihm keine Chance gegeben. War das nicht genau das, was er mit ihr getan hatte? Und sie hatte ihm deswegen Vorwürfe gemacht.

»Du musst dich beruhigen und mir die Kontaktdaten des Krankenhauses geben. Ich treffe dich dort, sobald ich einen

Flug kriegen kann. Sobald ich Genaueres weiß, schicke ich dir eine Nachricht. Und ich rufe jetzt Monica an.«

»Okay. Danke. Und es tut mir leid, Mom. Es tut mir so, so leid. Ich bin so durcheinander, seit Dad fort ist – und mit dieser ganzen Sam-Geschichte ...« Ihr Atem kam stockend. »Ich wollte nicht auch noch meine beste Freundin verlieren. Ich weiß, das ist keine Entschuldigung, und ich weiß, dass ich eine schlechte Entscheidung getroffen habe. Bist du wütend auf mich?«

War sie wütend? Vielleicht ein bisschen. Vor allem war sie überrascht. Und ängstlich.

Ich bin so durcheinander, seit Dad fort ist.

War dies alles ihr Fehler oder Davids? Hatten sie dies indirekt verursacht? War ihre Tochter jetzt emotional so bedürftig, dass sie alles tat, um eine Freundin zu halten?

Jetzt war nicht der richtige Zeitpunkt, um darüber nachzudenken. »Ich bin nicht wütend, Sophie. Ich bin froh, dass du es mir erzählt hast. Wir kriegen das hin, ich verspreche es.«

»Ich habe auch versucht, Dad anzurufen, doch er ist nicht rangegangen.«

»Er ist hier in Paris. Er hat Mimi mitgebracht.«

Am anderen Ende der Leitung ertönte ein leiser Laut der Überraschung. »Seid ihr wieder zusammen? Oh, mein Gott, das wäre das Beste überhaupt. Kannst du ihn anrufen, Mom? Kannst du Daddy anrufen? Versöhnt er sich mit dir?«

Daddy.

Wann hatte Sophie ihn das letzte Mal Daddy genannt?

Zuletzt als kleines Mädchen.

Grace starrte vor sich hin. Sie hatte nicht vorgehabt, David zu kontaktieren. Doch sie wusste, dass er entsetzt wäre, wenn er davon erfuhr und entdeckte, dass sie es gewusst und ihm nicht davon erzählt hatte.

Sie hatten sich immer um alles gemeinsam gekümmert.

Die Feststellung, dass sie ihn tatsächlich anrufen wollte, war ein Schock.

»Ich werde Dad anrufen. Geh und spritz dir ein bisschen Wasser ins Gesicht, bevor du wieder zu Chrissie gehst. Ich komme, sobald ich kann.« Sie beendete das Gespräch und drehte sich zu Philippe um, der hinter ihr stand.

Er reichte ihr einen Becher Kaffee. »Ich schätze, das bedeutet, dass du nicht mit nach Budapest kommst.«

Budapest? Während des Gesprächs hatte sie nicht einen einzigen Gedanken an Philippe verschwendet.

»Nein, ich komme nicht mit. Ich habe einen Familiennotfall. Meine Tochter …« Sie hielt inne, als Philippe die Hand hob.

»Du musst nichts erklären.«

Sie war so müde und emotional erschöpft, dass ihr das Sprechen schwerfiel. »Es tut mir leid.«

»Warum? Es hat Spaß gemacht, Grace.«

War das alles, was er dazu sagte?

»Diese letzten Tage …« Sie schluckte. »Ich dachte, vielleicht …«

»Dass wir mehr sein könnten?« Er schüttelte den Kopf. »Ich will nicht mehr. Wir hätten den Spaß verlängern können, doch es wäre nie mehr gewesen. Nicht für mich.«

»Und das ist meine Schuld.« Sie bemerkte, dass ihr Tränen über die Wangen rannen. »Ich fühle mich schrecklich, der Grund dafür zu sein, dass du keinen besonderen Menschen in deinem Leben hast. Dass du es vorziehst, allein zu sein. Ich habe dich so sehr verletzt …«

»Das stimmt nicht.«

»Du sagtest –«

»Du verstehst mich nicht, Grace. Ich bin glücklich mit diesem Leben. Dies ist genau das Leben, das ich möchte. Es ist kein Kompromiss. Ich lebe nicht so, weil ich verletzt wurde. Ich lebe so, weil ich frei sein möchte.«

»Aber was ist mit Familie? Liebe?«

»Die Musik ist meine Liebe. Für sie reise ich. Für sie lebe ich. Das ist alles.«

Er hatte sie nicht einmal nach dem Anruf gefragt. Er sah, dass sie aufgeregt und ängstlich war, doch er hatte keinen Versuch unternommen, sie zu trösten.

Diese Art von Beziehung führten sie nicht.

Und sie erkannte jetzt, dass das, was sie hatten, gar nicht echt war. Es wäre nie etwas anderes gewesen als eine aufregende Affäre. Als ob man in einem schicken Restaurant essen ging. Eine gelegentlich wunderbare Erfahrung, etwas, woran man sich immer erinnern würde, aber nichts, was man jeden Tag tun wollte.

Sie hatte geglaubt, dass sie mit achtzehn in ihn verliebt gewesen war, doch vielleicht hatte sie nur den Kontrast geliebt, den er zu ihrem eigenen Leben geboten hatte. Damals hatte sie unbedingt ihre Welt verlassen und in seine eintreten wollen.

Doch jetzt hatte diese Welt jeden Reiz für sie verloren.

Sie stellte den Kaffee ab und zog sich rasch an. »Weißt du, wie schnell ich einen Flug nach Rom bekommen kann?« Hätte sie etwas sagen sollen, als Sophie die Partys erwähnt hatte? Sie hatte Angst gehabt, als Spielverderberin dazustehen. Was hatten die Mädchen noch getan, wovon Grace nichts wusste?

»Du vergisst, dass ich meine Reisen nie selbst buche.«

Sie verspürte einen Anflug von Gereiztheit. Der Mann lebte nicht in der realen Welt. Was ihr glamourös und aufregend erschienen war, kam ihr jetzt unreif vor. »Mach dir keine Sorgen. Das kriege ich schon selbst raus.«

Sie packte ihre Sachen zusammen und trat auf ihn zu. »Danke für das Abendessen und die Konzertkarten und für ein paar wundervolle Tage.«

Sie war dankbar für die Abwechslung und dafür, dass er ihr wieder ein gutes Gefühl gegeben hatte, doch vor allem war sie dankbar, dass er sie daran erinnerte, was wirklich wichtig war.

»Meine Grace.« Er lächelte schief. »Die immer die sichere und vernünftige Wahl trifft.«

Grace dachte an ihre Familie. Und an David.

»Du irrst dich«, sagte sie. »Liebe ist nichts Sicheres. Bindung braucht Mut, denn das Risiko ist hoch, dass du sehr verletzt wirst. Sich nie wirklich einzulassen, von einer Erfahrung zur nächsten zu gehen – das ist die sichere Wahl.« Sie stellte sich auf Zehenspitzen und küsste ihn zart auf die Wange. »Pass auf dich auf, Philippe. Wenn du je ein Konzert in New York gibst, sag mir Bescheid.«

Sie nahm sich ein Taxi zurück zu ihrer Wohnung und wählte auf dem Weg Davids Nummer.

Sein Handy mochte ausgeschaltet sein, doch sie wusste, wo er wohnte.

Nach mehrmaligem Klingeln meldete er sich, er klang schläfrig und desorientiert.

»David, ich bin es.« Als sie vor dem Buchladen hielten, bezahlte Grace den Taxifahrer und stolperte aus dem Wagen. »Sophie steckt in Schwierigkeiten. Du musst kommen.«

Er reagierte genauso, wie sie es vorhergesehen hatte. Er war ruhig, stark und unterstützte sie. Er stellte keine unnützen Fragen. Verfiel nicht in Panik und verschwendete keine Zeit.

Stattdessen sagte er die Worte, auf die sie gehofft hatte: »Ich bin gleich da.«

AUDREY

Audrey stopfte ihre Sachen in den Rucksack. Musste sie alles mitnehmen? Ja, das musste sie vermutlich. Paris, Etienne, ihr Apartment, der Buchladen – es erschien ihr bereits alles wie ein Traum, dabei war sie noch gar nicht fort.

Sie war so glücklich gewesen.

Wie hatte sich ihr Leben so rasch in einen Misthaufen verwandeln können?

Sie wollte Etienne anrufen und ihm davon erzählen, doch sie wollte nicht egoistisch sein. Er hatte seine eigenen Familienprobleme. Aus diesem Grund war er nach Südfrankreich geflogen. Da musste er sich nicht auch noch mit ihren Problemen herumschlagen.

Sobald sie gepackt hatte, würde sie mit Grace sprechen.

Grace würde es verstehen. Sie hatte bestimmt einen guten Rat.

In der Zwischenzeit rief sie Elodie an. Zwar gab es keine Möglichkeit, sie zum Bleiben zu bewegen, doch sie wollte nicht unprofessionell sein. Elodie hatte ihr eine zweite Chance gegeben, also musste Audrey ihr sagen, dass sie ging und warum.

Sie hatte sich auf ein schwieriges Gespräch eingestellt, doch Elodie war warmherzig und fürsorglich, wodurch sich Audrey noch schlechter fühlte.

Als sie alles in ihrem Rucksack verstaut hatte, sah sie sich ein letztes Mal in dem kleinen Apartment um.

Sie holte ihr Handy heraus und machte ein paar Fotos. An schlechten Tagen konnten die Fotos ihr vielleicht Hoffnung schenken, dass sie eines Tages ihre eigene Wohnung haben würde.

Mit einem Schniefen schloss sie die Tür ab und ging zum letzten Mal die Stufen zum Buchladen hinunter.

Sie würde sofort zum Hauptbahnhof gehen und den ersten Zug nach London nehmen. Hoffentlich hatte sie genug Geld für ein Ticket.

Als sie in den Laden kam, stand David da und hielt Grace im Arm. Das hatte Audrey als Allerletztes erwartet.

Sie erstarrte. Schlechtes Timing.

Dann bemerkte sie, dass er sie nicht küsste. Es sah nicht leidenschaftlich oder so etwas aus.

Es wirkte, als würde er sie trösten.

Grace hatte ihren Kopf an seine Schulter gelegt, und er hielt sie umfangen und sprach mit leiser, beruhigender Stimme.

»Es wird alles gut, Liebes. Der Flug dauert zwei Stunden. Mittags sind wir da.«

Audrey stellte den Rucksack hinter den Tresen. »Wohin? Was ist los?«

Grace drehte sich um, und Audrey sah, dass ihre Augen ganz rot waren. »Ach Audrey, ich bin so froh, dass du hier bist. Sophie, unsere Tochter, hat angerufen. Die Freundin, mit der sie reist, ist im Krankenhaus in Rom. Wir fliegen direkt dorthin. Ich weiß nicht, wie lange ich fort sein werde, doch hoffentlich komme ich morgen zurück. Es tut mir leid, dich mit dem Buchladen zurückzulassen. Kommst du zurecht?«

Audrey spürte einen großen Knoten in ihrer Brust. Sie hielt die Worte zurück, die sie sagen wollte. »Sicher. Ich komme klar.«

Sophie war Grace' Tochter. Sie stand an erster Stelle, und das zu Recht. Grace war genauso, wie eine Mutter sein sollte.

Sie registrierte, wie Grace sich an David lehnte, die Unterstützung annahm, die er ihr bot, und fühlte sich plötzlich allein.

Sie wünschte, jemand würde sie so umarmen und festhalten. Sie wünschte, jemand würde ihr sagen, dass alles gut werden würde.

Grace musterte sie. »Stimmt etwas nicht?«

»Nein. Nichts.« Sie hatte schon eine Million Mal gelogen, wie es ihr ging. Warum schien es diesmal so schwer zu sein? »Kann ich irgendetwas tun? Was ist mit Sophie passiert?«

Sie hörte aufmerksam zu, als Grace Einzelheiten berichtete.

Die Geschichte war nicht ungewöhnlich, doch Grace war offenbar am Boden zerstört, und David wirkte überrascht, dass sie so offen gegenüber Audrey war.

»Sie kommt in Ordnung.« Audrey konzentrierte sich auf Grace. »Sie wurde also gedrängt, Drogen zu probieren. Das passiert.«

»Ich dachte immer, sie würde Nein sagen. Sie kennt die Gefahren.«

»Unterschätze niemals den Druck unter Gleichaltrigen.« Audrey dachte an all die Male, die sie so getan hatte, als trinke sie Alkohol, und an das eine Mal, das sie tatsächlich welchen getrunken hatte. Sie hatte Mitleid mit Sophie.

David hatte noch immer den Arm um Grace gelegt. »Audrey hat recht. Das kommt alles wieder in Ordnung, Grace, ich verspreche es. Wir kommen damit klar. Und vielleicht bedeutet das, dass sie sich nicht so leicht unter Druck setzen lässt, wenn sie auf dem College ist.«

Er verströmte eine Ruhe, die ansteckend war. Auch wenn David sich wie ein Arsch benommen hatte, begriff Audrey, warum Grace ihn liebte.

Er hatte gütige Augen und kräftige Schultern.

Sie konnte sich nicht vorstellen, dass ihn irgendetwas aus der Fassung brachte.

Sie zuckte mit den Schultern. »Schlechte Entscheidungen gehören zum Leben, oder? Das heißt nicht, dass die nächste Entscheidung nicht eine gute sein kann.«

Grace schniefte. »Du hast recht. Ich sehe dich morgen.« Sie machte sich von David los und umarmte Audrey.

Audrey hielt sie fest umschlungen. Sie wollte sie nicht loslassen.

Vermutlich sahen sie sich gerade zum letzten Mal. Sie hatte Grace' Adresse nicht, und sie hatte auch kein Geld, um in die USA zu reisen. Es fühlte sich an, als ob ihr ein Teil ihrer selbst entrissen wurde.

Sie dachte daran, wie Grace für sie eingetreten war und ihren Job gerettet hatte. Wie Grace ihr Französisch beigebracht hatte. Wie Grace sie gerettet hatte, als sie betrunken gewesen war. Wie Grace ihr zugehört hatte, als sie zum ersten Mal in ihrem Leben über ihre Mutter gesprochen hatte.

Sie machte sich los und versuchte nicht zu weinen. »Pass auf dich auf.«

Sie wollte ihr sagen, was für eine Wirkung sie auf ihr Leben gehabt hatte, dass sie das Gefühl hatte, dass Grace sie gerettet habe, doch sie konnte nichts davon sagen, ohne preiszugeben, dass etwas nicht in Ordnung war. Also sagte sie nichts, und innerhalb von Minuten waren Grace und David gegangen.

Sie zuckte zusammen, als sich die Tür hinter ihnen schloss.

Der Atem entwich ihren Lungen mit einem Seufzen.

Das war es also.

Audrey sah ihnen einen Moment hinterher, nahm dann ihren Rucksack und machte sich auf den Weg zum Gare du Nord, um den Eurostar zu nehmen. Es war schwer sich vorzustellen, dass sie in ein paar Stunden wieder in London sein würde. Ihr altes Leben hatte sich eine Million Jahre entfernt angefühlt, doch nun kam es wieder näher.

Sie rief erneut Ron an, erreichte aber nur die Mailbox.

Sie hatte keine Ahnung, wie es ihrer Mutter ging.

Am Bahnhof kaufte sie ein Ticket und setzte sich, um auf den nächsten Zug zu warten. Etienne rief zweimal an, doch sie ging nicht ran. Sie wollte ihn nicht mit noch mehr Müll belasten, und sie traute sich selbst nicht zu, dass sie ein überzeugendes »Es geht mir gut« herausbringen würde.

Sie war mit dieser Sache allein.

Sie blinzelte. Sie war schon ihr ganzes Leben mit Sachen allein gewesen, warum also fühlte sich das plötzlich anders an?

Sie drehte den Ring an ihrem Finger hin und her und dachte an Grace.

Sie dachte an die Gespräche, die sie gehabt, die langen Stunden, die sie im Buchladen verbracht hatten. Die Erinnerung daran, wie Grace ihr pantomimisch französische Wörter erklärte, hätte sie zum Lachen bringen sollen, doch stattdessen hätte sie am liebsten geweint.

Noch nie in ihrem Leben hatte sie sich einsamer gefühlt.

Freunde zu haben und sie zu verlieren war schlimmer, als sie gar nicht erst gehabt zu haben. Dennoch wünschte sie sich nichts anderes. Diese letzten Wochen mit Grace und Etienne waren die glücklichsten ihres Lebens gewesen.

Sie hatte jemanden gehabt, mit dem sie ihre Gedanken und Probleme teilen konnte, und das hatte alles irgendwie leichter gemacht.

Sie hatte Freunde gehabt, denen sie vertraute. Freunde, die die Wahrheit kannten.

Sie hätte mehr Fotos machen sollen, damit ihr immer die Erinnerung blieb.

Mist. Sie rieb sich mit den Fingern über die Stirn und erwiderte den Blick eines Mannes, der sie besorgt ansah.

Sie war eine Kämpferin. Sie würde das durchstehen. Dann war es eben härter als gewöhnlich. Na und?

Sie war *tough*. *Mich kriegt nichts klein.*

Um sich abzulenken, setzte sie die Kopfhörer auf und hörte ein Hörbuch. Doch das ließ sie an Grace und Etienne denken, weshalb sie die Kopfhörer abnahm und ins Leere starrte.

Schließlich stiegen alle in den Zug, und sie drängte sich durch die Menge zu ihrem Fensterplatz und sackte dort zusammen.

Zwei Minuten bevor sich die Zugtüren schlossen, setzte sich jemand neben sie. Audrey hielt ihr Gesicht abgewandt. Höfliche Konversation mit jemand Fremdem war das Letzte, was sie jetzt wollte.

»Wir machen das nicht, oder?« Die Frau ergriff das Wort, und Audrey wirbelte herum, und da saß Grace.

»Wovon redest du? Was machst du hier?«

»Wir sagen nicht, mir geht's gut, wenn es uns nicht gut geht. Nicht zueinander. Wir sind richtige Freundinnen. Die Art

Freundin, bei der man nicht sagen muss, dass es einem gut geht, wenn es einem nicht gut geht. Was ist los, Audrey? Warum bist du in diesem Zug?«

Audrey war überwältigt von Gefühlen und auch von Angst.

»Scheiße, Grace, der Zug fährt in ungefähr zehn Sekunden los! Du musst schnell aussteigen, oder du landest als Nächstes in London, dabei solltest du doch in Rom bei Sophie sein.«

»Du hättest sagen können: Grace, der Zug fährt in zehn Sekunden los. Das Fluchen bietet keinen Mehrwert für den Satz.«

Audrey spürte Frustration aufsteigen. »Kapierst du es nicht? Du wirst hier gefangen sein.«

»Habe ich dir eigentlich das französische Wort für ›Zug‹ beigebracht? Ich hoffe, du hast das Ticket auf Französisch gekauft.«

Die Türen schlossen sich, und Audrey ließ sich gegen die Lehne sinken.

»Also jetzt bist du verloren. Du gehst auf die Reise nach London, wo es übrigens regnet. Woher wusstest du überhaupt, dass ich hier bin?«

»Ich wusste, dass etwas nicht stimmte. Aber ich war so mit meinen eigenen Problemen beschäftigt, dass ich ein paar Minuten brauchte, um es herauszubekommen. Ich war auf halbem Weg zum Flughafen, als ich daran dachte, Elodie anzurufen, und sie erzählte mir, dass du sie angerufen und erklärt hättest, dass du wegen eines familiären Notfalls nach Hause musst. Sie hat sich Sorgen gemacht um dich. Was ist das für ein Notfall, Liebes?« Ihre Stimme war sanft. »Ist etwas mit deiner Mom passiert?«

Tränen stiegen in Audreys Augen. Sie versuchte sie zurückzuhalten, doch dann erinnerte sie sich daran, dass dies ja Grace war, vor der sie sich nicht verstellen musste.

»Ron hat mich mitten in der Nacht angerufen.« Ron, der mit dieser unglaublich freundlichen Stimme gesprochen hatte, die er nur benutzte, wenn er schlechte Nachrichten überbrachte.

»Meine Mum ist im Krankenhaus. Sie wurde von einem Auto angefahren. Sie wird operiert.«

»Ach Audrey ...« Grace nahm ihre Hand. »Du armes Ding. Du musst so besorgt sein.«

»Was, wenn sie stirbt?« Dann erinnerte sie sich, dass Grace' Eltern gestorben waren, und fühlte sich furchtbar. »Es tut mir leid. Das war so taktlos.«

»Du musst dich nicht entschuldigen. Du sollst nicht darauf aufpassen, was du sagst. Erinnere dich, ich weiß genau, was du durchmachst.«

»Ich habe das Gefühl, so eine schreckliche Tochter zu sein.«

»Nein!« Grace nahm ihre Hand in ihre. »Du bist eine wunderbare Tochter. Du bist fürsorglich, liebevoll und stark.«

»Aber ich bin so genervt von ihr.«

»Natürlich bist du das! Das macht dich nicht zu einer schlechten Tochter, Liebes. Du bist genervt, weil du sie liebst und du es hasst, zusehen zu müssen, wie sie sich das antut. Das versteht sie alles, da bin ich sicher.«

Grace schaffte es immer, dass sie sich besser fühlte.

»Ich kann kaum glauben, dass du hier bei mir bist.«

»Das machen Freundinnen so.«

»Was?« Audrey putzte sich die Nase. »Opfer bringen?«

»Sie sind in schwierigen Zeiten da.«

»David muss wütend sein, dass du die Sache mit Sophie ihm überlassen hast.«

»Er wird nicht wütend. Er ist ein sehr ausgeglichener Mensch. Er hat Verständnis dafür, dass jemand, den man liebt, Vorrang hat. Er hat das für mich öfter getan, als ich zählen kann.«

»Ja. Ich war bereit, ihn zu hassen für das, was er dir angetan hat, aber es ist nicht leicht, ihn zu hassen. Du liebst ihn immer noch, oder?«

»Unglücklicherweise ja. Liebe ist nichts, was man einfach so an- oder abschalten kann.«

»Ich weiß.« Audrey dachte an ihre Mum. »Was, wenn sie stirbt und nicht erfährt, dass ich sie wirklich liebe? Ich bin manchmal so wütend auf sie. Einmal habe ich ihr gesagt, dass ich sie hasse.« Tränen rannen ihre Wangen hinab. »Aber das stimmte nicht. Es stimmte nicht.«

»Ach Audrey.« Grace legte den Arm um sie und zog sie an sich. »Zunächst mal kann ich dir sagen, dass deine Mutter genau weiß, dass du sie liebst.«

»Das weißt du nicht. Ich weiß nicht mal, ob ich das je laut gesagt habe.«

»Liebe ist nicht das, was du laut sagst. Liebe ist, was du tust. Du warst die ganze Zeit für deine Mom da. Du rufst sie an, kümmerst dich um sie und versuchst sie dazu zu bringen, für sich selbst zu sorgen. Deine Gefühle für sie sind nicht zu übersehen.«

Audrey schniefte. »Sind sie das?«

»Ja. Und dass du ihr gesagt hast, dass du sie hasst – das ist eine normale und der Hitze des Gefechts geschuldete Teenagerreaktion.«

»Ich wette, Sophie hat nie zu dir gesagt, dass sie dich hasst.«

»Tatsächlich hat sie das. Sie hatte einen Hund mit nach Hause gebracht, den sie für einen Straßenhund hielt, doch es stellte sich heraus, dass er jemandem gehörte. Als ich dafür gesorgt habe, dass sie ihn zurückgibt, war sie am Boden zerstört. Zwei ganze Tage hat sie nicht mit mir gesprochen.«

»Du erinnerst dich daran, also muss es deine Gefühle verletzt haben.«

»Das hat es, aber es ließ mich nie an ihrer Liebe zweifeln. Sie hat mir damit gezeigt, dass sie unglücklich war, das war alles.« Grace umarmte sie. »Und du hättest mir sagen sollen, dass du unglücklich bist. Du hättest mich direkt anrufen sollen.«

»Ehrlich gesagt, stand ich ziemlich neben mir. Ich habe meine Sachen gepackt und gedacht, ich sollte mit dir sprechen, bevor ich abreise, doch dann stellte sich heraus, dass du auch einen Notfall hast. Sophie braucht dich, und sie sollte deine Priorität sein. Ich weiß nicht, warum du hier bist.«

»Ich bin hier, weil ich deine Freundin bin«, sagte Grace. »Und als Elodie mir sagte, dass es einen familiären Notfall bei dir gegeben hat, dachte ich, dass du eine Freundin gebrauchten könntest. David kann sich um Sophie kümmern.«

Audrey lächelte unsicher. »Du delegierst das?«

»Ich nenne es lieber teilen. Das tut man, wenn man ein Paar ist.«

Audrey rutschte auf ihrem Sitz herum, um Grace direkt ansehen zu können. »Seid ihr ein Paar?«

Grace seufzte und nahm die Hand von Audreys Schulter. »In dem Sinn, den du meinst? Ich weiß es nicht. Aber wir haben zusammen eine Tochter, sodass wir immer etwas teilen, egal was passiert. David ist zu Sophie geflogen, und wir hatten einen weiteren Anruf, dass ihre Freundin Chrissie sich erholt. Ich habe mit Monica gesprochen, Chrissies Mutter, und sie fliegt ebenfalls dorthin. David nimmt Sophie dann mit zurück nach Paris. Ich treffe sie in ein paar Tagen, wann auch immer wir entscheiden, zurückzufahren.«

»Ich glaube nicht, dass ich zurückfahre.«

»Lass uns abwarten, was passiert. Elodie kümmert sich ein paar Tage um den Buchladen, und sie hält uns beide Apartments frei. Wir können entscheiden, wenn wir mehr wissen. Das ist dein Handy, das klingelt. Willst du nicht rangehen?«

»Ich kann nicht. Es ist Etienne. Er ist für ein paar Tage zu seiner Familie gefahren. Ich möchte ihn nicht anlügen, deshalb ignoriere ich seine Anrufe.«

»Es gibt eine Alternative«, sagte Grace. »Dass du seinen Anruf entgegennimmst und ihm die Wahrheit sagst.«

»Ich werde drüber nachdenken.«

»Ich habe dich auch angerufen, aber es meldete sich nur die Mailbox.«

»Vermutlich hatte ich gerade versucht, Ron anzurufen.«

»Also, was weißt du? Gibt es schon Einzelheiten?«

»Nicht viel. Ich meine, ich weiß, in welchem Krankenhaus sie ist, aber nicht viel mehr.« Sie spürte, wie der Druck auf ihre

Brust stärker wurde. »Vermutlich ist sie gefallen, weil sie betrunken war. Du verstehst das, oder? Das wird nicht nett.«

»Das Leben ist nicht immer nett, aber Freundschaft hilft uns durch die hässlichen Zeiten. Ich werde für dich da sein. Und wenn du nicht möchtest, dass ich zu deiner Mutter mitkomme, weil sie mich nicht kennt, warte ich im Flur, und du kannst rauskommen und mit mir reden, wann du es möchtest.«

Die Tatsache, dass Grace bereit war, auf einem kalten, unpersönlichen Krankenhausflur zu warten, gab Audrey fast den Rest.

»Ich kann kaum glauben, dass du das tust. Niemand hat mir jemals den Vorrang gegeben.«

»Wir sind Freundinnen. Und als Freundin weise ich dich darauf hin, dass dir ein bisschen Make-up guttun würde, weil sich deine Mom sonst um dich sorgen wird. Du siehst wie eine Statistin in einem Horrorfilm aus.« Grace griff nach ihrer Tasche. »Hast du gegessen, bevor du abgereist bist? Falls nicht, lade ich uns zu einem Besuch im Speisewagen ein.«

Audrey hatte nicht einmal an Essen gedacht. »Ich glaube nicht, dass sie im Speisewagen irgendwas Grünes haben. Außer vielleicht Schimmel auf Brot.«

»Das klingt nicht sehr appetitlich. Vielleicht kaufe ich Schokoladenriegel.«

»Grace Porter, das klingt nicht nach einer guten Wahl.«

»Tut es nicht, aber ich weiß, dass du Schokolade liebst, und wir können nicht immer nur gute Entscheidungen treffen.« Grace drückte ihre Hand. »Bleib hier. Ich bin in ein paar Minuten zurück.«

Audrey sah ihr nach. Sie hatte noch immer Angst um ihre Mum, doch jetzt, mit Grace an ihrer Seite, fühlte sie sich stärker. Sie hatte befürchtet, sie würde vielleicht nicht damit fertigwerden, doch nun war sie wieder zuversichtlich.

Der Zug kam in London an, und sie war froh, Grace dabeizuhaben, weil diese das Kommando übernahm. Obwohl es regnete, gelang es ihr irgendwie, ein Taxi zu besorgen. Audrey schrieb Ron eine Nachricht, dass sie fast da wären, und als sie am Krankenhaus eintrafen, wartete er am Eingang auf sie, wo er immer wieder dem Strom der Menschen ausweichen musste.

Er umarmte Audrey ungeschickt und schüttelte Grace die Hand, nachdem Audrey sie einander vorgestellt hatte.

»Danke, dass Sie mit ihr gekommen sind, Grace. Sehr anständig von Ihnen. Ich hatte nicht erwartet, dass du so schnell hier sein würdest, Audrey.«

»Ich habe den ersten Zug genommen.« Audrey nahm den Rucksack auf die Schultern. »Wie geht es ihr?«

»Sie ist aus dem OP raus. Die Operation verlief gut, auch wenn sie eine Weile außer Gefecht sein wird, denn sie hat sich ein Bein und einen Arm gebrochen.« Ron kratzte sich am Kopf. »Sie schlief gerade, aber ich weiß, dass sie sich freut, dich zu sehen. Ich dachte, du würdest vielleicht zuerst einen Kaffee trinken wollen. Dann können wir ein bisschen reden.«

Ein bisschen reden?

Er würde ihr sagen, dass er ging.

Audreys Puls schoss in die Höhe. Ihr Herz machte einen Satz, und sie konnte kaum atmen.

»Okay. Kaffee. Was auch immer.« Sie griff nach Grace' Hand, als sie in das kleine Café im Erdgeschoss des Krankenhauses gingen.

Ron fand einen Tisch und ging dann los, um Getränke zu holen.

Audrey fühlte sich noch beklommener als vor den Examensergebnissen. »Das ist es also. Er wird mir sagen, dass er geht.«

Grace runzelte die Stirn. »Das glaube ich nicht, Liebes.«

»Warum hat er mich dann hierhergebracht?«

»Ich schätze, dass er dir mehr über deine Mom erzählen will, bevor du sie siehst.«

Sie hatte keine Zeit, etwas zu erwidern, weil Ron mit einem Tablett zurückkehrte, auf dem er drei Kaffee und zwei eingewickelte Brownies heranbrachte.

Der Kaffee war trübe und sah so aus, als würde man so etwas nur trinken, wenn man verzweifelt war.

»Okay, also ich dachte, ich könnte dir ein paar Dinge sagen, damit wir nicht vor deiner Mum darüber sprechen müssen.« Er riss drei Tütchen Zucker auf und schüttete sie in seinen Kaffee. »Keine Ermahnungen. Ich kriege das Zeug nur auf diese Weise runter. Ach, und ich habe dir das hier mitgebracht, weil ich weiß, dass du sie magst.« Er steckte die Hand in die Tasche und holte zwei ihrer Lieblingsschokoriegel heraus.

Audrey war gerührt. Sie wollte seine Gefühle nicht verletzen, indem sie sagte, dass sie bereits voll mit Schokolade war. Also aß sie einen und dachte, dass wohl nur eine Überdosis sie von ihrer Schokoladensucht heilen konnte.

Ihre Hände unter dem Tisch zitterten. »Du gehst, stimmt's?«

Ron blinzelte. »Nein, auch wenn ich seit Mitternacht hier bin und vermutlich eine Dusche vertragen könnte, aber das kann warten.«

»Ich meine, du verlässt meine Mum.« Audrey schnürte es die Kehle zu, und sie verspürte plötzlich Angst. Vor Paris hatte sie nie geweint. Nie. Jetzt schien sie sich in eine Wasserfontäne verwandelt zu haben.

Ron sah verwirrt aus. »Warum sollte ich sie verlassen? Ich habe sie gerade erst geheiratet.«

Audrey dachte an Grace und David. »Heiraten bedeutet nichts.«

»Doch, das tut es. Es bedeutet, dass ich mit ihr zusammen sein möchte. Ich habe sie nicht aus einer Laune heraus geheiratet, Aud.« Ron rührte seinen Kaffee um, nahm einen Schluck und verzog das Gesicht. »Scheiße, ist der schlecht.« Er blickte zu Grace. »Entschuldigen Sie die Wortwahl.«

Grace lächelte. »Kein Problem.«

Audrey hätte mit offenem Mund gestaunt, wären ihre Kiefer nicht durch Schokolade zusammengeklebt. Warum durfte Ron fluchen, wo sie zurechtgewiesen wurde? Grace mochte ihn offenbar genug, um ihm das durchgehen zu lassen.

Sie schluckte den Rest der Schokolade hinunter. »Was ist mit Mum passiert?«

»Ich weiß es nicht genau. Sie hat bei der Arbeit noch was getrunken. Wie du weißt, tut sie das manchmal.« Sein Blick wanderte zu Grace, und Audrey schüttelte den Kopf.

»Grace ist meine Freundin. Sie weiß alles.«

»Gut.« Ron nickte Grace kurz zu. »Nun, wie ich schon sagte, sie blieb noch auf ein paar Drinks. Dann bekam ich einen Anruf von der Polizei. Das muss gegen Mitternacht gewesen sein. Ich hatte versucht, sie zu erreichen, und machte mir Sorgen. Sie sagten mir, dass sie von einem Auto angefahren wurde und im Krankenhaus ist.«

»War der Fahrer betrunken?« War es verrückt, dass sie das fast schon hoffte?

»Nein, Liebling.« Rons Stimme war sanft. »Es war deine Mum, die betrunken war. Der Fahrer stand unter Schock. Er sagte, dass sie ohne jede Vorwarnung vor sein Auto gelaufen sei. Er hatte nicht einmal die Zeit, auszuweichen.«

Audrey konnte es sich ausmalen, und das Bild war schockierend.

»Sie hätte getötet werden können.«

»Ja.« Ron nahm noch einen Schluck Kaffee. »Deswegen müssen wir darüber sprechen, wie es weitergeht.«

»A… aber du gehst nicht? Ich dachte, wenn du das weißt … Ich meine, sie trinkt zu viel …« Audrey brachte die Worte kaum heraus, und Ron tätschelte ungeschickt ihre Hand.

»Ich weiß, wie sie ist, Audie. Ich weiß, dass sie trinkt. Das habe ich immer gewusst. Ich liebe sie trotzdem. Ich hatte selbst ein paar Probleme in der Richtung. Ich bin seit zehn Jahren nüchtern. Gehe immer noch zu Treffen.«

Der Lärm um sie herum verblasste. Sie vergaß Grace, die neben ihr saß. Sie vergaß alles.

»Ron?«

Audrey starrte ihn an. »Das wusste ich nicht.«

»Als ich sie zum ersten Mal traf, hat sie die ganze Zeit nur von dir gesprochen.« Ron schob ihr einen der Brownies zu. »Sie liebt dich über alles, aber ich schätze, das weißt du.«

Das hatte sie nicht gewusst. Nicht wirklich.

Audrey ignorierte den Brownie. Wenn sie noch mehr Zucker aß, würde sie selbst im Krankenhaus landen. »Ich … ich liebe sie auch.«

»Das habe ich ihr gesagt, aber wenn man trinkt, kann einem das Gehirn Streiche spielen.«

Audrey konnte es immer noch nicht glauben. »Nach zehn Jahren gehst du immer noch zu Treffen?«

»Ja. Und deine Mum hat immer verspochen, mit mir zu einem Treffen zu gehen.«

»Das hat sie?« Hoffnung stieg in ihr auf. »Ich hoffe, das passiert eines Tages.«

»Ich habe ein schlechtes Gewissen, dass du zurückgekommen bist. Vielleicht hätte ich dich nicht anrufen sollen. Habe ich das Falsche getan?« Er trank seinen Kaffee aus und zerknüllte den Becher in der Hand. »Ich hatte nie eine Tochter. Nicht dass ich so tun will, als wäre ich dein Dad oder so. Deshalb dachte ich, es stünde mir nicht zu, es von dir fernzuhalten, und habe angerufen.«

»Ich bin froh, dass du mir Bescheid gesagt hast.« Audrey schob ihren Kaffee beiseite. Er schmeckte wie Gift, vor allem nach Grace' Kaffee. Rons Magen musste mit Blei oder etwas Ähnlichem ausgeschlagen sein. »Und ich bin froh, dass du mir alles erzählt hast. Sollen wir los und nach ihr sehen?«

»Wenn du bereit bist.« Ron stand auf. »Nur um dich vorzuwarnen, sie sieht nicht allzu gut aus. Sie hat ein paar Beulen abbekommen. Ich möchte nicht, dass du erschrickst.«

Audrey nahm sich vor, nur innerlich zu erschrecken. »Ist schon okay.«

Ron drückte ihren Arm. »Das ist mein Mädchen. Ich weiß, dass es im Moment vielleicht nicht so aussieht, aber alles wird gut. Wir kriegen das schon hin. Du weißt, was ich immer sage …«

»Solange es niemanden umbringt, wird alles gut.«

»Genau. Wenn jeder noch lebt, gibt es Dinge, die wir tun können.«

Audrey lachte auf. Diese Antwort war so typisch für Ron. Er war so entspannt, dass ihn praktisch nichts aus der Ruhe brachte. Er war perfekt für ihre Mutter. Warum hatte sie das nicht früher erkannt?

Sie nahmen den Aufzug zur Station, und Grace unterhielt sich mit Ron. Brauchte er frische Kleidung? Sollte sie ihm etwas besorgen? Gab es irgendwas, was sie erledigen konnte, während er und Audrey Linda besuchten?

»Ich mag deine Freundin«, sagte Ron, als Grace verschwand, um David anzurufen.

Audrey nickte. »Sie ist der netteste Mensch, der mir je begegnet ist.« Ihr kam in den Sinn, dass er erschöpft sein musste. »Wenn du die ganze Nacht hier warst, solltest du dir eine Pause gönnen. Geh nach Hause und schlaf.«

»Es ist später noch genug Zeit zum Schlafen.« Ron hielt vor dem Eingang zur Station. »Ich bleibe da, wenn es dir recht ist. Wir sind jetzt eine Familie, richtig?«

»Ja. Ja, das sind wir.« Audrey wurde es eng in der Brust. Familie. Es war überraschend, wie gut dieses Wort klang. Wie gut es sich anfühlte.

Eine Krankenschwester zeigte ihnen das Zimmer, in dem Linda lag, und Audrey war dankbar für Rons Vorwarnung, denn die Gesichtsverletzungen ihrer Mutter sahen schlimm aus.

»Hallo Mum.«

Sie beugte sich hinunter, um sie zu küssen. Als ihre Mutter anfing zu weinen, verknotete sich etwas in Audreys Bauch. Zuerst fühlte es sich an wie immer, doch dann wurde deutlich, dass es dieses Mal anders war. Dies war kein betrunkener Heulanfall, dies waren echte Tränen des Bedauerns und der Hoffnungslosigkeit. Und auch wenn es Audrey das Herz brach, ihre Mutter weinen zu sehen, hatte sie nicht länger das furchtbare Gefühl, dass das Ganze irgendwie ihre Schuld war. Das gehörte zu den vielen Dingen, die Grace ihr beigebracht hatte. Sie war keine schlechte Tochter. Sie hatte keinen Anteil an dem Ganzen. Der einzige Mensch, der für die Probleme ihrer Mutter verantwortlich war, war ihre Mutter selbst.

»Weine nicht, Mum.« Audrey umarmte sie sanft. »Weine nicht.«

»Ich schäme mich so.« Linda klammerte sich an sie. »Ich wollte mir nur einen Drink genehmigen, aber dann wurden es zwei und dann drei.«

»Es ist in Ordnung, Mum. Du musst es nicht erklären.« Audrey machte sich los und setzte sich aufs Bett. »Ich bin nur froh, dass du versuchen willst, etwas dagegen zu tun.«

Linda sah sie erschrocken an und wandte sich dann an Ron. »Du hast es ihr gesagt?«

»Ja, ich habe es ihr gesagt. Sie muss wissen, was wir tun. Wir sollten keine Geheimnisse haben.«

»Aber was, wenn ich es nicht schaffe?« Linda schluchzte erstickt auf, und Audrey nahm ihre Hand.

»Es geht nicht um alles oder nichts. Du musst es nur weiter versuchen. So wie ich mit diesen dämlichen Prüfungen. Es ist kein Scheitern, solange du nicht aufhörst, es zu versuchen. Gib nicht auf.«

»Ich war so eine schlechte Mutter. Es tut mir aufrichtig leid, Audie.« Sie hatte das Gleiche schon zuvor gesagt, doch nur wenn sie betrunken und aufgewühlt war. Zum ersten Mal hörte Audrey nun aufrichtiges Bedauern in ihrer Stimme.

»Du bist keine schlechte Mutter. Du bist krank, das ist alles.«

»Du hast dich so oft um mich gekümmert, wenn ich diejenige hätte sein sollen, die sich um dich kümmert. Ich fühle mich so schuldig deswegen. Ich kann die Vergangenheit nicht ändern, aber die Zukunft. Ich werde es besser machen.« Ihre Mutter nahm ein Taschentuch von Ron und putzte sich die Nase. »Ich werde es wiedergutmachen. Ich werde eine Mutter für dich sein und keine Last. Ich möchte, dass du stolz auf mich bist.«

»Ich bin stolz. Ich bin stolz, dass du versuchst aufzuhören.«
Und erleichtert. So erleichtert, dass ihre Mutter endlich zugab,
ein Problem zu haben.

»Wenn du hier raus bist und dich erholt hast, werden wir ein
Programm suchen«, sagte Ron.

»Ich habe schon mit den Ärzten hier gesprochen.« Linda sah
dünn und blass aus. »Es tut mir leid, dass du meinetwegen aus
Paris zurückgekommen bist, Audie. Das hättest du nicht tun
müssen.«

»Natürlich musste ich. Du bist meine Familie.« Audrey
schluckte. »Was ist mit deinem Job?«

»Meine Chefs unterstützen mich sehr. Es wird ein Job auf
mich warten, wenn ich wieder auf den Beinen bin. Und die
Ärzte sagen, dass ich vermutlich morgen oder übermorgen
nach Hause kann. Ich muss natürlich noch mal zurück in die
Klinik, aber das ist nicht so schlimm, wie im Krankenhausbett
zu liegen. Und damit genug von mir. Erzähl uns von Paris. Ich
möchte alles wissen.«

Zum ersten Mal zeigte ihre Mutter Interesse daran, wie sie
den Sommer verbracht hatte.

Audrey erzählte vom Buchladen und ihrem Apartment mit
dem Blick über die Dächer. Sie erzählte ihnen von Etienne und
auch von Grace. Ihre Mutter stellte Fragen und lachte sogar bei
den kleinen Geschichten. Zum ersten Mal spürte Audrey eine
Verbindung zwischen ihnen.

Je länger sie erzählte, desto klarer wurde ihr, wie sehr sie Paris vermisste. Sie vermisste die Stadt und die Menschen. Sie vermisste sogar den Geruch der staubigen Bücher. Vor allem aber
vermisste sie Etienne.

Sie fragte sich, wie er mit seiner Mutter und seinen Schwestern vorankam. Sie wollte ihn anrufen und ihm alles erzählen,
was passiert war.

Familie konnte einen wahnsinnig machen, aber zugleich war
sie das Allerbeste.

Als Grace in den Raum kam, stellten Audrey und Ron sie

vor. Grace verhielt sich äußerst verständnisvoll gegenüber Linda und sagte genau die richtigen Dinge.

Audrey fragte sich, ob es Grace schwerfiel zu sehen, dass Linda nach einer zweiten Chance griff, während es für ihre Mutter eine solche nicht gegeben hatte.

Als sie gingen, um Linda schlafen zu lassen, ermunterte Grace sie, Meena anzurufen.

Audrey tat es, und eine Stunde später kam ihre Freundin zum Krankenhaus, mit Essen, das ihr ihre Mutter mitgegeben hatte, und Hilfsangeboten von der ganzen Familie.

Zuerst war es Audrey peinlich, doch dann umarmte Meena sie, und sie spürte nur noch Erleichterung.

»Also weißt du es jetzt«, krächzte sie. »Willkommen in meiner echten Welt. Wohl ein kleiner Schock.«

»Nicht wirklich.« Meena drückte sie fest. »Ich wusste immer, dass etwas nicht stimmt.«

»Echt?« Audrey machte sich los und hatte einen dicken Kloß im Hals. »Warum hast du nichts gesagt?«

»Wenn du darüber hättest sprechen wollen, hättest du was gesagt. Ich wollte dich nicht drängen. Ich habe viel darüber nachgedacht, wie ich dir signalisieren kann, dass ich für dich da bin, wenn du mich brauchst, aber ich fand keinen Weg, der dich nicht abgeschreckt hätte.«

Sie hatte sich so allein gefühlt, doch wie es schien, war sie nicht so allein gewesen, wie sie gedacht hatte.

Ein Teil von ihr wünschte, sie hätte sich Meena früher anvertraut, doch sie wusste, dass sie es nun nur dank Grace tat. Wenn sie sich nicht kennengelernt und angefreundet hätten, würde sie vermutlich noch immer alles für sich behalten.

Grace hatte sich ein Hotelzimmer buchen wollen, doch schließlich bestand Meenas Mutter darauf, dass sie bei ihnen übernachtete, und Meenas Dad holte sie alle vom Krankenhaus ab.

Die Nachricht, dass Grace Französisch sprach, verbreitete sich, und zwei von Meenas Cousinen kamen zum Abendessen, damit Grace ihre Hausaufgaben überprüfen und ihnen mit ihrem Französisch helfen konnte.

Meena war das peinlich, doch Grace schien entzückt, dass sie sich nützlich machen konnte.

»Bring ihnen nicht das Wort für ›Kondom‹ bei«, murmelte Audrey Grace zu, als sie den Tisch für ein wahres Bankett deckten. Meenas Mutter servierte immer für Massen.

Statt nach Hause zu gehen, schlief sie bei Meena im Zimmer, und sie redeten bis in die Nacht hinein.

Audrey stellte fest, dass Vertrauen und Nähe dieses schreckliche Gefühl von Einsamkeit vertrieben, mit dem sie schon so lange lebte.

Am nächsten Tag wurde Linda nach Hause entlassen.

Sie war diejenige, die darauf bestand, dass Audrey direkt wieder nach Paris ging.

»Du hast einen Job.«

»Tatsächlich zwei Jobs. Ich arbeite vormittags im Buchladen und nachmittags im Friseursalon.«

»Dann solltest du dort sein.« Linda lag mit einem Becher Tee in der Hand auf dem Sofa. »Du hast eine Verantwortung ihnen gegenüber. Ich werde eine Zeit brauchen, um mich zu erholen, aber das wird schon.«

»Ich sollte hier sein, um mich um dich zu kümmern.«

»Dafür bin ich da.« Ron klopfte ihr auf die Schulter. »Grace hat vor, morgen nach Paris zurückzufahren, weil ihr Mann und ihre Tochter dort sind. Du solltest mit ihr fahren.«

Meenas Mutter hatte ebenfalls versprochen, die Lage im Auge zu behalten, und Meena würde Audrey auf dem Laufenden halten.

»Ich habe dich diesen Sommer vermisst.« Ihre Freundin umarmte sie fest, während sie auf Meenas Dad warteten, der sie zum Bahnhof fahren wollte, wo sie in den Zug zurück nach Paris stiegen. »Komm und bleib bei mir in Oxford.«

»Das werde ich. Und vergiss nicht, die gemeine Meena zu sein.«

Meena kicherte. »Ich arbeite daran, versprochen. Bei der Frau, die sich gestern über mich beklagt hat, habe ich mich nur einmal entschuldigt. Vor ein paar Wochen hätte ich mich mindestens sechsmal entschuldigt.«

Im Zug war Audrey so erschöpft, dass sie die meiste Zeit schlief, mit dem Kopf an Grace' Schulter gelehnt.

Als der Zug anhielt, erwachte sie. »Wo sind wir?«

»Kurz vor Paris. Noch zehn Minuten.«

Audrey gähnte. »Tut mir leid, dass ich geschlafen habe. Ich bin ja eine tolle Gesellschaft.«

»Ich bin froh, dass du geschlafen hast. Du warst erschöpft. Emotional und körperlich. Aber du musst dich jetzt besser fühlen mit dem Ganzen.«

»Das tue ich.« Und wenn wieder alles schiefging, hatte sie jetzt zumindest richtige Unterstützung. Sie hatte Freundinnen, zu denen sie ehrlich sein konnte. Menschen, die ihr helfen würden. Sie stand nicht allein mit allem da. Das fühlte sich am besten an.

Ihr kam der Gedanke, dass Grace ebenfalls erschöpft sein musste, auch wenn sie nichts Dahingehendes gesagt hatte. Sie hatte nur an Audrey gedacht.

»Danke.« Audrey legte ihren Kopf wieder an Grace' Schulter. »Ich hätte diese Reise ohne dich nie überlebt. Dass du dabei warst, hat alles geändert.«

»Nun, ich hätte meine Zeit in Paris nicht ohne dich überlebt. Du bist ein ganz besonderer Mensch.«

Audrey stiegen Tränen in die Augen. »Du sorgst dafür, dass mein Mascara verschmiert.«

»Dann drück dein Gesicht bitte nicht in mein neues weißes T-Shirt.«

Audrey schniefte und hob den Kopf. »Ich werde dich so sehr vermissen, wenn du abreist. Können wir in Verbindung bleiben?«

»Was für eine Frage ist das denn? Natürlich bleiben wir in Verbindung. Du kommst und besuchst mich, und ich komme zurück und besuche dich in Paris oder London oder wo auch immer du bist. Wir können online chatten, und ich kann dir weiter Französisch beibringen.« Grace fasste in ihre Tasche und reichte Audrey ein Taschentuch. »Hier.«

Audrey putzte sich die Nase und tat so, als sei sie genervt. »Französisch? Bekomme ich keine Auszeit für gutes Betragen?«

»Nein.«

»Ich bin froh, dass ich eine Freundin wie dich habe. Es ist nett, jemanden zu haben, der einen mag.«

Der Zug verlangsamte die Fahrt, als er in den Bahnhof einfuhr. Ein paar Leute standen bereits auf und griffen nach ihrem Gepäck.

»Es gibt so viele Menschen, die dich mögen. Eingeschlossen deine Mom. Sie liebt dich wirklich, Audrey.«

»Ich weiß. Ich wusste es vorher nicht, aber jetzt weiß ich es.«

»Und sie ist nicht die Einzige.« Grace stupste sie in die Seite. »Das wäre jetzt ein guter Zeitpunkt, um aus dem Fenster zu sehen.«

Audrey drehte den Kopf und sah, dass Etienne auf dem Bahnsteig stand und mit den Augen den Zug absuchte.

Ihr Herz machte einen Satz, und Freude überkam sie, dicht gefolgt von Schrecken.

»Oh, mein Gott.« Sie sackte im Sitz zusammen. »Was macht er hier?«

»Ich nehme an, er hat sich gelangweilt und dachte, er könnte ein bisschen am Bahnhof abhängen.«

»Haha.« Doch sie brachte kein echtes Lachen hervor. »Ernsthaft? Warum ist er hier? Ich meine, weiß er überhaupt, dass ich in diesem Zug sitze?«

»Er hat mir eine Nachricht geschrieben«, sagte Grace, »und ich habe ihm geantwortet, dass wir diesen Zug nehmen, auch wenn ich zugeben muss, dass ich nicht wusste, dass er dich hier abholen will.«

Audrey starrte sie mit offenem Mund an. »Er hat dir eine Nachricht geschrieben?«

»Ich hätte es dir vermutlich sagen sollen, aber du hattest viel um die Ohren, und er bat mich, es nicht zu tun.« Grace sah sie weiterhin an. »Er ist deinetwegen hier. Freut dich das nicht?«

»Doch! Nein ... ich meine, ich will ihn natürlich sehen. Ich habe ihn furchtbar vermisst, doch das Timing ist schlecht.« Audrey wischte sich die Tränen von den Wangen. »Ich sehe scheiße aus.«

»Sprache.«

»Tut mir leid, aber ›verflixt‹ funktioniert hier nicht. Man kann nicht verflixt aussehen.«

»Du siehst hinreißend aus. Aber wir sollten die verschmierte Mascara entfernen.« Grace öffnete ihre Tasche und zog ihr Schminktäschchen hervor. »Sitz still.«

»Was machst du?«

»Dein Make-up.« Sie rieb rasch mit einem Wattepad unter Audreys Augen die Farbe ab. »So ist es besser. Und jetzt etwas Rouge.«

»Lass mich nicht wie eine Oma aussehen.« Audrey schloss die Augen, als Grace mit einem Pinsel über ihre Wangen fuhr. »Willst du kein Lipgloss auflegen?«

»Nein, Etienne würde es gleich wegküssen. Das wäre Verschwendung.«

Audrey spürte, wie sich freudige Aufregung in ihrem Bauch regte. »Grace, woher weiß man, dass man jemandem liebt? Ich meine, jemanden wirklich liebt und nicht nur nackt mit ihm ins Bett will.«

»Das ist eine schwierige Frage.« Grace verstaute das Schminktäschchen in ihrer Tasche. »Vermutlich ist es für jeden anders, aber ich glaube, wenn dieser Mensch jemand ist, den du mehr magst als jeden anderen, ist das ein verdammt gutes Zeichen. Und wenn einem das Glück des anderen wichtig ist. Das ist auch von Bedeutung. Ich schätze, Etienne ist hier, weil er sich Sorgen um dich gemacht hat und dich mag.«

»Ich denke die ganze Zeit an ihn. Und ich fühle mich wie im Rausch. Als ob ich eine Tonne Diät-Cola getrunken oder sechs Schokoladenriegel gegessen hätte. Es fühlt sich toll an, aber auch ein bisschen beängstigend. Ein bisschen zu gut, um wahr zu sein, weißt du? Es ist so einfach. Wir sprechen die ganze Zeit miteinander und haben Spaß. Ich habe nie erwartet, dass eine Beziehung so einfach sein kann.« Die Erfahrungen ihrer Mutter und auch ihre eigenen hatten in ihr die Überzeugung hinterlassen, dass Beziehungen schwierig und anstrengend waren. »Ich kann bei ihm ich selbst sein.«

»Ja, das ist natürlich das Allerbeste. Jemand anderes zu sein funktioniert auf lange Sicht nicht.«

»Er weiß, dass ich Animations-Filme mag. Er hat sogar einen mit mir zusammen angesehen. Aber lass dir nicht anmerken, dass ich dir das erzählt habe. Ich glaube nicht, dass er sie sonderlich mag, aber er hat es für mich getan.«

Grace lachte. »Das ist eindeutig Liebe.« Sie erhob sich. »Höchste Zeit, ihn aus seinem Elend zu befreien. Lass uns gehen.« Sie holte Audreys Rucksack von der Gepäckablage und nahm ihre eigene Tasche.

Audrey umarmte Grace fest. »Ich hab dich lieb. Und das meine ich ganz ehrlich und voller Dankbarkeit.« Sie spürte, wie Grace die Umarmung erwiderte.

»Ich hab dich auch lieb. Und du hältst mich auf dem Laufenden, wie es mit deiner Mom weitergeht und mit Etienne. Und wenn du mich brauchst, bin ich immer da.«

»Und ich bin hier, wenn du mich brauchst.« Audrey trat zurück und schulterte ihren Rucksack. »Wenn du eine Modeberatung brauchst oder einen neuen Haarschnitt oder ein paar neue Flüche …«

Der Zug hatte angehalten, und sie sah, dass Etienne sie bemerkt hatte.

Sein Gesicht erhellte sich.

Grace gab ihr einen Schubs. »Los. Ich gebe euch fünf Minuten, um die Knutscherei zu erledigen.«

Audrey stolperte den Zug entlang Richtung Tür, als Grace ihr etwas hinterherrief.

»Audrey?«

»Was?«

»*Poulpe.*«

Audrey runzelte die Stirn. »Wie bitte?«

»Das französische Wort für ›Oktopus‹. Falls du jemals welchen bestellen willst.«

Audrey lachte.

Sie winkte ein letztes Mal und betrat den Bahnsteig, und schon war Etienne bei ihr und küsste sie und redete, und das alles gleichzeitig. Sie liebte es, wie er sie hielt – als ob sie etwas Kostbares wäre, was er beinahe verloren hätte.

»Elodie erzählte mir, dass deine Mum im Krankenhaus ist.« Er löste seinen Mund gerade so lange von ihrem, um sprechen zu können. »Warum hast du meine Anrufe nicht beantwortet? Ich bin fast verrückt geworden.«

»Ich wollte dich damit nicht belasten. Wie war es mit deiner Familie?«

»Wie immer. Und halte Dinge nie, nie wieder vor mir geheim. Wenn du in Schwierigkeiten steckst, möchte ich das wissen.« Er küsste sie wieder. »Ich liebe dich, Audie. Ich liebe dich wirklich.«

»Ich liebe dich auch.« Audrey entschied, dass Liebe die aufregendste und berauschendste Sache war, die sie je erlebt hatte. Sie war wie eine Droge, aber ohne die Nebenwirkungen. Und sie war tröstlich. Das dumpfe Gefühl der Einsamkeit, das sie so lange begleitet hatte, war verschwunden. »Ich liebe dich so sehr.«

Sie schlang die Arme um ihn und spürte dann, wie Grace ihr auf die Schulter tippte.

»*En français*«, sagte Grace, und Audrey verdrehte die Augen, sodass Etienne es sehen konnte.

»Was heißt auf Französisch: ›Hör auf, mich zu nerven‹?«

GRACE

Grace steuerte direkt aufs Hotel zu, nachdem sie Etienne und Audrey im Buchladen zurückgelassen hatte. Sie konnte es kaum erwarten, Sophie zu sehen. Die Entscheidung, Audrey statt ihrer eigenen Tochter zu unterstützen, war eine der härtesten Entscheidungen ihres Lebens gewesen. Doch wenn sie ihrem Mutterinstinkt gefolgt und zu Sophie gefahren wäre, hätte sie damit Audrey in einer Zeit im Stich gelassen, in der die eine Freundin am nötigsten gehabt hatte. Grace hatte es nicht über sich bringen können, zumal sie wusste, dass David ebenso in der Lage war, ihre Tochter zu unterstützen.

Er hatte ihr eine Nachricht geschrieben, dass sie im Restaurant zu Mittag essen würden. Also steuerte sie darauf zu, doch bevor sie das Restaurant erreichte, klingelte ihr Handy.

Der Anruf kam von Lissa.

Du machst wohl Witze.

Grace starrte auf das Handy. Wollte sie wirklich einen Anruf von der früheren Geliebten ihres Mannes annehmen, bevor sie das Restaurant betrat? Sie hatte Lissa einmal geliebt wie ihre eigene Tochter, doch dieses Gefühl war längst gestorben.

Sie konnte den Anruf ignorieren, doch wenn sie ihn ignorierte, würde sie den ganzen Tag darüber nachdenken. Es wäre wie ein Stein im Schuh. Sie musste ihn jetzt loswerden.

Seufzend nahm sie den Anruf an, wofür sie eine ruhige Ecke im Rezeptionsbereich auswählte. »Lissa.«

»Mrs. Porter? Gr... Grace?« Lissa klang unglaublich jung, und Grace hätte fast die Augen verdreht.

Sie würde sich durch ein kleines Zittern in der Stimme nicht erweichen lassen.

Das Mädchen war alt genug gewesen, um David zu verführen. Alt genug, um mindestens zu fünfzig Prozent dafür verantwortlich zu sein, eine Ehe zu gefährden.

»Was willst du, Lissa?«

»Ich wollte mit Ihnen reden. Ich wollte sagen …« Ihr schien der Atem zu stocken. »Ich wollte sagen, dass es mir leidtut.«

Leidtut? Also entschuldige mal!

Grace umfasste das Telefon wie eine Waffe. Sie war wütend und gleichzeitig wie betäubt. Glaubte das Mädchen tatsächlich, dass diese Sache mit einem Telefongespräch ausgeräumt und verziehen werden konnte?

»Du hast keine Beule in mein Auto gefahren oder meine Blumenbeete zerstört. Du hast mit meinem Mann geschlafen. Das gehört nicht zu den Dingen, bei denen man ›tut mir leid‹ sagt.«

Lissa weinte. »Ich schäme mich so. Sie waren immer so nett zu mir, Mrs. Porter. Und nachdem mein Vater abgehauen ist …«

»Genug. Ich möchte das nicht hören.« Vor allem weil ihr Lissa leidtun könnte, wenn sie fortfuhr. Und sie wollte nicht, dass sie ihr leidtat.

»Ich war so gerne bei Ihnen Babysitter. Ich liebe Sophie. Ich wollte immer eine Familie wie Ihre. Sie und David küssen sich immer noch, wenn er nach Hause kommt, und Sie sitzen zum Essen am Tisch und lachen viel …«

»Und? Hast du entschieden, das zu verderben?«

»Nein. Ich mochte nur das Gefühl, wenn ich mit Ihnen allen zusammen war.«

»Also dachtest du, du könntest einziehen und Teil der Familie werden?« Sie wusste, dass ihr Tonfall bitter und sarkastisch war, doch sie konnte nicht anders. Sie war nicht in versöhnlicher Stimmung. Wieder einmal zeigte sich Audreys Einfluss.

»Ich weiß nicht, was ich dachte. Ich war dumm und egoistisch und …« Lissa schniefte. »Ihre Familie war nur einfach so warm und perfekt, und David gab mir immer das Gefühl von Sicherheit.«

Grace starrte durch die Lobby.

David hatte auch ihr immer das Gefühl von Sicherheit gegeben.

Er hatte sie vor den Stürmen des Lebens geschützt. Nur dass er verantwortlich war für einen Hurrikan, der sie fast umgerissen hätte. So viel zu Stärke und Stabilität. Sie erkannte jetzt, dass man seine eigenen Schutzwände bauen musste.

Doch sie konnte gut verstehen, dass jemand wie Lissa, deren Vater sich nicht einmal um das Sorgerecht bemüht hatte, von dieser Stärke und Stabilität angezogen wurde. David verlor nie die Fassung. Sein Umgang mit Problemen bestand darin, einfach die beste Lösung zu finden. Da sie selbst mit Chaos aufgewachsen war, fand Grace diesen Pragmatismus beruhigend. Sie verstand, dass er für Lissa vielleicht unwiderstehlich gewesen war.

Sie runzelte die Stirn. Sie tat es wieder. Fand Entschuldigungen für etwas, was unentschuldbar war.

Ach, was für ein Schlamassel!

»Du wirst dafür keine Ausflüchte finden, Lissa«, sagte sie. »Zum Erwachsensein gehört es, Verantwortung zu übernehmen.« Und auch sie musste natürlich Verantwortung übernehmen.

Es war nicht nur Davids Schuld gewesen.

»Das tue ich.« Lissas Stimme klang ruhig und müde. »Ich übernehme Verantwortung. Ich ziehe weg. Doch bevor ich gehe, möchte ich Ihnen etwas sagen. David hat mich nie geliebt, Grace. Sicher, er hat nach etwas gesucht, doch das war nicht ich. Und ja, es schmerzt zuzugeben, dass ich letztlich nicht die *eine* war. Ich glaube, es hat ihm das Gefühl von Jugend gegeben, mit mir zusammen zu sein, doch die Affäre hätte er auch mit jemand anderem haben können. Was wir hatten, war nicht mehr als ein Adrenalinrausch. Als wenn man mit der Achterbahn fährt und weiß, dass man sich für ein paar atemlose Minuten ängstigen und zugleich sehr lebendig fühlen wird.«

»Ich möchte nicht …«

»Bitte lassen Sie mich das hier sagen, und ich verspreche, ich werde Sie nie wieder belästigen. David ist für eine kurze Zeit aus seinem Leben herausgetreten, und wer hätte das nicht manchmal tun wollen? Doch er liebt Sie. Es ging immer nur um Sie. Selbst als wir zusammenzogen, konnte er nicht aufhören, Sie zu vermissen. Es ging ihm elend. Am Ende sprachen wir mehr darüber, wie er seine Ehe retten und es Ihnen gegenüber wiedergutmachen könnte, als wir je über unsere Beziehung geredet haben.«

Er war für eine kurze Zeit aus seinem Leben herausgetreten ...

Hatte sie nicht das Gleiche getan?

»Ich verstehe nicht, warum du mir das erzählst.«

»Weil ich alles in meiner Macht Stehende tue, um einen Fehler zu berichtigen, bevor ich gehe.«

»Wohin gehst du?«

»Ich werde zu meiner Tante nach Seattle ziehen. Ich versuche dort einen Job zu finden.«

Lissa zog nach Seattle? Also würde sie nicht mehr da sein, wenn Grace nach Hause kam.

Es gäbe keine peinlichen Begegnungen im Supermarkt. Grace würde nicht der Versuchung widerstehen müssen, sie in der Öffentlichkeit mit Melonen zu bewerfen oder ihr eine Pfanne über den Kopf zu ziehen.

Lissa sprach weiter. »Ich fange neu an. Ich beneide Sie, Grace. Einen Mann zu haben, der Sie so liebt, wie David Sie liebt ...« Ihre Stimme klang erstickt. »Sie haben Glück.«

Glück? *Glück?*

Grace starrte geistesabwesend ins Leere. David hatte sie gedemütigt. Er hatte sie verlassen. Wie konnte das ein Glück sein?

»Auf Wiedersehen, Lissa.« Sie beendete das Gespräch. Ihre Beine und ihre Hände zitterten.

Sie nahm sich eine Minute, um sich zu beruhigen, und ging dann ins Restaurant.

David und Sophie saßen an einem Tisch am Fenster.

Sophie wirkte etwas verhaltener als gewöhnlich, doch sie sprang auf, als sie Grace sah.

»Mom.« Sie starrte Grace mit offenem Mund an. »Deine Frisur! Und dein Kleid! Du siehst so anders aus. Du siehst toll aus. Nicht wahr, Dad? Wunderschön.«

Röte stieg David ins Gesicht. »Das tut sie. Doch deine Mutter sieht immer schön aus.«

Allerdings nicht schön genug, als dass er sich nicht für Lissa entschieden hätte.

Ach, hör auf, Grace.

Bitterkeit konnte einen bei lebendigem Leib auffressen, und das würde sie nicht zulassen.

»Eine Veränderung der Umstände rief nach einer Veränderung im Aussehen.« Sie umarmte Sophie. »Geht es dir gut?«

Grace strich über ihren Rücken, und bemerkte, dass David sie forschend musterte.

»Ist alles in Ordnung?«

»Alles in Ordnung.« Hatte er gewusst, dass Lissa anrufen würde? Nein, vermutlich nicht. Vielleicht würde sie es ihm irgendwann erzählen, aber nicht jetzt.

Sophie machte sich los. »Ist Monica sauer auf mich?«

»Nein. Sie ist dankbar, dass du auf so eine erwachsene Weise damit umgegangen bist.«

Tatsächlich hatte Grace Angst gehabt, dass Monica Sophie die Schuld geben könnte, doch es war ganz anders gekommen. Monica hatte die Fakten tapfer zur Kenntnis genommen und die Beziehung zu ihrer Tochter aufrichtig hinterfragt, ohne Schuld abzuwälzen.

Grace entschied, keine Details des Gesprächs zu verraten, in dem die arme Monica sich und ihre Erziehung für Chrissies plötzliche Rebellion verantwortlich gemacht hatte.

»Es war mein Fehler, Grace. Ich habe sie zu sehr eingeengt.«

Grace hatte Mitgefühl, denn bis zu einem gewissen Grad hatte sie das Gleiche mit David getan. Sie blickte kurz zu ihrem Mann hinüber, der leise mit Sophie sprach. Hatte sie ihre

Beziehung ebenfalls aufrichtig hinterfragt? War sie bereit zuzugeben, dass sie zumindest zu einem Teil Verantwortung trug? Es war so viel leichter, die ganze Schuld auf einen anderen Menschen abzuwälzen, als selbst Verantwortung zu übernehmen.

Sie setzte sich an das andere Ende des Tischs, gegenüber von David und Sophie.

»Ich war so dumm.« Sophies Augen schwammen in Tränen. »Chrissie ist total ausgeflippt, und ich wollte sie nicht abweisen. Es war schrecklich beängstigend, als sie zusammenklappte. Und ich konnte kein Italienisch, sodass mich niemand verstand.«

»Sei nicht so hart zu dir selbst. Du bist bei deiner Freundin geblieben«, sagte Grace. »Und das ist wichtig. Wenn du nicht da gewesen wärst, wäre Chrissie vielleicht nicht mehr am Leben und würde jetzt nicht mit ihrer Mutter nach Hause fliegen.«

Ein Kellner erschien neben ihrem Stuhl. »Möchten Madame etwas bestellen?«

»Nur Kaffee, bitte.«

David bestellte sich ebenfalls einen. »Wie war es in London? Wie geht es Audreys Mutter?«

»Sie erholt sich. Audrey ist wieder in Paris.«

»Werde ich Audrey kennenlernen?« Sophie sah neugierig aus. »Du hast viel über sie gesprochen. Werdet ihr in Kontakt bleiben, wenn du nach Hause fährst? Sie ist dir offenbar wichtig.«

Grace dachte daran, wie der letzte Monat wohl ohne Audrey ausgesehen hätte.

Zunächst einmal hätte sie ihre Tasche und alle ihre Wertsachen am ersten Tag verloren.

Hätte sie den Mut gehabt, Philippe zu kontaktieren, wenn Audrey sie nicht gedrängt hätte? Vermutlich nicht. Mit Sicherheit hätte sie nicht ihre Frisur verändert. Audrey hatte dafür gesorgt, dass sie alles infrage stellte. Hatte sie inspiriert.

»Ja, du wirst sie kennenlernen. Und wir bleiben in Verbindung.«

Sie redeten ein wenig über Sophies Reisen. Als David sich entschuldigte, um auf die Toilette zu gehen, beugte Sophie sich vor.

»Du siehst wirklich großartig aus, Mom. Als du mir sagtest, es gehe dir gut, dachte ich, dass du vermutlich einfach nur tapfer bist, aber das warst du nicht. Du scheinst wirklich Spaß zu haben.«

»Den habe ich.«

Wenn David sie nicht verlassen hätte, hätte ihr Sommer in Paris sehr anders ausgesehen. Sie hätte nicht im Buchladen gearbeitet. Sie hätte Audrey nicht kennengelernt.

Sie dachte an Audrey und Etienne und lächelte.

Würde ihre Beziehung funktionieren? Das war unmöglich vorherzusagen, doch im Moment war sie offenbar gut. Bei Beziehungen gab es keine Garantie. Nicht nach fünfundzwanzig Tagen und nicht nach fünfundzwanzig Jahren. »Im Moment gut« reichte manchmal aus.

Sophie spielte mit ihrer Tasse. »Meinst du, du und Dad kommt wieder zusammen?«

»Ich weiß es nicht. Es ist zu früh, um überhaupt nur darüber nachzudenken.«

»Er liebt dich, Mom. Er liebt dich wirklich. Er hat etwas Dummes getan, genauso wie Chrissie. Und ich.«

»Einmal Ecstasy zu nehmen ist nicht das Gleiche, wie eine Affäre zu haben nach fünfundzwanzig Jahren Ehe.« Andererseits war es vielleicht gar nicht so weit hergeholt. Beides versprach ein Abenteuer. Einen Moment jenseits der Routine des Alltagslebens. Aufregung. Wie hatte Lissa es genannt?

»Ein paar atemlose Minuten auf einer Achterbahn.«

Sophie sah sie bettelnd an. »Du sagst doch immer, dass jeder manchmal dumme Entscheidungen trifft. Man kann die Handlung hassen, aber nicht die Person, oder?«

»Ich hasse deinen Vater nicht. Aber das heißt nicht, dass ich bereit bin, ihm wieder zu vertrauen.«

Gleichzeitig mit Grace' Kaffee erschien auch David am Tisch.

Eine Frau am Tisch neben ihnen ließ ihren Blick auf ihm ruhen, und einen Moment lang sah Grace ihn, wie eine andere Frau ihn sehen könnte.

Dunkle Haare. Starke Schultern. Das umwerfende Lächeln.

Er sah wirklich gut aus, doch das war nicht das, was sie als Erstes angezogen hatte. Was sie zu ihm hingezogen hatte, waren seine inneren Werte. Sein Verantwortungsbewusstsein. Seine Güte. Er war ein Mann, der zu seinem Wort stand und einen nie im Stich ließ. Zumindest hatte sie das geglaubt.

War sie bereit, diesen einen Fehler zu verzeihen? Konnte sie ihn verzeihen, oder würde sie immer argwöhnisch bleiben? Sie wollte keine Ehe, in der sie ihrem Mann nicht vertraute.

Andererseits: Wann hatte er sie je zuvor im Stich gelassen? Nie. Und als sie ihn wegen Sophie anrief, war er sofort gekommen, obwohl sie bei den zwei vorherigen Begegnungen ziemlich abweisend und rau zu ihm gewesen war.

Er hatte sie getröstet und bestärkt und nicht versucht, ihre Verletzlichkeit zu seinem Vorteil zu nutzen, indem er ihre persönlichen Themen ansprach. Er hatte sich nur auf Sophie fokussiert.

Trotz allem war er noch immer ein gütiger Mensch.

Und sie glaubte daran, dass er sie liebte.

Grace bemerkte, dass die Frau erneut David musterte, und verspürte plötzlich Eifersucht. War das lächerlich? Ja, unter den gegebenen Umständen war es das wohl.

Er hatte immer ganz ihr gehört. Wenn sie das wollte, würde er wieder ganz ihr gehören.

Aber war es das, was sie wollte?

Konnte sie das, was er getan hatte, als menschlich und nicht als unverzeihlich betrachten?

Sie nippte an ihrem Kaffee und hörte zu, während Sophie ihnen von einer tollen Pizza erzählte, die sie in Florenz gegessen hatte, und dass das Eis dort das beste überhaupt sei.

Sie waren wieder eine Familie. Es war so lange her, dass sie an einem Tisch gesessen und so miteinander gelacht hatten.

Sie hatte das vermisst.

»Hat Mimi auf ihrem Zimmer gegessen?«

»Ja. Und sie ist zu dem Buchladen gegangen, um ihn sich selbst anzusehen.«

Grace stellte ihre Tasse ab. »Ich wollte sie doch hinbringen! Ich hätte sie heute hinbegleitet.«

»Das habe ich ihr gesagt, aber sie bestand darauf.«

»Es ist wahr«, sagte Sophie und kam ihrem Vater zu Hilfe. »Ihr wisst, wie Mimi ist. Wenn sie etwas tun will, tut sie es. Sie kümmert sich nicht darum, was andere denken.«

Warum war Mimi allein zum Buchladen gegangen?

Warum hatte sie nicht auf Grace gewartet?

»Ich denke nicht gern daran, wie meine Großmutter allein in einem Taxi sitzt, das ist alles.«

»Sie war nicht allein«, sagte David. »Ich bin mit ihr gefahren, um sicherzustellen, dass sie heil ankommt und der Laden geöffnet ist. Ich habe im Taxi gewartet, bis sie drinnen war, dann bin ich hierhergefahren und habe Sophie im Restaurant getroffen. Ich hole sie in zwei Stunden wieder ab.«

Er war mit ihrer Großmutter im Taxi gefahren.

Das war so typisch für David. Grace spürte einen Druck auf ihrer Brust und merkte, wie sich ein Kloß in ihrem Hals bildete.

»Danke.« Ihre Stimme klang heiser. »Danke, dass du das getan hast.«

Sie hatte sich so sehr bemüht, einen Weg zu finden, ihn nicht mehr zu lieben, und nun begriff sie, dass ihr das nie gelungen war. Sogar voller Schmerz und Zorn hatte sie nicht aufgehört, ihn zu lieben.

Doch konnte sie ihm je wieder vertrauen? Konnte sie überhaupt wieder jemandem vertrauen?

Sie war nicht sicher.

MIMI

Der Buchladen hatte sich überhaupt nicht verändert. Als träte sie ein in eine vergangene Zeit. Der gleiche Geruch von Staub und Leder lag in der Luft, und der gleiche kühle Schatten bot eine Erholung von der unbarmherzigen Pariser Hitze.

Sie kannte jeden Winkel.

»*Bonjour.*« Eine elegante Frau trat mit einem Lächeln auf den Lippen vor. Mimi nahm an, dass dies Elodie sein musste.

Sie stellte sich auf Französisch vor und erklärte, dass sie immer hergekommen war, als sie in Paris gelebt hatte, und sich gern ein bisschen umsehen würde.

Elodie war liebenswürdig und charmant und bot ihr einen Tee an, doch Mimi war nicht in der Stimmung für ein Pläuschchen.

Sie wollte sich den Ort ansehen, der ihr ihr ganzes Leben lang in Erinnerung geblieben war.

Es war an der Zeit zuzugeben, dass sie diese Reise nicht für David angetreten hatte. Nicht einmal für Grace. Sie hatte es für sich selbst getan.

Sie schlenderte langsam von Raum zu Raum und tauchte in Erinnerungen ein.

Hier hatten sie sich kennengelernt, auch wenn sie ironischerweise nicht wegen der Bücher hier gewesen war. Sie hatte Fotos von Paris gemacht und versucht, die Szenen des Alltagslebens einzufangen.

Sie hatte sich auf einer Leiter auf eine der höheren Stufen gesetzt, um mit der Kamera die Atmosphäre dieses Buchladens einzufangen. Er war wie eine Zeitkapsel, eine Oase der Ruhe inmitten einer chaotischen Welt. Sie hatte sich ein bisschen zu weit vorgebeugt und wäre gefallen, wenn er nicht gewesen wäre.

Er fing sie auf, mit den Händen an ihrer Taille, und hob sie nach unten, als wöge sie nichts.

Ihre sperrige Kamera schaukelte am Halsriemen und traf ihn am Kinn, doch er lachte, als er sie absetzte.

Sie hatte so viele Affären gehabt, doch nur eine Liebesaffäre. Sie war die beängstigendste Sache gewesen, die sie je erlebt hatte.

Sie hatte Pläne gehabt. So viele Pläne, und sie hatte bei der ersten Berührung von ihm gewusst, dass dies etwas war, was all diese Pläne zunichtemachen konnte. Wenn sie die Sache fortführte, würde es keine weiteren Abenteuer geben.

Das Klingeln der Glocke kündigte einen weiteren Besucher an und riss sie aus der Vergangenheit.

Mimi blinzelte und verlor fast das Gleichgewicht.

Warum war sie hergekommen? Was hatte sie gedacht? Es war, als würde man ein Messer in einer Wunde herumdrehen.

Sie hatte sich so oft gefragt, wie ihr Leben verlaufen wäre, wenn sie sich anders entschieden hätte.

Sie drehte sich um und wollte gehen. Und da war er. Stand einfach da.

Einen Moment lang ging sie davon aus, dass ihr Geist ihr einen Streich spielte. Dass ihre Erinnerungen so lebendig waren, dass sie real schienen.

Doch dann trat er einen Schritt auf sie zu. »Mimi?« Seine Stimme war heiser. »Mimi?«

Schwindel erfasste sie. Sie griff nach dem nächsten Buchregal. »Antoine.«

Sie wusste nicht, wie es geschah, doch irgendwie landete sie in seinen Armen, und es war, als wären sie nie getrennt gewesen. Er umarmte sie noch immer auf die gleiche Art. Er roch sogar genauso.

Ihre Wangen waren nass. Vielleicht hatte sie geweint, vielleicht auch er.

»Es tut mir leid.« Sie presste die Lippen auf seine Wange und sprach Französisch. »Es tut mir leid, dass ich dir wehgetan habe. Ich wollte so viele Dinge. Ich hatte solch einen Ehrgeiz, er brannte in mir wie Raketentreibstoff, und ich wusste, dass wenn wir …«

»Schsch.« Er verschloss ihre Lippen mit seinen Fingern. »Ich wusste, was du wolltest. Und ich wusste immer, wer du bist.«

»Wenn ich ein anderer Typ von Frau gewesen wäre …«

»… dann hätte ich dich vielleicht nicht geliebt. Du musstest fortgehen. Du musstest all diese Dinge tun, die du tun wolltest. Warum hätte ich dich davon abbringen sollen, die zu werden, die du werden wolltest?«

Tränen stiegen ihr in die Augen. »Du bist so selbstlos, und ich bin so egoistisch.«

»Nein. Ich habe geliebt, wer du warst, Mimi. Du warst wild und furchtlos, verliebt in die Möglichkeiten des Lebens. Sag mir nur eins …« Sein Blick suchte den ihren. »War dein Leben so, wie du es wolltest?«

Sie dachte an all die Abenteuer, die sie erlebt hatte. Und dann dachte sie an die schlechten Zeiten. Judys Abhängigkeit. Judys Tod. Die Momente, in denen man so tief in die Dunkelheit gezogen wurde, dass man glaubte, nie wieder aufzutauchen.

Doch das war das Leben, oder? Wenn ihre Arbeit als Fotografin sie etwas gelehrt hatte, dann die Erkenntnis, dass der Schmerz zum Leben gehört.

»Mein Leben war interessant«, sagte sie schließlich. Natürlich sollte sie es ihm sagen. Und das würde sie, doch zuerst wollte sie diesen Moment genießen.

Er nahm ihr Gesicht zwischen seine Hände, und sie sah zu ihm hinauf und dachte, wie merkwürdig es doch war, dass das Alter einen Menschen innerlich nicht veränderte. Die Verpackung mochte sich wandeln, doch das Produkt blieb das Gleiche.

Er war noch immer gut aussehend. Selbst mit grauem Haar und runzeliger Haut war er sehr attraktiv. Starke Knochen. Ruhige, freundliche Augen. Dieses leichte Lächeln.

Wieder ertönte die Glocke, doch Mimi schenkte dem keine Aufmerksamkeit, bis sie Grace' Stimme hörte.

Kurz darauf erschien ihre Enkelin vor ihnen und sah Mimi und Antoine erstaunt an.

»Mimi? Toni?«

Mimi schluckte und löste sich aus Antoines Armen. Es musste jetzt sein.

»Antoine, ich möchte dir meine Enkelin Grace vorstellen.«

»Wir kennen uns gut.« Grace trat einen Schritt vor und lächelte verwirrt. »Wie seid ihr zwei …?«

»Sie war die Liebe meines Lebens«, sagte Antoine. Seine Hand ergriff die von Mimi. »Hier haben wir uns kennengelernt. Wir haben einen herrlichen Sommer miteinander verbracht.«

Ein Sommer in Paris, dachte Mimi. Der beste Sommer ihres Lebens.

Grace wirkte verwirrt. »Und was ist passiert?«

Antoine lächelte müde. »Wenn du deine Großmutter kennst, weißt du, dass sie einen abenteuerlustigen Geist hat. Sich an einen Mann zu binden fühlte sich für sie an, als würde sie sich anketten lassen, nicht wahr, Mimi?«

Mimi nickte. Sie konnte nicht reden.

Sollte sie nach Ausflüchten suchen? Sollte sie sich für den Menschen entschuldigen, der sie damals gewesen war?

Nein. Ein Mensch sollte sich niemals entschuldigen dafür, wer er war.

»Ich war nicht bereit«, sagte sie. »Ich war nicht bereit für das Leben, das wir uns zusammen aufgebaut hätten. Ich brauchte etwas anderes. Also habe ich es beendet.«

»Sie hinterließ mir einen Brief und ein Foto.« Sein Mund verzog sich. »Ich habe dieses Foto Jahre mit mir herumgetragen. Ich legte es in ein Buch, damit es sicher ist. Ich hatte Hunderte Bücher. Vor sechs Monaten zog ich von meinem Haus in ein kleines Apartment. Ein alter Freund half mir beim Umziehen und beim Ausmisten der Bücher. Er brachte sie hierher.

Als ich mir das Foto ansehen wollte, war es nicht mehr da. Ich begriff, dass ich das Buch verwechselt hatte. Meine Erinnerung ist nicht mehr, wie sie früher war. Oder vielleicht fiel es heraus, als meine Haushälterin abstaubte, und sie steckte es in ein anderes Buch. Ich weiß nicht, was passiert ist, aber ich konnte es nicht mehr finden. Und seitdem suche ich nach dem Foto.«

Grace sah ihn verblüfft an. »Ist das der Grund, warum Sie jeden Tag die Bücher auf den Regalen durchstöbern?«

»Es ist verloren.«

»Was? Nein! Nein, das ist es nicht.« Grace öffnete ihre Tasche und kramte darin herum. »Wie konnte ich etwas so Wichtiges vergessen? Oh, wo ist es nur? Ich weiß, dass es hier …« Sie zog einen Plan vom Louvre heraus, gefolgt von diversen Quittungen und einer ausgedruckten Mail. »Aha! Hier ist es.« Sie holte ein Foto heraus und schwenkte es triumphierend durch die Luft. »Das habe ich gefunden, als ich die Bücher sortierte. Ich wollte es neulich Mimi geben, doch ich vergaß es. Ich glaube, ich war ein bisschen abgelenkt.«

Mimi hatte keinen Zweifel, dass David der Grund für diese Ablenkung gewesen war.

Sie nahm das Foto und spürte plötzlich eine Schwere in ihrer Brust.

Sie erinnerte sich an den Tag, an dem es aufgenommen worden war. Sie hatten auf der Pont Neuf gestanden, und die Sonne hatte sie geblendet. Sie hatte damals gewusst, dass sie eine Entscheidung treffen musste. Die schwerste Entscheidung ihres Lebens.

»Das hier war alles, was mir von dir geblieben ist.« Antoine nahm Grace das Foto aus der Hand. »Dies und der Brief. Das war das Ende unserer Geschichte.«

Jetzt. Sie musste es ihm jetzt sagen.

»Es war nicht das Ende.« Mimi schluckte. »Ich hatte eine Tochter. Wir hatten eine Tochter. Judy. Ich war schon in New York, als ich feststellte, dass ich schwanger bin.«

Antoine schwieg einen Moment. »Und du hattest keine Möglichkeit, mich zu kontaktieren.«

Sie konnte lügen, doch diese Zeiten waren vorbei. »Ich habe nicht versucht, dich zu kontaktieren. Du hättest mich heiraten wollen, und ich konnte keine Hausfrau und Mutter sein, Antoine. Ich konnte es einfach nicht. Ich war nicht bereit dafür. Letztlich traf ich die Entscheidung, die für mich gut war.«

Er schwieg. Seine Augen schimmerten. »Eine Tochter?«

»Warte …« Grace legte Mimi die Hand auf den Arm. »Willst du sagen, Toni – Antoine – ist mein Großvater?«

»Ja.«

Antoine war wie vor den Kopf geschlagen. »Und Judy …?«

»Sie starb.« Mimi spürte Grace' Hand, die ihren Arm streichelte. Tröstend. »Ich werde dir alles darüber erzählen. Ich werde dir alles erzählen.« Alles? Würde sie ihm von den dunklen Zeiten erzählen, als sie ihre Entscheidung angezweifelt hatte? Als sie alles an ihrem Leben angezweifelt hatte?

Grace drückte ermutigend ihren Arm. »Mimi, warum gehst du mit Antoine nicht irgendwohin, wo ihr unter vier Augen sprechen könnt. Ihr könnt mein Apartment nehmen. Es ist gleich die Treppe hoch.« Sie übergab ihnen den Schlüssel. »Ich glaube, ihr braucht etwas Zeit miteinander.«

Würde er das wollen?

Sie hatte gerade gebeichtet, dass sie sein Kind auf die Welt gebracht und ihm nichts davon gesagt hatte.

Vielleicht würde er ihr das nicht vergeben können.

Sie fühlte sich verloren und schutzlos, und so war es Antoine, der Grace den Schlüssel abnahm.

»Da ich nun weiß, dass wir verwandt sind, müssen wir in Verbindung bleiben, wenn du zurückfährst.« Er küsste Grace auf die Wange, herzlich und liebenswürdig, und Grace umarmte ihn.

»Ich habe mich immer gefragt, wer mein Großvater sein mag. Ich bin sehr froh, dass du es bist.«

Antoine wandte sich an Mimi. »Wir haben vieles zu besprechen. So vieles, was wir uns erzählen müssen. Auch ich habe dir Dinge zu berichten.«

Sie musterte sein Gesicht und hatte Angst, Verurteilung oder Zorn darin zu sehen, doch sie sah nur Liebe.

Grace beobachtete sie erwartungsvoll, und sie wusste, dass sie viel zu erklären haben würde. Doch im Moment war sie zufrieden, einfach bei Antoine zu sein.

Sie hatte angenommen, sie wäre zu alt für ein neues Abenteuer, doch vielleicht hatte sie sich damit geirrt.

GRACE

»Da lasse ich dich für fünf Minuten allein, und schon hast du ein neues Familienmitglied.« Audrey suchte nach dem Schlüssel zum Buchladen. »Ich kann nicht glauben, dass Toni dein Großvater ist. Das ist sowohl merkwürdig als auch sehr cool. Ehrlich gesagt, bin ich ein bisschen eifersüchtig. Ich hatte nie einen Grandpa. Oder jedenfalls keinen, der in meinem Leben präsent war und den ich umarmen konnte.«

»Ihre Geschichte ist so romantisch.« In Grace' Kopf drehte sich noch alles. Was für ein Tag. Sie konnte sich nicht einmal ansatzweise vorstellen, worüber Mimi und Toni oben im Apartment sprachen. Wo fing man an nach solchen Enthüllungen?

Audrey schloss den Buchladen und drehte das Schild an der Tür auf »Geschlossen«.

»Mimi hat ihn nie erwähnt?«

»Nicht einmal. Sie ließ mich glauben, dass sie nie jemanden geliebt hatte. Ich hatte keine Ahnung, dass sie ein solches Geheimnis verbirgt.«

»Jeder hat Geheimnisse«, grinste Audrey. »Außer uns, natürlich. Du weißt so ziemlich alles, was es über mich zu wissen gibt. Und ich weiß, wo all deine Leichen vergraben sind.«

»Sag das niemals in der Öffentlichkeit. Das klingt, als sei ich eine Serienmörderin.«

»Ich meine nur, dass uns eine tolle Freundschaft verbindet. Also war Toni wütend? Es muss ein Schock sein zu erfahren, dass man ein Kind hatte und es dann verstorben ist …« Audrey verzog das Gesicht. »Tut mir leid.«

»Muss es nicht. Du hast recht, es muss ein Schock sein, doch er wirkte nicht wütend. Er schien nicht einmal überrascht. Als würde er Mimi so gut kennen und so sehr lieben, dass nichts erklärt werden muss. Als ob er alles, was sie getan hat, bereitwillig akzeptiert als Teil dessen, wer sie ist.«

Audrey ließ den Schlüssel auf den Schreibtisch fallen. »Oh, das ist das, was jeder will, schätze ich. Jemanden, der dich liebt, auch wenn du Schei... äh, Bockmist baust. Hast du mitbekommen, was ich eben gemacht habe? Kein Fluchen. Bist du stolz auf mich?«

Grace lächelte. »Sehr.«

»Ron scheint meiner Mum vergeben zu haben, und Toni hat Mimi vergeben, also bleibt nur noch die Entscheidung, ob du David vergibst.« Audrey knabberte an einer Ecke ihres Fingernagels und sah Grace an. »Was meinst du?«

»Ich weiß es wirklich nicht. Ich treffe ihn in einer halben Stunde auf der Brücke, und ich habe keine Ahnung, was ich sagen soll.«

»Nun, wenn du drüber sprechen willst ...« Audrey zuckte mit den Schultern. »Du kannst mich jederzeit anrufen. Denn falls du es nicht bemerkt hast, bin ich eine Expertin in Beziehungsfragen.«

Grace lachte. »Bist du das?«

»Ja, ich meine, ich bin der Grund, warum du Philippe kontaktiert hast, oder? Und okay, das hat vielleicht nicht richtig funktioniert, aber du hattest Spaß und hast Konzertkarten bekommen. Und ich habe auch von den Konzertkarten profitiert. Und im Moment fühlt sich meine Familie so normal an wie nie zuvor. Auch wenn das natürlich nicht viel besagt.«

»Und Etienne?«

Audrey errötete. »Er nimmt mich mit nach Südfrankreich, um seine Mum und seine Schwestern kennenzulernen. Ich bin nicht sicher, ob das aufregend oder beängstigend ist, aber es klingt ein bisschen nach Jetset, findest du nicht? Ich denke über einen geeigneten Hashtag nach. Und Elodie sagt, dass es in Ordnung ist, wenn ich ein paar Tage freinehme, also mach dir keine Gedanken. Ich werde kein zweites Mal gefeuert. Ihre Nichte ist nächste Woche zu Besuch und wird hier arbeiten, also ist alles geregelt.«

»Das ist gut.« Grace überkam ein Schmerz. »Ich werde dich vermissen.«

Audreys Lächeln erlosch. »Ich werde dich auch vermissen. Aber ich werde dir die ganze Zeit Mails schicken und Nachrichten und werde dich anrufen und vor deiner Tür auftauchen, bis du versucht bist, bei meinem Anblick zu fluchen.«

»Der Tag wird niemals kommen.« Grace umarmte sie. »Danke. Diese letzten paar Wochen – nun, ich glaube, du hast mich gerettet.«

»Ich glaube, wir haben einander gerettet.« Audrey drückte sie und löste sich dann von ihr. »Geh, oder du bist zu spät, und dann könnte er denken, dass du nicht kommst, und springt in den Fluss oder so was.«

Grace schniefte und strich sich übers Haar. »Wie sehe ich aus?«

»Wie eine Frau, die weiß, was sie will vom Leben, also geh, und nimm es dir.«

»Er war die Liebe ihres Lebens, und ich wusste nicht einmal davon.« Grace lehnte an der Brücke und starrte hinunter aufs Wasser. David stand neben ihr, sein Arm streifte ihren. Er hatte auf sie gewartet und sich offenbar Sorgen gemacht, dass sie nicht kommen würde, während er die Touristenmenge nach ihr abscannte. Sie hatte die Erleichterung in seinen Augen bemerkt, als er sie erblickt hatte.

»Jeder hat seine Geheimnisse.«

»Aber warum hat sie es mir nicht erzählt?«

»Vielleicht war es zu schmerzhaft, darüber zu sprechen. Vielleicht hat sie die Entscheidung bereut. Wer weiß? Nicht jede Entscheidung ist einfach und offensichtlich. Und was zu seiner Zeit richtig erschien, erscheint vielleicht nicht mehr richtig, wenn du zurückschaust.«

Sie spürte seinen Blick auf sich. Sie wusste, dass er sowohl von Mimi als auch von sich selbst sprach.

»Ich kann nicht glauben, dass ich einen Großvater habe. Und nicht nur das, ich finde ihn großartig. Er kommt jeden Tag in den Buchladen. Wir haben Tee miteinander getrunken. Geredet.«

»Ich bin froh, dass du hier so eine gute Zeit erlebst.«

Sie neigte den Kopf und sah ihn an. »Wirklich?«

»Ja. Ich habe die ganze Zeit an dich gedacht. Ich habe mir Sorgen um dich gemacht. Mich gefragt, ob du allein zurechtkommst.«

Grace dachte an Audrey und lächelte. »Ich war nicht viel allein. Und hier zu sein war gut für mich. Ich habe Dinge getan, die ich nie getan hätte, wenn wir zusammen gewesen wären. Ich habe einiges verändert.«

»Ich denke ebenfalls daran, einiges zu verändern.« Er atmete tief ein. »Ich habe entschieden, meinen Job zu kündigen.«

»Du hast gekündigt?« Nichts hätte sie mehr überraschen können.

»Nein, noch nicht. Ich wollte zuerst mit dir darüber sprechen.«

»Was hat das mit mir zu tun?«

»Viel, hoffe ich.« Er strich ihr sanft über das Gesicht. »Ich hatte viel Zeit, nachzudenken, und habe erkannt, dass all diese Dinge, die ich gesagt habe – nun, ich hatte unrecht, Grace. Mir ging es nicht gut, und es war leichter, dir die Schuld zu geben, als Verantwortung zu übernehmen. Es ging nie um dich. Es ging um mich. Um den Mann, der ich geworden war. Um das Leben, das ich gelebt habe. Dass Sophie uns verlässt, ließ mich alles anzweifeln. Ich fühlte mich von der Verantwortung erdrückt. Es gab keine Überraschungen, keine Geheimnisse, jeder Tag war detailliert geplant, und ich sah den ganzen Weg bis zum Alter vor mir. Das hat mich in Panik versetzt.«

»Und Lissa hat Überraschung und Aufregung geboten.« Die Verlockung des Verbotenen, dachte sie und fragte sich, warum sie plötzlich in der Lage war, so analytisch zu sein. »Das ist die menschliche Natur, nicht wahr? Die Dinge, die wir nicht ständig haben können, erscheinen uns attraktiver als die Dinge, die wir bereits haben.«

David lächelte reumütig. »Ich wünschte, ich würde die Dinge so klar sehen wie du. Das Leben war schwer, und eine Zeit lang schien es einfacher, dem zu entfliehen als weiterzumachen. Der Reiz, mit Lissa zusammen zu sein, nutzte sich in dem Moment ab, als wir die ganze Zeit zusammen waren. Als wir noch richtig verheiratet waren, hatte ich die Sicherheit unserer Ehe und die Aufregung einer Affäre. Es stellte sich heraus, dass eine Affäre nicht mehr so aufregend ist, wenn sie zur Hauptbeziehung wird.«

»Warum hast du nicht mit mir geredet? Warum hast du mir nicht gesagt, dass du es schwer fandest?«

»Weil du so gnadenlos optimistisch wegen Sophies Auszug warst. Es gab mir das Gefühl der Unzulänglichkeit, dass ich deswegen nicht so positiv sein konnte wie du. Deine Haltung war so gesund und erwachsen. Für dich war es in Ordnung.«

»Nein, das war es nicht. So hat es sich überhaupt nicht angefühlt. Innerlich blutete mir das Herz, ich war verzweifelt, aber ich dachte, wenn ich mich verstelle und all die richtigen Dinge sage, werde ich mich mit der Zeit vielleicht so fühlen, wie ich mich fühlen möchte.« Sie atmete tief ein. »Und ich konnte so tun, als würde ich nicht bemerken, dass es dir anders geht und du darüber reden musst. Doch tatsächlich habe ich das bemerkt. Ich hatte Angst vor diesem Gespräch, weil meine Gefühle so groß waren, dass ich befürchtete, sie nicht wieder unter Kontrolle zu bringen. Und ich wollte nicht, dass Sophie das gleiche Schuld- und Verantwortungsgefühl entwickelt, wie ich es in ihrem Alter hatte.«

»Ich war dir mehr als zwei Jahrzehnte treu. Nicht in einer Million Jahre hätte ich gedacht, dass ich eine Affäre haben würde. Das widerspricht meinen Werten und allem, was ich für dich empfinde. Ich weiß nicht, was mich dazu gebracht hat, diese Linie zu übertreten, doch es war nichts, was du getan hast.«

»Sie hat dir etwas gegeben, was ich dir zu der Zeit nicht geben konnte. Sie gab dir das Gefühl, jung zu sein. Es war auch mein Fehler.« Sie erkannte das jetzt sehr deutlich, und ihre kurze, aber intensive Erfahrung mit Philippe hatte ihr mehr Mitgefühl mit David verschafft. Seine Affäre hatte wenig mit Sex oder Liebe zu tun, aber alles mit einem Bedürfnis nach dem Unvorhersehbaren, dem Unvertrauten, dem Reiz des Neuen. Für eine kurze Zeit hatte er die Verantwortung des Erwachsenenlebens abgeworfen. Und was war mit ihrer eigenen kurzen Liebelei? Sie war vor allem durch das Bedürfnis nach Aufmerksamkeit motiviert gewesen. Dem Bedürfnis, ein bisschen von dem Selbstvertrauen wiederaufzubauen, das Davids Handlungen zerstört hatten. »Einiges von dem, was du über unser gemeinsames Leben gesagt hast, war richtig. Ich habe Spontaneität mit Chaos verwechselt. Ich habe mich so fest an das Leben geklammert, dass ich es fast erwürgt habe.«

»Das ist verständlich.«

»Vielleicht, aber nicht zu entschuldigen. Wie du sagst, es war mein Leben. Wenn ich es langweilig und vorhersehbar werden ließ, war das mein Fehler.«

Sein Blick hielt ihren fest. »Es sieht nicht so aus, als wären die letzten paar Wochen vorhersehbar gewesen. Ich erkenne dich kaum wieder.« Er zögerte. »War die Rundumerneuerung für Philippe?«

»Nein, sie war für mich. Ich habe nicht genug Veränderungen in meinem Leben vollzogen, und das war eine davon.« Wie viel sollte sie sagen? »Wegen Philippe …«

»Erzähl mir nichts.« Er legte einen Finger auf ihren Mund.

Ihr Herz klopfte. »Aber …«

»Können wir die Vergangenheit vergessen, Gracie?« Er umfasste ihren Hinterkopf und sah ihr tief in die Augen, als ob er nach der Wahrheit suchte. »Wenn ich dich heute zum ersten Mal treffen würde, wärst du noch immer die Frau, mit der ich den Rest meines Lebens verbringen möchte. Kannst du mir vergeben? Wenn du mir eine zweite Chance gibst, dann schöre ich dir, dass ich dir nie wieder einen Grund geben werde, mir nicht zu vertrauen.«

Ihr Herz schlug laut in ihrer Brust.

Ihm vergeben?

Konnte sie das? Wenn jemand sie zuvor gefragt hätte, ob sie eine Affäre vergeben könnte, hätte sie eindeutig Nein gesagt. Doch nun wusste sie, dass die Entscheidung nicht so einfach war. Man konnte unmöglich wissen, was man in einer Situation tat, bis man sie erlebte. Das Leben war ein Durcheinander und kompliziert. Und was war Liebe, wenn nicht Festhalten an jemandem, auch wenn es Schwierigkeiten gab? Wenn jemand einem genug bedeutete, dann war die Liebe es doch sicherlich wert, darum zu kämpfen?

»Was, wenn du noch eine Midlife-Crisis hast?«

»Dann werde ich sie mit dir haben.«

»Du meinst, dass wir dann ins Fitnessstudio gehen und einen Sportwagen kaufen?«

»Das meine ich nicht, aber wenn du es so ausdrückst, klingt es gar nicht so schlecht.« Er lächelte, doch in seinen Augen lag eine Vorsicht, als ob er nicht zu glauben wagte, dass dies ein gutes Ende finden würde. »Was sagst du? Können wir die Vergangenheit vergessen, oder wird sie immer zwischen uns stehen?«

Sie dachte an Mimi, die all diese Jahre allein verbracht und an ihre verlorene Liebe gedacht hatte.

Und sie dachte an David.

Sie sah ihr gemeinsames Leben in Zeitlupe. Die Arbeit bei der Schulzeitung. Den ersten Kuss. Den Tod ihrer Eltern. Den Tod seiner Eltern. Das Zusammenkratzen von Geld. Den Kauf ihres ersten Hauses. Den Abend, an dem sie entdeckte, dass sie schwanger war. Sophies Geburt, vor der David sie wie ein Verrückter ins Krankenhaus gefahren hatte. David, wie er mit Mimi tanzte und Dinge im Haus reparierte. Wie er jeden Sturm beruhigte. Sein Glückliche-Erinnerungen-Projekt. Niagara. Florenz. Rom. Höhen und Tiefen. Hatte nicht jede Ehe Höhen und Tiefen?

Ja, es hatte eine schlechte Phase gegeben. Mehr als schlecht. Aber schlecht bedeutete nicht, dass es vorbei sein musste, oder? Und manchmal ließ das Schlechte einen das Gute wertschätzen.

»Ich glaube nicht, dass wir die Vergangenheit vergessen sollten, David.« Sie legte den Kopf an seine Schulter. »Ich glaube, wir sollten sie nutzen, um das, was wir haben, noch stärker zu machen. Sie als eine Quelle betrachten, nicht als Hindernis. Wir sollten auf das schauen, was gefehlt hat, und diese Lücke zwischen uns irgendwie auffüllen.«

»Dann ... haben wir eine Zukunft?«

»Wir haben eine Zukunft.« Sie hatte die Worte kaum ausgesprochen, als er sie an sich riss und mit dem Mund an ihrem Haar murmelte, dass er sie liebte und dass er sie für den Rest des Lebens glücklich machen wollte.

Als er sich schließlich von ihr löste, las sie Erleichterung und Respekt in seinen Augen. Und Liebe.

»Monica und andere Leute zu Hause ...« Er nahm ihr Gesicht zwischen seine Hände. »Sie werden dich für verrückt halten, dass du mir eine zweite Chance gibst. Sie werden dir raten, es nicht zu tun.«

Sie wusste, dass er recht hatte. Sie wusste auch, dass man eine Ehe und ihr Glück nicht so leicht von außen beurteilen konnte. Sie war wütend auf ihren Vater gewesen, dass er ihre Mutter bevormundet hatte, doch sie wusste jetzt, dass sie kein Recht hatte, ihn zu verurteilen. Ihr Vater hatte ihre Mutter geliebt. Er hatte getan, was er für das Beste hielt, auch wenn es von außen nicht so ausgesehen hatte. Eine Ehe war so individuell wie jeder Mensch. Was zwei Menschen zusammenhielt, war für jedes Paar anders. Es gab kein allgemeingültiges Modell.

»Es spielt keine Rolle, was sie denken. Es ist nur wichtig, was wir denken.« Sie legte den Kopf an seine Brust und spürte, wie er sie wieder an sich zog.

»Ich liebe dich, Gracie.«

Wärme breitete sich in ihr aus. »Ich liebe dich auch.« Das tat sie wirklich. Ja, sie war verletzt. Ja, ein Teil von ihr war immer noch wütend. Aber durch den ganzen schrecklichen Albtraum hindurch hatte sie nie aufgehört, ihn zu lieben. Es hätte sich nicht wie ein Albtraum angefühlt, wenn sie ihn nicht lieben würde.

Niemand traf immer die richtigen Entscheidungen, auch wenn sie sich sehr darum bemüht hatte. Sie hatte jeden Aspekt ihres Lebens und Davids Lebens unter Kontrolle gehalten.

Das würde sich ändern.

Sie hob den Kopf, um ihm in die Augen zu sehen. »Wenn du kündigst, was willst du stattdessen tun?«

»Ich werde als freier Journalist arbeiten. Und ich habe endlich meinen Roman beendet, sodass ich ihn an ein paar Agenturen schicke, auch wenn ich bezweifle, dass etwas passiert. Ich bin für die Absagen gewappnet.«

»Du hast ihn fertiggeschrieben?«

»Ich dachte, ich sollte aufhören, darüber zu reden, und es lieber in die Tat umsetzen. Ich habe nachts geschrieben. Es war besser, als wach dazuliegen und dich zu vermissen. Ich dachte, wir könnten vielleicht eine Zeit lang reisen. Nach Kalifornien fahren und Sophie bei der Eingewöhnung helfen. Vielleicht einen Wagen mieten und an die Küste fahren. Monterey. Carmel. Vielleicht bei ein paar Weingütern halten.« Er hielt inne. »Aber wenn du natürlich lieber zu Hause bist und bei der Routine bleiben …«

Ihre alte Routine hatte keinen Reiz mehr. Sie hatte Trost darin gefunden zu wissen, was als Nächstes geschah, doch das war nicht länger so.

»Ich habe eine Frage … Wäre dieser Wagen ein schnittiger kleiner Sportwagen?«

Er lächelte. »Definitiv.«

»Und wir sollten zusammen Champagner trinken. Wir haben das nie gemacht.«

»Du willst Champagner trinken?« Er hob die Augenbrauen. »Wer bist du, und was hast du mit meiner Grace gemacht?«

Meine Grace.

»Ich bin bereit ein bisschen zu leben, das ist alles.«

»Heißt das, du sagst Ja zu der Reise?«

»Ich schätze, das klingt nach einer guten Midlife-Crisis. Da bin ich gerne dabei.«

Sie wollte sich für immer an diesen Sommer erinnern, und sie wusste, dass sie das tun würde. Es waren schlechte Zeiten gewesen, aber auch gute, und es würden noch mehr gute folgen. Neue Menschen waren in ihr Leben getreten. Antoine, ihr Großvater. Audrey, die für immer eine Freundin bleiben würde.

Ein Sommer in Paris hatte ihr so viel über sich selbst beigebracht, und jetzt stand sie kurz davor, ihre Beziehung mit David wieder aufzunehmen.

Und was sie weiter miteinander aufbauten, würde besser und stärker werden. Vielleicht würde es sich noch viel kostbarer anfühlen, weil das, was sie hatten, auf dem Spiel gestanden hatte.

David zog sie in seine Arme. »Wir können die Reise genau planen, wenn du das möchtest. Jedes kleine Detail.«

Grace schlang die Arme um seinen Hals und lächelte. »Das müssen wir nicht. Warum schauen wir nicht einfach, was passiert?«